Tod in der Hasenheide

Connie Roters wuchs in einer Soldatenfamilie auf und liebte schon als Kind Geschichten – die, die ihre Eltern ihr vorlasen, und die, die sie selbst erfand. Nach ihrem Publizistikstudium an der FU Berlin schrieb sie für diverse Tageszeitungen, arbeitete im Theater, beim Film und als Sozialarbeiterin. Heute lebt und arbeitet sie in Neukölln, wo sie auch Kreatives und Autobiografisches Schreiben unterrichtet.

CONNIE ROTERS

Tod in der Hasenheide

KRIMINALROMAN

emons:

Bibliografische Information der Deutschen Nationalbibliothek
Die Deutsche Nationalbibliothek verzeichnet diese Publikation in der Deutschen Nationalbibliografie; detaillierte bibliografische Daten sind im Internet über http://dnb.d-nb.de abrufbar.

MIX
Papier aus verantwortungsvollen Quellen
FSC® C083411
FSC
www.fsc.org

Umschlagmotiv: photocase.com/Mella
Umschlaggestaltung: Tobias Doetsch
Gestaltung Innenteil: César Satz & Grafik GmbH, Köln
Druck und Bindung: CPI – Clausen & Bosse, Leck
Printed in Germany 2014
ISBN 978-3-95451-295-9
Originalausgabe

Dieser Roman wurde vermittelt durch die Literaturagentur Wortunion, BlueCat Publishing GbR, Berlin.

Für Waltraut und Oskar – in Liebe
Für Sabine und Peter –
ohne euch wäre ich nie so weit gekommen

SONNTAG

Der schrille Alarm riss Cosma Anderson aus dem Traum. Sie atmete schwer und schlug wütend auf den Wecker ein. Der Pyjama klebte an ihrem Körper. Sie hatte wieder die beiden Männer gesehen. Nacht für Nacht derselbe Traum, dieselbe Angst, derselbe Ekel. Und Wut. Sie streckte sich, bis ihre Gelenke knackten, und starrte an die Zimmerdecke. Aufstehen, laufen, nur nicht nachdenken, befahl sie sich, schaltete das kleine Transistorradio auf dem Nachttisch ein und setzte sich auf. Eine fröhliche Stimme verkündete die neusten Informationen aus der Stadt. Mürrisch würgte sie die Nachrichtensprecherin ab und suchte nach Musik. The Cure, das passte. Ihr Blick glitt langsam zum Fenster. Heftiger Wind rüttelte an den Bäumen im Hinterhof und schob schwere dunkle Regenwolken vor sich her.

Wieder so ein Sommertag, der denkt, dass er ein Herbsttag ist, dachte sie verstimmt.

Unwillig verließ sie das Bett und schlurfte in die Küche. Der steinerne Terrazzoboden war kalt, und sie wechselte fröstelnd von einem Fuß auf den anderen. Während sie das Kaffeepulver in die Espressokanne füllte, sah sie in den Hinterhof hinunter. Eine der Nachbarskatzen tat sich an dem Müll gütlich, den die Krähen aus den Tonnen gezogen und rundherum verteilt hatten. Die Vögel schimpften aus sicherer Entfernung.

Sie stellte den Espressokocher auf den Herd, und kurz danach erfüllte die Küche ein herber Kaffeeduft. Cosma sog ihn gierig ein, ging mit der Tasse in beiden Händen ins Wohnzimmer und schaltete die Stereoanlage an. Sie suchte den gleichen Sender wie im Schlafzimmer, dann stellte sie sich hier ans Fenster. Die schweren Regenwolken schienen fast das Haus zu berühren. Der Wind peitschte den Regen gegen die Scheibe und wühlte das Wasser im Kanal auf. Eine Plastiktüte trieb eilig vorbei. Auf der Straße versuchte ein alter Mann seinen Regenschirm aufzuspannen, aber die heftigen Böen vereitelten seine Bemühungen. Als zwei Rennradler direkt an ihm vorbeisausten, wich der Mann erschrocken aus. Offenbar gab es noch mehr Verrückte, die sich bei diesem Wetter auf die Straße prügelten, und sie fragte sich, warum auch sie dazugehören musste.

Abrupt drehte sie sich vom Fenster weg und eilte zurück in die Küche, stopfte sich dort hastig eine Banane in den Mund und griff nach den Sachen, die sie am Abend zuvor über den Küchenstuhl gehängt hatte. Die altgeliebte Jogginghose, das T-Shirt mit den Brandlöchern und die neuen Laufschuhe, die sie sich erst gestern Nachmittag gekauft hatte. Sie war wieder einmal viel zu lange in den alten gelaufen, trennte sich nur schwer von ihren Sachen und hasste es, einkaufen zu gehen. Den Schuhkauf hatte sie monatelang vor sich hergeschoben. Eigentlich hatte sie in letzter Zeit alles vor sich hergeschoben. Die Steuererklärung, die Überweisung der Telefonrechnung, die Telefonate mit ihren Bekannten und den Besuch bei ihrer Schwester.

»Und jetzt Schluss mit dieser Selbstanklage«, murmelte sie, »jetzt gehe ich ins Bad, spritze mir kaltes Wasser ins Gesicht und laufe los.«

Mittlerweile regnete es wasserfallartig. Eine Windböe traf sie so heftig, dass sie schwankte und fast hingefallen wäre. Einen Moment lang spielte sie mit dem Gedanken, umzudrehen und sich mit einer Tasse Tee und dem Buch, das sie gestern Abend begonnen hatte, aufs Sofa zu legen. Aber dann trieb ein innerer Drang sie voran, immer weiter, nicht ausruhen, an die eigenen Grenzen gehen.

Sie schob sich die kleinen Kopfhörer tiefer in die Ohren, schaltete den iPod an und setzte sich langsam in Bewegung. Ein kurzer, heftiger Schmerz trieb ihr die Tränen in die Augen. Vor vier Wochen war sie beim Laufen umgeknickt und hatte sich den rechten Fuß verstaucht. Erst vor drei Tagen hatte sie ihr Training wieder aufnehmen können und war noch immer ziemlich steif. Vorsichtig lief sie weiter. Der Schmerz ließ etwas nach.

Cosma war froh, endlich wieder laufen zu können. Sie joggte viermal in der Woche, an festen Tagen, zu festen Zeiten und immer dieselbe Strecke. Wenigstens das hielt sie konsequent durch. Es gab ihr Halt.

Sie rannte am Wasser entlang und versuchte, die zahlreichen Pfützen zu umrunden, die der Dauerregen geformt hatte. Mit Bedauern warf sie einen kurzen Blick auf ihre mit Schlamm verspritzten neuen Schuhe und bereute es, die alten gestern Abend kurzerhand in die Mülltonne befördert zu haben. Vor ihr tauchte der alte Mann mit dem großen Regenschirm auf. Mittlerweile war es ihm gelungen, ihn aufzuspannen.

Sie überquerte den Kottbusser Damm, hielt sich links und bog in die Graefestraße ein. Sie liebte die alten stuckverzierten Häuser, die kleinen Läden und die bunten Kneipen und Restaurants. Seit Jahren schon träumte sie davon, sich hier eine Eigentumswohnung zu kaufen, aber dieser Traum würde wohl einer bleiben. Ihre finanzielle Situation hatte sich in den letzten sechs Monaten drastisch verschlechtert. Zurzeit lebte sie von der Hand in den Mund und brachte nur mit Mühe das Geld für die Miete auf. Wenn es so weiterlief, würde sie bald zum Amt gehen und sich in die lange Schlange vor dem Neuköllner Jobcenter einreihen müssen. Der Gedanke gruselte sie, und sie beschleunigte das Tempo. Ihr Fuß schmerzte immer noch.

Nach einer Weile hatte sie sich eingelaufen und verfiel in den gewohnten Trab. Ihr Körper erinnerte sich. Sie liebte es, in Bewegung zu sein, es hatte etwas Kindliches. Rennen, wie früher.

Sie lief die grün belaubte Straße entlang hinauf zum Park. Nur wenige Autos waren unterwegs. Die Menschen lagen noch in ihren warmen Betten. Es war Sonntag. Sonntagmorgen, halb sechs. Sie überquerte die Hauptverkehrsstraße, ohne auf die rote Ampel zu achten, ließ den menschenleeren Minigolfplatz links liegen und lief hinauf in die Hasenheide. Selbst bei diesem Wetter und zu dieser frühen Zeit standen die Dealer Spalier, eingehüllt in Kapuzenregenjacken, jederzeit bereit, ihr alle erdenklichen Drogen zu verkaufen. Zügig rannte sie an den Männern vorbei und bog in den Rundweg ein. Vor vielen Jahren war er gepflastert worden. Die Radfahrerlobby hatte sich dafür starkgemacht. Damals hatte sie das geärgert, denn sie war lieber auf dem Kies und dem Sand gelaufen, aber heute war der Asphalt besser als die alten Schlammwege, auf denen man bei einem solchen Wetter immer zu versinken drohte.

Der Weg machte eine Rechtskurve, danach verdichtete sich der kleine Parkwald. Die Bäume verdeckten fast den alten Tunnel, der die Ostseite mit der Westseite verband. Da er mit dichtem, dornigem Gestrüpp umwachsen war, konnte man ihn nicht umlaufen. Sie hasste den Tunnel, er war dunkel und stank, und sie hatte immer ein bisschen Angst. Angst vor dem schummerigen Licht, Angst vor Ratten und Angst vor den Männern. Langsam lief sie weiter. Unter ihren Füßen knirschten Glassplitter. Die Penner hatten mal wieder im Suff ihre Schnapsflaschen zerschlagen. Sie selber lagen wahrscheinlich irgendwo herum und schliefen ihren Rausch aus, hoffentlich noch zu besoffen, um sie zu bemerken.

Das Tageslicht verdunkelte sich. Sie fröstelte.

Vor ihr lag etwas auf dem Boden. Der Anblick brachte sie aus dem Tritt. Fast wäre ich darüber gestolpert, dachte sie. Die Form unterschied sich von den mumienhaften Schatten, die sonst den Tunnelgrund bedeckten. Cosma hielt mit dem Joggen inne und näherte sich vorsichtig der schemenhaften Gestalt. Es war ein Mann. Er lag zusammengekrümmt auf der Seite. Kein Kissen. Kein Schlafsack. Und der übliche Gestank fehlte.

Sie lauschte. Der Wind pfiff durch den Tunnel. Das Rauschen der Bäume verband sich mit dem Regen.

»Hallo?«, sprach sie ihn leise an. »Kann ich Ihnen irgendwie helfen?«

Der Mann antwortete nicht. Sie ging noch einen Schritt näher. Unter ihren Füßen schmatzte es leise, und sie sprang erschrocken zurück, sah das dunkle Blut und spürte, wie ihr übel wurde. Nur schnell weg, dachte sie, konnte sich aber nicht regen. Ein leises Rascheln ließ sie zusammenfahren, sie dachte an die Ratten, und ihre Starre löste sich. Vorsichtig trat sie einen Schritt nach links, umrundete den Mann und lief los. Wieder in Bewegung zu sein, tat gut, gleich würde sie den Tunnel verlassen. Sie steigerte ihr Tempo. Um sie herum wurde es langsam wieder heller. Dann spürte sie den Regen auf ihrem Gesicht und atmete erleichtert auf.

Plötzlich hörte sie Schritte hinter sich und jemanden rufen: »He, bleiben Sie stehen! Sofort stehen bleiben!«

Die Schärfe der Stimme durchschnitt die Musik. Sie beschleunigte. Nur weg! Nach Hause! Noch ein Spurt und immer schneller, mehr Distanz zwischen sich und ihrem Verfolger schaffen.

Die Schritte und die Stimme entfernten sich langsam.

Sie hörte den Mann noch einmal schwach rufen, dann kam die Stimme plötzlich von der Seite wieder näher.

»He, bleiben Sie stehen. Polizei.«

Unbeirrt rannte sie weiter, noch schneller und stolperte. Sie fiel hart, ein reißender Schmerz in ihrem Fuß. Kurz danach hatte der Uniformierte sie erreicht und sah auf sie herab. Während sie versuchte aufzustehen, erschien ein zweiter. Die beiden halfen ihr hoch und hielten ihre Oberarme fest umschlossen.

Cosma wehrte sich, wollte weg. Die Polizisten verstärkten den Griff und drehten ihr den Arm auf den Rücken. Sie schrie auf und hielt still.

»Was machen wir mit ihr?«, fragte der eine.

»Wir halten sie fest, bis die Kripo kommt.«

»Hast du angerufen?«

Der Polizist nickte. »Und wo warst du in der Zeit?«

»Pinkeln.«

»Draußen?«

»Na klar, denkst du, ich pisse neben eine Leiche!«

»Mist. Und ausgerechnet dann rennt sie in den Tunnel.«

Er betrachtete Cosma.

»Wenn Sie aufhören, hier so rumzuzappeln, können wir den Griff lockern«, sagte er.

Cosma nickte. Die beiden ließen den verdrehten Arm los und packten sie wieder an den Oberarmen.

Eine heftige Böe ließ sie frösteln, es goss wie aus Eimern.

»Können wir uns nicht irgendwo unterstellen?«, fragte sie.

Der Polizist schüttelte den Kopf und griff nach seinem Handy. Sein Kollege nickte bedauernd.

Cosma spürte, wie ihr der kalte Regen den Rücken herunterrann und in der Jogginghose verschwand. Es fühlte sich an, als ob sie in die Hose gemacht hätte. Sie versuchte, ihre Arme zu bewegen, und trat einen der Polizisten gegen das Schienbein. Blitzschnell lockerte er den Griff und verdrehte ihr den Arm wieder auf den Rücken.

Sie schrie auf und verharrte bewegungslos in der gebückten Stellung. Kurz danach sah sie aus den Augenwinkeln einen weiteren Mann auf sich zurennen. Er war groß und trug Zivil. Außer Atem stützte er sich auf seine Oberschenkel. Dann zog er eine Plastikkarte aus der Hosentasche und stellte sich den Beamten vor.

»Breschnow, Mordkommission.«

Die zwei Uniformierten taten dasselbe.

»Schmidt«, sagte der eine und »Schulze« der andere.

Wider Willen musste sie schmunzeln. Schmidt und Schulze, tolles Paar.

Aber das Paar hielt sie eisern fest. Breschnows Blick streifte sie prüfend, bevor er den beiden ein Zeichen gab, den verdrehten Arm freizugeben. Sie taten es und griffen wieder nach ihren Oberarmen.

»Habt ihr uns gerufen?«

Schmidt nickte.

»Es gab einen anonymen Anruf, dass im Tunnel eine Leiche liegt, und wir waren mit der Streife am nächsten dran.«

»Und?«

»Im Tunnel liegt ein Mann in einer Blutlache«, antwortete Schmidt leise.

Breschnow sah, dass er blass wurde.

»Und sie?«

Er deutete mit dem Kopf auf Cosma.

»Stand im Tunnel. Direkt neben der Leiche.«

»Und ist abgehauen, als ich ihr zugerufen habe«, ergänzte Schulze.

Cosma machte wütend auf sich aufmerksam.

»Hallo, ich bin auch noch hier! Lassen Sie mich endlich los!«

Als sie versuchte, sich freizustrampeln, verstärkten die Uniformierten wieder ihren Griff.

»Was soll das eigentlich alles?«

Der zerknitterte Zivile machte einen Schritt auf sie zu. Sie wollte ausweichen, doch er griff langsam nach ihren Ohren und zog ihr die Kopfhörer heraus.

»Vielleicht will ich wissen, warum Sie bei dem toten Mann im Tunnel standen?«, antwortete er sehr ruhig und sehr deutlich.

Sie rümpfte die Nase. Der Mann stank nach Schweiß, kaltem Rauch und Schnaps. Und er musterte wie nebenbei das Tattoo auf ihrer linken Gesichtshälfte.

Ursprünglich war es ein Geschenk ihrer Schwester. Margareta hatte an ihrem vorletzten Geburtstag unangemeldet vor ihrer Tür gestanden und von einer Überraschung gesprochen. Cosma war ihr kreuz und quer durch die Stadt gefolgt, und als sie die Spannung fast nicht mehr aushielt, hatte ihre Schwester sie endlich in ein kleines Tattoo-Studio geführt. Zunächst war es ihr schwergefallen, ein Motiv auszuwählen, doch dann entschied sie sich für eine kleine grünbraune Echse, die sich von dem Wangenknochen bis hoch zur Schläfe zog. Margareta hatte sofort angefangen zu protestieren. Nicht im Gesicht, hatte sie immer wieder gesagt und schließlich wutentbrannt das Studio verlassen.

Cosma starrte den Kriminalen trotzig an.

»Warum ich im Tunnel stand, wollen Sie wissen? Solange ich hier wie eine Schwerverbrecherin festgehalten werde, erzähle ich Ihnen das ganz bestimmt nicht!«

Mittlerweile hatte der Regen ihre Kleidung völlig durchnässt, und sie fror. Sie sehnte sich nach ihrer Wohnung und einem heißen Bad. Der Griff der Polizisten tat weh, und dieser Breschnow war ihr unsympathisch. Er sah aus, als ob er drei Tage durchgesoffen und die Nächte auf einer Parkbank verbracht hatte. Seine Kleidung war genauso verknittert wie sein Gesicht. Aber sein Blick war klar und wach. Die grünen Augen strahlten eine Lebendigkeit aus, die so gar nicht zu diesem verlebten Gesamteindruck passen wollte. Sie starrte ihn an, bis er den Kopf etwas zur Seite drehte und sie ansah.

»Ich lasse Sie nach Hause fahren, damit Sie sich umziehen können. Danach kommen Sie aufs Revier. Sie sind eine wichtige Zeugin.«

Cosmas Blick wurde durch vier weitere Beamte abgelenkt, die zügig auf sie zukamen.

»Hallo Breschnow. Da sind wir«, sagte eine kleine mollige Frau, schob sich die Kapuze aus dem Gesicht und sah Cosma neugierig an. Auf ihrem Overall stand »Gerichtsmedizin«, auf denen der drei anderen »Spurensicherung«. Nach der allgemeinen Begrüßung folgten die Erklärungen und Anweisungen von Breschnow. Es schien, als hätte er sie völlig vergessen, während er in forschem Ton die Lage erklärte und dabei mit Armen und Händen gestikulierte.

»Sperrt den Tatort ab und durchkämmt das gesamte Gebiet um den Tunnel herum. Zur Not holt euch Unterstützung. Soviel ich sehen konnte, ist die Leiche noch frisch.«

Aus den Augenwinkeln beobachtete Cosma, wie eine Frau mit krausen schwarzen Haaren und kaffeebrauner Haut und ein sehr blasser, glatzköpfiger Mann in Zivil auf sie zukamen.

»Guten Morgen«, grüßte die Polizistin in die Runde. »Ist sie das?«

Sie sah Cosma prüfend an, als wolle sie feststellen, welche Gefahr von ihr ausging.

Breschnow nickte.

»Stellt die Personalien fest, fahrt sie nach Hause, damit sie sich umziehen kann, und bringt sie anschließend aufs Revier. Beeilt euch und kommt danach sofort wieder her und befragt alles, was sich im Park bewegt. Ich habe noch zwei zusätzliche Kräfte angefordert. Aber am Sonntagmorgen …«

Er zuckte mit den Schultern, trat einige Schritte zur Seite und winkte seine Kollegin zu sich.

»Die Streife hat die Frau direkt neben der Leiche entdeckt, und sie ist weggerannt, als sich die Kollegen als Polizisten zu erkennen gaben. Der Mann ist noch nicht lange tot, es kann also sein, dass sie etwas damit zu tun hat. Passt gut auf sie auf, Delego.«

»Wieso hat die Streife sie in den Tunnel gelassen?«

»Weiß ich noch nicht«, antwortete Breschnow und ging zurück zu der kleinen Gruppe.

Delego folgte ihm, zog die Handschellen hervor und sah ihn fragend an. Breschnow schüttelte den Kopf.

»Okay, Jungs, dann gebt sie mir mal«, befahl sie.

Cosma spürte, wie der feste Griff sich löste, um dann durch einen neuen der Kriminalpolizisten ersetzt zu werden. Sie wurde zur Seite gedreht und auf den Weg geschoben. Niemand redete mit ihr. Abgeführt wie ein Stück Vieh, dachte sie.

Tränen der Wut stiegen in ihr hoch, ihr Magen verkrampfte sich, und ihre Kehle war wie zugeschnürt. Aus den Augenwinkeln sah sie, wie sich der Verknitterte in Richtung Tunnel entfernte. Plötzlich drehte er sich noch einmal um und rief.

»Ach ja, sie soll gleich noch ihre Schuhe ausziehen und sie Manfred geben.«

Cosma spürte den Adrenalinschub durch ihren Körper schießen.

»Was?!«, schrie sie empört. »Soll ich etwa auf Strümpfen laufen?«

Sie wollte ihm hinterherrennen, aber der Polizist packte fester zu, und sie schrie auf. Delego legte beruhigend ihre Hand auf die ihres Kollegen, worauf sich der Griff wieder ein wenig löste.

Der Verknitterte sah Cosma aus der Entfernung an und beantwortete ihre Frage mit einem knappen Nicken. Sie hörte die Worte »wichtige Beweisstücke« und sah, wie er einen Mann von der Spurensicherung zu sich rief und ihn bat, ihre Schuhe in Empfang zu nehmen.

»Beweisstücke wofür?«, rief sie aufgebracht.

Ihre Blicke trafen sich. Breschnow musterte sie nur kurz, wandte sich dann schweigend ab und ging zurück zum Tunnel.

Die Polizistin legte eine Hand auf Cosmas Schulter und versuchte so, ihre Aufmerksamkeit für sich zu gewinnen.

»Mein Name ist Delego, und das ist mein Kollege Subat. Sie bekommen Überzieher, damit Ihre Füße nicht nass werden.«

Sie hielt kurz inne und sah zum Himmel hinauf, aus dem es immer noch schüttete. Dann nahm sie sich selbst und Cosma in Augenschein und lachte.

»Eigentlich brauchen Sie keine Überzieher mehr. Wir sollten Sie lieber so schnell wie möglich ins Trockene bringen. Sonst werden Sie uns noch krank. Manfred leg mal ’nen Zahn zu!«

Ein älterer Herr in einem grauen regensicheren Overall schlenderte auf sie zu und grinste.

»Moin, ihr drei. Haben wir uns nicht ein schönes Wetter für unseren lauschigen Parkausflug ausgesucht?«

Delego lachte wieder. Subat blickte den Kollegen grimmig an und brummte etwas Unverständliches.

Cosma sah zu, wie der ältere Mann sich durchsichtige Plastikhandschuhe überzog.

»Nettes Tierchen, junge Frau.«

Er tippte sich an die linke Schläfe.

»Und nu geiht dat los.«

Er ging in die Hocke und zeigte mit dem Finger auf Cosmas rechten Fuß, den sie bereitwillig hob. Behutsam nahm er ihn in die Hand, öffnete die Schnürsenkel und zog ihr den schmutzigen Schuh aus. Anschließend streifte er einen Plastikschuh darüber und verschnürte ihn sorgfältig am Gelenk.

»Hat auch nicht jeder«, frotzelte er. »Die neuste Mode aus Übersee!«

Cosma sah zu ihm herunter und lächelte. Seine Freundlichkeit tat ihr gut. Sie stellte den Fuß wieder ab und hob ohne Aufforderung den Linken. Dieselbe Prozedur.

Der Spurensicherer erhob sich mit knackenden Kniegelenken, zog einen imaginären Hut, zwinkerte ihr zu und verabschiedete sich mit einem kurzen »Tschüss, denn man tau«.

»Spinner«, schimpfte Subat, als sie außer Hörweite waren. Seine Kollegin sah ihn mahnend an. Sie hatten Cosma in die Mitte genommen und gingen schweigend in Richtung Auto. Cosma hatte Schwierigkeiten, in den Plastikschuhen zu laufen. Die kleinen Steinchen piekten ihr in die Füße, zudem hatte der Regen den Weg glitschig gemacht. Leise verfluchte sie den Verknitterten und musterte die beiden Polizisten aus den Augenwinkeln. Die Frau war ungefähr so groß wie sie und kräftig. Ihre krausen Haare waren zu kleinen Zöpfen geflochten, die sie am Hinterkopf zusammengesteckt hatte. Der Mann war hager und hochgeschossen. Auf seiner Glatze war bereits ein dunkler Haarschatten zu sehen.

Auch einer, der sich eine Glatze rasiert, wie Dino, dachte Cosma, und wenn sie irgendwann alt sind, fangen sie an zu jammern.

Sie versuchte, das Tempo zu reduzieren.

»Mit den Plastiktüten kann ich nicht so schnell laufen«, maulte sie und sah auf ihre Füße.

Die Polizisten verstärkten erneut ihren Griff, wurden aber wenigstens langsamer. Endlich erreichte die kleine Gruppe den Transporter am Parkausgang. Subat schloss die hintere Tür auf, dann halfen ihr die beiden beim Einsteigen. Cosma setzte sich auf eine der Sitzbänke an einem kleinen Tisch. Die Polizistin nahm neben ihr Platz, der Kollege ihr gegenüber.

»Wir werden zuerst Ihre Personalien aufnehmen«, stellte er fest. »Können Sie sich ausweisen?«

»Nein, kann ich nicht!«, blaffte Cosma. »Wenn ich jogge, trage ich nur den Schlüssel um den Hals und den iPod und ein Taschentuch in der Hosentasche. Alles andere bleibt zu Hause.«

Subat hob beschwichtigend die Hände.

»In Ordnung ... Sagen Sie uns Ihren Namen, Ihre Adresse und Ihr Geburtsdatum. Wir überprüfen die Personalien dann über Funk.«

»Cosma Anderson. Maybachufer 43. Was war das Dritte?«

»Ihr Geburtsdatum.«

»21.3.77.«

Der Beamte notierte sich die Daten und stieg aus dem Auto. Sie hörte das Öffnen der Fahrertür in ihrem Rücken. Das Funkgerät rauschte und knisterte.

»Revier 5 an Zentrale, hier Subat.«

»Zentrale, Schubert. Was gibt's?«

»Personenüberprüfung.«

»Okay, Kollege. Deine Dienstnummer?«

Subat nannte sie und gab Cosmas Personalien durch. Während ihre Angaben durch die zentrale Datenbank liefen, schwiegen sie. Cosma hörte den Regen auf das Blechdach prasseln. Der Transporter wiegte sich in den Böen. Aus dem Fenster sah sie die leere Straße.

Als sie sich zurücklehnte, fing sie den Blick der Polizistin auf, die sie freundlich anlächelte, und drehte sich sofort weg. Sie spürte, wie die erste Wut nachließ, doch sie war noch immer nervös und angespannt. In diesem Polizeiauto zu sitzen gab ihr das Gefühl, irgendetwas verbrochen zu haben. Dabei war sie sicher, dass nichts über sie im Computer stehen konnte. Sie hatte höchstens mal ein Knöllchen wegen Geschwindigkeitsüberschreitung oder Falschparkens bekommen.

Wieder rauschte das Funkgerät. Die Daten waren korrekt.

Subat drehte sich zu seiner Kollegin um.

»Soll ich fahren?«

Delego nickte.

Er startete den Transporter. Cosma merkte, dass sie verkehrt herum saß, und vom Rückwärtsfahren würde ihr übel werden. Sie bat die Polizistin, sich umsetzen zu dürfen. Delego zögerte kurz und stoppte dann den Wagen. Cosma wechselte die Sitzbank, die Polizistin folgte ihr.

Nach knapp zehn Minuten erreichten sie das Maybachufer, und Cosma war froh, das Fahrzeug wieder verlassen zu können. Subat hatte die Heizung und die Lüftung auf voller Kraft laufen lassen und den Transporter so in einen tropischen Kasten verwandelt. Dort, wo sie gesessen hatten, waren kleine Pfützen entstanden. Cosma fror augenblicklich, als die Schiebetür geöffnet wurde und ein kalter Wind hereinzog. Delego half ihr beim Aussteigen, und Subat packte wieder ihren Oberarm. Er roch stark nach Pfefferminze.

»Ich wohne im dritten Stock«, informierte Cosma die beiden. Sie hatte das Gefühl, etwas sagen zu müssen.

Subat drückte die schäbige Haustür auf, und sie betraten das heruntergekommene Treppenhaus. Der Anstrich hatte sich in den Jahrzehnten in ein schmutziges Einheitsgrau verwandelt, die Briefkästen waren teilweise aufgebrochen, und es stank nach einem Gemisch aus altem Essen und Katzenpisse. Cosma schaltete die Flurbeleuchtung ein, dann stiegen sie schweigend im Gänsemarsch die alte Treppe hinauf. Die Stufen knarrten. An manchen Stellen war das Treppengeländer herausgebrochen worden, und die alten bleiverglasten Fenster waren so schmutzig, dass sie kaum noch Licht durchließen. Vor einer Wohnungstür stand ein gefüllter Müllsack. Cosma hielt den Atem an.

Oben angekommen, schloss sie ungeschickt die drei Schlösser ihrer Wohnungstür auf. Subat ließ sie los, und sie betrat den kleinen Wohnungsflur. Die Polizisten folgten ihr. Delego schloss die Tür und sah sich um. Schon auf den ersten Blick war die Wohnung der totale Gegensatz zum Haus. Sie war sauber, aufgeräumt und hell. Von dem schmalen Eingangsflur zweigten vier Türen ab. Die erste führte in ein schmales Bad, die zweite in eine kleine Küche und die dritte, an der Stirnseite des Flures, in ein verdunkeltes Schlafzimmer.

Cosma öffnete die vierte Tür. Sie führte in ein großes Wohnzimmer, das nach vorne zur Straße hin lag.

»Wohnen Sie allein?«, erkundigte sich Delego, als sie an ihr vorbeiging.

Cosma nickte.

»Vielleicht sollten wir beide erst einmal ins Schlafzimmer gehen, damit Sie sich umziehen können«, schlug die Polizistin vor.

»Ich muss vorher noch aufs Klo, und umziehen kann ich mich alleine.«

Subat löste sich vom Fenster, sah sich die CD-Sammlung an und pfiff anerkennend durch die Zähne. Delego stellte sich neben ihn.

»Schau dir das an! Sie ist eine richtige Sammlerin, Musik quer durch die Geschichte«, sagte er leise. »Jazz, Klassik, Pop, einige Raritäten.«

Sie hörten erst die Klospülung, dann den Wasserhahn rauschen. Kurz danach kam Cosma mit zwei grünen Handtüchern ins Wohnzimmer und reichte sie den beiden. Dann trat sie an die Stereoanlage und legte eine CD ein. Wenig später erfüllten Trompetenklänge von Miles Davis den Raum. Die beiden Polizisten sahen sie erstaunt an.

Als Cosma zum Schlafzimmer ging, folgte Delego ihr. Im Raum war es dunkel. Cosma zog die blaue Jalousie hoch, um das trübe Licht von draußen hereinfließen zu lassen. Delego lehnte die Tür nur an, sodass Miles Davis immer noch leise zu hören war. Langsam streifte Cosma sich die Überzieher von den Füßen und öffnete den Kleiderschrank.

»Ich habe mit der ganzen Sache im Park nichts zu tun«, sagte sie leise, während sie sich eine Jeans und ein langärmeliges T-Shirt griff. Aus der Kommode holte sie einen BH, einen Slip und Socken.

»Ich war beim Joggen, und da lag dieser Mann. Ich weiß auch nicht, warum ich stehen geblieben bin ...«

Langsam zog sie die nassen Sachen aus.

Delego stand am Fenster und schaute auf den trostlosen Hinterhof hinunter. Dann drehte sie sich langsam um und sah die blauen Flecken auf Cosmas Rücken und ihren Oberarmen.

»Was ist mit Ihnen passiert?«, fragte sie besorgt.

Hastig zog sich Cosma das langärmelige T-Shirt über.

»Nix!«, antwortete sie barsch und sammelte nervös ihre nassen Sachen zusammen. Bevor sie die Schlafzimmertür aufmachen konnte, griff Delego ihren Arm und hielt ihr eine große durchsichtige Tüte hin.

»Wir brauchen Ihre Kleidung für die Spurensicherung.«

Cosma sah sie fragend an.

»Sie standen neben der Leiche«, ergänzte die Polizistin.

»Und?«

»Eventuell haben Sie Fasern hinterlassen.«

Widerwillig stopfte Cosma ihre Kleidung in die Tüte, riss die Schlafzimmertür auf und zwängte sich wortlos an Delego vorbei. Sie raste in die Küche, holte ihren Rucksack und hielt Subat ungefragt ihren Ausweis unter die Nase.

»Können wir jetzt gehen?«, fragte sie genervt.

Verwundert sah der Polizist seine Kollegin an. Delego nickte.

»Klar, los geht's«, antwortete Subat etwas zu fröhlich.

Wortlos ging Cosma ins Wohnzimmer und stellte die Anlage ab. Dann stöpselte sie sich die Kopfhörer ihres iPod in die Ohren, öffnete die Wohnungstür, winkte die beiden an sich vorbei und zog die Tür zu. Delego ging voran, Subat bildete das Schlusslicht. Niemand hielt sie am Arm fest.

Draußen nahmen die beiden sie wieder in die Mitte und überquerten die Straße. Schweigend stiegen sie in den Transporter. Dieses Mal setzte sich Subat neben sie, und Cosma war froh, dass die Polizistin fuhr. Es war ihr peinlich, dass sie ihren Rücken gesehen hatte.

»Du kannst losfahren, Delego. Hier hinten ist alles klar.«

***

Er stand auf einer kleinen Anhöhe und sah dem regen Treiben dort unten aufmerksam zu. Der große Regenschirm hielt ihn trocken. Zufrieden stieg er den niedrigen Hügel wieder hinab.

***

Breschnow war zurück zum Tunnel gegangen. Er war heute sehr schlecht in Form. Zu viel Alkohol und zu viele Zigaretten gestern Nacht in seiner Stammkneipe. Um kurz nach fünf dann der Anruf von der Zentrale. Eine Leiche in der Hasenheide. Sie hatten ihn nach knapp zwei Stunden Schlaf aus seinem Sessel geklingelt, und er hatte eine eiskalte Dusche gebraucht, um überhaupt zu sich zu kommen. Auf dem Weg zum Tatort hatte er die Kollegen von der Spurensicherung und der Gerichtsmedizin informiert.

Sein Schädel hämmerte, und sein Magen rebellierte nach den Schmerztabletten auf nüchternen Magen. Missmutig dachte er an die junge Frau. Sie war an seinem Tatort herumgetrampelt – oder war sie dahin zurückgekommen?

Und er war sauer, heute Morgen im strömenden Regen hier in der Hasenheide sein zu müssen. Wieder einmal kam ihm der Gedanke, den Dienst zu quittieren. Aber wofür? Um sich dann vor lauter Langeweile totzusaufen?

Vielleicht keine schlechte Alternative, dachte er bitter und konzentrierte sich wieder auf seine Arbeit.

Offensichtlich hatten die Uniformierten die Kollegen unterstützt, denn das Gelände war bereits weiträumig abgesperrt. Zwei Scheinwerfer tauchten den Tunnel in gleißend helles Licht, der kleine Generator stand am Eingang und brummte geschäftig vor sich hin.

Breschnows Handy klingelte. Kurz darauf hörte er von einer trockenen Stimme aus der Zentrale, dass heute keine weiteren Kollegen zur Unterstützung bereitgestellt werden konnten.

Ohne etwas zu erwidern, drückte er die Stimme weg und fluchte. Jetzt würden sie den ganzen verdammten Tag in diesem Park verbringen.

»He, du siehst heute echt scheiße aus!«, grinste Manfred. »Kommst du direkt aus der Kneipe?«

»Mehr oder weniger«, knurrte Breschnow.

Die beiden tranken öfter mal ein Bier zusammen. Der Spurensicherer ein bis zwei, Breschnow in derselben Zeit acht.

Manfred klopfte ihm kameradschaftlich auf den Rücken und drückte ihm einen weißen Overall in die Hand.

»Du kannst dich dahinten umziehen.«

Breschnow ging zu dem kleinen Zelt, das die Spurensicherung aufgebaut hatte, um ihre Instrumente zu schützen.

Drinnen war es sehr eng, und er bemühte sich, keines der Geräte umzuwerfen. Seine nassen Klamotten ließ er einfach auf den Boden fallen und schob sie mit dem Fuß unter das nächste Regal. Auf einem kleinen Tisch daneben stand eine große Thermoskanne mit Kaffee. Er goss sich einen Becher voll und stimmte innerlich einen Lobgesang auf die Kollegen an. Das heiße Getränk wärmte ihn ein wenig, und er verließ besänftigt das Zelt. Die Gerichtsmedizinerin kniete bereits neben der Leiche. Ihr Overall spannte ein wenig über ihren üppigen Kurven. Die Haare hatte sie unter einem geschickt gebundenen roten Tuch verborgen. An den Seiten lugten schwarze Löckchen hervor. Sie war wie immer kunstvoll geschminkt. Ein junger Fotograf schwirrte aufgeregt um sie herum.

»Na, Gerichtsmedizinerin aus Leidenschaft, ist der denn schon volljährig?«, fragte Breschnow grinsend mit Blick auf den jungen Mann.

»Grade mal eben«, lachte Monika. »Heute Morgen war niemand aufzutreiben, da habe ich in meiner Not den Praktikanten angerufen. Aber er macht seine Sache sehr gut!«

Sie schenkte dem Fotografen einen lobenden Blick. Der junge Mann errötete.

Liebeskranker Praktikant und attraktive Gerichtsmedizinerin, dachte Breschnow.

»Hast du schon was für mich?«

»Männlich, weiß, circa vierzig Jahre alt. Keine Papiere. Ich schätze, er ist erst seit zwei bis vier Stunden tot. Drei Messerstiche, zwei von hinten, einer von vorne – direkt ins Herz. Das war wahrscheinlich der tödliche. Aber Genaueres kann ich dir erst nach der Obduktion sagen.«

»Wann machst du die?«

»Wenn ich einen Assistenten auftreiben kann, dann noch heute. Der Sonntag ist eh versaut«, antwortete Monika und sah ihren Praktikanten an.

Breschnow nickte zustimmend und ging wieder zu Manfred.

»Was gefunden?«

»Oh ja, jede Menge Glasscherben, Kippen, gebrauchte Spritzen …«

Breschnow unterbrach ihn. »Irgendetwas, was wir brauchen können?«

»Woher soll ich wissen, was du brauchen kannst? Ich sammele wie immer den ganzen Kram zusammen und bringe ihn ins Labor. Dann sehen wir weiter.«

»Wo sind die anderen?«

Manfred beschrieb mit beiden Armen einen großen Bogen. »Amüsieren sich im Park. Sonntagsausflug. Suchen ein schönes Plätzchen für ein Picknick.«

Breschnow grinste. Er mochte Manfreds trockenen Humor.

»Nachher kommen noch Subat und Delego. Hebt ihnen was zu essen auf!«

»Zeugensuche?«

Breschnow nickte.

»Was ist mit der Person, die die Leiche gemeldet hat?«, erkundigte sich der Kriminaltechniker.

»Ein Mann. Wir versuchen gerade, seine Nummer zurückzuverfolgen. Ich sehe mich hier noch ein bisschen um.«

Breschnow war froh, wieder ins Freie zu kommen. Eine Leiche in einem Tunnel ist wie eine Leiche in einem Zimmer, dachte er. Zu nah, zu wenig Raum zwischen dem Leben und dem Tod. Langsam ging er den breiten Weg entlang. Der Regen hatte zwar etwas nachgelassen, aber dennoch alle Spuren verwischt.

Der Täter musste Blut an sich gehabt haben, dachte Breschnow. Man erstach niemanden aus nächster Nähe, ohne sich schmutzig zu machen. Obdachlose und Dealer mussten im Park gewesen sein, vielleicht sogar im Tunnel. Aber die zu finden würde schwierig werden, die wollten nichts mit der Polizei zu tun haben.

Von Weitem sah er einen weißen Overall im Gebüsch aufblitzen. Kurz darauf bewegten sich die Büsche an einer anderen Stelle. Ein älterer Mann mit einem großen Regenschirm kam ihm entgegen. Als er auf gleicher Höhe war, nickte er kurz zur Begrüßung. Breschnow nickte gedankenverloren zurück und ging weiter. Sein Magen knurrte. Vielleicht sollte er rasch nach Hause fahren, sich umziehen und etwas essen. Als er das Handy herausholen wollte, verwünschte er seine Unkonzentriertheit. Er hatte es bei den nassen Sachen im Zelt liegen lassen. Schnell drehte er um und eilte zurück zum Tunnel.

Mittlerweile waren zwei weitere Kollegen der Gerichtsmedizin angekommen, um den Toten abzuholen. Sie standen mit verschränkten Armen um die Leiche herum und beobachteten Monika. Den Plastiksarg hatten sie neben sich abgestellt. Sie schienen es nicht eilig zu haben.

Breschnow nickte ihnen zu, verschwand im Zelt und holte das Handy aus seiner Tasche. Ein verpasster Anruf von Delego. Er rief sie zurück.

»Was gibt's?«

»Cosma Anderson heißt deine Zeugin. Vierunddreißig Jahre alt, keine Vorstrafen. Wir sind auf dem Weg ins Revier. Hast du Verstärkung bekommen?«

»Nein, stellt euch auf einen langen Tag ein. Versucht jemanden zu finden, der etwas gesehen hat. Dealer, Partyheimkehrer, frühe Gassigänger und die Obdachlosen, die immer im Tunnel übernachten. Und versuch, Schmitti oder Drass zu erreichen. Ich hätte gerne jemanden dabei, wenn ich mit der Frau rede.«

»Geht klar.«

Breschnow raffte seine nassen Sachen zusammen und ging zu Manfred, der noch immer auf dem schmutzigen Tunnelboden herumkroch.

»Warte auf Subat und Delego. Okay?«

Der Spurensicherer sah kurz hoch und nickte.

Breschnow verabschiedete sich und nahm den Weg in Richtung Ausgang. Mittlerweile waren die Uniformierten verschwunden, und vereinzelt trauten sich die ersten Dealer wieder aus ihren Verstecken heraus. Obwohl es aufgehört hatte zu regnen, sah er nur wenige Passanten mit Hunden und einige Jogger.

Was hatte die Frau im Tunnel zu suchen gehabt? War sie zum Tatort zurückgekommen, oder war sie wirklich nur eine Joggerin? Sie war stehen geblieben. Hatte sie etwas gehört oder gesehen? Hatte sie den Mann gekannt?

Fast wäre er am Parkausgang zur Fontanestraße, wo sein Auto stand, vorbeigegangen. Er schloss die Fahrertür auf und stieg in den sechzehn Jahre alten ehemaligen Streifenwagen. Er hatte den grünen Passat damals für wenig Geld ersteigert, als der Fuhrpark erneuert worden war. Jetzt war es wieder so weit, dachte er, die grünen Autos werden blau.

Langsam rollte er rückwärts auf die Straße hinaus und hätte fast einen Radfahrer übersehen, der verkehrswidrig die Fahrbahn überquert hatte. Er fluchte laut.

Der Regen setzte wieder ein und wurde so heftig, dass die alten Wischer Mühe hatten, die Scheibe frei zu halten. Klimaerwärmung? Grundwasserprobleme in Brandenburg? Wohl eher eine neue Sintflut, die alles Böse aus der Welt spülte.

Wieso war die Frau im Tunnel weggerannt?

Zehn Minuten später erreichte er seinen Wohnblock in der Kreuzbergstraße 49. Ein Neubau, von außen schick anzusehen, aber innen schon leicht baufällig. Der Eigentümer hatte das Haus vor fünf Jahren billig hochgezogen, und nun häuften sich die Mängel. Breschnow fragte sich, ob die ständigen Reparaturen nicht letztendlich teurer waren, als wenn der Bauherr von Anfang an sorgfältiger gebaut hätte.

Er versuchte die Haustür aufzuschließen, die wie immer klemmte. Im Treppenhaus war es schummerig, die Deckenlampe brannte nicht. Er stieg in den kleinen Aufzug, fuhr in den dritten Stock und schloss seine Wohnungstür auf.

Er hatte die kleine Dreizimmerwohnung vor zwei Jahren für sich und seine Freundin gekauft. Aber auch diese Beziehung hatte nicht lange gehalten. Nach fünf Monaten war sie gegangen, hatte seine Stereoanlage mitgenommen und in einem kurzen Abschiedsbrief erklärt, dass ihr diese, nach der Quälerei mit ihm, zustehen würde. Er konnte es ihr nicht verdenken.

Als sie damals aus dem kleinen Dorf an der nordfriesischen Küste zu ihm nach Berlin gezogen war, hatte er einfach so weitergelebt wie immer. Er war nie zu Hause, soff, war schlecht gelaunt, und wenn er mal freie Zeit hatte, verbrachte er sie mit einem Stift und einem Block und schrieb Gedichte. Eigentlich wunderte es ihn, dass sie überhaupt so lange geblieben war. Eine neue Stereoanlage hatte er sich bis heute noch nicht gekauft.

Er schmiss seine nassen Sachen auf den weiß gekachelten Badezimmerboden, zog den Overall aus und stellte sich unter die Dusche. Das warme Wasser tat gut. Der Overall hatte zwar den Regen abgehalten, ihn aber nicht gewärmt. Er hob das vom Morgen noch feuchte Handtuch vom Boden auf, versuchte, sich damit abzutrocknen, und ging ins Schlafzimmer. Dort sah es aus wie nach einer Hausdurchsuchung. Die Kleidung der letzten Wochen lag über den Fußboden verstreut, der alte Kleiderschrank war fast leer. Breschnow zog ein weißes verknittertes Hemd aus einem der Haufen und suchte nach seiner schwarzen Jeans. Er fand sie unter dem Bett und in der Kommode sogar noch saubere Unterwäsche und Socken.

Seine Waschmaschine hatte vor vier Wochen den Dienst quittiert, und er war bisher noch nicht dazu gekommen, sich eine neue zu kaufen.

Gleich morgen, dachte er und knöpfte sich auf dem Weg in die Küche das Hemd zu. Er öffnete den Kühlschrank. Bier, Wein und Schnaps. Mit Essen sah es schlechter aus. Er würde sich beim Bäcker ein belegtes Brötchen holen.

***

Der kleine Transporter brummte zufrieden. Der genießt die Fahrt, dachte Cosma neidisch, und ist wahrscheinlich auch der Einzige. Aus dem iPod drang leise die wärmende Stimme von Leonard Cohen. Cosma hätte das Gerät gerne lauter gestellt.

An einer roten Ampel drehte sich Delego um.

»Subat, wir müssen nachher zurück in den Park. Es gibt keine Verstärkung!«

Cosma hörte den Polizisten leise schimpfen. Er hatte sich seinen Sonntag wahrscheinlich anders vorgestellt. Aber hatten sie das nicht alle? Sie würde jetzt gerne mit einer heißen Tasse Tee und einem Buch auf ihrem Sofa liegen. Stattdessen war sie mitten in einem Kriminalfall gelandet. Ihre Schwester wäre bestimmt begeistert.

»Wie lange wird das Ganze noch dauern?«, fragte sie den Polizisten.

Er zuckte nur mit den Schultern.

Cosma sah wieder aus dem Fenster. Der Flughafen Tempelhof zog an ihr vorbei. Sie war immer gerne hierhergekommen und hatte den Flugzeugen beim Starten und Landen zugesehen. Seit der Schließung war sie nicht mehr hier gewesen.

Die große alte Backsteinkaserne in der Friesenstraße wirkte düster und abweisend. Delego bog ab und fuhr zum Eingang in der Golßener Straße, der durch eine Schranke gesichert war.

»Hier steht auch jeden Tag ein anderer«, stellte sie missbilligend fest und lenkte den Transporter im Schritttempo über den leeren Hof des Polizeireviers. Es war ungewöhnlich ruhig an diesem Sonntag. Sie hielt auf einem großen leeren Parkplatz neben einem kleinen metallicgrünen Sportwagen.

»Unser Kollege ist schon da«, stellte sie fest und deutete auf das Auto.

Subat öffnete die Schiebetür und half Cosma beim Aussteigen. Als er ihren Arm packte, zuckte sie zusammen. Die kleine Gruppe eilte über den Hof, aber der heftige Regen durchnässte sie in Windeseile.

Durch den Hintereingang gelangten sie über eine schmale Treppe ins Hochparterre. Delego öffnete die schwere Tür, indem sie sich kräftig dagegenstemmte. Sie betraten eine große

Eingangshalle, und Delego steuerte die Aufzüge an. Cosma zögerte einen Moment. Sie erinnerte sich mit Grauen an ihre letzte Fahrt im Einkaufszentrum in Neukölln. Es war ein unüberlegter trotziger Versuch gewesen, ihre Klaustrophobie in den Griff zu bekommen. Und er war kläglich gescheitert. Sie war zusammengebrochen, und zwei Passantinnen hatten sie aus dem Lift ziehen müssen.

Sie atmete tief durch und betrat die Kabine. Ihr Herz raste. Sie versuchte, sich abzulenken, starrte auf den Boden und zwang sich, an den Mann im Tunnel zu denken. Ihr wurde übel.

»Ist Ihnen nicht gut?«, hörte sie die Polizistin fragen.

Die Stimme war weit weg.

Ein kurzes Signal beendete Cosmas Not. Als der Fahrstuhl im ersten Stock stehen blieb, versuchte sie, sich nicht sofort hinauszudrängeln. Es dauerte eine Ewigkeit, bis sich die Aufzugstür öffnete und ein langer schmaler Flur sichtbar wurde. Endlos schien er sich über die gesamte Etage hinzuziehen, rechts und links von Türen flankiert, die fast alle verschlossen waren. Cosma schwitzte, verließ mit zittrigen Beinen die Kabine und atmete erleichtert auf. Aus den Augenwinkeln sah sie am hinteren Ende des Flurs eine Tür aufgehen.

Ein breitschultriger junger Mann in schwarzer Jeans und einem frisch gebügelten blütenweißen Hemd kam lächelnd auf sie zu geschlendert. Er blieb vor ihnen stehen, begrüßte mit einem Kopfnicken die Kollegen und stellte sich Cosma vor.

»Ich bin Hauptkommissar Andreas Drass. Mein Kollege hat mich gerade angerufen und ist auf dem Weg zu uns. Wir können uns schon mal in den Konferenzraum setzen. Kommen Sie?«

»Und wir fahren dann zurück in den Park, Herr Hauptkommissar«, brummte Subat finster hinter den beiden her.

Drass schob Cosma sanft in den Raum, aus dem er gekommen war. Ein großes, helles Zimmer mit blauem Teppichboden und weißen Tischen, die zu einem Rechteck zusammengestellt waren. Am Kopfende ein Whiteboard, rechts daneben ein Tisch mit einem Fernsehgerät und einem Videorekorder. Der Raum wirkte kahl. Keine Blumen, keine Bilder an den Wänden.

Drass ging zu der kleinen Küchenzeile hinüber.

»Setzen Sie sich doch bitte. Möchten Sie einen Kaffee?«

Cosma nickte und nahm die Kopfhörer heraus. Langsam beruhigte sich ihr Puls.

Sie hörte, wie der Polizist Wasser in die Kaffeemaschine füllte.

»Ich mag keinen Filterkaffee«, sagte sie. »Könnten Sie ihn aufgießen?«

»Aufgießen?«

»Ein Teelöffel Kaffeepulver in die Tasse und kochendes Wasser drüber.«

Drass nickte und schaltete den Wasserkocher an.

»Und was ist mit den Krümeln? Trinken Sie die mit?«

»Nein«, antwortete sie ironisch. »Den Satz lasse ich in der Tasse. Vielleicht können wir nachher die Zukunft daraus lesen.«

»Was wollt ihr tun?«, fragte Breschnow, der gerade den Raum betreten hatte.

»Im Kaffeesatz deine Zukunft lesen«, grinste Drass, zwinkerte Cosma zu und stellte ihr die Tasse mit dem aufgegossenen Kaffee hin.

»Willst du auch einen?«

Breschnow nickte.

»Wieso sind wir in diesem Raum?«, fragte er, als er zurück zur Tür ging, um sie zu schließen. »Sind die Verhörräume alle besetzt?«

»Nein, ich dachte, es wäre netter, hier zu sein. Immerhin ist es Sonntag.«

Breschnow nickte missmutig und wandte sich Cosma zu. Im Hintergrund gurgelte die Kaffeemaschine.

»Frau Anderson, ich habe Sie hierhergebeten, weil Sie eine wichtige Zeugin sind«, leitete er das Gespräch ein.

Cosma knallte ihre Tasse auf den Tisch. Etwas Kaffee schwappte über.

»Gebeten?«, zischte sie. »Sie haben mich wie eine Schwerverbrecherin abführen lassen!«

»Hmmm«, brummte Breschnow.

Drass erhob sich langsam, nahm einen Lappen aus der Spüle und wischte die Kaffeeflecken auf dem Tisch weg.

Cosma starrte Breschnow wütend an.

»Und? Bekomme ich wenigstens eine Entschuldigung?«

»Sie können sich bei meinem Vorgesetzten beschweren, Frau Anderson«, antwortete er sachlich.

Cosma schluckte.

Drass musterte sie und setzte sich zurück an den Tisch. Er schob Breschnow eine Tasse Kaffee hin und wandte sich dann Cosma zu.

»Frau Anderson, es tut uns wirklich leid, wenn Sie durch uns Unannehmlichkeiten hatten, aber weil bestimmt keiner von uns Lust hat, den ganzen Tag hier zu verbringen, schlage ich vor, dass wir jetzt anfangen.«

Cosma fixierte Breschnow weiterhin grimmig und nickte.

Drass seufzte, stand auf und holte das Aufnahmegerät. Er stellte es auf den Tisch und schaltete es ein. Dabei sah er Cosma freundlich an.

»Sonntag, 26.6.2011. Es ist jetzt neun Uhr fünfundvierzig. Zeugenbefragung von Frau Cosma Anderson. Anwesend Kriminalhauptkommissare Breschnow und Drass.«

»Frau Anderson, können Sie uns bitte Ihre Daten geben?«

»Aber das habe ich doch vorhin schon gemacht!«, blaffte sie. »Vorhin, als ich wie eine Schwerverbrecherin abgeführt wurde!«

Wieder starrte sie Breschnow an. Er hielt ihrem Blick mit unbeweglicher Miene stand.

»Bitte«, bat Drass sanft. »Frau Anderson, wir brauchen Ihre Daten für dieses Befragungsprotokoll.«

Meinetwegen, aber nur für dich, dachte Cosma und nannte ihren Namen und ihre Adresse.

»Was machen Sie beruflich?«, fragte Drass.

»Ich bin Journalistin.«

Drass und Breschnow wechselten einen Blick.

»Bei welcher Zeitung sind Sie tätig?«

»Ich arbeite als Freie für mehrere Zeitungen.«

»Welche zum Beispiel?«

»TAZ, Tagesspiegel, Berliner, manchmal auch Zitty und Tip.«

»Haben Sie Kinder?«

»Nein.«

»Leben Sie allein?«

»Wieso stellen Sie mir diese Fragen? Was geht Sie das an, wie ich lebe? Ich dachte, ich bin eine Zeugin!«

Das letzte Wort betonend sah sie die beiden Männer herausfordernd an.

»Frau Anderson«, übernahm Breschnow, »Sie standen heute Morgen um kurz vor sechs neben einer Leiche im Tunnel der Hasenheide. Was wollten Sie dort?«

»Ich jogge regelmäßig. Und das ist meine Runde. Als ich in den Tunnel lief, lag der Mann am Boden. Er lag so komisch da, nicht wie sonst die Penner, die dort schlafen. Also habe ich angehalten und bin dann zu ihm hingegangen.«

»Was meinen Sie mit komisch?«

»Ich weiß auch nicht.«

»Sie gingen also zu dem Mann hin …«

»Ja … er lag so gekrümmt da, als ob er Schmerzen hätte«, erinnerte sich Cosma. »Ich habe ihn gefragt, ob er Hilfe braucht. Dann sah ich das Blut und muss wohl in Panik geraten sein. Ich bin weggerannt.«

»War Ihnen bewusst, dass der Mann tot war?«

Cosma schüttelte den Kopf. »Nein. Erst als ich das Blut sah … Vielleicht … Ich kann's nicht sagen.«

»Haben Sie sonst noch etwas in dem Tunnel bemerkt?«

Sie verneinte erneut.

Schweigend tranken alle drei von ihrem Kaffee.

»Warum sind Sie weggerannt?«

»Ich weiß nicht … Panik?«

»Warum haben Sie nicht angehalten, als der Polizist Sie rief?«, Breschnow fixierte sie.

»Ich weiß es nicht«, antwortete sie ernst.

»Sie wissen es nicht?«, hakte Breschnow nach.

Cosma hielt seinem Blick stand und nickte. »Genau! Ich weiß es nicht!«, blaffte sie.

Die beiden starrten sich feindselig an.

»Kannten Sie den Mann im Tunnel?«, fuhr Breschnow fort.

»Nein!«

»Wirklich nicht?«

Sein Blick durchbohrte sie.

»Nein verdammt!«, antwortete sie wütend. »Sie sind ja vielleicht Tote gewöhnt. Aber ich nicht. Mir läuft nicht jeden Tag eine Leiche über den Weg. Herrgott, ich weiß nicht, warum ich weggelaufen bin. Holen Sie einen Psychologen. Der wird Ihnen wahrscheinlich sagen, dass meine Reaktion ganz normal war. Ich war entsetzt. Ich wollte nur schnell weg, raus dem Tunnel, weg von dem Mann …«

»Schnell weg, damit wir Sie nicht finden können?«, unterbrach Breschnow den Redeschwall.

»Nein!«, rief sie empört und sprang auf.

Breschnow erhob sich ebenfalls. Obwohl sie groß war, überragte er sie fast um eine Kopflänge.

»Frau Anderson. Was würden Sie an meiner Stelle denken?«

»Weiß ich doch nicht. Ich bin keine Polizistin. Aber denken Sie doch, was Sie wollen. Ich will nach Hause, und Sie können mich nicht daran hindern.«

Drass stand nun ebenfalls auf und stellte sich neben Cosma.

»Frau Anderson«, versuchte er sie zu beruhigen. »Bitte setzen Sie sich doch wieder. Mein Kollege war vielleicht etwas schroff. Aber ich möchte Ihnen gerne noch ein paar Fragen stellen … Bitte.«

Breschnow warf ihnen einen finsteren Blick zu.

Drass legte eine Hand auf Cosmas Schulter und drückte sie sanft zurück in den Stuhl. Die Freundlichkeit und die Wärme seiner Stimme besänftigten sie etwas.

»Ich kann verstehen, dass Sie weggerannt sind. Die Leiche zu finden war bestimmt ein Schock, und Sie hatten Angst. Aber ich möchte Sie trotzdem bitten, sich genau zu erinnern, ob Ihnen irgendetwas Ungewöhnliches aufgefallen ist?«, fuhr Drass einfühlsam fort.

Cosma schüttelte den Kopf.

»Alles war wie immer. Der Weg, die Dealer, wenig Leute unterwegs … Aber, warten Sie. Etwas war anders. Im Tunnel roch es nicht nach Pennern. Sonst muss man immer die Luft anhalten, wenn man da durchläuft. Es stinkt bestialisch, und sie liegen da rum. Heute war niemand da.«

»Niemand außer Ihnen und der Leiche«, warf Breschnow

ein. Drass warf ihm einen warnenden Blick zu und wandte sich wieder an Cosma.

»Und bevor Sie in den Tunnel gelaufen sind. Haben Sie da vielleicht jemanden gesehen?«

Cosma verneinte.

»Und nach dem Tunnel?«

»Da bin ich nur gerannt, bis mich diese zwei Polizisten in die Schraubzwinge genommen und mir den Arm verdreht haben. Und dann kam Ihr Kollege angekeucht.«

Sie warf Breschnow einen wütenden Blick zu, der an seiner unbeweglichen Miene abprallte.

»Haben Sie vielleicht irgendetwas Ungewöhnliches gehört?«, fragte Drass weiter.

»Auch nicht«, verneinte Cosma. »Laufen Sie?«

»Ja.«

»Dann kennen Sie das doch. Man hört in erster Linie sich selbst, den Atem, das Rauschen des Blutes, den eigenen Herzschlag. Und natürlich die Musik.«

»Die Musik?«

Drass sah sie fragend an. Eine Augenbraue hatte sich gehoben.

»Wie machen Sie das?«, fragte Cosma.

»Was?«, fragte er irritiert.

»Na, nur eine Augenbraue hochzuziehen?«

»Berufsgeheimnis«, antwortete er lächelnd.

Breschnow rollte die Augen und seufzte.

Cosma lächelte. Drass war ihr sympathisch. Vielleicht sollte sie aus diesem Sonntag eine Geschichte machen: »Unschuldige Zeugin brutal verhaftet«.

Sie hatte schon lange nichts mehr geschrieben. Alles, was sie interessant fand, erschien ihr letztendlich zu banal, um es aufzuschreiben. Und wenn sie sich dann doch einmal durchrang, erschien ihr das Geschriebene ebenso banal wie die Idee. Aber jetzt gab es einen Toten. Und sie war die Erste am Tatort und als Zeugin nah dran.

»Wie ist der Mann im Tunnel gestorben?«, fragte sie.

»Dazu dürfen wir Ihnen leider nichts sagen«, lächelte Drass.

»Er wurde ermordet, oder?«, hakte sie nach.

Das Lächeln verschwand.

»Es tut mir leid, Frau Anderson. Aber unsere Ermittlungen sind noch nicht an einem Punkt angekommen, an dem wir die Öffentlichkeit darüber informieren können. Wir wollen doch keine falschen Aussagen in die Welt setzen«, antwortete er diplomatisch.

»Aber …«

Breschnow unterbrach sie barsch.

»Frau Anderson. Ich muss Sie darauf hinweisen, dass alles, was heute in diesem Raum besprochen wurde, nicht für die Öffentlichkeit bestimmt ist. Wenn Sie gegen das Schweigegebot verstoßen, machen Sie sich strafbar.«

»Inwiefern?«, fragte Cosma herausfordernd. Sie fand langsam Gefallen an diesem Gespräch.

»Behinderung der Polizeiarbeit«, knurrte Breschnow. »Wo waren Sie heute Nacht zwischen Mitternacht und sechs Uhr morgens?«

Cosma beugte sich vor und zischte: »Denken Sie etwa, ich habe diesen Kerl getötet und bin dann so blöd und bleibe die ganze Nacht bei der Leiche stehen?«

»Sie haben meine Frage noch nicht beantwortet«, erwiderte Breschnow ruhig und lehnte sich zurück.

Wieder mischte sich Drass ein.

»Frau Anderson, das ist eine Frage, die wir stellen müssen«, erklärte er ruhig. »Allen, die irgendwie in Kontakt mit dem Toten standen. Bitte tun Sie uns den Gefallen und antworten Sie.«

Cosma lehnte sich seufzend zurück und verschränkte die Arme vor der Brust.

»Ich war in meinem Bett, habe gelesen und geschlafen.«

»Gibt es dafür Zeugen?«

»Nein, es sei denn, Sie akzeptieren die Aussagen von Stofftieren.«

Drass lächelte. »Leider nicht.«

Er sah seinen Chef an und wandte sich dann dem Aufnahmegerät zu.

»Wir beenden die Zeugenbefragung um zehn Uhr vierunddreißig. Frau Anderson wurde darüber aufgeklärt, dass es ihr nicht erlaubt ist, Informationen über dieses Gespräch zu veröffentlichen.«

Breschnow erhob sich.

»Es wäre gut, wenn Sie in den nächsten Wochen die Stadt nicht verlassen würden, falls wir Sie noch einmal befragen müssen.«

Er reichte ihr seine Visitenkarte. »Und falls Ihnen noch etwas einfällt, rufen Sie mich an.«

Dich ganz bestimmt nicht, dachte Cosma.

Drass war ebenfalls aufgestanden.

»Ich bringe Sie noch zur Tür. In diesem alten Gebäude kann man sich leicht verlaufen.«

Breschnow sah den beiden nach und ließ sich zurück auf den Stuhl fallen. Immer wieder dasselbe Spiel. *Good cop – bad cop* und ich bin immer der Böse. Vielleicht sollte er darüber ein Gedicht schreiben. Manchmal hatte er das Gefühl, dass ihm im ständigen Sumpf der Ermittlungen die Worte ausgingen. Aber er hatte noch nie über die Arbeit geschrieben, hatte seine Leben stets sauber getrennt.

Drass drehte sich an der Tür noch einmal um und gab ihm ein Zeichen, dass er nachher mit ihm sprechen wollte. Breschnow nickte.

Eine Zeugin, die nichts gesehen hat, steht kurz nach einem Mord neben einer männlichen Leiche. Sie rennt weg und behauptet, unschuldig zu sein. Und dann ist sie auch noch Journalistin. Bestimmt rennt sie gleich zur nächsten Zeitung.

Sein Handy klingelte.

»Manfred hier. Am besten, du kommst gleich her.«

***

Drass öffnete die Tür zum Hof. Es goss noch immer in Strömen. Cosma war froh, wieder draußen zu sein, atmete erleichtert auf und trat einen Schritt in den Regen hinaus. Drass hielt sie am Ärmel zurück.

»Wenn es Ihnen recht ist, fahre ich Sie nach Hause«, bot er an.

Sie zögerte einen Moment und nickte.

»Ich wohne am Maybachufer. Aber das wissen Sie ja schon.«

Schnell rannten sie über den Innenhof, steuerten einen metallic grünen Flitzer an, und Drass betätigte die Fernsteuerung. Das Auto antwortete mit einem leisen Klicken.

»Tolle Karre!«, stellte Cosma bewundernd fest, nachdem sie sich in das kleine Gefährt gezwängt hatte. Anerkennend strich sie über die weißen Lederpolster und schnallte sich an.

»Ein BMW M6«, erklärte Drass stolz. »Ich habe lange dafür gespart. Genau genommen tue ich das noch immer.«

Sie fuhren langsam vom Hof und bogen an der nächsten Ampel links auf den Columbiadamm. Drass sah seine Beifahrerin kurz an, blickte in den Rückspiegel und beschleunigte.

»In vier Komma zwei Sekunden von null auf hundert. Spitzengeschwindigkeit zweihundertfünfzig Stundenkilometer«, verkündete er. Cosma genoss den Schub. Drass bremste wieder ab.

Sein Handy klingelte. Er griff nach den Kopfhörern. Mit wem er sprach, konnte sie nicht hören.

»Im Auto. Ich fahre die Zeugin nach Hause. Es gießt! Ja. … Wo? Was habt ihr?«

Er musterte Cosma von der Seite, »… ja, okay. Bis gleich.«

Sie bogen links in den Kottbusser Damm ein. Schweigend fuhr Drass zickzack an den in zweiter Spur parkenden Autos vorbei, bog ins Maybachufer und hielt vor Cosmas Haus.

»Vielen Dank für die Fahrt. Schade, dass sie so schnell vorbei war«, bedauerte Cosma und pellte sich aus dem Auto.

Drass sah ihr nach, als sie zum Haus eilte. Ein alter Mann mit einem Regenschirm kreuzte die Straße. Drass startete den Wagen und drehte sich noch einmal zu Cosma um. Sie stand immer noch vor dem Haus und blickte zu ihm hinüber.

Er lehnte sich zur Beifahrerseite und öffnete das Fenster.

»Alles klar?«, rief er.

Cosma zuckte mit den Schultern.

»Ich habe keinen Schlüssel.«

Drass stellte den Motor ab, stieg aus und ging zum Haus.

»Haben Sie alle Taschen durchgewühlt?«

Cosma nickte.

»Ich glaube, ich habe ihn in der Wohnung liegen lassen. Das ist mir noch nie passiert.«

»Wahrscheinlich haben Sie auch noch nie eine Leiche gefunden.«

Cosma schüttelte den Kopf.

»Gibt es einen Zweitschlüssel?«

»Bei meiner Schwester.«

Drass zog sein Handy aus der Hosentasche und ließ sich die Nummer geben. Nachdem er gewählt hatte, reichte er ihr den Apparat.

Sie lauschte eine Weile dem monotonen Klingeln und schüttelte den Kopf. »Sie geht nicht dran. Was mache ich denn jetzt? Einen Schlüsseldienst am Sonntag kann ich mir nicht leisten.«

»Vielleicht steht der Schlüsseldienst ja vor Ihnen?«, lächelte Drass. »Ich habe Werkzeug im Auto. Wollen wir es versuchen?«

Cosma nickte.

Drass holte einen blauen Metallwerkzeugkasten aus dem winzigen Kofferraum und ging zurück zum Haus. Cosma probierte eine Klingel nach der anderen, bis jemand sie hineinließ.

Im Treppenhaus hatte sich der Geruch nach Essen noch verstärkt. Sonntagmittag, wie bei Mama, dachte Cosma. Sie spürte einen Anflug von Traurigkeit. Ihre Eltern waren im letzten Jahr bei einem Autounfall tödlich verunglückt. Trotz der häufigen Meinungsverschiedenheiten und der andauernden Kritik an ihrer Berufswahl hatten sie zusammengewohnt und jeden Sonntag gemeinsam gegessen.

»Meine Schwester würde sich köstlich amüsieren, wenn sie mich jetzt sehen könnte«, sagte sie.

Drass runzelte fragend die Stirn.

»Ich habe drei Schlösser an meiner Wohnungstür und schließe auch immer alle drei ab. Margareta denkt, dass ich einen Schlosszwang habe … vielleicht hat sie ja recht.«

Oben angekommen, stellte Drass den Werkzeugkasten ab und

wühlte darin herum. Die Wohnungstür war nicht abgeschlossen, zwei Minuten später hatte er sie geöffnet.

Cosma eilte in die Wohnung und ließ ihn wortlos stehen. Er sah ihr irritiert hinterher. Kurz danach kehrte sie lächelnd mit einem Schlüsselbund zurück, der an einer langen Perlenkette baumelte.

»Ich würde mich gerne mit einem Kaffee und Schokokeksen bei Ihnen bedanken.«

Drass zögerte einen Moment.

»Sie müssen nicht. Es ist schon okay«, ergänzte sie hastig und senkte den Blick.

Drass sah sie an und betrat den kleinen Flur.

Cosma ging lächelnd voran in die Küche und schaltete das alte Transistorradio auf dem Fensterbrett an. Leise Stimmen füllten den kleinen gemütlichen Raum. Drass sah sich um. Ein antiker Küchenschrank stand an der linken Wand, der zerkratzte rote Lack zeugte von vielen Umzügen. Vor dem Fenster stand ein kleiner Ikea-Tisch mit zwei passenden Stühlen, rechts davon der Gasherd und der Kühlschrank, der gerade wie zur Begrüßung zu brummen begonnen hatte. Cosma setzte den Wasserkessel auf und nahm zwei Tassen aus dem Schrank.

»Ich habe leider nur Instantkaffee und auch keine Milch«, entschuldigte sie sich.

»Das macht nichts. Ich trinke ihn sowieso schwarz.«

Drass stellte sich ans Fenster und schaute auf den öden Hinterhof. Eine fette Katze traute sich aus ihrem Versteck heraus und versuchte vergebens, auf die Mülltonne zu springen.

Nach ein paar Minuten ertönte eine leise Melodie. Cosma nahm den Kessel vom Herd und goss das kochende Wasser in die Tassen.

»Setzen wir uns oder stehen Sie lieber?«, fragte sie.

Drass drehte sich vom Fenster weg und lächelte.

Sie setzten sich an den Küchentisch, schwiegen eine Weile und schlürften den heißen Kaffee, bis Cosma aufstand und eine Tüte Kekse aus dem Schrank nahm.

»Schokokekse. Sie sind mein absolutes Laster. Aber heute habe ich mir wohl welche verdient. Oder?«

Er nickte und bediente sich.

»Ich auch«, antwortete er und begutachtete den Keks. »Eigentlich wollte ich heute mit Freunden aufs Land fahren und dort grillen.«

Er sah sie an.

»Ums Grillen ist es nicht schade. Das hätten wir wahrscheinlich bei diesem Wetter sowieso gelassen, aber einer der Freunde fährt morgen für ein Jahr zu einem Auslandseinsatz. Ich hätte ihn gerne noch einmal gesehen.«

»Vielleicht später? Nach Feierabend?«, fragte Cosma.

Drass schüttelte den Kopf.

»Er fliegt um vier.«

»Mmh.«

»Und was waren Ihre Pläne für diesen Sonntag?«

»Laufen – den Teil habe ich erledigt. Auf dem Sofa liegen und lesen und abends der obligatorische Weltspiegel. Das kann ich ja noch alles tun.«

»Keine Verabredung?«

»Nein, Sonntag ist mein ›freier Tag‹.«

Sie malte Anführungszeichen in die Luft.

»Der einzige Tag, den ich versuche, nicht zu verplanen. Manchmal ergibt sich etwas … zum Beispiel wie heute. Ich finde eine Leiche und lerne richtige Polizisten kennen.«

Sie holte tief Luft, zögerte einen Moment und seufzte.

»Aber eigentlich lasse ich mir lieber von meiner Schwester, die ein absoluter Krimifan ist, solche Geschichten erzählen, als mittendrin zu sein.«

Sie schwiegen wieder. Nach einer Weile stand Cosma auf.

»Bin gleich wieder da.«

***

Breschnow war gespannt, was die Spurensicherung entdeckt hatte. Am Telefon wollte Manfred es ihm nicht sagen.

Elender Geheimniskrämer, dachte er, schafft es immer wieder, mich rennen zu lassen.

Er stellte den Wagen am Parkeingang ab und hetzte den breiten

Weg entlang. Unter Regenschirmen halb verborgen, standen die Dealer wieder an ihren Stammplätzen, boten ihm aber keine Drogen an. Mittlerweile hatte sich eine Traube von Presseleuten und Gaffern an der Tunnelabsperrung versammelt. Der Mord war für die Neuköllner eindeutig das Ereignis des Morgens.

Er ignorierte die Fragen der Journalisten, stieg über das Absperrband und eilte zu Manfred.

»Was habt ihr gefunden?«, fragte er ungeduldig.

Sein Kollege führte ihn zu dem Zelt und reichte ihm eine große durchsichtige Tüte. Breschnow sah erdverschmierte blutige Kleidung. Er besah sich die Fundstücke von allen Seiten und konnte eine Sandale, eine Jeans und ein rotes T-Shirt erkennen.

»Wo habt ihr das her?«

»Aus dem Gebüsch am Tunnel. Die Sachen waren zwar vergraben, aber die Erde darüber war nicht besonders sorgfältig verteilt worden. Der Regen hat sie zusammengedrückt und Pfützen gebildet. Also haben wir gewühlt und voilà!«

»Meinst du, das ist die Kleidung des Täters oder, wie es ja eher aussieht, der Täterin?«

Manfred zuckte mit den Schultern.

»Kann sein, ist auch wahrscheinlich. Es wäre schon ein merkwürdiger Zufall, hier und heute blutige Sachen zu finden, die nichts mit dem Mord zu tun haben. Aber Genaueres wissen wir erst, wenn wir das Blut des Opfers bestimmt und mit dem an der Kleidung verglichen haben.«

Er drehte sich wieder zum Tisch.

»Und hier haben wir noch was«, sagte er und reichte Breschnow einen in Plastik verpackten Zettel.

»Wo habt ihr den her?«

»Steckte in der Gesäßtasche der Jeans.«

»Außer Erde und Blut kann man kaum noch etwas darauf erkennen«, brummte Breschnow.

»Wir nicht, aber die im Labor bestimmt«, grinste Manfred und nahm ihm den Zettel wieder aus der Hand.

***

Drass schob sich noch einen Keks in den Mund und sah sich um. Es interessierte ihn, wie andere Leute sich einrichteten. All diese Details, all das unnütze Zeug, das nur herumstand, aber eine Wohnung erst gemütlich machte und viel über ihre Bewohner verriet. Er hatte kein Händchen für Wohnungen, wohl eher für Autos. Er stopfte sich noch einen Keks in den Mund und sah sich den schönen alten Küchenschrank genauer an. Seine Großmutter hatte einen ähnlichen besessen, und er fragte sich, wo dieser schon überall gestanden hatte.

Sein Blick glitt den Fußboden entlang. Sie hatte die Dielen abgezogen, um anschließend rote Farbe ungleichmäßig darauf zu verstreichen. Das gefiel ihm. Und es passte hervorragend zu der Farbe des Schrankes.

Aber der Staub, dachte er, neben dem Schrank ist der Staub unterbrochen.

Neugierig erhob er sich, um genauer hinzusehen. Berufskrankheit, dachte er und ging in die Hocke.

Cosma erstarrte, als sie in die Küche zurückkam. Vor ihr stand der Polizist mit einem langen blutigen Messer. Er hielt es vorsichtig zwischen Daumen und Zeigefinger hoch und sah sie fragend an.

»Frau Anderson, was ist das?«, fragte er mit kalter Stimme.

Sie starrte auf das Messer, konnte nicht antworten. Ihre Kehle war wie zugeschnürt.

Drass sah sie fragend an. Mit der freien Hand zog er umständlich eine Plastiktüte aus seiner Sakkotasche und verstaute den Fund darin.

»Ich frage Sie noch einmal. Was hat das mit dem Messer auf sich? Frau Anderson? An dem Messer klebt Blut! Erklären Sie mir das … Bitte.«

Seine Stimme erwärmte sich etwas.

Cosma starrte auf den Boden, der leicht zu schwanken schien. Sie zwang sich, den Blick zu heben, und räusperte sich.

»Ich weiß es nicht. Ich habe das Messer vorher noch nie gesehen. Was macht es hier in meiner Küche?«

Sie schlich an ihm vorbei zum Tisch, musste sich setzen. Tränen rannen ihr über die Wangen, und sie zitterte.

»Was passiert hier?«, fragte sie schluchzend.

Drass machte einen Schritt auf sie zu, zögerte, drehte sich um und ging zur Küchentür. Er musterte Cosma misstrauisch, versperrte mit seinem Körper den Ausgang, holte das Handy hervor und wählte.

***

Es klingelte in Breschnows Hosentasche.

»Ja … gut. Ja, lass sie abholen. Aber wartet auf mich. Ich möchte noch kurz mit ihr reden.«

Er sah Manfreds fragenden Blick und hielt die Plastiktüte hoch.

»Kannst du das heute noch untersuchen?«

Manfred nickte.

»Gut. Pack deine Sachen. Wir fahren zum Maybachufer. Ein blutiges Messer in der Küche der Zeugin. Wo sind Delego und Subat?«

»Waren vor ungefähr zehn Minuten noch hier.«

Breschnow wählte die Nummer der Kollegin.

»Wie läuft es bei euch?«

»Negativ«, seufzte Delego. »Unsere Klienten sind nicht besonders gesprächsbereit. Entweder schnell im Gebüsch verschwunden oder schon zu besoffen, um reden zu können.«

»Mmmh, macht trotzdem weiter«, brummte Breschnow und beendete das Gespräch.

Manfred war mittlerweile ein kleines Stück vorausgeeilt.

»Hey, mach mal langsamer!«, rief er ihm hinterher.

Manfred drehte sich um und lachte.

»Eine Schachtel zu viel?«

Breschnow schloss auf und zündete sich demonstrativ eine neue Zigarette an.

»Denkst du, dass es so viel Glück auf einmal geben kann? Eine Täterin, die neben der Leiche wartet, bis wir kommen? Ihre Mordklamotten neben dem Tatort vergraben und in ihrer Wohnung die Tatwaffe?«, fragte er seinen Kollegen zweifelnd.

»Warum nicht, es ist Sonntag!«, antwortete Manfred und ging auf einen Dealer zu.

Breschnow hörte die beiden flüstern. Der Dealer verschwand im Gebüsch und tauchte kurz danach mit einem kleinen Päckchen auf. Manfred zog seinen Dienstausweis. Der Dealer rannte sofort los, verschwand in den Büschen und mit ihm alle anderen. Manfred lachte. Er liebte solche Scherze.

»Du Hornochse«, schimpfte Breschnow. »Delego und Subat reißen sich den Arsch auf und durchsuchen bei diesem Mistwetter den Park nach Dealern und Pennern als Zeugen, die mit ihnen reden. Und du verschreckst die Kerle. Das nenne ich echte Teamarbeit!«

»Entschuldigung«, murmelte Manfred kleinlaut. »Daran habe ich gar nicht gedacht.«

Schweigend gingen sie weiter zum Auto.

Breschnow schloss auf, und Manfred legte die Tüte mit dem Beweismaterial in den Kofferraum. Vorsichtig fuhr Breschnow rückwärts auf die Straße. Dieses Mal kreuzte kein Radfahrer seinen Weg.

Manfred rief seine Frau an, teilte ihr mit, dass sie nicht auf ihn zu warten brauchte, und bat sie, ihre Freunde, mit denen sie heute zum Kaffeetrinken verabredet waren, zu grüßen.

Genauso gehen Ehen vor die Hunde, dachte Breschnow. Zu oft kommt etwas dazwischen, zu oft müssen wir plötzlich weg, zu oft enttäuschen wir die Menschen, die uns nahestehen.

Dann war er in Gedanken wieder ganz bei der Arbeit.

Schweigend fuhren sie zum Maybachufer. Vor dem Haus stand bereits ein Streifenwagen. Drass rief ihnen vom Fenster aus zu, dass sie in den dritten Stock kommen sollten. Jemand betätigte den Summer. Breschnow musste heftig gegen die Haustür drücken, damit sie sich öffnete. Die beiden Männer stiegen die schmutzigen Treppen hinauf. Manfred rümpfte die Nase.

»Ganz schön verkommen. Und wahrscheinlich noch teuer dazu. Wegen der tollen Lage am Ufer. Da wohn ich doch lieber in Rudow.«

Die Wohnungstür stand offen. Zwei Uniformierte hatten sich im Flur positioniert, bereit, niemanden entkommen zu lassen. Breschnow wies sich aus und ging zu Drass, der wieder in der Küchentür stand. Manfred verschwand im Bad.

Fetzige Rockmusik füllte die kleine Küche. Breschnow stellte das Radio ab, ließ sich die Fundstelle zeigen und ging langsam auf den Tisch zu, an dem Cosma Anderson saß. Ihre Augen waren vom Weinen gerötet. Sie starrte vor sich hin und schien ihn gar nicht wahrzunehmen, als er sich vor sie stellte. Er sah sie nachdenklich an.

Sieht so eine Mörderin aus? Ein Häufchen Elend? Was für idiotische Fragen, als ob Mörderinnen bestimmte Erkennungsmerkmale hätten.

Er ging langsam in die Hocke. Seine Knie knackten. Behutsam sprach er sie an. Sie reagierte nicht.

Manfred betrat die kleine Küche, in der es langsam eng wurde. Er deutete auf die Tüte mit dem Messer, die Drass noch immer in der Hand hielt.

»Wo hast du das gute Stück gefunden?«

Drass zeigte auf die Lücke zwischen Küchenschrank, Boden und Wand. Der Spurensicherer bückte sich, begutachtete Stück für Stück den Fußboden rund um das Möbelstück, fand aber keine Blutspuren. Um sicherzugehen, würde er nachher den Boden mit einer Speziallampe ausleuchten. Er zog sich Plastikhandschuhe über, ließ sich die Tüte geben und zog das Messer vorsichtig heraus.

»Eindeutig Blut. Aber ich glaube nicht, dass wir Fingerabdrücke finden. Sieht nach Handschuhen aus.«

Breschnow kam herüber und sah sich die Waffe an. Er nickte und wandte sich wieder der Zeugin zu.

»Frau Anderson, wir möchten uns gerne ein wenig in Ihrer Wohnung umsehen. Ist das für Sie in Ordnung, oder müssen wir uns dazu erst einen richterlichen Beschluss holen?«, fragte er sanft.

Die junge Frau reagierte nicht.

Breschnow setzte sich zu ihr und wiederholte leise seine Frage. Vorsichtig berührte er ihre Hand, die vor ihr, fast wie weggelegt, auf dem Küchentisch lag. Sie zuckte zusammen und sah ihn erschrocken an. Ihr Blick berührte ihn. Behutsam bat er erneut um ihre Einwilligung. Sie nickte abwesend, senkte wieder den Blick und starrte auf den Tisch.

Drass stellte sich hinter seinen Chef, beugte sich herunter und sagte leise: »Wir müssen den Notarzt rufen, sie steht unter Schock. Ich möchte mir nachher keine Vorwürfe von oben anhören müssen, falls sie zusammenklappt.«

Breschnow nickte und erhob sich langsam. Sein Blick wanderte von Cosma zu Manfred. Der Spurensicherer kniete jetzt vor dem roten Schrank, konservierte mit einem Klebeband vorsichtig den Schmutz daneben und davor und verteilte ihn in kleine Tüten.

Drass lehnte wieder an der Küchentür und telefonierte.

»Schauen wir uns ein bisschen um«, sagte Breschnow und ging an ihm vorbei.

Sie betraten das geräumige Wohnzimmer. Breschnow schloss die Tür hinter seinem Kollegen.

»Wieso bist du eigentlich in der Wohnung?«, blaffte er.

»Weil es so geregnet hat, habe ich sie nach Hause gefahren. Sie hatte ihre Schlüssel vergessen.«

»Und?«

»Sie hat mich auf einen Kaffee eingeladen«, antwortete Drass trotzig.

»So, auf einen Kaffee!« Breschnow zog das -ee spitz in die Länge. »Und du hast dir nichts dabei gedacht, mal eben mit einem Dietrich die Wohnungstür zu knacken und dann mit einer Zeugin, die neben der Leiche stand, alleine in ihre Wohnung zu gehen?«

»Sei doch froh! So haben wir vielleicht die Tatwaffe!«

»Stimmt. Aber das rechtfertigt nicht dein Vorgehen. Hat sie dir den Kopf verdreht?«

Drass rollte genervt die Augen.

»Standpauke zu Ende? Können wir jetzt weitermachen?«

»Noch nicht. Wenn die Staatsanwältin erfährt, wie du das Messer gefunden hast, ist es als Beweis nicht mehr zulässig.«

»Weil ich es dorthin gelegt haben könnte?«

Breschnow nickte.

»Und, hast du?«, fragte er dann.

»Ist doch wohl nicht dein Ernst, oder?«

Breschnow brummte etwas Unverständliches und sah sich im

Zimmer um. Es war spärlich eingerichtet, wirkte aber nicht kahl. An der rechten Wand stand ein marineblaues Sofa mit einem plüschigen Bezug. Daneben zwei weiße Bücherregale, die bis zur Decke reichten. Sie schienen extra für diesen Raum angefertigt worden zu sein. In einem kleinen Erker unter den zwei Fenstern stand der Schreibtisch. Eigentlich nur eine helle Holzplatte auf vier Beinen. Unter der Platte ein blauer Rollcontainer aus Metall. Breschnow zog sich Handschuhe an und öffnete eine der Schubladen. Das Übliche: Schreibpapier, Briefumschläge, Klebezettel. Die nächste Lade enthielt Füller, Tintenfässchen, Füllerpatronen, Kugelschreiber und Bleistifte. In einer dritten fand er ihre Kontoauszüge. Er sah sie flüchtig durch. Keine großen Geldüberweisungen. Sie war ziemlich pleite. Auch die anderen Schubladen ergaben keine interessanten Aspekte.

Drass war mittlerweile an das zweite Regal im Raum herangetreten. Dort standen eine teure Stereoanlage von Sony und jede Menge CDs und DVDs.

»Sie hat einen ausgewählten Musikgeschmack«, stellte er bewundernd fest. »Keine Raubkopien, sofern ich das auf den ersten Blick sehen kann. Eine ordentliche Sammlung. Die war teuer!«

»Vielleicht ist sie deswegen pleite. Nach ihren Kontoauszügen zu urteilen, wird sie ein Problem haben, die nächste Miete zu zahlen«, brummte Breschnow. »Lass uns einen Blick ins Schlafzimmer werfen.«

Auf dem Weg dorthin sah Breschnow, dass der Notarzt eingetroffen war, und stellte sich neben ihn.

»Die Frau steht unter Schock«, sagte der Mediziner. »Sie hört uns nicht und kann sich nicht bewegen. Ich werde ihr eine Beruhigungsspritze geben, damit sich der Stupor löst. Ihr müsst sie sofort in ein Krankenhaus bringen.«

»Können wir sie nicht mit ins Revier nehmen? Nach der Spritze, meine ich?«, fragte Breschnow.

Der Arzt schüttelte den Kopf.

»Auf gar keinen Fall. Sie muss schleunigst in ein Krankenhaus. Wie ist sie eigentlich in diesen Zustand geraten?«

Breschnow erzählte es ihm.

»Heißt das, dass ihr sie in U-Haft nehmen wollt?«

Breschnow nickte. »Können wir sie dann wenigstens ins Haftkrankenhaus bringen?«

»Wenn's unbedingt sein muss«, willigte der Arzt ein und rief zwei Sanitäter in die Küche.

Breschnow drängte sich leise fluchend an ihnen vorbei. Die Ärzte im Haftkrankenhaus würden sich querstellen und ihn nicht zu ihr lassen. Er kannte das schon. Man musste betteln, drohen, reden und noch mehr reden, bis man sie manchmal von der Notwendigkeit, eine Verdächtige schnell zu vernehmen, überzeugen konnte. Durch diese Verzögerung hatte er einen wichtigen Trumpf verloren. Jetzt konnte sich die Frau genau überlegen, was sie sagen wollte.

Er musste in Ruhe nachdenken. Als er den Flur betrat, sah er die zwei Polizisten, die Cosma Anderson ins Revier fahren sollten, dort stehen.

»Was macht ihr denn noch hier?«, pflaumte er sie an.

»Wir hatten die Order, die Verdächtige ins Revier zu bringen, und warten auf einen neuen Befehl.«

Prima, dachte er, und wenn sie keine andere Order bekommen, stehen sie in fünf Jahren noch hier.

»Fahrt zurück zur Wache!«, befahl er. »Ich brauche euch hier nicht mehr. Die Sanis nehmen sie mit.«

***

Cosma spürte durch den Nebel einen fremden Mann auf sich zukommen. Den habe ich noch nie gesehen, dachte sie. Weit entfernt hörte sie eine Stimme, aber sie konnte nicht reagieren. Sie war ein Stein. Ein Stein auf ihrem Küchenstuhl. Aber was machten all diese Männer hier?

Sie senkte die Augen und starrte auf ihre Hände. Irgendwie schienen sie nicht zu ihr zu gehören. Sie konnte sie nicht bewegen, konnte auch nicht den Kopf drehen, um zu sehen, wer neben sie getreten war. Sie hörte noch mehr Stimmen. Weit weg. Jemand berührte sie, fasste sie unter das Kinn und hob ihren Kopf. Sie sah in das Gesicht eines dunkelhäutigen Mannes und registrierte, dass er lächelnd auf sie einredete. Verstehen konnte sie ihn nicht. Der Mann wedelte mit einer kleinen Taschenlampe vor ihren Augen herum. Jedes Mal, wenn das Licht die Pupille traf, tat es weh. Sie wollte, dass er damit aufhörte. Dann spürte sie, dass jemand ihren Ärmel hochzog, und einen Stich.

Sie entspannte sich. Es fühlte sich gut an. Es war nun friedlich um sie herum geworden. Zwei Männer halfen ihr vom Stuhl auf. Eine Liege stand neben ihr, und sie durfte sich hinlegen.

Wie freundlich, dachte sie und schlief ein.

***

Zufrieden beobachtete er das Geschehen vor Cosmas Haus. Die Polizisten kamen und gingen, die Spurensicherung tat ihren Dienst. Dann sah er den Streifenwagen wegfahren und danach die Sanitäter. Sie bringen sie weg, dachte er. Aber wieso in einem Krankenwagen?

***

Breschnow betrat die Straße. Die kleine Gruppe der Schaulustigen vor der Tür löste sich bereits wieder auf.

Hier gibt es für die Geier nichts mehr zu holen, dachte er verstimmt, überquerte die Fahrbahn und ging den Weg am Wasser entlang. Der Regen hatte aufgehört. Kleine blaue Flecken zeigten sich am Himmel. Die Sonne stach ihm in die Augen. Er spazierte über die Brücke und holte sich am Uferpavillon eine Cola. Nach ein paar Schritten fand er eine Bank, setzte sich und starrte auf das Wasser.

Ein anonymer Anrufer. Eine junge Frau neben einer Leiche. Blutige Klamotten. Ein Messer. Und keine Zeugen. Die Verdächtige nicht ansprechbar.

Er war müde. Gerne hätte er jetzt eine Stunde geschlafen, und er spielte ernsthaft mit dem Gedanken, zurück in die Wohnung zu gehen und sich dort etwas hinzulegen.

Ein Schlauchboot mit einem Mann und einem Jungen zog vorbei. Die Strömung trieb es voran. Das Kind jauchzte. Ein

Rascheln lenkte ihn ab. Neben der Bank versuchte eine schwarze Amsel, ihre Beute aus der Erde zu ziehen.

Vogel und Wurm, dachte Breschnow und zog, während er den Vogel beobachtete, sein Notizheft aus der Jackentasche.

Gespannt wie ein Federstahl
der schwarze Vogel im Gras
die zarten Beine
in den Boden gestemmt
wie Säulen

Ein Schäferhund ohne Leine raste auf den Vogel zu. Die Amsel flog schimpfend davon.

Glück gehabt, dachte Breschnow und beobachtete den Wurm, der sich in die Erde zurückbohrte, bis sein Handy schrillte.

»Wo bist du?«, fragte Manfred. »Soll ich hier noch weitermachen oder ins Labor fahren?«

»Ins Labor. Aber ruf vorher deine Kollegen an. Sie sollen alles andere stehen und liegen lassen und die Wohnung auf den Kopf stellen!«

Breschnow schlenderte zurück zum Haus und sah hinauf. Drass stand am Fenster. Ihre Blicke trafen sich.

Im Treppenhaus kam ihm Manfred vollbepackt entgegen.

»Ich habe noch den Mülleimer mitgenommen. Mal sehen, ob ich Schätze finde. Wir sehen uns später?«

Breschnow nickte.

Er ging zurück in die Wohnung. Drass stand immer noch am Wohnzimmerfenster und schien in Gedanken versunken.

»Du fährst ins Haftkrankenhaus und siehst nach, wie es der Anderson geht und wann wir sie sprechen können. Ich warte hier auf die Spurensicherung.«

Drass warf ihm einen ärgerlichen Blick zu, murrte irgendetwas von »so nicht miteinander reden« und verließ den Raum.

»Und lass deinen Charme spielen!«, rief ihm Breschnow hinterher.

Er wartete auf das Klicken der sich schließenden Wohnungstür, trat hinaus in den Flur und steuerte den Schlafraum an. An die Zimmertür gelehnt, starrte er eine Weile auf das Bett, trat dann vor, ließ sich hineinfallen und schlief augenblicklich ein.

***

Als Cosma erwachte, wusste sie nicht, wo sie war, und spürte die Angst irgendwo tief in sich. Sie lag in einem weißen Zimmer in einem weißen Bett und trug ein weißes Hemd. Der Himmel!, dachte sie. Ich bin im Himmel!

Dann fiel ihr Blick auf das Gitter vor dem Fenster. Aber im Himmel würde man bestimmt nicht eingesperrt. Sie versuchte, sich aufzusetzen, hatte aber keine Kraft. Resigniert schloss sie die Augen, wollte wieder schlafen, und danach würde alles anders sein. Ein Geräusch schreckte sie auf. Jemand war ins Zimmer getreten. Sie sah ihn an. Ein Mann. Ein junger Mann. Er schien sie zu kennen. Er trat an ihr Bett und redete ernst auf sie ein.

»Cosma. Ich möchte gerne mit Ihnen reden. Es ist wichtig. Hören Sie?«

Wieder wurde die Tür geöffnet, und eine hagere Krankenschwester betrat den Raum.

»Was zum Teufel wollen Sie denn hier?«, rief sie ärgerlich. »Raus mit Ihnen!«

Cosma versuchte, die beiden zu beobachten, aber ihr fielen immer wieder die Augen zu. Die Stimmen entfernten sich. Sie sank zurück in den Schlaf.

Sie lief durch einen Park. Die Sonne schien. Die Vögel sangen. Ein älterer Mann ging neben ihr. Er sah etwas zerknautscht aus. Er lachte sie an. Dann wurde es dunkel. Der Mann neben ihr war verschwunden. Sie stand in einem Tunnel. Eine Ratte nagte an ihrem Turnschuh. Sie schrie.

Sie hörte, wie jemand ihren Namen rief, und spürte, wie sie vorsichtig geschüttelt wurde.

Sie stand immer noch im Tunnel. Sie hatte Angst. Die Ratte krabbelte an ihrem Hosenbein hoch. Dino stand neben ihr und ergriff die Ratte. Er lachte und holte zum Schlag aus. Sie hörte einen Schrei.

Jemand hob sie abrupt aus dem Kissen. Sie saß, konnte aber

die Augen nicht öffnen. Der Tunnel war weg. Die Hände, die sie hielten, waren warm. Dann wurde es wieder schwarz um sie herum.

Drass stand im Flur vor dem Krankenzimmer und ärgerte sich über die Schwester, die ihn rausgeschmissen hatte. Er hätte die Anderson befragen können. Sie hatte ihn doch angesehen. Nervös lief er vor der Tür auf und ab.

Sie hatte ihm gefallen, und er war gerne ihrer Einladung gefolgt. Eine Verdächtige hatte er in ihr nicht gesehen. Aber jetzt war er sich nicht mehr so sicher. Vielleicht simulierte sie nur, um Zeit zu gewinnen, und die naiven Ärzte fielen wie immer darauf rein.

Die Krankenschwester kam aus dem Zimmer und sah ihn wütend an. »Sie sind ja immer noch hier! Warten wohl, bis ich weg bin, um sich dann wieder hineinzuschleichen. Das können Sie sich abschminken. Ich habe der Patientin noch eine Spritze gegeben. Sie wird jetzt erst einmal ein paar Stunden schlafen. Morgen früh können Sie wiederkommen. Heute läuft nichts mehr.«

»Aber …«, versuchte Drass zu intervenieren.

»Nix und Schluss!«, bellte die Schwester.

Drass salutierte: »Jawohl, Frau General.«

Er drehte sich schnell um und eilte mit großen Schritten den Gang entlang. An der Tür blieb er stehen und sah noch einmal zurück. Die Krankenschwester sah ihm schmunzelnd hinterher. Wahrscheinlich war sie froh, ihn so einfach abgeschüttelt zu haben.

***

Hartnäckiges Klingeln riss ihn aus dem Schlaf. Breschnow sah sich benommen um, fluchte leise und schlurfte zur Wohnungstür. Es klingelte weiterhin Sturm. Er riss die Tür auf, aber im Flur war niemand. Das Klingeln schwoll an zum nervigen Dauerton, und sein Handy gesellte sich dazu. Als er endlich begriff und den Haustüröffner drückte, verstummten beide Klingeltöne abrupt, und er atmete erleichtert auf.

»Dritter Stock«, rief er ins Treppenhaus hinunter.

Kurz danach kamen zwei Kriminaltechniker laut schnaufend und schwer bepackt die Treppe hinauf.

»Dass es in diesen alten Häusern keine Aufzüge gibt, finde ich absolut scheiße. Wir müssen gleich noch einmal runter und den Rest der Sachen holen«, murrte der dickere von ihnen.

Sie stellten die erste Ladung in dem kleinen Flur ab, und Breschnow sah ihnen nach, wie sie die Treppe wieder hinabstiegen. Obwohl er nun schon seit fast fünfzehn Jahren bei der Mordkommission arbeitete, war er immer wieder überrascht, wie viel Technik man für eine Spurensicherung benötigte. Sicherlich hatte sich in den Jahren die Arbeit enorm verbessert, aber brauchte man dazu immer dieses ganze Hightechzeug?

Die beiden Männer kamen zurück und stellten auch den Rest ihrer Ausrüstung in den Flur.

»Was suchen wir, und wo sollen wir anfangen?«, fragte einer von ihnen keuchend.

»Am besten im Schlafzimmer. Reißt mir vorher noch ein paar Haare vom Kopf und zupft ein paar Fasern von meinen Sachen«, brummte Breschnow. »Ich bin nämlich auf dem Bett eingepennt. Ihr werdet Spuren von mir finden.«

Er überging die Empörung der beiden und wusste, dass diese Geschichte heute Abend die Runde machen würde.

»Die Frau, die hier lebt, ist die aus dem Tunnel«, erklärte er. »In ihrer Küche haben wir ein blutiges Messer sichergestellt. Schaut nach, ob ihr noch weitere Blutspuren findet. Und nehmt nachher etwas mit, das ihr mit den Klamotten aus dem Park vergleichen könnt. Vielleicht waren es ja ihre Sachen.«

Die Spurensicherer nickten und machten sich schweigend an die Arbeit. Er sah ihnen noch eine Weile zu, bevor er die Wohnung verließ.

Im Treppenhaus klingelte sein Handy.

»Sie lassen mich nicht zu ihr. Morgen früh vielleicht.«

»Ich habe nichts anderes erwartet. Dann treffen wir uns um acht am Krankenhaus.«

Am anderen Ende wurde geschwiegen. Breschnow nahm den Apparat vom Ohr und betrachtete das Display. Der Empfang war hervorragend. Ein Räuspern drang aus dem Lautsprecher.

»Meinst du, sie war es?«, fragte Drass zögernd.

»Vielleicht?«

»Rufst du mich an, falls Manfred heute noch irgendetwas herausbekommt?«

Breschnow versprach es und beendete das Gespräch.

Sie hat es dir angetan, dachte er und stieg die letzten Stufen hinab. Draußen blieb er unschlüssig stehen, sah noch einmal am Haus empor und dann auf den Kanal und fragte sich, ob er gleich zu Manfred in die Kriminaltechnik oder erst zurück in den Park fahren sollte. Er entschied sich für den Park.

***

In der Hasenheide war wieder Normalität eingekehrt. Die Sonnenstrahlen hatten die Menschen zurück an die frische Luft gelockt. Nun saßen sie auf den Bänken, redeten und lachten, und die Kinder tollten auf den Wiesen herum.

Sonntagnachmittag, dachte Breschnow ein wenig wehmütig. Auch er war manchmal mit seinen Freundinnen hierhergekommen, hatte ihnen Gedichte vorgelesen von Sylvia Plath und manchmal auch von sich. Frisch verliebt und kopflos. Damals, als dieses Gefühl noch wichtiger gewesen war als sein Job, damals als er noch geglaubt hatte, sich entscheiden zu können zwischen der Lyrik oder der Polizei.

Er musste eine Weile suchen, bevor er Delego und Subat fand. Wahrscheinlich war er bereits mehrere Male an ihnen vorbeigegangen, denn sie traten plötzlich aus einem Gebüsch hervor.

»Hallo Breschnow!«, grüßte ihn Delego.

»Du strahlst ja so«, stellte er fest.

»Klar, habe grade im Busch einen Joint geraucht«, lachte sie.

Subat sah sie grimmig an.

»Wir haben endlich jemanden gefunden, der mit uns geredet hat«, erklärte sie. »Er wollte natürlich nicht gesehen werden. Nach dem Gespräch ist er dann in die andere Richtung verschwunden.«

»Was hat er gesagt?«, fragte Breschnow neugierig.

»Er selber hat nichts gesehen, behauptet, ein anderes Schlafplätzchen gehabt zu haben. Aber seine Kumpel haben sich heute Morgen bei ihm ausgeheult. Sie haben im Tunnel übernachtet und sind wach geworden, weil zwei Männer sich heftig gestritten haben. Als einer dann am Boden lag, haben sie sich lieber aus dem Staub gemacht«, antwortete Delego.

»Konnten sie jemanden erkennen?«

»Nein, natürlich nicht. Die Penner waren breit wie die Haubitzen«, sagte Subat.

»Wo können wir den Mann finden?«

»Wir treffen ihn in einer Stunde am U-Bahnhof Südstern. Da kennt ihn keiner.«

»Hoffentlich kommt er«, wünschte sich Breschnow laut. »Am besten, ihr hättet ihn gleich mitgenommen!«

»Dann hätte er aber nicht mit uns geredet, und ich denke, er wird kommen«, sagte Delego zuversichtlich, »wir haben ihm zwei Flaschen Schnaps versprochen, und er sah nicht so aus, als würde er sich so ein Angebot entgehen lassen.«

Breschnow grinste. »Gut, lassen wir uns überraschen. Ich brauche jetzt erst einmal etwas zwischen die Zähne. Wo ist der nächste Imbiss?«

»Dahinten an der Ecke«, antwortete Subat. »Ich schließe mich an.«

Die drei gingen zu dem kleinen Imbisswagen am Parkrand. Subat voran, Breschnow und Delego blieben etwas zurück.

»Wie ist es euch sonst ergangen?«

»Frag lieber nicht«, seufzte sie und verdrehte die Augen. »Wir mussten uns viel Scheiße anhören, und Subat ist einmal fast ausgeflippt. Er war nah dran, den Kerl zu schlagen. Das war aber auch ein Arschloch. Kam aus den Anzüglichkeiten und Beschimpfungen gar nicht mehr raus und fing am Schluss an zu rempeln. Ich bin dann dazwischen. Das hat zum Glück geholfen.«

Breschnow sah nach vorne und musterte Subat nachdenklich. Es war nicht das erste Mal, dass sein Kollege fast die Kontrolle über sich verloren hatte. Er wollte schon seit Wochen mit ihm reden, hatte es aber immer wieder verschoben.

Am Imbiss herrschte reges Leben. Einige Punks saßen mit ihren Hunden auf dem Boden und knabberten an ihren Würstchen. Die Betrunkenen standen mit den Flaschen in der Hand um den Wagen herum. Es roch nach Alkohol und altem Frittierfett.

»Mach doch mal Platz!«, brüllte die dicke Wirtin.

Ihr Kittel war über ihrem prallen Bauch mit Fett und Ketchup verschmiert.

»Lass doch mal die Herrschaften durch.«

Die Männer gehorchten und bildeten eine schmale Schneise. Breschnow zwängte sich hindurch und bestellte dreimal Currywurst mit Pommes und drei Cola.

Nach einer zweiten Runde Pommes und Currywurst, die sie zur Hälfte an die Hunde der Punks verfüttert hatten, schmiss Breschnow eine Runde. Aber weder die Punks noch die Obdachlosen waren gestern Nacht im Tunnel gewesen.

Schweigend machte sich die kleine Gruppe auf den Weg zum U-Bahnhof. Breschnow voran. Er wollte noch einmal durch den Tunnel gehen.

Die Schaulustigen von vorhin waren verschwunden. Hier gab es, außer dem Absperrband, nichts mehr zu sehen. Auch die Polizisten zur Sicherung des Tatortes waren bereits abgezogen worden, was Breschnow wunderte. Die drei stiegen über die Absperrung und gingen langsam weiter. Ein Geräusch weckte ihre Aufmerksamkeit. Hinten im Dämmerlicht des Tunnels entdeckten sie schemenhaft eine Figur.

»Sehen Sie nicht, dass hier abgesperrt ist?«, blaffte Breschnow.

Die Person drehte sich um. Es war ein älterer Mann mit einem großen Regenschirm. Breschnow hatte das Gefühl, ihn schon einmal gesehen zu haben. Der Mann drehte sich erschrocken um.

»Oh, tut mir leid. Ich habe gehört, dass etwas im Tunnel passiert ist, und ich bin so neugierig. Ist wohl das Alter«, sagte er verlegen und blickte zu Boden. Sein Gesicht war leicht gerötet.

»Ist schon gut«, lenkte Delego ein.

Breschnow grübelte noch, als Subat ihn mit einer Frage ablenkte. Delego ging zu dem Alten und bat ihn um die Personalien. Der Mann durchsuchte seine Taschen und kramte einen verknitterten altertümlichen Ausweis hervor.

»Ich fürchte, er ist schon abgelaufen. Muss ich jetzt Strafe zahlen?« Seine Stimme zitterte.

Breschnow seufzte. Er wollte weiter, bat Subat, die Personalien überprüfen zu lassen, und sah den Alten noch einmal an.

Sein Äußeres passt nicht zu seinem Verhalten, dachte er, aber bevor er den Eindruck richtig zu fassen bekam, schob ihn Delego in Richtung Tunnelausgang und mahnte ihn zur Eile.

Der Gedanke verflüchtigte sich.

***

Drass raste nun schon zum zweiten Mal die Avus entlang. Er brauchte Bewegung und Abstand zwischen der Begegnung mit Cosma Anderson und dem blutigen Messer. Er wusste nicht mehr, was er glauben sollte. Seit Langem gefiel ihm mal wieder eine Frau, irgendwie fühlte er sich von ihrer leicht kühlen und schroffen Art angezogen. Und sie ließ sich nicht alles gefallen. Anders als die Mädchen aus seinem Bekanntenkreis. Die hatten nur wenig anderes im Sinn als ihre Schönheit und verbrachten die Tage vor den Spiegeln zu Hause oder in den Geschäften. Lange war er damit zufrieden gewesen, hatte die Attraktivität der Frauen genossen und sich von ihnen anhimmeln lasen. Aber jetzt reichte ihm das nicht mehr.

Die berufliche Unzufriedenheit und der bohrende Zweifel, ob der Job noch zu ihm passte, hatten sich auch auf sein Privatleben ausgewirkt, und der einzige Freund, den er hatte, flog heute zu einem Auslandseinsatz nach Afghanistan.

Er beschleunigte noch einmal und flog dahin. Die Geschwindigkeit tat gut.

Dann sah er das Blaulicht hinter ihm, fluchte und fuhr rechts ran.

***

Sie erreichten den U-Bahnhof Südstern, als es bereits dämmerte. Breschnow war überrascht, wie spät es schon war. Die langen Sommertage brachten sein ohnehin schlechtes Zeitgefühl durcheinander.

Sie betraten das fast menschenleere Gebäude und stiegen die Treppen zu den Bahnsteigen hinab. Der Mann war nirgends zu sehen. Ein Zug fuhr ein. Nur wenige Leute stiegen aus. Der Mann war nicht dabei. Sie setzten sich auf eine Bank und warteten schweigend. Ein weiterer Zug fuhr ein. Der Mann war wieder nicht dabei. Breschnow fielen die Augen zu.

Nach einem kurzen Sekundenschlaf zuckte er zusammen und sprang auf.

»Ich habe Besseres zu tun, als meine Zeit hier auf diesem blöden Bahnsteig zu verbringen und auf diesen Penner zu warten. Bringt ihn doch einfach aufs Revier, falls er heute noch kommen sollte.«

»Wenn du etwas von ihm wissen willst, wirst du wohl hierbleiben müssen. Im Revier wird er nichts sagen«, entgegnete Delego ruhig.

Mittlerweile war auch Subat angekommen. »Seid ihr schon durch, oder ist er noch nicht da?«, fragte er.

»Letzteres!«, knurrte Breschnow. »Was ist mit dem Alten?«

»Die Daten, die er mir gegeben hat, sind in Ordnung. Keine Einträge.«

Subat setzte sich zu ihnen auf die Bank, und sie warteten schweigend. Plötzlich hörten sie Geschrei. Subat sprang auf und lief zur Treppe. Oben stand der Mann, den sie treffen wollten, aber zwei Sicherheitsleute hinderten ihn daran, den Bahnsteig zu betreten. Subat rannte die Treppe hinauf und zeigte ihnen seinen Dienstausweis.

»Lasst ihn los. Der Mann ist mit mir verabredet.«

Die Sicherheitsleute nickten, hielten den Mann aber weiterhin fest.

»Eigentlich lassen wir hier keine Penner mehr rein und erst recht nicht ohne Fahrschein.«

»Soll ich ihm jetzt etwa ein Ticket kaufen?«

Subat schob den Wachmann grob zur Seite und nahm den

Zeugen fest am Oberarm. Hastig führte er ihn die Stufen hinab. Am liebsten hätte er sich mit der anderen Hand die Nase zugehalten. Die Wachleute schimpften hinter ihm her.

Delego und Breschnow standen am Treppenabsatz. Subat ließ den Obdachlosen los und ging auf Abstand.

»Wo is mene Belohnung?«, grinste der Mann und entblößte eine Reihe schwarzer fauler Zähne.

»Die gibt es später«, versprach Delego. Sie zeigte ihm die Plastiktüte und ließ die Flaschen darin aneinanderstoßen.

»Du warst also nicht im Tunnel letzte Nacht?«, begann Breschnow.

»Nee. Ick hatte ne Pension, mit Bett und so. En Kumpel hat mir senen Schlafplatz abjetreten. Aber die andern warn im Tunnel. Es hat doch wie blöd jerechnet. Da ist der Tunnel prima. Trocken und so.«

»Und deine Kumpel haben dir was erzählt?«

»Also der von de Pension kam heute Morjen wieder und feixte, det mene Kumpel heute Nacht alle nass jeworden sind. Warum, hab ick ihn jefracht. Die waren doch jestern noch im Tunnel. Aber heute Nacht ham se da jemanden abjestochen. Da sinn se alle abjehauen, hat er jesacht.«

Der Mann stockte und sah sehnsüchtig auf die Plastiktüten in Delegos Hand. Sie ließ sie noch einmal leise klirren.

»Und weiter?«, drängelte Breschnow.

»Na ja. Ick bin dann los und hab se jesucht. Der Tunnel war ja jesperrt«, sagte er fast vorwurfsvoll.

»Also hab ick weiterjesucht. Man hat ja so seine Ecken. Zwee habe ick aufm Klo im Park jefunden. Sie haben noch jepennt. Als ick se wachjerüttelt hab, ham se sich bei mir ausjeheult. Schiss hatten se. Sie haben jesacht, dass es einen Riesenkrach jegeben hat und zwei Männer im Tunnel aufeinander losjegangen sind. Davon sind se wach jeworden. Ener hat'n Messer jezogn, und meine Kumpel sin abjehauen, als et jing.«

Breschnow sah Delego an.

»Konnten deine Kumpel die Männer beschreiben?«, fuhr er fort.

»Nee, war viel zu kurz. Außerdem ham se sich fast in die

Hose jemacht. Hat man doch schon oft jehört, dass unsereins einfach abjestochen wird.«

Breschnow nickte.

»Wo kann ich deine Kumpel finden?«

»Wes ick doch nich! Die melden sich doch nich bei mir ab.«

»Und dich? Wo können wir dich finden, falls wir noch Fragen haben?«

»Im Tunnel, wenn der wieder uff iss. Oder auf de Wiese beim Kiosk. Im Sommer bin ick immer im Park.«

Delego gab ihm die Tüte. Zufrieden zog der Obdachlose ab. Sein Abend war gerettet.

»Viel war das ja nicht«, stellte Breschnow unzufrieden fest. »Ihr werdet noch ein bisschen laufen müssen und die Obdachlosen suchen, die wirklich dabei waren.«

Er sah in zwei missmutige Gesichter und fuhr fort.

»Aber für heute ist Schluss. Wir treffen uns morgen um elf zur Lagebesprechung.«

»Okay!«, antworteten Delego und Subat im Chor.

Breschnow lächelte. »Ab mit euch!«

Die beiden hasteten davon. Breschnow sah auf die Bahnhofsuhr. Delego würde noch rechtzeitig zu ihrer Lieblingsserie zu Hause sein. Und morgen würde sie ihm, ob er wollte oder nicht, das Neuste von Lieutenant Anita van Buren und der Gerichtsmedizinerin berichten. Aber solange sie nicht Schein und Realität verwechselte, war ihm ihre Leidenschaft für *Law and Order* egal.

Er blieb noch eine Weile sitzen und sah gedankenverloren den ein- und ausfahrenden Zügen hinterher. Ein Satz nahm in seinem Kopf Gestalt an. Er zog den Notizblock aus der Tasche und schrieb ihn auf.

Im Krebsgang rückwärts, anachron, atonal …?

Vielleicht würde er nachher daran weiterarbeiten. Eine junge Frau mit großen Löchern in ihrer verwaschenen Jeans setzte sich zu ihm auf die Bank. Er spürte, dass sie ihn ansah.

Zeit, zu gehen, dachte er und verließ den Bahnsteig.

Mittlerweile war es dunkel geworden. Er überlegte kurz, ob

er ein Taxi zu seinem Auto nehmen sollte, entschied sich aber dagegen. Ein kleiner Abendspaziergang würde ihm guttun.

Der breite Weg in der Hasenheide war nur spärlich beleuchtet, warmes Licht fiel auf die grauen Steine. Er dachte an Frankreich, an einen Urlaub, den er schreibend und trinkend auf dem Balkon einer kleinen Pension verbracht hatte. Die Luft war feucht und frisch gewesen, genauso wie jetzt.

Einzelne Spaziergänger kamen ihm entgegen, gut gelaunte Menschen, Paare, Hand in Hand, Leute mit Hunden, die nicht angeleint waren. Zwei Frauen trugen eine Katze spazieren. Das Tier maunzte leise. Ein Radfahrer beschallte die Gegend mit seinem kleinen Radio, das an der Lenkstange hing. Die Wiesen waren jetzt leer, und die Dealer hatten wieder ihre Plätze eingenommen.

Breschnow genoss die abendliche Stimmung, ließ sich auf einer Bank nieder, dachte an den Vogel und den Regenwurm und zückte sein Notizheft. Er hatte Zeit. Zu Hause erwartete ihn nichts.

wie sein Gefieder glänzt …
sein Auge kalt und hart
bohrt sich hinab
und dann blitzschnell
Sprung, Hieb, Stich

MONTAG

Cosmas Blick heftete sich auf das Gitter. Draußen dämmerte es bereits. Sie zwang sich, den Kopf vom Fenster wegzudrehen, und rollte sich auf die Seite. Zusammengekauert starrte sie die weiße Wand an.

»Margareta, sie haben mich hier eingesperrt, sie haben mich tatsächlich eingesperrt«, wimmerte sie leise. »Hol mich hier raus.«

Vorsichtig setzte sie sich auf. Ihr war schwindelig. Sie starrte an die Zimmerdecke. Als die sich langsam herabzusenken schien, wandte sie den Blick schnell ab und ließ ihn durch die Zelle gleiten. Ein Bett, ein Nachtschrank, ein quadratischer Tisch und ein Stuhl. Mehr Platz war nicht. Ein kleiner Raum, weiß gestrichen und niedrig. Die Zimmerdecke senkte sich weiter.

Sie zwang ihren Blick auf die grüne Stahltür. Darüber eine Überwachungskamera. Sie versuchte aufzustehen, schwankte und hielt sich am Bettgestell fest. Als der Schwindel nachließ, schleppte sie sich vorsichtig zum Ausgang und rüttelte an der Tür. Sie bewegte sich nicht.

Die Zellendecke berührte sie fast, das Atmen fiel ihr schwer. Der Raum war zu klein, die Tür verschlossen. Sie riss kräftiger daran. Bekam keine Luft mehr. Du musst dich beruhigen. Tief durchatmen.

Sie hörte sich schreien und spürte den kalten Boden an ihrem Körper. Die Tür knallte hart in ihren Rücken. Eine Krankenschwester ging vor ihr in die Hocke.

»Tut mir leid, Frau Anderson. Habe ich Ihnen wehgetan? Was ist denn los mit Ihnen?«

Sie konnte nicht antworten, hörte sich röcheln. Die Schwester ging zum Bett und drückte den Notknopf. Das schrille Signal schmerzte in ihren Ohren. Eine Papiertüte schloss sich um ihren Mund. Beruhigende Worte. Eine Hand im Rücken, die sie hielt.

»Frau Anderson, atmen Sie in die Tüte. Versuchen Sie, gleichmäßiger zu atmen.«

Ein Pfleger im weißen Kittel stand neben ihr. Cosma hörte die Schwester nach einem Sauerstoffgerät verlangen.

Wieder die sanfte Stimme in ihrem Ohr.

»Atmen Sie tief in die Tüte. Dann wird es gleich besser.«

Noch ein fremder weißer Kittel.

»Sie hyperventiliert.«

Die stützende Hand im Rücken verschwand. Sie wurde hochgehoben. Rechts und links ein weißer Kittel. Die Schwester mit der Tüte vor ihr. Sie schleiften sie zum Bett und legten sie hin. Eine Plastikmaske drückte sich auf ihr Gesicht. Ein leichter Druck auf ihren Lungen. Im nächsten Moment strömte kühle Luft in sie hinein. Der Druck in ihrem Kopf ließ nach, sie atmete. Der Arzt nahm ihr die Maske ab und sah sie ernst an.

»Leiden Sie unter Asthma?«

Sie schüttelte den Kopf.

»Sie zeigen aber solche Symptome.«

Er drehte sich zu der Schwester um.

»Ich halte es für besser, wenn sie noch eine Weile Sauerstoff bekommt.«

Der Pfleger legte ihr die Maske wieder an und setzte sich auf den Besucherstuhl. Sie hörte den Arzt mit der Schwester sprechen. Der Pfleger beobachtete die beiden. Sie sah, wie sich die Tür hinter ihnen schloss.

Sie schwitzte. Sie hatte schon öfter keine Luft bekommen, aber so schlimm wie heute war es noch nie gewesen. Sie versuchte, nicht auf das vergitterte Fenster oder die verschlossene Tür zu sehen, und schloss die Augen.

Vor ihr der tote Mann im Tunnel. Das Messer in der Hand des schönen Polizisten.

Sie riss die Augen wieder auf und sah den Pfleger an. Kein hübscher Junge, versuchte sie sich abzulenken. Wie lange er hier wohl schon arbeitet? Und wie kommt jemand überhaupt auf die Idee, freiwillig in vergitterten Räumen zu arbeiten?

Sie verspannte sich. Ihr wurde heiß. Ich will hier weg! Ich will nach Hause! Wütend riss sie sich die Sauerstoffmaske vom Gesicht, setzte sich auf und schlug mit den Fäusten nach dem Pfleger.

»Lass mich hier raus! Du sollst mich sofort hier rauslassen!«, schrie sie. Ihre Stimme hörte sich fremd an.

Der junge Mann versuchte sie festzuhalten. Sie schlug weiter zu und trat mit den Füßen nach ihm. Wieder der schrille Ton. Sie hielt sich die Ohren zu. Der Pfleger kniete auf ihr. Er war schwer. Eine Schwester hielt ihren Arm. Ein Stich. Dann Wärme und wohlige Schwärze.

***

Ein Schmerz durchzuckte seinen Rücken. Er war mal wieder auf dem Sofa eingeschlafen, hatte es nicht mehr ins Bett geschafft. Vor ihm auf dem Couchtisch eine Batterie Bierflaschen. Breschnow sah auf die Uhr.

Zwei Uhr. Das kann nicht stimmen, dachte er. Draußen dämmert es bereits.

Er schleppte sich ins Schlafzimmer, sank auf sein Bett und schlief sofort ein.

Nach wenigen Minuten schreckte er hoch.

Sie war es nicht, dachte er. Die Anderson war es nicht!

Er ließ sich zurück aufs Bett fallen, drehte sich auf die Seite und schlief wieder ein.

***

Manfred rieb sich die Augen und griff zum Telefon. Er hatte die Nacht im Labor verbracht, jetzt waren die Blutuntersuchungen abgeschlossen. Am anderen Ende klingelte es lange, bis sich eine verschlafene Stimme meldete.

»Moin, moin. Hast du gut geschlafen?«, fragte Manfred zynisch.

Breschnow knurrte: »Wie spät ist es?«

Manfred sah auf die Uhr: »Kurz nach fünf. Ich habe eine wunderschöne Nacht im Labor verbracht und kann dir sagen, dass das Blut auf dem Messer mit dem des Toten identisch ist. Habt ihr das Opfer schon identifiziert?«

»Nein. Weiter.«

»Fingerabdrücke gibt es keine. Der Täter hat Handschuhe getragen. Aber das war ja schon abzusehen. Die blutigen Klamotten sind im DNA-Labor, auch die Bekleidung von der Anderson. Die Kollegen brauchen aber noch zwei Tage, bis sie die Ergebnisse haben. Was ich jetzt schon sagen kann, ist, dass die Kleider- und Schuhgrößen mit der von der Anderson übereinstimmen. Aber Kleidergröße achtunddreißig ist nicht gerade selten, Schuhgröße einundvierzig für eine Frau schon eher. Aber das bringt uns ohne die DNA-Ergebnisse im Moment nicht viel.«

»Was ist mit dem Zettel aus der Hosentasche?«

»Liegt oben bei den Forensikern.«

»Hmmm«, brummte Breschnow, »um elf treffen wir uns im Revier. Versuch zu kommen, okay?«

Das Gespräch war beendet. Manfred starrte den Hörer an. »Danke, Manfred. Toll, dass du die ganze Nacht gearbeitet hast. Vielen Dank!«

Wütend stand er auf und verließ das Labor.

***

Breschnow zog sich die Kleider vom Vortag aus und stellte sich unter die Dusche. Das Blut ist dasselbe, dachte er. Aber wie kommt das Messer in die Wohnung von der Anderson? Wir müssen dringend mit ihr reden.

Er trocknete sich ab und ging ins Schlafzimmer. Als er keine frischen Klamotten mehr fand, zog er missmutig die Sachen von gestern wieder an. Müde schlurfte er in die Küche und kochte sich einen starken Kaffee. Draußen regnete es. Der Himmel war bleiern und ließ nur wenig Licht in die Wohnung. Er suchte nach einem großen Müllbeutel, ging zurück ins Schlafzimmer und stopfte alle Klamotten hinein. Danach zog er das Bett ab und fand sogar noch frische Bettwäsche. Wieder in der Küche, stellte er sich neben die Kaffeemaschine und goss sich einen zweiten Kaffee ein. Die Zigarette ließ er in der Schachtel.

Müde verließ er das Haus. Sein Ziel war die Expressreinigung, die vierundzwanzig Stunden geöffnet hatte. Um diese Zeit waren nur wenige Menschen unterwegs, und er genoss die Leere der Stadt und die freien Straßen. Nachdem er den Plastikbeutel in die Reinigung gegeben hatte, fuhr er noch ein bisschen ziellos herum. Nach und nach verstärkte sich der Verkehr.

Jetzt fahren sie wieder kreuz und quer durch die Stadt, dachte er, und versperren uns die Straßen. Es sollte ein Gesetz geben, dass die Leute in der Nähe ihrer Arbeitsplätze wohnen müssen.

Hinter ihm hupte es. Die Ampel hatte auf Grün gewechselt, ohne dass er es bemerkt hatte.

Um halb sieben erreichte er das Revier. Er grüßte die Polizistin, die an der Schranke Dienst tat, und fuhr auf den Hof. Er stellte den Wagen in der Nähe des Eingangs ab und eilte in sein Büro. Dort herrschte ein ähnliches Chaos wie in seinem Schlafzimmer, überall türmten sich Papierstapel, dazwischen Pappbecher mit kalten Kaffeeresten. Nachdem der Reinigungsdienst vor zwei Monaten eine wichtige Notiz, die er auf einen alten Briefumschlag gekritzelt hatte, weggeworfen hatte, durfte er sein Büro nicht mehr betreten. Er fuhr den Computer hoch und sah im Internet nach, ob es bereits Meldungen zu dem Toten gab. Er fand nur eine kleine Notiz. Dann begann er, seinen Bericht zu schreiben. Er sah darin, im Gegensatz zu den meisten Kollegen, keine Zumutung oder Bösartigkeit der Behörden. Er schrieb gerne Berichte. Sie halfen ihm, sich zu konzentrieren und das Geschehene zu sortieren.

Nach und nach trudelten die Kollegen ein. Sie redeten, und manche lachten miteinander. Er hörte Kaffeemaschinen blubbern, Tassen klirren und Stühle, die über den Boden kratzten. An Sitzmöbeln wurde in dieser Behörde gespart. Die meisten Mitarbeiter saßen noch auf den alten klappigen Holzstühlen. Er stand auf und ging zu Delegos Büro.

»Du bist schon da?«, fragte sie ihn verwundert und rümpfte die Nase. »Hast du in den Klamotten geschlafen?«

Er nickte: »Meine Waschmaschine ist kaputt.«

»Verstehe.«

»Hast du einen Kaffee für mich?«

»Klar, bedien dich. Stell dir mal vor, Anita hat tatsächlich …«

Sein Handy klingelte.

»Wo bist du?«, fragte Drass am anderen Ende. »Wir waren um acht mit Frau General verabredet.«

Mist, fluchte Breschnow und schaute auf seine Uhr. Sie zeigte Viertel nach sieben. »Wie spät ist es?«

»Zwanzig nach acht.«

»Meine Uhr ist stehen geblieben. Bin gleich da.«

»Nein, lass mal. Die Anderson hat heute Morgen getobt. Sie haben ihr wieder eine Spritze gegeben und sie damit außer Gefecht gesetzt. Es kann noch Stunden dauern, bis sie wieder wach ist.«

»Weswegen hat sie getobt?«

»Sie wollte das Krankenhaus sofort verlassen, sie ist ziemlich abgegangen und hat einen Pfleger geschlagen und getreten. Ach ja, und ich habe mit dem Arzt geredet. Die Anderson hat wohl Asthma.«

»Setz dich ins Auto und komm ins Revier.«

Drass legte auf.

»Verdammt!«, schimpfte Breschnow laut.

»Was ist los?«

»Ich brauche eine neue Uhr.«

Delego sah ihn verwundert an. »Und deswegen fluchst du hier so rum?«

Breschnow schüttelte den Kopf. »Die Anderson hat einen Pfleger getreten, und sie haben sie wieder kaltgestellt. Keine Befragung möglich ...«, brummelte er mit verkniffenem Gesicht.

Er ging zurück in sein Büro, setzte sich an den Schreibtisch und starrte eine Zeit lang wütend vor sich hin. Wenn wir sie nicht verhören können, kommen wir nicht weiter. Sie ist unsere Zeugin und unsere Tatverdächtige zugleich. Verdammt! Dann griff er zum Hörer.

***

»Gerichtsmedizin, Bandowski am Apparat.«

»Breschnow hier. Gestern gab's eine Leiche in der Hasenheide. Männlich, circa vierzig Jahre alt. Hattet ihr die schon auf dem Tisch?«

»Du hast Glück. Der Andrang am Wochenende hielt sich in Grenzen, und meine werte Kollegin scheint ja auch am Sonntag lieber hier zu sein als zu Hause. Ich reiche dich mal weiter.«

Aus dem Hörer säuselte eine süßliche Melodie, während die Verbindung hergestellt wurde. Dann meldete sich die Gerichtsmedizinerin.

»Morgen, Breschnow. Ich habe gestern Schmitti überreden können, an seinem freien Tag hierherzukommen. Und der Praktikant hat mir gerne assistiert. Vielleicht war das sogar noch besser, als einen nörgeligen Kollegen dabeizuhaben, der am Sonntag eigentlich woanders sein will.«

Sie machte eine kleine Pause. Breschnow hörte Papier rascheln.

»Und ich hatte recht. Der Stich von vorne ins Herz war der tödliche. Er hat das Herz quasi zerfetzt. Die anderen beiden Stiche waren Beigabe. Das Messer, das Manfred mir heute Nacht hingelegt hat, passt zu der Wunde. Es ist eindeutig die Tatwaffe. Der oder die Täterin war etwas kleiner als der Tote, circa eins fünfundsiebzig bis eins achtzig. Der Stich wurde von unten angesetzt. Und er oder sie ist wahrscheinlich Linkshänder und hat ziemlich heftig und zielsicher zugestochen.«

Sie legte noch eine kurze Pause ein, damit ihr Gesprächspartner das Gesagte verdauen konnte. Breschnow bewunderte sie für ihre Aufmerksamkeit.

»Das Opfer wurde zwischen zwei und vier Uhr getötet. Sein Körper weist keine weiteren Verletzungen auf. Es hat also keinen Kampf gegeben, sonst hätten wir Abwehrspuren gefunden. Vielleicht kannte der Mann den Täter und wurde überrascht.«

»Ist er im Tunnel erstochen worden?«

»Ja. Eindeutig. Keine Schleifspuren und alles verlorene Blut um ihn herum.«

»Wir haben einen Zeugen gefunden«, sagte Breschnow. »Der behauptet, dass sich in der Nacht zwei Männer im Tunnel gestritten hätten und einer ein Messer gezogen habe.«

»Einen Streit kann es ja gegeben haben, nur keine körperliche Auseinandersetzung«, erwiderte die Gerichtsmedizinerin.

»Habt ihr noch irgendetwas gefunden, was zur Identifizierung dienen könnte?«

»Na ja. Es sieht so aus, als ob der Mann früher sehr wohl öfter gekämpft hat. An seinem Körper sind viele alte Einstiche, wahrscheinlich von Messern oder Degen. Und er scheint auch einmal angeschossen worden zu sein. Die Röntgenbilder zeigen eine alte Wunde im rechten Bein. Ach ja, und in seinem Hemd gibt es ein altes verwaschenes Namensschild. Leider kann man den Namen nicht mehr lesen.«

»Danke, Monika. Bist du schon dazu gekommen, das Untersuchungsprotokoll zu schreiben?«

»Nein. Das mache ich heute Nachmittag. Ich faxe es dir dann rüber.«

Als er auflegte, klingelte es sofort wieder. Es war die Abteilung Öffentlichkeitsarbeit.

»Kommt die Leiche von heute von euch?«, fragte der Pressesprecher.

»Ja, und ich habe vergessen, dich zu informieren.«

»Hab ich gemerkt. Hast du den Journalisten etwas zu sagen?«

»Nein, im Moment noch nicht.«

»Wann dann?«

»Weiß ich noch nicht.«

»Präzise wie immer. Was soll ich ihnen sagen?«

Breschnow instruierte ihn sorgfältig.

Froh, die Presse erst einmal vom Hals zu haben, lehnte er sich im seinem Schreibtischstuhl zurück und angelte sich eine Zigarette. Eigentlich durfte man in den Büros nicht mehr rauchen. Nichtraucherschutz. Er fand das albern. Immerhin war dies sein Büro, und er benutzte es allein. Er zündete sich die Zigarette an und inhalierte genussvoll.

***

Cosma fühlte sich ruhig. Was auch immer sie ihr gegeben hatten, tat ihr gut. Sie blickte auf das vergitterte Fenster, und es störte sie nicht. Sie schämte sich, heute Morgen so ausgerastet zu sein, dachte darüber nach, sich zu entschuldigen, verschob den Gedanken und drückte den Rufknopf.

Nach einer Weile erschien eine Krankenschwester, die sie

noch nicht gesehen hatte. Das runde Gesicht an der Tür blaffte sie an.

»Was wollen Sie?«

Cosma wollte antworten, aber ihr Mund war so trocken, dass sie kein Wort herausbekam. Sie setzte sich auf und griff nach dem Wasserglas auf ihrem Nachttisch. Gierig trank sie es leer.

»Ich habe Hunger.«

»Sieht das hier aus wie ein Hotel?«

Die Schwester breitete die Arme aus. Ihre Augen hinter den schweren schwarzen Brillengläsern verengten sich zu kleinen Schlitzen. Ein künstliches Lächeln verunstaltete ihr Gesicht.

Cosma sah sie erstaunt an und schüttelte den Kopf.

»Na also! Essen gibt es um eins. Bis dahin werden Sie sich wohl gedulden müssen.«

Die Tür wurde mit einem leichten Knall zugezogen.

Seufzend ließ sich Cosma in die Kissen sinken und schloss die Augen. Keine Bilder. Das freute sie. Nach einer Weile döste sie wieder ein.

Ein Schlüssel drehte sich im Schloss, und sie schreckte auf. Die Tür öffnete sich, und ein junger Mann betrat den Raum.

»Guten Tag, Frau Anderson. Ich bin Dr. Simon«, stellte er sich vor. Er hatte eine angenehme, heisere Stimme. Seine Haut erinnerte sie an die dunkle Schokolade, die ihre Schwester so gerne aß.

»Erinnern Sie sich an mich?«, fragte er freundlich.

Sie nickte.

»Heute Morgen. Der Asthmaanfall. Haben Sie solche Anfälle öfter?«, erkundigte er sich interessiert und beugte dabei den Kopf leicht nach links.

»Ich habe immer mal wieder Schwierigkeiten mit der Atmung. Manchmal, wenn ich großen Stress habe, bekomme ich schlecht Luft. Manchmal auch in kleinen Räumen oder Aufzügen. Aber das ist immer schnell vorbeigegangen. So etwas wie gestern …«

Der Arzt sah sie ernst an. »Wir werden dem nachgehen müssen. Zuerst untersuchen wir Ihr Blut, anschließend machen wir einen Lungenfunktionstest.«

»Was haben Sie mir gespritzt?«, fragte Cosma.

»Mein Geheimmittel«, lächelte er. »Sie waren heute Morgen so außer sich, dass ich dachte, das würde Ihnen guttun. Tut es Ihnen gut?«

Cosma nickte.

»Fein. Dann können wir ja gleich mit den Untersuchungen beginnen. Eine Schwester wird Sie begleiten.«

Er drehte sich um und verließ den Raum. Cosma sah ihm hinterher, bis die Stahltür ihr wieder den Blick versperrte.

***

Elf Uhr. Breschnow blickte in die Runde und stellte fest, dass alle da waren. Im Hintergrund gluckste die Kaffeemaschine. Die Deckenbeleuchtung war so grell, dass er die Augen zusammenkneifen musste. Drass setzte sich eine Sonnenbrille auf. Delego lachte laut. Als Breschnow das Neonlicht ausschaltete, wurde es dämmerig, und Subat und Schmitti protestierten. Also schaltete er das Deckenlicht wieder ein, durchquerte den Raum und stellte sich an das Whiteboard. Er fühlte sich unwohl, hätte gerne geduscht und sich umgezogen. Gleichzeitig überkam ihn wie jedes Mal diese Aufregung. Jetzt geht es los! Jetzt werden die Spürhunde laufen gelassen, dachte er und wunderte sich, dass dieses Gefühl sich in all den Jahren Ermittlungsarbeit nicht verändert hatte.

Er erinnerte sich an seinen ersten Fall. Ein Mord an einem jungen Mann. Eigentlich hatte man ihm, dem Berufsanfänger, den Fall nur übertragen, weil sein Vorgesetzter ihn zu banal fand. Aber dann war mehr daraus geworden. Der Tote war ein Mitglied einer Bande, nach der schon länger gefahndet worden war. Er hatte den Fall gelöst, und während der gesamten Ermittlung hatte er kaum geschlafen oder gegessen, war Adrenalin pur gewesen.

»Breschnow?«

Die Stimme im Raum riss ihn aus seinen Gedanken. Als er in die Runde blickte, sahen die Kollegen ihn erwartungsvoll an. Er räusperte sich.

»Gestern Morgen haben wir im Tunnel in der Hasenheide einen Toten gefunden. Die Leiche ist männlich, circa vierzig Jahre alt und noch nicht identifiziert.«

Er zeichnete ein x auf die Tafel, kreiste es ein, malte das Männerzeichen dazu und die Zahl vierzig.

»Um vier Uhr fünfundvierzig ging beim Bereitschaftsdienst ein telefonischer Hinweis ein. Der Anruf kam von einem Handy, und der Anrufer hat, wie wir jetzt schon wissen, falsche Personalien hinterlassen. Ich wurde zum Tatort gerufen. Als ich dort ankam, hatten unsere uniformierten Kollegen eine junge Frau festgesetzt, die durch den Tunnel gejoggt und neben der Leiche stehen geblieben war. Sie war weggerannt, als die Polizisten sie entdeckt und gerufen hatten. Später fand Drass in ihrer Wohnung die Tatwaffe. Das Blut darauf ist identisch mit dem des Toten, und die Schneide passt in die Wunde.«

Ein leises Raunen ging durch den Raum. Subat war aufgestanden, um sich eine Tasse Kaffee zu holen.

Drass setzte die Sonnenbrille ab und ergänzte: »Die Frau, Cosma Anderson, liegt zurzeit im Haftkrankenhaus und ist nicht vernehmungsfähig.«

Breschnow zeichnete zwei weitere Kreise. In den einen schrieb er »anonymer Anrufer + Handy«, in den zweiten den Namen Cosma Anderson. Die Kreise verband er mit Pfeilen mit dem des Toten.

»Die Spurensicherung hat im Gebüsch um den Tunnel herum eine Tüte mit blutigen Frauenkleidern gefunden, in der Hosentasche steckte ein erdverschmierter Zettel. Außerdem haben wir noch einen Zeugen, einen Obdachlosen, der zwar selber nichts gesehen, aber von seinen Kumpels gehört hat, dass es im Tunnel in der Nacht einen Streit zwischen zwei Männern gab.«

»Sind sie sicher, dass es zwei Männer waren?«, unterbrach ihn Drass. »Dann wäre die Anderson doch aus dem Schneider.«

Breschnow schüttelte den Kopf.

»Mit den Zeugen haben wir noch nicht gesprochen. Wir müssen sie erst finden.«

»Dann tut das!«, zischte sein Kollege. Die anderen sahen ihn erstaunt an.

»Egal was diese Penner sagen, du vergisst das Messer in der Küche«, erinnerte ihn Schmitti.

Drass schwieg. Schmitti sah in die Runde und lehnte sich zurück. Breschnow fuhr fort.

»Trotz der Absperrung haben wir einen alten Mann am Tatort getroffen, der behauptet, nur neugierig gewesen zu sein.«

Breschnow zeichnete drei weitere Kreise an die Tafel.

Die Tür wurde geöffnet. Ein Uniformierter steckte den Kopf herein und entschuldigte sich. Er hatte sich im Raum geirrt.

»Manfred hat die ganze Nacht durchgearbeitet und die Funde untersucht, und Monika hat noch am Sonntag die Obduktion vorgenommen. Deshalb haben wir heute schon so viele Resultate.«

Breschnow wandte sich Manfred zu. Der Kriminaltechniker stand auf und stellte sich neben ihn.

»Wir haben unzählige kleine Funde am Tatort gesammelt. Der Tunnel ist ein beliebter Platz. Viele Kippen und viel Glas. Was uns davon weiterhilft, kann ich jetzt noch nicht sagen. In der Tüte mit der blutigen Frauenbekleidung lagen eine Jeans, ein rotes T-Shirt und ein Paar Sandalen. Von der Größe her könnten die Sachen Frau Anderson gehören, allerdings hat sie eine gängige Kleidergröße. Daher sagt uns das nicht viel. Wir untersuchen gerade die DNA und versuchen, den Zettel aus der Hosentasche wieder lesbar zu machen.«

»Aber das spricht ja auch wieder ziemlich eindeutig für diese Frau«, warf Schmitti ein, »ein Messer und blutige«, er betonte das nächste Wort, »Frauenkleidung.«

Allseits wurde zustimmend genickt. Delego flüsterte Subat etwas zu. Der gähnte und schob seinen Stuhl näher an den Tisch, sodass er ihre Notizen lesen konnte.

Breschnow nickte. »Ich weiß, dass es erst einmal so aussieht, aber es sind mir zu viele Hinweise auf einmal.«

Er hob die Hand und zählte an den Fingern ab. »Die Frau am Tatort, vielleicht ihre Kleidung unweit entfernt und die Tatwaffe in ihrer Wohnung … Drei Hinweise auf einmal, da muss schon jemand sehr blöd sein.«

»Oder unerfahren«, warf Schmitti ein.

»Oder unerfahren«, bestätigte Breschnow und ließ die Hand wieder sinken.

»Aber gegen sie als Täterin spricht auch, dass die Obdachlosen glauben, zwei Männer im Tunnel gesehen zu haben«, fuhr er fort. »Ich schließe die Anderson nicht aus, aber ich möchte ungern vorschnelle Schlüsse ziehen. Es ist noch zu früh, sich auf eine Theorie festzulegen. Ich möchte, dass alle Fäden aufgegriffen und alle Spuren und Hinweise verfolgt werden. Monika, machst du bitte weiter?«

Manfred ging zurück zu seinem Stuhl.

Die Gerichtsmedizinerin blieb sitzen, während sie für alle ihre Ergebnisse zusammenfasste. Ihre helle Stimme füllte den Raum.

»Der Täter muss kräftig sein. Ich vermute, er hat zielsicher getötet. Es gibt im Schnittkanal der Wunde keine Verzögerungen oder Unebenheiten. Und er muss gewusst haben, wo und wie der Stich anzusetzen ist. Möglich ist aber auch, dass er einfach viel Glück gehabt hat. Ein blindes Huhn findet bekanntlich auch mal ein Korn. Sicher ist, dass sich das Opfer nicht gewehrt hat. Was darauf hindeuten könnte, dass der Tote den Täter kannte. Aber natürlich kann auch der Überraschungseffekt eine Rolle gespielt haben.«

Breschnow bedankte sich und zeigte an die Tafel.

»Wie ich vorhin schon sagte, möchte ich, dass allen Spuren nachgegangen wird. Delego und Subat, ihr geht zurück in den Park und versucht, die Männer zu finden, die in der Nacht wirklich im Tunnel waren.«

Subat sah ihn finster an. Delego ergänzte ihre Notizen. »Schmitti, du kümmerst dich um die Überprüfung des Alten. Fühl ihm noch mal auf den Zahn. Und versuch das Handy zu orten, von dem der anonyme Hinweis kam. Drass und ich fahren zur Anderson. Wir treffen uns morgen früh um neun wieder hier.«

Schmitti sprang auf und verließ eilig den Raum. Manfred stand an der Tür und wartete auf Monika, die ihre Tasse in die Spüle stellte. Dann fasste er sie um die Hüfte, und die beiden schlenderten hinaus. Delego raffte ihre Notizen zusammen und bedeutete Subat aufzustehen. Er ließ sich Zeit. Drass blieb sitzen und sah ihnen hinterher.

Breschnow drehte sich zur Tafel.

Ziemlich viele Hinweise für diese kurze Zeit, dachte er. Und eigentlich haben die Kollegen recht. Alles, bis auf die Aussage der Obdachlosen, deutet auf die Anderson hin. Aber ist sie eine zielstrebige Mörderin, die weiß, wo man ein Messer ansetzen muss? Dann wohl eher das blinde Huhn, das ein Korn findet. Irgendetwas stimmte an dieser Geschichte nicht. Es fehlte noch etwas an der Tafel. Eine Person? Ein Detail?

»Wollen wir los?«, fragte Drass.

Breschnow zuckte zusammen.

»Ja, lass uns fahren.«

Sie verließen den Raum und gingen schweigend die Treppe hinunter. Als sie am Empfang vorbeikamen, rief die Bereitschaftspolizistin Breschnow zu sich.

»Da ist jemand, der dich sprechen will.«

Sie reichte ihm den Hörer.

»Morgen. Hier ist Paul. Dein Handy ist ausgeschaltet. Ich wollte dich nur an die Lesung heute Abend erinnern. Geht das klar?«

»Sicher. Ich bin um halb acht da.«

Breschnow gab das Telefon zurück an die Bereitschaft und zog sein Handy aus der Tasche. Er konnte sich nicht erinnern, es ausgeschaltet zu haben. Ich werde alt, dachte er.

Draußen regnete es noch immer. Ein feiner Niesel hatte die Stadt in einen Schleier gewickelt. Zügig gingen sie über den Parkplatz. Vor dem Auto zögerte Breschnow einen Moment lang, quetschte sich dann aber hinein und fragte sich zum wiederholten Mal, warum Drass sich diese Sardinenbüchse zulegt hatte.

Obwohl er den Wagen nicht ausreizen konnte, genoss sein Kollege offensichtlich die Fahrt. Anscheinend reichte es ihm, an jeder Ampel als Erster zu starten und bis zur nächsten Ampel alle abzuhängen. Gerade stand wieder so ein Spinner neben ihnen. Der Fahrer des anderen Autos spielte mit dem Gas und schaute nervös zu ihnen herüber. Als die Ampel grün wurde, raste er los. Drass tat es ihm gleich und gewann das Rennen. An der nächsten roten Ampel trafen sie sich wieder. Drass schien es zu bedauern, hier abzubiegen und seinen Kontrahenten verlassen zu müssen.

Breschnow atmete auf, als sie endlich das Krankenhaus der Berliner Vollzugsanstalten in Moabit erreichten, und schälte sich aus dem Auto. Von dem Hin und Her zwischen Beschleunigen und Hart-Abbremsen war ihm übel.

Sie betraten die Sicherheitsschleuse und wiesen sich aus, ihre Handys und Schlüssel legten sie in kleine Plastikbehälter. Ein Sicherheitsbeamter beschriftete die Boxen und stellte sie auf die Ablage. Waffen hatten sie keine dabei. Während ihre Daten im Computer überprüft wurden, trat ein Uniformierter zu ihnen und checkte sie mit einem Metalldetektor. Anschließend erhielten sie kleine elektronische Besucherkarten, mit denen sie die Zwischentüren an den Gängen öffnen konnten.

Nach fünf funktionierenden und einer klemmenden Tür erreichten sie Cosmas Krankenzimmer und klopften an. Als niemand reagierte, öffnete Breschnow vorsichtig die Metalltür und schaute hinein. Stickige Luft schlug ihm entgegen. Das Bett war zerwühlt und leer. Ein kurzer Schreck durchfuhr ihn. Sie eilten zum Schwesternzimmer.

Aber auch hier war niemand. Unruhig gingen sie den Gang auf und ab, bis eine junge Frau auftauchte. Sie sah sie freundlich fragend an. Ihre Schwesterntracht schien ihr eine Nummer zu groß zu sein. Sie wirkte irgendwie fehl am Platz.

»Guten Morgen, Mordkommission, Drass und Breschnow. Können Sie uns sagen, wo wir Frau Anderson finden?«, fragte Drass lächelnd.

»Oh, Frau Anderson ist im Moment nicht in ihrem Zimmer. Sie wird gerade untersucht, müsste aber in einer halben Stunde zurück sein«, antwortete die junge Frau verlegen und strich sich eine dunkle Strähne aus dem Gesicht.

Breschnow schätzte sie auf höchstens achtzehn.

»Vielleicht wollen Sie in der Kantine warten und dort einen Kaffee trinken«, schlug sie freundlich vor.

»Keine schlechte Idee«, antwortete Drass. »Komm, wir gehen!« Breschnow nickte der Schwester zu und folgte seinem Kollegen.

Die Kantine war ein großer, ungemütlicher Raum mit einem hässlichen, unförmigen Tresen. Das Weiß der Wände war in den Jahren vergilbt, die mit Resopal beschichteten Tische waren am Boden festgeschraubt, und die weißen Stühle standen unordentlich im Raum herum.

Es waren nur wenige Patienten dort. Breschnow sah eine Frau mit einem Kopfverband, die gemeinsam mit einem Mann, der seinen Tropf mitgenommen hatte, an einem Tisch saß. Er erinnerte sich an die Frau. Sie hatte ihren Mann getötet, ein gemeiner gewalttätiger Kerl. Aber natürlich war sie dafür bestraft worden. Breschnow hatte es damals ein wenig bereut, den Fall aufgeklärt zu haben.

Sie gingen zum Tresen. Im Gegensatz zu den Räumlichkeiten sah das Angebot an Backwaren sehr verlockend aus. Breschnow ließ sich ein Käsesandwich geben, Drass nahm ein großes Stück Streuselkuchen. Beide orderten Kaffee dazu. Sie setzten sich in eine Ecke, und Breschnow hoffte, dass keine weiteren Bekannten auftauchen würden.

»Was denkst du in Bezug auf die Anderson?«, fragte er.

Drass antwortete mit vollem Mund, wobei ein Paar Krümel auf dem Tisch landeten.

»Sie könnte schuldig sein. Man sieht es den Leuten ja nicht an, ob sie morden oder nicht. Sie könnte aber auch unschuldig sein. Es hat mich schon gewundert, dass wir das Messer in ihrer Wohnung gefunden haben. Ich meine, wieso lässt sie mich in ihre Küche? Irgendwie ist das doch blöd. Oder?«

Breschnow nickte zustimmend und ergänzte: »Und wieso kommt sie am nächsten Morgen zurück in den Tunnel und steht dort seelenruhig neben der Leiche? Das macht alles wenig Sinn. Es sei denn, sie will, dass wir sie schnappen …«

Er hielt kurz inne und erhob sich.

»Bin gespannt, was sie dazu zu sagen hat.«

Die Patientin mit dem Kopfverband sah zu ihnen herüber. Sie knuffte ihren Tischnachbarn und rief.

»Juten Morgen, Herr Kommissar. Ham'se mal wieder 'ne arme Seele einjebuchtet?«

Sie lachte hysterisch.

Breschnow und Drass verließen eilig die Kantine.

***

Cosma saß auf einem Stuhl und pustete kräftig in den Schlauch. Der Druck wurde am anderen Ende gemessen.

Vor Anstrengung verfärbte sich ihr Gesicht, und ihre Halsadern schwollen bedrohlich an. Der Arzt gab ihr ein Zeichen, aufzuhören.

»Das sieht gut aus«, freute er sich. »Ich kann kein Asthma feststellen. Ihre Lungen sind recht kräftig. Machen Sie Sport?«

»Ich jogge. Regelmäßig.«

»Machen Sie weiter so, Frau Anderson.«

Er hielt inne und erinnerte sich, dass er in einem Haftkrankenhaus war. Es war erst sein zweiter Arbeitstag hier. Er hatte sich noch nicht daran gewöhnt.

Cosma sah ihn fragend an. Er lächelte verlegen.

»Wieso habe ich dann keine Luft bekommen?«, fragte sie.

»Wahrscheinlich stressbedingt. Organische Ursachen kann ich jedenfalls keine feststellen.«

Er erhob sich und rief die Schwester. Kurz danach stand sie in der Tür, Dauerwelle über dem runden Gesicht, dicke schwarze Augenränder hinter der starken Brille.

»Jetzt machen Sie schon«, blaffte sie.

Der Arzt verabschiedete sich freundlich und schloss die Tür hinter ihnen.

Im Flur unterdrückte die füllige Frau ein Gähnen und eilte voraus. Ihre Gummisohlen quietschten aufdringlich auf dem Linoleum. Cosma fiel es schwer, ihrem Tempo zu folgen.

Die Station sah aus wie ein gewöhnliches Krankenhaus. Weiße Wände, ein grauer Linoleumfußboden und grüne Türen. Allerdings fehlte der gestalterische Versuch, den Aufenthalt für die Patienten so angenehm wie möglich zu machen. Die Wände hier waren kahl, keine Bilder, nichts, was von der Sterilität des

Gebäudes ablenken könnte. Und jeder Gang endete an einer verschlossenen Glastür.

Cosma hasste diesen Ort. Sie wollte weg, spürte wieder die Angst, die durch die Medikamente nur mäßig betäubt wurde.

Die Schwester eilte den langen Gang entlang. Cosma schleppte sich hinterher. Vielleicht gibt es ja doch noch einen Fluchtweg, dachte sie verzweifelt.

Plötzlich blieb die Schwester stehen. Vor ihnen lag der Aufzug. Cosma starrte die Tür an.

»Ich kann da nicht rein«, krächzte sie. »Die Kabine ist zu klein.«

Die Schwester starrte sie verständnislos an und hob den rechten Zeigefinger.

»Stellen Sie sich nicht so an! Es ist doch nur ein Stockwerk!«

Dann zog sie Cosma energisch am Ärmel und schob sie in die Kabine. Die Tür schloss sich leise hinter ihnen. Cosma atmete schwer. Schweiß lief ihr die Stirn hinab, sie zitterte. Leise surrend fuhr der Aufzug an. Die Schwester beobachtete sie misstrauisch.

Nach einer gefühlten Ewigkeit blieb die Kabine endlich stehen, und die Tür öffnete sich. Cosma eilte hinaus und lehnte sich keuchend an die Wand im Flur. Die Schwester folgte, griff eisern ihren Oberarm und schob sie in Richtung Zimmer. Die Tür stand offen. Cosma trat ein und erstarrte.

Drass und Breschnow standen im Raum und wandten sich ihr zu. Instinktiv drehte sie sich um und wollte das Zimmer verlassen, aber die Schwester blockierte den Ausgang und sah die Kommissare grimmig an.

»Sie haben maximal fünfzehn Minuten und klingeln, wenn Sie hier fertig sind«, befahl sie. Dann wandte sie sich ab und ließ die Tür ins Schloss fallen.

Cosma drehte sich den Männern zu und ging einen Schritt rückwärts. Als sie das kühle Metall der Tür im Rücken spürte, ließ sie sich langsam zu Boden gleiten. Sie atmete schwer.

Breschnow kam auf sie zu und ging vor ihr in die Hocke.

»Es tut uns leid, Frau Anderson«, sagte er sanft. »Wir wollten Sie nicht erschrecken, aber wir haben noch einige Fragen. Fühlen Sie sich in der Lage, uns zu antworten?«

Sie nickte verwundert und fragte sich, wie lange er diesen freundlichen Ton wohl beibehalten würde. Er half ihr aufzustehen und führte sie zum Bett.

Die beiden warteten, bis sie lag. Drass schob sich den Stuhl heran, Breschnow blieb stehen.

»Erinnern Sie sich, warum Sie hier sind?«, fragte er vorsichtig.

Cosma starrte ihn schweigend an. Er stellte die Frage erneut. Sie antwortete leise.

»Der Mann … im Tunnel.«

Breschnow nickte.

»Gut. Ich möchte gerne von Ihnen wissen, warum Sie dort waren. Im Tunnel.«

Seine Stimme war immer noch freundlich.

»Ich bin gelaufen, und meine Strecke geht dadurch.«

»Und warum sind Sie stehen geblieben?«

»Haben Sie mich das nicht schon alles gefragt?«

»Stimmt. Aber ich möchte Sie gerne noch einmal befragen. Also?«

»Da lag der Mann am Boden … Ich wollte wissen, was mit ihm los ist«, antwortete Cosma.

»Aber wieso sind Sie nicht stehen geblieben, als der Polizist Sie rief?«

Seine Stimme wurde fordernder.

»Ich habe mich erschreckt. Ich habe Panik bekommen – was weiß ich. Ich kann mich nicht erinnern. Ich kann diese Frage nicht beantworten. Und wo das hingeführt hat, sehe ich ja. Sie haben mich eingesperrt!«

Cosma sah ihn wütend an.

Drass mischte sich ein.

»Frau Anderson, Sie sind nicht hier, weil Sie weggelaufen sind. Sie sind hier, weil in Ihrer Wohnung die Tatwaffe gefunden wurde. Der Mann im Tunnel ist mit dem Messer erstochen worden, das wir in Ihrer Küche sichergestellt haben. Es ist sein Blut, das daran klebt.«

Cosma schrie entsetzt auf. »Das kann nicht sein! Sie müssen mir glauben! Ich habe dieses Messer noch nie gesehen!«

Sie sah Drass flehend an.

Er unterdrückte den Impuls, zu ihr hinzugehen und ihr tröstend über die Haare zu streichen.

»Aber wieso liegt das Messer dann in Ihrer Küche?«, hakte Breschnow nach.

Drass atmete erleichtert aus.

Cosma sah Breschnow an. Tränen rannen ihr über die Wangen.

»Ich weiß es nicht«, schluchzte sie. »Ich hatte nicht abgeschlossen. Dabei mache ich das immer. Seit damals …«

»Seit damals?«

Cosma schüttelte den Kopf. Breschnow sah ihr an, dass sie jetzt nichts darüber sagen würde.

»Wollen Sie damit andeuten, dass jemand Ihnen das Messer in die Wohnung gelegt hat?«, fragte er zweifelnd.

Cosma hob die Schultern und nickte gleichzeitig.

»Ich weiß es nicht! Aber ich weiß«, schluchzte sie erneut, »dass ich niemanden erstochen und auch kein blutiges Messer in meine Wohnung getragen habe.«

»Und wer könnte Ihnen das Messer in die Küche gelegt haben?«

Sie überlegte einen Moment lang und schüttelte dann den Kopf.

»Keine Idee?«

»Nein«, nuschelte sie und sah auf den Nachttisch. »Haben Sie vielleicht ein Tempo für mich?«

Drass öffnete die kleine Schublade der Ablage, zog ein Päckchen Papiertaschentücher hervor und reichte es ihr. Die beiden warteten, bis sie sich die Nase geputzt hatte.

»Haben Sie Feinde?«, erkundigte sich Drass.

Sie stand auf und lehnte mit dem Rücken an der kalten Stahltür.

»Nein, bestimmt nicht«, erwiderte sie laut. »Sie müssen mir glauben. Ich war es nicht. Ich habe niemanden getötet!«

Die Angst war wieder da.

Sie glaubten ihr nicht, das konnte sie in ihren Blicken sehen. Sie brauchten eine Schuldige, und nun waren sie hier und würden sie nicht mehr aus den Klauen lassen. Sie würden sie weiter einsperren. Ewigkeiten. Hier in diesem kleinen vergitterten Raum.

Sie spürte, wie sich ihre Bronchien zusammenzogen. Sie röchelte, ließ sich zurück auf den Boden sinken und sah in das ernste Gesicht des Verknitterten.

Er denkt, dass ich simuliere. Sie japste nach Luft.

Sie hörte die Stimme des anderen Polizisten und versuchte, sich ihm zuzuwenden.

»Cosma. Atmen Sie ruhiger. So kommen wir doch nicht weiter.«

Ihr wurde kalt. Sie sollten endlich gehen. Sie rang nach Luft. Ein Eisenring legte sich über ihre Brust, Panik kroch in ihr hoch. Werden die beiden einfach nur dasitzen und ihr beim Sterben zusehen?

Sie musste nur ganz ruhig sitzen bleiben. So konnte sie wenigstens etwas atmen.

Nach einer Weile hörte sie den Verknitterten seufzen.

»Wir müssen eine Schwester holen.«

Drass nickte und drückte zögernd den Rufknopf. Sie kamen auf sie zu, griffen sie unter die Arme und schleppten sie zum Bett. Kurz danach betrat eine kleine rothaarige Krankenschwester den Raum.

»Ach, die Herren Kommissare«, stellte sie fest und ging auf Drass zu. »Sie müssen gehen. Ihre Zeit hier ist vorbei.«

»Guten Tag, Frau General«, grüßte Drass gespielt freundlich.

Breschnow sah ihn verwundert an und stellte sich zwischen die beiden.

»Was ist mit Frau Anderson los?«, fragte er.

»Das wissen wir noch nicht«, antwortete die Oberschwester mit ruhiger Stimme. »Aber Sie sehen ja selber, dass die Patientin in diesem Zustand nicht vernehmungsfähig ist.«

Das Röcheln wurde stärker.

»Martin, schnell, hol wieder den Sauerstoff«, rief sie dem jungen Pfleger zu, der noch in der Tür stand.

»Und Sie gehen! Jetzt!«

Breschnow warf noch einen Blick auf Cosma. Dann verließen sie folgsam das Krankenzimmer.

***

Schweigend gingen die beiden Kommissare durch die langen Flure zurück zur Schleuse. Jeder hing seinen eigenen Gedanken nach. Sie passierten wortlos die Wache, erhielten die Ausweise zurück und traten auf den Vorplatz hinaus. Breschnow zündete sich eine Zigarette an und sah über den Hof mit den regenwassergefüllten Schlaglöchern.

Zumindest die Pfützen sind lau, wenn nicht schon die Lüfte in dieser Stadt, dachte er und freute sich, eine neue Zeile für das Gedicht zu haben, an dem er gerade arbeitete. Mit einem Blick auf seinen Kollegen ließ er den Block in der Jackentasche und hoffte, die Worte nicht zu vergessen.

»So kann das ewig dauern!«, hörte er Drass lamentieren. »Immer zwei Sätze, und dann kriegt sie einen Anfall.«

Breschnow gab ihm recht und inhalierte tief. Als der grüne Sportwagen in sein Blickfeld geriet, entschied er, sich lieber ein Taxi kommen zu lassen.

»Ich muss noch zur Reinigung«, brummte er. »Fahr du schon mal zum Revier.«

Drass grinste. »Mein Auto ist wohl nicht dein Typ.«

Breschnow nickte, holte sein Handy heraus und wählte die Nummer der Taxifunkzentrale. Noch bevor er seine Zigarette geraucht hatte, fuhr ein beigefarbener Mercedes vor. Die Fahrerin war eine junge Frau mit kurzen schwarzen Haaren. Ihr Gesicht war mit Piercings übersät.

Auch wieder etwas, was ich nicht mehr verstehe, dachte er. So fängt das Älterwerden an. Oder ist es schon das Altwerden?

Die Fahrerin fuhr ruhig und zügig. Sie versuchte nicht, ihn in ein Gespräch zu verwickeln, was ihr Breschnow hoch anrechnete. Er starrte aus dem Fenster und ließ die Stadt an sich vorbeiziehen. Vor der Reinigung hielten sie an. Er stieg aus und bat sie, einen Moment zu warten.

»Und woher weiß ich, dass Sie wieder zurückkommen und zahlen?«, erkundigte sie sich. Er zeigte ihr seinen Dienstausweis. Das genügte ihr.

Er betrat den Laden und zog den Kleiderbon aus der Hosentasche. Die junge Frau, die ihn bediente, schüttelte bedauernd den Kopf.

»Es ist leider noch nicht alles fertig«, sagte sie. »Aber einen Teil können Sie schon mitnehmen, wenn Sie wollen.«

Breschnow nahm die weiße Tüte in Empfang und sah nach, ob die Sachen drin waren, die er brauchte. Ein frischer Geruch stieg auf, die Kleidungsstücke waren sorgfältig zusammengelegt. Er atmete tief ein und genoss den Anblick der Ordnung.

Als er wieder nach draußen kam, telefonierte die junge Taxifahrerin. Sie beendete das Gespräch sofort, als sie ihn kommen sah.

»Wohin?«, fragte sie.

»Zum fünften Polizeirevier.«

***

Dr. Simon sah seine Patientin besorgt an.

»Am besten, Sie …«, er hielt kurz inne, »… ich mache gleich einen Termin mit unserem Psychologen«, entschied er. »So kann es ja nicht weitergehen.«

Cosma nickte, sank erschöpft zurück in ihr Kissen und starrte an die Zimmerdecke.

Was passiert hier? Die Polizisten denken, dass ich den Mann im Tunnel getötet habe. Und das Messer?

Wieso legt mir jemand ein Messer in die Küche?

Sie konnte sich beim besten Willen nicht vorstellen, wer das gewesen sein sollte, und noch viel weniger, warum? Aber die Tür war nicht verriegelt gewesen. Hatte jemand ihren Zweitschlüssel gehabt oder einen Dietrich benutzt?

Aber der einzige Zweitschlüssel lag bei Margareta. Und wieso sollte Margareta ein blutiges Messer in ihrer Küche verstecken? Sie könnte bestimmt niemanden töten.

Cosma schloss die Augen. Sie sah das Gesicht ihrer Schwester vor sich. Braune Locken und Sommersprossen. Der freche Mund grinste. Als Margareta zur Welt gekommen war, hatte sich fortan alles nur noch um sie gedreht. Sie war ein Sonnenscheinkind. Sie war nie frech gewesen, sie hatte immer gute Noten in der Schule. Und Freundinnen.

Cosma verspürte den alten Neid hochsteigen. Zu ihr war kaum jemand gekommen. Sie hatte sich immer mit allen gestritten. Und wenn sie endlich mal eine neue Freundin gefunden hatte, fand diese meist schnell Gefallen an Margareta und wandte sich wieder von ihr ab.

Cosma drehte sich auf die Seite. Ihr Kopf schmerzte ein wenig. Die Wirkung des Wundermittels von Dr. Simon ließ langsam nach.

Später hatte Margareta Sozialarbeit studiert. Das war in den Augen ihrer Eltern wesentlich besser als ihre Journalistenschule. Sozialarbeiter halfen den Leuten und schützten sie. Die Journalisten hingegen machten mit ihren Halbwahrheiten immer alles schlimmer.

Margareta hatte geheiratet und zwei Kinder in die Welt gesetzt. Natürlich Musterenkel. Aber dann wurde alles anders.

Plötzlich wurde die Tür aufgerissen, und sie erschrak. Ein Pfleger brachte das Essen. Der Pappteller war mit einer Plastikschale abgedeckt. Dazu gab es einen Becher Mineralwasser. Cosma setzte sich auf. Sie zog den Nachttisch zu ihrem Bett und hob den Deckel vom Essen. Darunter kam eine grünliche Pampe zum Vorschein. Vielleicht Spinat, dachte sie. Sie schob sich etwas Essen auf den Plastiklöffel, denn Gabel und Messer gab es hier nicht. Sie atmete tief ein und schloss die Augen. Es riecht nicht gut, es sieht nicht gut aus, aber ich muss essen. In Windeseile verschlang sie das Gericht, ohne zu schmecken oder zu kauen. Schnell deckte sie den Deckel wieder auf den Teller und schob den Nachttisch zurück.

Ich muss Margareta anrufen.

***

Als Breschnow den Flur seiner Abteilung betrat, schoss Schmitti auf ihn zu.

»Der Alte hat euch verarscht!«

»Welcher Alte?«

»Na, der aus dem Tunnel. Die Personalien gehören zu jemand anderem. Und der ist in der letzten Woche gestorben.«

Breschnow knurrte und wählte Subats Nummer. Es dauerte lange, bis der Kollege abnahm.

»Die Identität des Alten ist falsch. Hast du dir seinen Ausweis zeigen lassen?«

»Klar, was denkst du denn?«, blaffte Subat. »Das Passfoto war nicht mehr das neueste, aber es sah aus wie er. Und die Kollegen haben ihn im Computer gecheckt. Ohne Einträge.«

»Er hat euch vorgeführt. Der Mann auf dem Foto ist in der letzten Woche gestorben.«

Subat schwieg. Schmitti ging zurück in sein Büro.

»Aber wieso hatte der Alte dann seinen Ausweis? Ist das heute so üblich unter Rentnern? Das man dem nächsten seinen Ausweis vererbt?«, fragte Subat verwirrt.

»Kann ich dir nicht sagen. Dauert noch ein paar Tage, bis ich selbst zu dem Club gehöre.«

Breschnow beendete das Gespräch, ging in sein Büro und schloss die Tür. Er kramte eine Hose und ein zerknittertes frisches Hemd aus dem Plastiksack hervor und zog sich um. Dann ließ er sich in den Stuhl fallen und rollte zum Fenster. Nachdenklich starrte er hinaus.

Der Nachmittag verging ohne neue Erkenntnisse. Die Identität des Alten blieb unklar, und das Handy, von dem jemand den Leichenfund gemeldet hatte, war nicht zu orten. Ein Prepaid-Handy, aber damit hatte er schon gerechnet. Breschnow ging noch einmal zum Sitzungsraum und starrte auf das Whiteboard. Viele Stränge, viele Fragen, aber wohl heute keine Antworten mehr. Delego betrat den Raum.

»Hallo«, grüßte sie leise.

Breschnow drehte sich um.

»Du siehst ganz schön fertig aus. War es so schlimm im Park?«

»Das kann man wohl sagen«, seufzte sie. »Keiner will mit uns reden. Alle sind feindselig, und Subat kann sich nicht zusammennehmen und rastet ständig aus. Er brüllt rum und beschimpft die Penner. Ich werde morgen noch einmal mein Glück versuchen, aber nur ohne Subat. Sonst kannst du's vergessen.«

Sie sah ihn herausfordernd an.

»Nimm Schmitti mit. Alleine gehst du nicht. Wo steckt Subat jetzt?«

»Zu Hause, nehme ich an. Ich habe ihn weggeschickt, kann ihn heute nicht mehr ertragen. Schreibe noch den Bericht und mach mich dann auch vom Acker.«

Sie drehte sich zur Tür. Breschnow sah ihr hinterher.

»Bitte erwähne Subat nicht. Ich will erst einmal mit ihm reden und hören, was ihn umtreibt.«

Delego drehte sich um und betrachtete ihn wütend.

»Was denkst du? Das hätte ich sowieso nicht getan!«

Dann verschwand sie in ihrem Büro.

Breschnow wandte sich wieder dem Whiteboard zu und starrte es eine Weile an, das brachte ihn aber nicht weiter. Er nahm sein Handy und wählte Subats Nummer. Der Apparat war ausgestellt. Nachdenklich ging er zurück in sein Büro. Er versuchte es dreimal übers Festnetz und ließ es so lange klingeln, bis das Besetztzeichen ertönte.

Leise fluchend beschloss er, Subat sofort einen Besuch abzustatten. Als er an Delegos Büro vorbeikam, sah er sie verbissen ihren Bericht in den Computer tippen. Er lehnte sich an den Türpfosten und beobachtete sie eine Weile. Sie sah auf, und er informierte sie, wo er hinwollte.

»Viel Erfolg bei dem Stinkstiefel!«, rief sie ihm hinterher.

***

Breschnow verließ das Gebäude über den Hofausgang und sah sich gerade nach seinem Wagen um, als sein Handy klingelte.

»Hier ist Monika. Ich habe Neuigkeiten über deinen Toten. Die Kollegen haben seine Fingerabdrücke durchlaufen lassen und einen Volltreffer gelandet! Er ...«

»Bist du noch im Büro?«, unterbrach er sie.

»Ja, wenn du willst, kannst du vorbeikommen. Geh hintenrum.«

»Okay, dann bis gleich.«

Er entdeckte einen kleinen Teil eines Kotflügels und erkannte an der Beule, dass es seiner war. Ein vergitterter Mannschaftswagen hatte das Auto fast verdeckt. Mühsam manövrierte er es aus der verstellten Parklücke und fädelte sich in den Feierabendverkehr ein.

Die Fahrt zum Gerichtsmedizinischen Institut schien ihm endlos. Vor den Kreuzungen knüllte sich der Verkehr, und er hangelte sich von einem Stau zum nächsten. Kurz spielte er mit dem Gedanken, das Blaulicht einzuschalten, aber er war weder im Einsatz, noch gab es einen Notfall.

Er versuchte erneut, Subat anzurufen. Das Handy blieb ausgestellt.

Endlich erreichte er das Institut. Monikas Büro lag im Keller. Sie hielt sich gerne in der Nähe der gekühlten Leichen auf. »Dann kann ich immer schnell nachschauen, wenn mir etwas unklar ist«, hatte sie ihre Bürowahl begründet.

Breschnow vermutete eher, dass sie es vorzog, unten in Ruhe alleine zu arbeiten, statt sich mit dem Rest ihres Teams ein Büro im dritten Stock zu teilen.

Er klingelte an der Hintertür. Eine kleine Kamera richtete ihren Sucher auf ihn aus. Nach einer Weile ertönte der Summer. Breschnow drückte die schwere Sicherheitstür auf und nahm den linken Flur. Stahlliegen und geschlossene Plastikeimer standen im Weg. Er wunderte sich über diese Unordnung.

Am Ende des Flurs klopfte er an Monikas Tür. Keine Reaktion. Er öffnete sie vorsichtig, aber der Raum war leer. Irritiert drehte er sich um.

»Hallo Breschnow, ich war noch mal bei eurer Leiche«, rief ihm Monika zu und kam den Gang entlanggeeilt. Sie trug ein rotes Sommerkostüm, das die Farbe ihrer Haare betonte. Der Rock endete kurz über dem Knie. Ihre Füße zierten die typischen Gesundheitsschuhe. Aber selbst die sahen an ihr schick aus.

Sie strich ihm leicht über den Oberarm und schob ihn sanft in ihr Büro. Breschnow roch ihr Parfüm. Er liebte diesen Duft, hatte sie aber noch nie danach gefragt.

Sie schob einen zweiten Stuhl vor den Computer und bedeutete ihm, sich neben sie zu setzen.

»Als ich den Toten anhand seiner Fingerabdrücke identifiziert hatte«, begann sie, »habe ich ziemlich viel recherchiert, auch wenn das nicht zu meinem Aufgabenbereich gehört. Aber ich war einfach neugierig. Ich hätte dir die Daten auch schicken können, aber du wolltest ja lieber herkommen, was ich gut finde.«

»Zu zweit sieht man mehr«, sagte Breschnow.

»Ja, also eure Leiche war ein Soldat. Er heißt Sebastian Pohl und ist zweiundvierzig Jahre alt geworden. Berufssoldat, Dienstgrad Oberstabsfeldwebel. War sein ganzes Leben bei der Truppe. Zuletzt in Afghanistan. Hat in Deutschland die Jungs ausgebildet und ist dann mit ihnen rüber. War einer der Ersten. Diverse Auszeichnungen für Tapferkeit. Ein ziemlicher Draufgänger. Hatte viel Mut, war aber auch etwas leichtsinnig. Zumindest lese ich das hier zwischen den Zeilen.«

Monika scrollte weiter.

»Und hier, das wollte ich dir zeigen. Er wurde vor zwei Jahren verwundet. Seine Mannschaft, sechs Mann stark, geriet in einen Hinterhalt. Vier sind bei dem Anschlag gestorben. Pohl und noch zwei andere konnten gerettet werden. Sie wurden hier in Berlin behandelt. Pohl hatte nur leichte Verletzungen und ist bald wieder zurück nach Afghanistan gegangen. Aber die anderen zwei Überlebenden waren übel dran. Einer von ihnen ist seitdem gelähmt und sitzt im Rollstuhl. Der andere wurde depressiv und kam aus seiner Kriegsschleife nicht mehr heraus. Er hat sich mit Benzin übergossen und verbrannt.

Posttraumatisches Belastungssyndrom, vermute ich. Aber darüber will man natürlich nicht reden. Es gibt viele, die darunter leiden.«

Sie sah ihn ernst an.

»Ich erinnere mich an den toten Soldaten«, murmelte Breschnow. »Es war eindeutig ein Selbstmord. Braun, oder?«

Monika nickte. »Andreas Braun, und der im Rollstuhl heißt Karl Jung.«

Breschnow überlegte. »Fünf Tote und ein Gelähmter. Lieben werden die Angehörigen und der Überlebende ihn bestimmt nicht dafür. Was wissen wir noch?«

»Sebastian Pohl hat hier Frau und Kinder. Zwei Mädchen. Die haben ihn aber anscheinend bisher nicht vermisst.«

Sie hingen noch eine Weile ihren Gedanken nach, bis Breschnow sich müde erhob und streckte.

»Ich fahr zu der Frau und den Kindern.«

Er sah auf die Uhr, die im Zimmer hing, und überlegte, ob er jemanden aus seinem Team bitten sollte, ihn zu der Familie zu begleiten, um ihr die Todesnachricht zu überbringen. Einen Moment lang spielte er auch mit dem Gedanken, Monika zu fragen.

»Ich … hmmm …«

Sie sah ihn fragend an.

Er räusperte sich.

»Deine Infos sind sehr hilfreich. Schickst du mir die Unterlagen?«

Sie lächelte wissend.

»Das mach ich gleich. Und verpfeif mich nicht, weil ich in fremden Revieren jage!«

»Das verspreche ich dir leichten Herzens«, grinste Breschnow.

Er stand auf und ging auf den Gang hinaus.

»Warum steht das Zeug hier rum?«, fragte er.

Monika hob ratlos die Schultern und verzog das Gesicht.

»Vermutlich, damit man besser stolpert.«

Er lachte, verabschiedete sich noch mal und verließ zügig das Gebäude. Die Überwachungskamera spähte ihm hinterher.

Um halb acht wollte er in Spandau sein. Die Familie Pohl lag auf seinem Weg, und er entschied, alleine zu fahren, denn so blieb ihm genügend Zeit, sie aufzusuchen. Und Subat würde eben warten müssen.

***

Cosma hatte ein wenig geschlafen und von ihrer Schwester geträumt. Sie waren gemeinsam im Tunnel. Margareta hatte ihre Hand genommen und sie zu dem Toten geführt.

»Sieh ihn dir genau an, Schwesterchen.«

Sie hatte sich geweigert und in die andere Richtung gesehen. Margareta war wütend geworden.

»Warum wollte Margareta, dass ich mir den Mann genauer ansehe?«, fragte sie die Zimmerdecke, die sie in der Hoffnung, dort eine Antwort zu finden, anstarrte.

Nach einer Weile drehte sie sich auf die Seite und blickte auf das vergitterte Fenster. Es störte sie nicht mehr.

In ihrer Zelle gab es keine Ablenkung, nichts, was sie lesen konnte, keinen Fernseher und keine Musik, und sie fragte sich, wie sie diese grässlichen endlosen Stunden hier totschlagen sollte. Dreimal hatte sie nach einer Schwester geklingelt, aber es war niemand gekommen. Ihr Blick glitt zu der Kamera über der Tür. Wahrscheinlich sahen sie, dass ihr nichts fehlte, und kamen deswegen nicht.

Sie versuchte, sich zu konzentrieren, musste einen Ausweg aus dieser prekären Lage finden. Aber schon nach kurzer Zeit schweiften ihre Gedanken wieder ab und wanderten zu Margareta und zu der Krise, die alles verändert hatte. Das war vor drei Jahren gewesen.

Ihre Schwester war an ihrem Arbeitsplatz von zwei Jugendlichen, die sie betreute, angegriffen und mit einem Messer schwer verletzt worden. Wochenlang hatten die Ärzte um ihr Leben gerungen.

Cosma hatte Tag und Nacht im Krankenhaus verbracht, mal mit, mal ohne ihre Eltern.

Als Margareta endlich entlassen wurde, war sie nicht mehr dieselbe. Zuerst war sie still gewesen, aber dann brach die ganze Wut unkontrolliert aus ihr heraus. Sie stritt sich mit jedem, mit den Eltern, mit dem Mann, den Kindern und natürlich auch mit Cosma. An manchen Tagen schrie Margareta nur noch und regte sich über jede Kleinigkeit auf. Als sie dann die Kinder schlug, schaltete ihr Mann die Polizei und das Jugendamt ein und ließ sie der Wohnung verweisen. Sie verlor den Sorgerechtsprozess und durfte die Kinder nur noch in Begleitung einer Sozialarbeiterin sehen.

Damals hatte Cosma sie aufgenommen.

Seufzend drehte sie sich vom Fenster weg, setzte sich mühsam auf und starrte an die Tür. Niemand kam.

Sie stand auf und ging zum Ausgang. Genau fünf Schritte. Große Schritte. Würde sie trippeln, wären es mehr.

Dann fünf Schritte zurück. Sie wiederholte den Weg, hin und her, hin und her. Genau wie im Zoo.

Nach einer Weile stellte sie sich ans Fenster und starrte hinaus. Ihre Zelle lag im hinteren Teil eines U-förmigen Gebäudes.

Hinterhaus, zweiter Stock, dachte sie.

»Ich ziehe das Vorderhaus, dritter Stock, eindeutig vor«, murmelte sie leise.

Ihre Gedanken glitten wieder zurück in die Vergangenheit.

Sie hatte nach einem guten Abitur die Journalistenschule in München besucht. Eine sehr angesehene Schule. Ihr Abschluss dort war einer der besten. Margareta war stolz auf sie gewesen, aber ihre Eltern hatten mit Lob gespart. Für sie war und blieb sie immer die schwierige Tochter, die, die schlecht in der Grundschule gewesen war und die ständig Ärger mit den Nachbarskindern gehabt hatte.

Ihre ersten journalistischen Versuche in Berlin waren erfolgreich, und schon bald hatte sie einige regelmäßige Aufträge für diverse Tageszeitungen. Aber je sicherer sie wurde, desto stärker versuchte sie auch, ihre Meinung kompromisslos und hart durchzusetzen und das zu schreiben, was ihr wirklich wichtig war. So kam es immer häufiger zu Streitereien mit den Redakteuren, die sie dann fallen ließen. Margaretas Krise war auch ihre gewesen, und seitdem versuchte sie herauszufinden, was wirklich wichtig war. Stets auf der Suche nach der ultimativen Story, einer Story, die niemand ablehnen oder verändern konnte, war ihr bitter bewusst geworden, dass sie ohne Kontakte und Netzwerke und ohne Informanten nichts erreichen konnte.

Und nun lag sie hier. Sie drehte sich vom Fenster weg und ging zurück zum Bett. Nach einer Weile klingelte sie noch einmal nach der Schwester und wartete.

Endlich kam jemand. Es war ein Pfleger. Cosma setzte sich auf und sah ihn an.

»Was wollen Sie?«, fragte er.

»Ich würde gerne meine Schwester anrufen. Und ich möchte etwas zu schreiben, Papier und einen Kugelschreiber und etwas zu lesen und vor allem ein Radio.«

»Und ich wäre gerne auf einer sonnigen Insel«, grinste er. »Aber wären wir das nicht alle?«

Cosma sah ihn verwirrt an.

»War'n *Joke*«, erklärte er.

»Telefonieren können Sie nach dem Abendessen. Ist hier die Regel.«

»Und wann wird das Abendmenü serviert?«, fragte sie ironisch.

»Pünktlich um sechs«, antworte er und ging.

Sie sank wieder auf ihr Kissen und starrte an die Decke.

Wenn sie doch wenigstens ihren iPod hätte.

***

Breschnow kurvte die Straßen auf und ab. Einen Parkplatz zu finden schien hier fast unmöglich. Kurz spielte er mit dem Gedanken, sich einfach in die zweite Reihe zu stellen oder eine Einfahrt zu besetzen, als vor ihm endlich ein Auto aus der Parklücke fuhr.

Na prima, dachte er. Jetzt muss ich nur noch die zwei Kilometer zurücklaufen.

Die Familie Pohl wohnte in der Friedbergstraße. Eine ruhige Seitenstraße in Charlottenburg. Viele alte Häuser mit Stuckfassaden, ein herrschaftliches Viertel. Ganz anders als sein Kiez. Passanten gab es hier nur wenige, ab und zu kreiste ein Auto an ihm vorbei. Zügig erreichte er die Nummer 32 und klingelte. Eine Frauenstimme fragte ihn durch die Gegensprechanlage, wer er sei. Er wunderte sich über die Klarheit der Stimme. Seine Anlage krächzte so, dass man kaum verstand, was geantwortet wurde. Er nannte seinen Namen und Titel. Fast lautlos öffnete sich die Haustür, und Breschnow betrat einen imposanten

Hausflur. Die Treppe schmückte ein roter Teppichboden mit goldenen Festhalteleisten. Die Wände waren in einem zarten Blauton gestrichen, und die Decke zierte prächtiger und vor allem unversehrter Stuck. Putten sahen auf ihn herab.

Er stieg hinauf zum ersten Stock. Eine schmale Frau in einem blauen Kostüm stand in der Tür. Sie begrüßten sich, dann zog Breschnow seinen Dienstausweis aus der Hosentasche. Sie studierte ihn genau, bevor sie ihn hereinbat.

Die Wohnung war großzügig geschnitten. Eine fast rechteckige Diele, von der die großen hohen Räume mit Stuck und Flügeltüren, die die Zimmer miteinander verbanden, abgingen. Sie führte ihn rechts in das Wohnzimmer und bot ihm etwas zu trinken an. Er lehnte dankend ab, ließ sich in einen der weißen Sessel sinken und wartete, bis sie sich ebenfalls gesetzt hatte.

»Frau Pohl. Ich muss Ihnen leider eine schlechte Nachricht überbringen. Ihr Mann ist gestern verstorben.«

Sie sah ihn ernst an und senkte dann den Blick.

»Er hat immer schon gerne mit dem Feuer gespielt«, sagte sie leise, nachdem sie lange geschwiegen hatte.

Breschnow war dankbar, dass die Frau so gefasst reagierte.

»Sie sind nicht vom Militär, sondern von der Polizei.«

»Mordkommission«, bestätigte Breschnow.

»Mord?«

»Ihr Mann ist nicht bei einem Kriseneinsatz gestorben, Frau Pohl. Er wurde gestern Opfer eines Gewaltverbrechens. Ich bin der ermittelnde Beamte.«

»Er wurde ermordet?«, fragte sie überrascht. Dann stand sie auf und holte sich eine Schachtel Zigaretten und einen Aschenbecher. Ihre Hände zitterten leicht, als sie ihm eine Zigarette anbot. Er nahm sie dankend an.

»Ihr Mann wurde in der Hasenheide erstochen.«

Die Miene der Frau ließ nicht erkennen, ob sie darüber erschüttert war.

»Was wollte er da?«, fragte sie nach einer Denkpause.

»Ich hatte gehofft, dass Sie mir das sagen könnten.«

»Wir leben seit Langem getrennt. Ich sehe ihn nur, wenn er mal die Kinder besucht oder abholt. Sebastian hat es nie geschafft, seine Rolle als Familienvater auszufüllen. Er war immer unterwegs und beseelt von Afghanistan.«

Sie hielt einen Moment inne.

»Selbst wenn er hier war, mit uns redete, lachte oder mit den Kindern spielte, war er eigentlich nicht anwesend.«

Sie drückte ihre Zigarette aus und sah Breschnow zornig an. »Irgendwann hatte ich die Nase voll. Wir haben uns einvernehmlich getrennt. Sebastian bezahlt die Wohnung und zahlt für die Kinder. Ich kümmere mich um sie, arbeite nur stundenweise, bin sozusagen eine Vollzeitmutter. Das ist unser Deal, und der klappt sehr gut.«

»Ihr Mann ist aber noch unter dieser Adresse gemeldet.«

»Ja. Weil er so oft weg war, wollte er, dass seine Post hierherkommt. Mich hat das nicht gestört.«

»Wissen Sie denn, wo er tatsächlich gewohnt hat?«

»In der Kaserne oder im Militärcamp in Afghanistan«, sagte sie. Ihre Stimme war etwas lauter geworden. Sie klang nach alter Traurigkeit und Wut.

Breschnow wartete, ob sie noch etwas sagen wollte, und inhalierte tief an seiner Zigarette. Dann fuhr er fort.

»Wissen Sie, mit wem er befreundet oder bekannt war?«

»Nein. Das kann ich Ihnen nicht sagen.«

»Wie haben Sie ihn erreicht, wenn Sie mit ihm sprechen wollten?«

»Ich habe seine Handynummer und eine Nummer von der Dienststelle.«

»Können Sie mir diese Nummern geben?«

»Selbstverständlich.«

Sie stand auf und öffnete die Flügeltür zum nächsten Zimmer. Breschnow konnte einen Schreibtisch und einen dazu passenden Stuhl sehen. Sie ging zu dem kleinen antiken Sekretär, der neben dem imposanten Tisch fast verschwand, zog ein Adressbuch heraus und schrieb die Nummern auf einen gelben Klebezettel.

Breschnow erhob sich und ging ihr entgegen.

»Frau Pohl. Ich muss Sie noch fragen, wo Sie ab Mitternacht in der Nacht von Samstag auf Sonntag waren.«

»Bin ich verdächtig?«

»Bis der Mord aufgeklärt ist, ist jeder verdächtig. Das Gesetz der Ermittlung.«

Sie lächelte.

»Ich war an dem Abend im Kino.«

»Allein?«

»Nein, mit einer Freundin.«

»Können Sie mir bitte den Namen geben, damit ich das überprüfen kann?«

Sie nickte und fuhr fort.

»Nach dem Kino sind wir in das neue Lokal hier in der Nähe gegangen. ›Le Pirot‹. Gegen ein Uhr war ich wieder zu Hause und habe mich schlafen gelegt.«

Sie ging an ihm vorbei, griff nach einem kleinen Kästchen auf dem Couchtisch und nahm sich einen Zettel und einen Stift.

»Wo waren Ihre Kinder?«

»Ein Mädchen aus der Nachbarschaft verdient sich etwas Geld als Babysitterin.«

»Gibt es für die Nacht noch andere Zeugen?«, wollte Breschnow wissen.

»Na ja, wir waren ja nicht alleine im Kino oder im Restaurant.«

Breschnow sah auf den Zettel. Sie hatte eine harmonische flüssige Handschrift. Er bedankte sich und ging zur Tür. Sie folgte ihm.

»Sie werden in der Gerichtsmedizin Ihren Mann identifizieren müssen.«

Sie wurde blass und lehnte sich an die Wand.

»Bitte entschuldigen Sie, aber ich habe in meinem ganzen Leben noch nie einen Toten gesehen. Muss ich das machen?«

»Sie können auch jemand anderen, der Ihren Mann kannte, bevollmächtigen«, antwortet er und dachte, dass heutzutage die meisten Toten durch DNA oder andere Tests identifiziert wurden. Er blieb lieber bei der alten Methode, und Monika hatte sich bisher noch nie beschwert.

»Hier ist die Nummer von der Gerichtsmedizin. Melden Sie sich vorher an. Und sagen Sie, dass Sie Frau Hartmann dabeihaben wollen.«

Er reichte ihr eine Visitenkarte.

»Und falls Ihnen doch noch etwas einfällt, bitte ich Sie, mich zu informieren.«

Eine weitere Visitenkarte.

»Kennen Sie wirklich niemanden, der mit Ihrem Mann befreundet war?«

Sie schüttelte den Kopf und öffnete die Tür.

Nachdenklich verließ er das Haus, zündete sich eine Zigarette an und spazierte zu seinem Auto. Er hatte immer noch etwas Zeit.

Wie vielfältig die Menschen sind, wie unterschiedlich die Lebensstile. Die Frau schien mit ihrem Arrangement zufrieden zu sein. Sie hatte ihr Leben mit den Kindern, und der Mann konnte sich in einem fernen Krieg austoben. Breschnow hätte gerne die Kinder kennengelernt. Vielleicht würden sie morgen da sein. Er wollte auch mit ihnen reden.

Die Straßen stadtauswärts waren wieder etwas leerer, sodass er gut vorankam. Nur die Heerstraße zog sich wie immer endlos. In Spandau bog er rechts in die Wilhelmstadt ab und parkte vor dem kleinen Literaturverein.

Mein einziges Privatleben, dachte er und stieg aus. Ein Hauch von brackigem Wasser lag in der Luft, und er sog ihn genussvoll ein. Der Himmel war aufgeklart, dazu wehte ein leichter warmer Wind. Er drehte sich der Havel zu und sah eine Weile auf den Fluss. Dann ging er hinein.

Paul begrüßte ihn freudig. Er hatte immer ein wenig Angst, dass Breschnow in letzter Minute noch absagen würde, und besorgte deswegen für jede Lesung einen Ersatzlyriker. Meist waren es Studenten oder Studentinnen. Breschnow konnte die Enttäuschung in den Augen des jungen Mannes sehen, als der Veranstalter ihn vorstellte.

Breschnow und Paul kannten sich seit ihrer Schulzeit. Gemeinsam hatten die beiden Jungs in irgendwelchen Ecken gesessen und Gedichte geschrieben. Das war ihr streng gehütetes Geheimnis. Die anderen hätten sie nur ausgelacht. Dafür hatte ihr Verhalten eine andere Vermutung genährt. Alle dachten, sie wären schwul. Und das wurde bei ihnen zu Hause mit Prügel geahndet. Von da an konnten sie sich nur noch heimlich treffen. So waren sie beide in Spandau gelandet. Weit weg von dem Kreuzberg ihrer Kindheit.

Paul hatte Literatur studiert, Breschnow hatte sich für den Polizeidienst entschieden. Sie hatten den Kontakt gehalten, weiterhin gemeinsam geschrieben und über Lyrik diskutiert. Nach dem Studium hatte Paul seine Leidenschaft zum Beruf gemacht und den kleinen Literaturverein gegründet. Breschnow war sein erster Leser gewesen.

Es war noch eine Viertelstunde Zeit, aber schon jetzt waren fast alle Plätze besetzt. Durch den Literaturtreff erfreute sich Breschnow bei den Spandauer Lyrikfreunden einer gewissen Berühmtheit.

Er ging zum Kühlschrank und holte sich ein Bier. Dann zog er die zerknüllten Seiten, die er heute Nachmittag noch schnell gegriffen hatte, aus seiner Hosentasche und bereitete sich vor.

Pünktlich um acht eröffnete Paul die Lesung. Breschnow schrieb unter einem Synonym. Er nannte sich Eike A., und keiner durfte ein Foto von ihm machen. Breschnow hatte eine Höllenangst, dass die Kollegen im Revier erfahren könnten, dass er schrieb. Zu tief saßen die Verletzungen und Hänseleien seiner Kindheit und Jugend. Er ging zum Lesepult und las das erste Gedicht.

Hitze

Im Süden ist er heiß, der Kies.
Kann Stein verbrennen?
Die Luft zuckt angsterfüllt zusammen
bei so viel Hitze.

Der Schweiß verbrüht mir meine Haut,
muss Sätze lallen.
Die Worte dehnen sich absurd
bis ins Groteske.

Zerdreht, zerdeutelt jedes Wort,
die Schuld der Hitze.
Kanäle, wilder Lorbeerbaum,
sie lauern feindlich.

Kein Mensch erträgt die schwüle Glut,
ja selbst der Mond
schleicht todeswund auf seiner Bahn
und alles geht

im Krebsgang rückwärts anachron
und atonal
vom Brot zum Mehl zum Korn zum Keim –
vom D zum Des.

Ich werde sie ertragen müssen,
diese Hitze,
in ihrer Schärfe sein, damit
du mich erträgst.

***

Überall waren die Penner. Stinkend und besoffen kamen sie näher und griffen mit ihren schmutzigen Fingern nach ihr. Sie suchte Schutz, trat ganz nah an den Toten heran und sah zu ihm hinab. Er drehte sich zu ihr hin, lächelte sie an und versuchte aufzustehen. Sie sah in sein Gesicht, und es kam ihr bekannt vor. Als er seine Hand nach ihr ausstreckte, schrie sie sich aus diesem Alptraum heraus.

Nun lag sie da. Im Haftkrankenhaus. Schweißgebadet. Ihr Herz raste. Im Zimmer war es dunkel.

Cosma riss die Augen auf, um trotzdem etwas sehen zu können, atmete tief ein und aus und versuchte, sich zu beruhigen. Sie zwang sich, an die weißen Schafe auf einer grünen Weide zu denken, die sie vor Kurzem auf einem Kalenderblatt gesehen hatte, versuchte sich zu erinnern; wo das gewesen war. Aber ihre Gedanken rasten durch den Tunnel. Sie zwang sie zurück zu den Schafen. Bei ihrer Frauenärztin. Sie hatte das Kalenderblatt vor neun Tagen bei ihrer Ärztin gesehen.

Weiße Schafe auf grüner Weide.

Weiße Schafe auf grüner Weide.

Nach und nach zeichneten sich die Konturen des Zimmers ab. Die Schafe verließen die Weide und rannten durch den Tunnel. Vorbei an dem toten Mann. Sie kannte ihn.

Erschrocken setzte sie sich auf, schob das Kissen in den Rücken, tastete nach dem Lichtschalter am Bett, ließ ihn dann aber unberührt.

Sie konnte sich nicht erinnern, wo sie den Mann schon mal gesehen hatte. Aber sie kannte ihn.

Sie musste dringend mit jemandem reden.

Nach dem Abendessen war sie vor lauter Langeweile einfach wieder eingeschlafen und hatte den Anruf bei ihrer Schwester verpennt.

Wer war dieser Kerl aus dem Tunnel? Verdammt noch mal, Cosma! Erinnere dich!

Wütend starrte sie an die dunkle Zimmerdecke. Die Antwort blieb aus. Erst gegen Morgen schlief sie wieder ein.

***

Der Raum leerte sich langsam. Ein paar Leute standen um Breschnow herum und redeten über die Lesung. Er kannte das schon.

Einige der Zuhörer waren Studenten, die nun heftig über den Rhythmus in seinen Gedichten zu diskutieren begannen. Er war nur noch Statist, der Alibikünstler, den die Studenten als Kulisse brauchten. Sie schienen nur zu reden, um sich selbst zu hören. Er sah in die Runde. Die Studenten in Schwarz verhinderten jeden Versuch der anderen Diskussionsteilnehmer, zu Wort zu kommen. Breschnow wunderte sich, dass sie das zuließen.

Er drehte sich um und sah Paul am anderen Ende des Raumes. Der Veranstalter blickte ihn besorgt an. Breschnow schüttelte beruhigend den Kopf. Er würde sich gleich verabschieden und nicht, wie beim letzten Mal, einen heftigen Streit beginnen und zulassen, dass er in eine Schlägerei ausartete. Er schaute noch einmal in die Runde und dann demonstrativ auf seine Uhr.

»Es tut mir leid, aber ich muss mich verabschieden.«

Eine Frau sah ihn wissend an. Wahrscheinlich konnte sie in seinem Gesicht lesen, dass er nur zu gerne das Weite suchte. Als er sie anlächelte, nickte sie nur.

Ein älterer Herr griff nach seinem Ärmel und fragte ihn nach der nächsten Lesung. Breschnow verwies ihn an Paul und ging zur Tür. Das Bedauern einiger Gäste begleitete ihn. Aus den Augenwinkeln sah er, dass die Studenten weiterdiskutierten. Vielleicht hatten sie seinen Abgang noch gar nicht bemerkt.

Breschnow liebte die Vielseitigkeit der Interpretationsmöglichkeiten, die die Lyrik bot, und war immer wieder überrascht, was die Zuhörer in seinen Gedichten fanden. Er genoss es, mit den wirklich Interessierten zu diskutieren, bedauerte es allerdings, dass er nicht den Mut aufbrachte, sich genau diese Leute auszusuchen und die anderen einfach stehen zu lassen.

Er winkte Paul zu und machte ihm ein Zeichen, dass sie telefonieren würden. Das tat er immer, aber er rief nie an. Einen Moment lang sah er seinen Freund dankbar an und freute sich, dass er ihn so nahm, wie er war. Er wollte ihm noch einmal zuwinken, aber Paul war wieder mit seinen Gästen beschäftigt.

Breschnow trat vor die Tür. Die Luft war immer noch angenehm warm. Er zündete sich eine Zigarette an und schlenderte zu seinem Wagen, ließ den herrlichen Abend nachwirken, sah noch einmal ins Publikum, sah in die gespannten Gesichter, hörte den Applaus.

Das Bild wurde langsam überdeckt von dem Gesicht der Verdächtigen, wie sie bleich und überrascht an ihrem Küchentisch gesessen hatte. Als ob sie überhaupt nicht begreifen würde, was da um sie herum vorging. Falls sie schuldig war, sollte sie unbedingt den Beruf wechseln und Schauspielerin werden.

Er stolperte über eine Flasche und konnte sich im letzten Moment noch fangen. Wütend drehte er sich um und kickte sie vom Gehweg. Er war froh, dass ihn niemand gesehen hatte.

Als er seinen Wagen erreichte, blickte er noch einmal auf

die Havel. Ein Vers von Sylvia Plath kam ihm in den Sinn. Er rezitierte ihn laut in das Wasser.

Das Herz fällt zu,
Das Meer gleitet zurück,
Die Spiegel sind verhangen.

Er griff nach einem Stein und warf ihn dem Gedicht hinterher. Es klatschte leise. Er überlegte, ob er nach den fünf Flaschen Bier überhaupt noch fahren sollte. Dann schloss er die Fahrertür auf, startete und fuhr los.

Er zwang seine Gedanken auf die Straße und konzentrierte sich.

Sein Kollege Subat wohnte in Tegel. Vor vier Jahren war er mit seiner schwangeren Frau dorthin gezogen. Die beiden fanden, dass Tegel für ein Kind besser war als Kreuzberg, womit sie vermutlich recht hatten. Ihre Wohnung, in einem Block aus den dreißiger Jahren, lag in einer ruhigen Seitenstraße und hatte einen kleinen Garten. Außerdem gab es reichlich Parkplätze, und Breschnow parkte sein Auto direkt vor dem Block.

Die Wohnung im Parterre war dunkel, was ihn wunderte. Schließlich war es erst elf und Subat ein Nachtmensch, der immer stöhnte, wenn er um neun Uhr morgens zum Dienst erscheinen musste.

Breschnow klingelte. Keine Reaktion. Er versuchte es erneut und ging nach einer Weile um das Haus herum. Der Garten der Familie war nur durch einen kleinen Zaun vom Gehweg getrennt. Breschnow konnte ihn mühelos übersteigen. Er überquerte die Rasenfläche. Das Gras stand kniehoch. Die Terrassentür war nur angelehnt. Breschnow verfluchte diese Leichtsinnigkeit, betrat das Wohnzimmer und rief nach seinem Kollegen.

Als sich seine Augen an die Dunkelheit gewöhnt hatten, spürte er die Leere. Langsam durchquerte er den Raum und fand den Lichtschalter. Die nackte Glühbirne beleuchtete das Zimmer nur spärlich. Außer einem alten Sessel, den er als Subats Lieblingssessel in Erinnerung hatte, war der Raum tatsächlich leer. Er versuchte, sich die Wohnung in Erinnerung zu rufen, er hatte damals den Subats beim Umzug geholfen. Sein Kollege hatte sich bei einem Einsatz den Arm gebrochen, weshalb sie alle für ihn eingesprungen waren.

Er öffnete die Tür zum Flur. Hier gab es kein Licht. Vorsichtig tastete er sich zum Schlafzimmer vor. Die Tür war nur angelehnt. Auch dieser Raum schien leer zu sein bis auf eine Stehlampe und eine Matratze auf dem Boden. Dort lag Subat. Breschnow ging in die Hocke und stupste seinen Kollegen leicht an die Schulter. Keine Reaktion. Er versuchte es noch einmal. Dann knipste er die Stehlampe an. Subat rührte sich immer noch nicht.

Um die Matratze herum und im Raum verteilt lagen leere Wodkaflaschen. Dazwischen Kaffeebecher und Reste von Broten. Sein Kollege stank nach Alkohol, als ob er darin gebadet hätte. Erneut versuchte er, ihn zu wecken. Wieder keine Reaktion.

»Verdammter Kerl, was ist bloß passiert? Warum hast du uns nichts erzählt?«, flüsterte er.

Nach einer Weile stand er auf. Seine Knie knackten. Er zog sein Handy aus der Hosentasche und rief einen Krankenwagen.

DIENSTAG

Die Dienstbesprechung brachte nicht viel Neues. Der Alte und der anonyme Anrufer blieben nicht auffindbar, die DNA-Tests waren noch nicht fertig, und die Forensiker hatten noch keine Zeit gefunden, den Zettel aus der Hosentasche zu untersuchen. Aber über das Opfer wussten sie mehr. Breschnow sah in die müden Gesichter seines Teams und informierte sie über die Recherche der Gerichtsmedizinerin.

»Dass Monika die Quelle dieser Infos ist, bleibt unter uns«, endete er.

Drass und Delego nickten.

»Ein Soldat also. Müssen wir da nicht die Bundeswehr informieren und mit ins Boot holen?«, fragte Schmitti.

Ein Raunen ging durch den Raum.

»Ich fürchte, dass wir nicht drum herumkommen«, seufzte Breschnow, während er sich an den Tisch setzte. Er nippte an seinem Kaffee und sah gedankenverloren vor sich hin.

Er hatte nichts gegen Soldaten, aber er arbeitete nicht gerne mit Fremden zusammen. Außerdem hasste er Zuständigkeits- und Dienstgradsrangeleien. Sie waren nervenaufreibend und hinderlich, und er brauchte immer eine Weile, bevor er verstand, um was es überhaupt ging.

Er nahm noch einen großen Schluck von dem starken Kaffee und fuhr fort.

»Ich war gestern bei Pohls Frau. Die Eheleute leben seit einigen Jahren nicht mehr zusammen. Sie sagt, dass er mit seinem Beruf verheiratet war und kein Interesse an seiner Familie hatte. Deswegen hat sie sich getrennt. Er ist zwar noch in der Wohnung gemeldet, wohnte dort aber nicht mehr, wenn er in Deutschland war. Wir müssen herausfinden, wo er sich in den letzten Tagen aufgehalten hat. Seine Frau hat mir zwei Telefonnummern gegeben. Dienststelle und mobil. Sein Handy ist abgestellt. Also werden Drass und ich uns mit seiner Dienststelle in Verbindung setzen. Und Delego und Schmitti, ihr geht noch einmal in die Hasenheide und sucht weiter nach Zeugen. Und überprüft vorher noch das Alibi von der Ehefrau.«

Delego erhob sich. Breschnow bat sie, noch einmal Platz zu nehmen. Sie warf ihm einen besorgten Blick zu. Im Raum war es so still, dass man das Surren einer dicken Fliege hören konnte, die verzweifelt versuchte, durch das geschlossene Fenster zu entkommen. Breschnow beobachtete das Insekt einen Moment lang, drehte sich dann wieder den Kollegen zu und räusperte sich. Mit belegter Stimme fuhr er fort.

»Bevor hier die Buschtrommeln einsetzen, möchte ich euch informieren, dass Subat krankgeschrieben ist. Das ist die offizielle Version. Die inoffizielle darf diesen Raum nicht verlassen.«

Er hielt einen Moment inne, sah ernst in die Runde und war sicher, dass niemand tratschen würde.

»Subats Frau hat sich, wann auch immer, von ihm getrennt und ist mit dem Kind woandershin gezogen. Wohin, weiß ich nicht. Subat ist mit einer Matratze und seinem Lieblingssessel in der leeren Wohnung zurückgeblieben. Gestern wollte ich mit ihm reden und fand ihn im Suffkoma. Er musste sofort ins Krankenhaus und liegt mit einer schweren Alkoholvergiftung auf der Intensivstation. Die Ärzte sagen, dass er überlebt, können aber im Moment noch nicht ausschließen, dass sein Gehirn Schaden genommen hat.«

Betroffenes Schweigen erfüllte den Raum. Niemand hatte bemerkt, dass mit Subat etwas nicht in Ordnung gewesen war. Nur Delego hatte sich hin und wieder über sein aggressives Verhalten beschwert. Jetzt räusperte sie sich und sagte traurig: »Ich hatte schon vor Wochen das Gefühl, dass irgendwas nicht stimmt. Die meiste Zeit war er wie immer, aber manchmal war er sehr aggressiv, fuhr schnell aus der Haut und brüllte rum. Das kannte ich vorher nicht von ihm.«

Sie machte eine kleine Pause und sah Breschnow niedergeschlagen an.

»Ich habe ihn gefragt, was los ist, aber er wollte nicht darüber sprechen. Geht dich nichts an, hat er jedes Mal gesagt, das ist privat.«

Sie machte eine kleine Pause. Breschnow sah, dass ihre Augen feucht wurden. Sie atmete tief ein und fuhr fort.

»Die Befragung gestern im Park war eine Katastrophe. Ich wäre kein zweites Mal mit ihm rausgegangen. Und ich habe Breschnow gebeten, dass er Subat dort abzieht …«

»Und so kam der Stein zum Glück ins Rollen«, unterbrach Breschnow.

Delego fuhr fort. »Ich fahre irgendwann heute ins Krankenhaus und halte euch dann auf dem Laufenden.«

»Ich möchte gerne mitkommen«, sagte Schmitti. Delego nickte.

Breschnow stand auf.

»Ich werde versuchen, Regina Monat als Ersatz für Subat ins Team zu holen. Manche von euch kennen sie ja schon.«

Im Raum wurde es wieder sehr still. Breschnow schüttelte den Kopf.

»Ich habe Subat nicht abgeschrieben. Aber wir brauchen die Verstärkung, um gut arbeiten zu können.«

Er sah wieder in die Runde, bis er sicher war, dass alle ihm glaubten.

»Wir sehen uns heute Abend um sechs.«

Die Kollegen verließen den Raum. Breschnow gab ihnen ein Zeichen, die Tür zu schließen. Drass war sitzen geblieben und starrte ihn an. »Mist, das mit Subat. Hätte nicht gedacht, dass der ruhige Kerl so …«

Ihm fehlten die Worte.

Breschnow ließ sich auf den Stuhl fallen. Er wollte jetzt nicht darüber reden.

Die Nacht war schlimm gewesen. Er hatte seinen Kollegen auf die Seite gedreht und eine Ewigkeit neben ihm gesessen und immer wieder besorgt den Puls gefühlt. Er hatte Angst gehabt, dass Subat sterben würde, volltrunken auf der schmutzigen Matratze, das Gesicht an seinen Arm gelehnt. Vielleicht hatte er sich auch selbst gesehen, eine Vision seiner eigenen Zukunft.

Endlich waren die Sanitäter gekommen und hatten seine Befürchtung bestätigt, dass Subats Leben am seidenen Faden hing. Er hatte einen kaum noch messbaren Puls. Aber er schaffte es bis in die Intensivstation. Dort hatten sie ihm den Magen ausgepumpt und ihn mit Medikamenten gegen die Vergiftung versorgt. Die Apparate taten den Rest, und während Breschnow die ganze Nacht den Flur vor der Intensivstation auf- und abgelaufen war, hatte sich Subats Zustand endlich stabilisiert. Dann die Hiobsbotschaft des Arztes über den möglichen Hirnschaden.

Wütend hatte er den Arzt am Kragen gepackt, doch der hatte ihn schnell beruhigt. Er schien so etwas nicht zum ersten Mal zu erleben. Beschämt hatte Breschnow das Krankenhaus verlassen und war direkt ins Büro gefahren. Zu Hause hätte er sich nur betrunken.

»Willst du mir nicht antworten?«

Die Frage von Drass brachte ihn zurück in die Gegenwart.

»Entschuldigung. Bin wohl etwas abwesend. Habe die Nacht nicht geschlafen. Was hast du gefragt?«

»Ich will wissen, was die Ärzte genau gesagt haben und ob du seine Frau schon informiert hast.«

Breschnow stöhnte.

»Die Ärzte konnten noch nichts Genaues sagen, und seine Frau habe ich völlig vergessen. Kannst du das übernehmen?«

»Klar.«

Drass erhob sich. »Ich erledige das gleich. Dann kannst du dich noch etwas sortieren.«

Breschnow stand auf und stellte sich ans Fenster.

»Und ruf auch die Staatsanwältin an. Wir brauchen einen Beschluss, um die Anderson weiterhin im Haftkrankenhaus unterzubringen.«

Hinter seinem Rücken klickte es leise, als die Tür ins Schloss fiel.

Mich sortieren, dachte Breschnow, weg von den Gedanken an Subat und weg von den Gedanken an meine eigene Sauferei.

Er öffnete das Fenster und ließ die Fliege hinaus. Unten im Hof versammelten sich gerade einige Uniformierte um eine Wanne. Ihr Vorgesetzter brüllte Befehle. Auf Kommando verschwanden die jungen Männer in dem vergitterten Fahrzeug, und es rollte langsam vom Hof.

Breschnow sah der Wanne hinterher, froh, diesen Teil seiner Geschichte endgültig hinter sich gelassen zu haben. Er schloss das Fenster, ging langsam zu seinem Büro und setzte sich an den Schreibtisch. Die Presseabteilung hatte ihm die Zeitungsartikel des Morgens sorgfältig zusammengetackert auf den Tisch gelegt. Ein neongrüner Klebezettel informierte ihn, dass es im Radio keine Mitteilungen gegeben hatte. Er überflog das Geschriebene und war verwundert, dass die Zeitungen nur kurze sachliche Meldungen veröffentlicht hatten. Keine Sensationen, keine Stimmungsmache.

Erleichtert griff er zum Telefon und ließ es lange klingeln, bevor sich eine verschlafene Stimme meldete.

»Hallo Erich, hier ist Breschnow. Ich weiß, du hast Urlaub, aber es ist sehr wichtig.«

Es dauerte eine Weile, bis es aus der Leitung krächzte.

»Breschnow, du Mistkerl.« Ein Räuspern, dann: »Was gibt es so Wichtiges am frühen Morgen? Hätte das nicht noch zwei Stunden warten können?«

»Leider nicht. Wir stecken mitten in einer Ermittlung und arbeiten bereits unterbesetzt. Jetzt ist mir auch noch ein Mann krank geworden. Ich brauche dringend Unterstützung und denke an Regina Monat. Sie hat schon einmal mit uns zusammengearbeitet, bräuchte also keine Einarbeitung mehr. Und da das kein anderer außer dir entscheiden kann, störe ich dich in deinem unverdienten Urlaub.«

»He, wieso unverdient? Wenn du das nicht zurücknimmst, lege ich gleich wieder auf.«

»Hmm. Ich denk drüber nach.«

»Na, immerhin. Also … ich kümmere mich drum und frage jetzt auch nicht nach den Einzelheiten deiner Ermittlung. Sie interessieren mich im Moment einen feuchten Kehricht. Weißt du, Urlaub ist nämlich etwas Schönes. Aber leider etwas, was du niemals genießen wirst, weil du mit deiner Zeit nichts anderes anfangen kannst, als Mörder zu jagen. Ich sage dir nachher Bescheid, ob Regina abkömmlich ist.«

Breschnow dachte an seine Gedichte und schmunzelte.

»Ich danke dir, Erich. Du hast dir gerade deinen Urlaub verdient.«

»Mistkerl. Ich hab was gut bei dir!«

Breschnow hörte das Klacken am anderen Ende, zündete sich eine Zigarette an und stellte sich ans Fenster.

Erich und er hatten sich auf der Polizeischule kennengelernt. Breschnow hatte ihn von Anfang an nicht ausstehen können. Erichs Eltern waren reich, und Breschnow hatte ihn als verwöhntes Söhnchen aus gutem Haus sofort abgeschrieben. Erich hatte das nicht gestört. Er mochte Breschnow und ließ es ihn auch spüren. Und als Breschnow zu einer wichtigen Prüfung nicht erschienen war, deckte er ihn. Breschnow dankte es ihm und behandelte ihn freundlicher. Erst viel später, im Polizeialltag, waren sich die beiden Männer zwangsläufig ein wenig nähergekommen. Man konnte nur gut mit jemandem zusammenarbeiten, dem man vertraute. Und für Breschnow war die Arbeit von Anfang an eine Herzensangelegenheit gewesen.

Vor fünf Jahren hatten sich ihre Wege dann getrennt. Erich machte Karriere in der Personalabteilung, während Breschnow blieb, wo er war.

Er setzte sich wieder an den Schreibtisch und steckte sich an der Kippe die nächste Zigarette an. Der Anruf, den er vor sich hatte, lag ihm schwer im Magen. Er nahm noch einen tiefen Zug Nikotin, ließ ihn durch seine Lungen wabern und hob dann entschlossen den Hörer ab und wählte.

»Bereitschaft, Kaserne drei«, blaffte es am anderen Ende.

Breschnow stellte sich vor. »Ich bin auf der Suche nach dem Vorgesetzten von Sebastian Pohl.«

»Und wieso rufen Sie dann hier an?«

»Weil ich keine andere Nummer habe.«

Breschnow knirschte mit den Zähnen.

»Aber das hier ist die Bereitschaft und kein Auskunftsbüro. Wenn Sie etwas über die Mitglieder der Kompanie wissen wollen, dann müssen Sie schon persönlich herkommen.«

Bevor Breschnow noch etwas erwidern konnte, hatte sein Gesprächspartner bereits eingehängt.

»Arrogantes Arschloch!«, fluchte er.

Drass betrat den Raum und lächelte.

»Lass mich raten, du hast mit den Jungs von der Truppe telefoniert.«

Breschnow nickte. »Wir müssen hinfahren. Sie geben uns keine Auskunft am Telefon.«

»Das Gleiche gilt für Frau Staatsanwältin. Sie möchte persönlich mit uns sprechen und ist etwas angesäuert, weil wir sie nicht schon früher informiert haben. Und eigentlich hat sie recht, oder?«

Breschnow nickte widerwillig. Er hatte die Staatsanwältin gestern völlig vergessen.

»Dann also los.«

Die grelle Morgensonne blendete sie. Drass nahm seine Sonnenbrille aus der Seitentasche seiner schwarzen Lederjacke. Als Breschnow ihn ansah, musste er an James Dean denken. Sie überquerten den Hof und gingen zur Fahrzeugverwaltung. Die Tür des kleinen Büros neben der großen Garage stand offen. Ein junger Bereitschaftspolizist begrüßte sie freundlich. Breschnow verlangte nach einem Dienstwagen. Drass nahm die Sonnenbrille ab und sah ihn fragend von der Seite an.

»Nummer sieben kommt gleich rein«, sagte der junge Polizist mit Blick auf den großen Fuhrparkplan, der hinter ihm an der Wand hing. »Dauert höchstens noch ein paar Minuten. Ein anderes Auto habe ich im Moment leider nicht.«

Breschnow begleitete ihn zum Schreibtisch und ließ sich im Computer registrieren. Er gab seinem Kollegen ein Zeichen, dies ebenfalls zu tun, und verließ das Büro, um eine zu rauchen. Drass folgte ihm.

»Wozu brauchst du einen Dienstwagen?«, quengelte er.

»Deine Sardinenbüchse kann ich heute nicht ertragen, und mein Auto steht noch vorm Krankenhaus. Außerdem ist es besser, bei der Truppe mit einem offiziellen Fahrzeug vorzufahren. Jetzt geh rein und unterschreib.«

Hinter ihnen parkte ein Wagen. Zwei Uniformierte stiegen träge aus. Breschnow ging ihnen entgegen. Einer der Männer war Manfreds Sohn.

»War viel los?«

»Heute Nacht war es okay. Aber gegen Schichtende ging's los.«

Er gähnte und entschuldigte sich.

»Großalarm in der Kienitzer. Alle gegen alle. Deswegen kommen wir auch erst jetzt rein.«

Nachdem die Kollegen sich ausgetragen hatten und der Bereitschaftspolizist mit der Routine-Inspektion für die Abnahme fertig war, konnten sie das Fahrzeug übernehmen. Es roch nach Schweiß und Rauch, weshalb beide als Erstes die Scheiben herunterließen. Während warme Sommerluft hereinwehte, schloss Breschnow für einen Moment die Augen und dachte an das Meer.

Vor einer Ewigkeit.
Wogende Brandung leckt an dunklem Fels
gierig
Niemals vergehend.

Er lümmelte sich auf den Beifahrersitz und sah zur Seite. Drass setzte sich die Sonnenbrille wieder auf und fragte unterwürfig: »Wohin möchte der Herr zuerst gebracht werden?«

»Ins Gericht!«, brummte Breschnow, ärgerlich, damit jetzt seine Zeit vergeuden zu müssen. Noch bevor das Fahrzeug den Hof verlassen hatte, war er eingeschlafen.

***

Cosma fühlte sich ausgeschlafen und stark. Sie hatte sich durchgesetzt, eine alte Zeitschrift, ein Blatt Papier und einen stumpfen Bleistift bekommen. Nur die Musik blieb ihr weiterhin verwehrt. Nun wartete sie darauf, dass man sie zum Telefon brachte. Zuerst hatte die Krankenschwester versucht, sie auf den Abend zu vertrösten, aber nachdem sie darauf bestanden hatte, die Unterlagen zu sehen, die es rechtfertigten, dass sie hier eingesperrt war, durfte sie sofort telefonieren. Vielleicht gab es diese Papiere gar nicht.

Ein Pfleger holte sie ab. Zum Glück nicht derselbe, den sie getreten hatte, und auch nicht der, der das Essen brachte. Der hier war klein und schmächtig, zuerst hatte sie ihn sogar für ein Mädchen gehalten. Seine langen blonden Harre bedeckten den größten Teil seines Gesichtes. Während er sie mit einem roten Gummi am Hinterkopf zusammenband, erklärte er ihr, dass sein Dienst eben erst begonnen hatte. Seine Freundlichkeit tat ihr gut.

Sie irrten eine Ewigkeit durch die langen öden Gänge, bis sie schließlich im Keller landeten. Der Pfleger hatte immer die Treppen benutzt.

Vor ihnen tauchte eine riesige alte Stahltür auf.

»Brandschutz«, erklärte er knapp und schloss sie mit einem altertümlichen Schlüssel auf.

»Und gleich kommt Hui Buh um die nächste Ecke«, grinste Cosma.

Der junge Mann lachte und schob sie sanft in einen großen Raum. Es roch unangenehm. Eine Mischung aus Kellermuff und scharfen Putzmitteln. Unwillkürlich hielt sie die Luft an. Der Pfleger bemerkte es.

»Die Lüftung funktioniert im Moment nicht richtig. Wird aber heute noch repariert.«

Er wies auf die Wand. Dort waren vier kleine Telefonkabinen. Der Pfleger sah auf seinen Zettel und deutete auf die Nummer zwei.

»Die ist freigeschaltet«, erklärte er und schloss die Kabine auf. Er gab Cosma ein Zeichen, einzutreten. Sie folgte widerwillig. Als er hinter ihr zuschloss, spürte sie die vertraute Reaktion. Schweiß schoss ihr aus allen Poren, und das Atmen fiel ihr schwer. Panisch schlug sie mit den Fäusten gegen die Glastür. Der Pfleger schloss sofort wieder auf und sah sie besorgt an.

Sie keuchte. »Ich kann da nicht drin sein, nicht mit verschlossener Tür. Ich leide unter Klaustrophobie … Hätte ich Ihnen gleich sagen sollen. Können Sie die Tür offen stehen lassen?«

»Eigentlich darf ich das nicht«, erwiderte er zögerlich.

»Bitte! Ich warte schon so lange darauf, endlich jemanden

anzurufen. Meine Familie weiß nicht, wo ich bin ...« Und wird sich auch kaum Sorgen machen, ergänzte sie in Gedanken. Sie war immer auf ihre Unabhängigkeit bedacht gewesen, sodass es ihrer Schwester nicht weiter auffiel, wenn sie eine Zeit lang nicht erreichbar war und auch nicht zurückrief.

Der Pfleger ließ sich schnell erweichen, ging zur Tür und stellte sich in den Rahmen. Als er sicher war, dass niemand kam, gab er ihr ein Zeichen.

Cosma nickte dankbar und zwängte sich zurück in die kleine Zelle. Sie wählte die Nummer ihrer Schwester. Der Anrufbeantworter schaltete sich ein. Sie stockte, wusste nicht, was sie sagen sollte.

»Ich bin in einer doofen Situation«, stammelte sie. »Ach Mist, ich kann das nicht auf deine Maschine sprechen. Ich versuche, dich auf dem Handy zu erreichen. Falls ich dich nicht kriege, mach dir bitte keine Sorgen. Ich versuche es dann später noch einmal.«

Sie wählte die Mobilnummer. Nach dem dritten Klingeln wurde der Anruf entgegengenommen.

»He, hier ist Cosma.«

»Du, es geht im Moment schlecht«, flüsterte Margareta.

»Halt, warte! Nicht auflegen! Es ist dringend! Ich muss jetzt mit dir reden!«

»Warte einen Moment.«

Cosma hörte Gemurmel und eine wütende Männerstimme. Eine Tür wurde geöffnet und wieder geschlossen.

»Fünf Minuten geben sie mir. Ich bin in der Personalabteilung. Es geht um meine Stelle. Was ist los?«

»Ich weiß gar nicht, wo ich anfangen soll. Also ich bin in einem Krankenhaus.«

»In einem was?«

»Haftkrankenhaus«, sagte Cosma hastig. »Die Polizei hat mich eingesperrt. Im Tunnel, in der Hasenheide. Ich stand neben einer Leiche. Und in meiner Küche lag ein blutiges Messer.«

Schweigen am anderen Ende.

»Hallo?«, rief Cosma, »bist du noch da?«

»Natürlich. Ich versuche nur grade zu verdauen, was du mir

da erzählst, und wenn ich deine Stimme nicht so gut kennen würde, würde ich jetzt auflegen, weil ich mich nicht gerne verarschen lasse.«

»Hör zu, du musst dir keine Sorgen machen, aber ich brauche einen Anwalt. Kannst du dich darum kümmern?«

»Ja klar. Hast du jemanden im Sinn?«

»Nein, eigentlich nicht. Kennst du vielleicht jemanden?«

»Mal sehen«, antwortete Margareta vage. »Aber wieso Haftkrankenhaus? Was ist mit dir los?«

»Schock … Ich war irgendwie nicht mehr da. Und ich konnte nicht atmen. Aber das ist jetzt wieder besser. Wahrscheinlich werde ich bald entlassen.«

»Aber wie kommst du zu einer Leiche?«

»Ich bin gejoggt, und der Kerl lag einfach da. Ich bin bei ihm stehen geblieben. Frag mich nicht, warum. Und als die Polizei kam, bin ich weggerannt.«

»Wieso?«

Cosma stöhnte. »Ich habe keine Ahnung, Margareta. Panik, vielleicht. Und jetzt denke ich, dass ich den Mann schon einmal gesehen habe. Aber ich kann mich nicht erinnern, wo. Bitte besorg mir schnell einen Anwalt. Ich muss hier raus.«

Vor der Kabine gab der Pfleger Cosma ein Zeichen, aufzulegen.

»Du, ich muss auflegen. Die Gesprächsdauer ist leider begrenzt. Bis bald.«

Noch bevor Margareta etwas erwidern konnte, hatte Cosma das Gespräch beendet, und der Pfleger tat so, als ob er die Kabine aufsperrte. In diesem Moment bog die dicke Schwester mit der schwarzen Brille um die Ecke. Als sie sah, dass alles seine Ordnung hatte, ging sie weiter.

Cosma atmete erleichtert auf. Sie konnte sich gut vorstellen, dass diese Frau sie als Therapie für zwei Stunden in die enge Kabine gesperrt hätte.

Der Pfleger und sie lächelten sich an wie zwei Verbündete.

»Ich bringe Sie jetzt zum psychologischen Dienst.«

***

Breschnow und Drass hatten die wütenden Tiraden der Staatsanwältin hinter sich gebracht. Breschnow war ruhig geblieben, was Drass ihm hoch anrechnete, denn sie waren nicht wie höhere Beamte, sondern wie zwei Schuljungen behandelt worden. Leider gab es keine Instanz, die so ein Verhalten unterbinden konnte. Und schon gar nicht, wenn die Staatsanwaltschaft im Recht war.

Als sie zurück zum Auto gingen, klingelte Breschnows Handy.

»Delego hier. Wir sind in einer Läusepension in der Hermannstraße. Wir haben die Obdachlosen gefunden, die im Tunnel waren. Kannst du kommen?«

»Hermannstraße wo?«

»In der 17, im Hinterhof.«

Breschnow wandte sich Drass zu.

»Planänderung. Wir fahren nach Neukölln.«

Eine halbe Stunde später waren sie am Ziel. Vor dem Haus parkte ein Streifenwagen. Ein junger Uniformierter stand daneben, ein zweiter saß gelangweilt auf dem Beifahrersitz und rauchte. Breschnow und Drass durchquerten die Toreinfahrt zum ersten Hinterhof und gerieten in einen Pulk Männer.

»Was macht ihr hier?«, fragte Breschnow den erstbesten.

»Scheiße«, brummte der Obdachlose, »det Rohr is futsch.«

»Hallo Breschnow!«, rief es von oben. Delego stand an einem Fenster im zweiten Stock und winkte ihnen zu.

»Der Eingang geht vom nächsten Hof ab.«

Sie durchquerten eine weitere Durchfahrt und gingen zu der kleinen Eisentür, die den Flur des Quergebäudes öffnete. Eine enge Treppe führte hinauf zu der Wohnung. Es stank.

Delego empfing sie ungeduldig auf dem Treppenabsatz. Sie hielt sich ein Tuch vor den Mund.

»So schlimm?«, grinste Breschnow und deutete auf das Tuch.

Delego nickte.

»Also, die Männer, die im Tunnel waren, sind am Sonntag hier angekommen«, nuschelte sie.

Breschnow zog ihr das Tuch weg. Sie strafte ihn mit einem finsteren Blick.

»Am Montagmorgen hätten sie eigentlich das Zimmer wieder

verlassen müssen. Sie weigerten sich und erzählten dem Vermieter, dass sie Angst hätten, wieder auf die Straße zu gehen, weil im Tunnel jemand abgestochen worden ist. Der Vermieter hatte die Nachricht bereits im Radio gehört und drückte ein Auge zu. Als die vier aber auch heute Morgen nicht gehen wollten, rief er die Polizei. Ein Glück für uns!«

»Und wo sind die Männer jetzt?«

»Sie sind noch im Zimmer. Sie haben sich verbarrikadiert.«

Breschnow öffnete die Tür und hielt kurz die Luft an. Der Gestank war überwältigend. Er betrat die Wohnung und war überrascht, wie groß sie war. Er sah mindestens acht Türen, die vom Flur abgingen. Bis auf eine waren sie alle geöffnet. Neugierig warf er einen Blick in jedes Zimmer. Überall standen halb kaputte Möbelstücke herum, schiefe Tische, abgewetzte Sessel und wackelige Stühle. Der Küchenfußboden klebte vor Dreck, und das Fenster war so verschmiert, dass man kaum noch hindurchschauen konnte. Es stank nach ranzigem Fett und Schimmel. Die Badezimmertür ließ sich nicht öffnen.

»Ist dort jemand drin?«, fragte er Delego.

Sie schüttelte den Kopf.

Breschnow ging weiter zu dem verschlossenen Zimmer und klopfte kräftig an die Tür.

»Hallo Kumpels. Ich bin Breschnow. Ich bin nicht hier, weil ich euch rausschmeißen will, sondern weil ich mit euch reden muss.«

»Hau ab!«, schrie jemand von innen.

»Verpiss dich!«, ein anderer.

Breschnow lächelte und wandte sich Delego zu.

»Ganz die Freundlichkeit, die ich erwartet habe.«

Sie hielt sich wieder das Tuch vors Gesicht. Er sah sich nach Drass um, konnte ihn aber nicht entdecken. Er klopfte erneut.

»Kumpels. Seid doch nicht doof. Ihr könnt da jetzt noch wochenlang drinsitzen. Obwohl … vielleicht wird es dann schwierig mit dem Stoff? Oder ihr könnt mich jetzt reinlassen und mir von der Nacht im Tunnel erzählen. Und ich kann dann die Männer finden und sie einsperren, und ihr könnt wieder in den Tunnel. Was haltet ihr davon?«

Stille. Er sah Drass auf sich zukommen. Er trug einen Mundschutz. Nach einer Weile lehnte sich Breschnow mit dem Ohr gegen die Tür. Er hörte Stimmen flüstern. Dann wurden Möbel gerückt und der Schlüssel rumgedreht. Die Tür öffnete sich einen Spalt, dann erschien ein altes bärtiges Gesicht.

»Komm rein.«

Drass sprang heran und wollte die Tür aufdrücken, aber Breschnow hinderte ihn daran. Zum Glück hatte der Obdachlose nichts gesehen. Er war schon wieder im Zimmer verschwunden. Offensichtlich wurde die Tür von einem anderen in Position gehalten. Breschnow quetschte sich durch den schmalen Spalt, anschließend schloss sich die Tür hinter ihm.

Im Zimmer war der Gestank kaum auszuhalten. Instinktiv hielt er den Atem an und sah sich um. In ihrer Not hatten die Männer die rechte Ecke des Raums als Toilette benutzt. Der Fäkalgeruch mischte sich mit den Ausdünstungen des Alkohols und dem Gestank von ungewaschenen Körpern.

Breschnow musterte die Männer. Sie zitterten und brauchten bald Nachschub. Zwei von ihnen lagen bereits zusammengekrümmt auf dem Boden. Die anderen beiden standen ihm gegenüber an die Wand gelehnt und sahen ihn regungslos an.

Er drehte sich um und rief durch die Tür: »Delego, besorg Schnaps. In diesem Zustand können die Männer das Zimmer nicht verlassen.«

***

Draußen hatte sich Drass breitbeinig vor der Tür positioniert. Er zog den Mundschutz runter und grinste seine Kollegin an.

»Wahrscheinlich braucht er etwas zu trinken.«

Delego runzelte die Stirn.

»Ist mir noch nicht aufgefallen. Bleibst du hier?«

Drass nickte.

Delego war froh, die Wohnung verlassen zu können. Der Gestank war in ihre Poren gekrochen, und sie sehnte sich nach einer heißen Dusche und frischen Klamotten. Zügig durchschritt sie die kleine Männergruppe, die immer noch den Hof bevölkerte. Einer pfiff ihr hinterher. Der Fahrer des Streifenwagens stieg aus, als er sie sah, und gab ihr ein Zeichen, stehen zu bleiben.

»Wie lange sollen wir hier noch warten?«, wollte er wissen.

Sie zuckte mit den Schultern.

»Anweisungen gibt's von Breschnow. Das kann noch eine Weile dauern.«

Sie ließ ihn stehen und ging weiter. Als sie seinen Blick in ihrem Rücken spürte, drehte sie sich noch einmal um.

»Tut mir leid, dass ich dir nicht mehr sagen kann.«

Er lächelte dankbar und setzte sich wieder in den Wagen.

Auf der Hermannstraße empfing sie das Dröhnen des Verkehrs. Riesige Lkws schoben sich durch die Häuserreihen. Delego vermutete, dass sie zur Autobahn fuhren. Ein Radfahrer raste über den Bürgersteig und hätte sie fast angefahren. Wütend schimpfte sie ihm hinterher. An der nächsten Ecke fand sie einen Kiosk, der sie mit türkischer Musik empfing. Eine junge Frau mit einem Kopftuch fragte in gebrochenem Deutsch nach ihren Wünschen. Ein kleiner Junge stand hinter ihr und sah Delego neugierig an. Sie begrüßte die beiden und entschied sich für einen Schokoriegel und zwei Flaschen Doppelkorn. Als sie eine Quittung verlangte, schüttelte die Frau bedauernd den Kopf.

Delego würde sich das Geld nachher von Breschnow zurückholen. Sie fragte sich, was Drass vorhin gemeint hatte. War ihr Chef auch ein Trinker, so wie Subat?

Nachdenklich zog sie das Papier von dem Schokoriegel und biss hinein. Die Süße füllte ihren Mund. Sie bat um eine Stofftasche, bezahlte noch einmal und verließ den Kiosk.

***

Breschnow hätte gerne ein Fenster geöffnet, aber dafür hätte er den gesamten Raum durchqueren müssen. Das würden die Männer missverstehen. Stattdessen lehnte er sich an die Tür hinter ihm.

»Ich bin Polizist und suche den Typen, den ihr im Tunnel gesehen habt. Was genau ist in der Nacht passiert?«

Nach einer Weile räusperte sich der Bärtige und fing an zu sprechen. Seine Stimme klang dünn.

»Hast du 'ne Kippe?«

Breschnow gab ihm eine und zündete sich auch eine an.

»Im Sommer schlafen wir oft im Tunnel, wenn's regnet. Is besser als hier.«

Er hielt inne.

»Bin vom Schreien wach geworden. Jemand hat gebrüllt. Wie abgestochen. Hab versucht, mich umzudrehen. Wollte sehen, was da los ist. Dann is jemand über mich gestolpert. Bin lieber liegen geblieben. Irgendwann hab ich mich dann doch umgedreht und den Kerl mit dem Messer gesehen. Er is zum Ausgang gerannt. Der andere war am Boden, gab so komische Geräusche von sich.«

Der Obdachlose ließ ein Röcheln hören. Breschnow nickte.

»Hab tierisch Angst gehabt und mich tot gestellt. Meine Kumpels auch.«

Nach dieser langen Rede versank der Mann wieder in Schweigen. Breschnow hatte den Eindruck, als ob er alles noch einmal vor seinem inneren Auge ablaufen ließ.

»Hast du noch 'ne Kippe?«

Breschnow gab ihm eine.

»Bist du sicher, dass der mit dem Messer ein Mann war?«

»Glaub schon!«

»Hat der Mann irgendetwas gesagt?«

»Nee. Keiner hat geredet. Nur geschrien hat der eine.«

»Und was?«

»Weiß ich nich mehr.«

»Und wie ging es weiter?«

»Hast du was zu trinken für uns?«

Der Obdachlose zitterte heftig. Breschnow sah, dass er Schmerzen hatte.

»Gleich. Meine Kollegin ist schon auf dem Weg und holt euch was. Also, wie ging's weiter?«

»Irgendwann war alles wieder ruhig. Der Kerl röchelte nicht mehr. Und der andere war weg. Da hab ich mich getraut. Meine Kumpel schliefen noch. Bin aufgestanden und hab zu dem Mann auf dem Boden rübergeschaut. Hat sich nicht gerührt. Da hab ich Angst bekommen, die Kumpel geweckt, und wir sind schnell abgehauen.«

Breschnow trat einen Schritt in den Raum und sah den anderen Obdachlosen an.

»Und du hast wirklich nichts gesehen?«

»Nee, Alta. Ick hab jepennt wie selich.«

Breschnow drückte den beiden eine weitere Zigarette in die Hand und verschränkte die Arme.

»Hört zu. Das wird euch jetzt nicht gefallen. Aber es ist wichtig, dass ihr alle mit aufs Revier kommt. Eure Aussagen, auch wenn ihr nichts gesehen habt, müssen protokolliert werden. Da ihr keinen festen Wohnsitz habt, müssen wir das sofort erledigen. Damit ihr wieder auf die Füße kommt, gibt es jetzt gleich für jeden einen kleinen Schluck. Wenn wir im Revier miteinander geredet haben, bekommt jeder eine Flasche extra, und wir bringen euch zurück in den Park. Geht das klar?«

»Wieso soll ich dir glauben?«, fragte der Bärtige misstrauisch.

»Weil ich dir mein Wort gebe. Und weil ich es schon einmal gehalten habe. Ich bin jetzt hier in diesem stinkigen Zimmer und habe euch nicht einfach abholen lassen. Wie ich es versprochen hatte.«

»Und du gibst uns wirklich Schnaps?«, fragte der Mann ungläubig.

Breschnow machte ihm ein Zeichen, sich etwas zu gedulden, und ging zur Zimmertür. Er öffnete sie einen Spalt und ließ sich von Delego eine Flasche geben.

»Hier. Aber ich dosiere!«

Er öffnete den Schnaps und trank zuerst selber einen großen Schluck. Der Alkohol belebte ihn ein bisschen. Dann gab er die Flasche an den Bärtigen weiter. Mit zitternden Händen griff er sie vorsichtig und versuchte, beim Trinken so wenig wie möglich zu verschütten. Diese Prozedur zog sich so lange hin, bis alle versorgt waren und auch die Männer, die auf dem Fußboden gelegen hatten, wieder stehen konnten. Breschnow hatte mittlerweile einen Transporter bestellt und mit Drass und Delego sein weiteres Vorgehen besprochen. Als die Kollegen mit dem

Auto kamen, führte er die Obdachlosen die Treppe hinunter. Zum Glück hatte der Transporter im zweiten Hinterhof parken können, sodass sie nicht durch die Menge vorne Spalier laufen mussten. Breschnow setzte sich mit ihnen hinten in den Wagen. Delego fuhr mit Drass. Als sie den ersten Hof passierten, johlten draußen die Männer.

Langsam glitt der Wagen an ihnen vorbei. Breschnow lehnte sich zurück.

Zwei Männer im Tunnel, keine Frau, dachte er und sah den Bärtigen an. Hoffentlich hatte er sich nicht getäuscht. Vielleicht erinnert er sich nachher noch, was sie gesagt haben, vielleicht haben wir dann ein Motiv.

Der Transporter fädelte sich problemlos in den Verkehr auf der Hermannstraße ein. Im Auto stank es jetzt schon nach ungewaschenen Männern, aber es war nicht mehr möglich, die Scheiben zu öffnen. Sicherheitsmaßnahmen. Die Obdachlosen saßen still auf den Bänken und schauten aus dem Fenster. Breschnow spürte, wie fehl am Platz sie sich fühlten, und rechnete es ihnen hoch an, dass sie so bereitwillig mit ihm gefahren waren. Er würde sie selber befragen, und er würde nachher mit ihnen zurück zum Park fahren. Dann mussten die Soldaten eben warten.

Als sie auf den Hof des Polizeigebäudes fuhren, wurden die Männer unruhig. Der Fahrer parkte vor dem Hintereingang, sprang aus dem Wagen und riss die seitliche Schiebetür auf. Die Obdachlosen zögerten. Der Bärtige sah Breschnow an. Er erwiderte den Blick.

»Ihr werdet hier nicht eingesperrt. Ich verspreche es euch«, versuchte Breschnow erneut, das Vertrauen der Männer zu gewinnen, und lehnte sich zurück. Er hatte Zeit.

Nach einer Weile stiegen die Obdachlosen aus und trotteten in einer Reihe hinter Breschnow her, vorbei an den neugierigen Blicken der Bereitschaftspolizistin am Eingang und den Kollegen im Parterre. Ihr Ziel waren die Verhörräume im Erdgeschoss. Alles sollte seine Ordnung haben. Die Aussagen waren wichtig, und Breschnow wollte vermeiden, dass sie wegen eines Formfehlers vor Gericht keinen Bestand haben würden.

Er beschloss, die Männer einzeln zu befragen, in der Hoffnung auf weitere Erinnerungen. Er sah Drass in dem kleinen dunklen Flur auf ihn zukommen, hinter ihm Delego.

»Sag mal, soll ich bei den Verhören dabei sein?«

Sein Ton war unmissverständlich. Lieber würde Drass die Toiletten reinigen, als mit diesen stinkenden Männern in einem Raum zu sitzen.

Breschnow grinste und sah Delego an. Sie hätte er gerne dabeigehabt, fand aber die Anwesenheit einer Frau in der Männerwelt der Obdachlosen nicht förderlich.

»Ich gebe dir fünf Minuten«, antwortete er. »Wenn du in der Zeit Schmitti findest und ihn instruierst, soll mir das recht sein.«

Drass raste davon. Delego blieb stehen.

»Und ich?«

»Bleib in der Nähe.«

Er gab den Männern ein Zeichen, ihm in den Aufenthaltsraum zu folgen. Nachdem er alle Fenster geöffnet und Zigaretten verteilt hatte, erklärte er das Prozedere.

»Ich werde jetzt dort mit jedem einzeln sprechen.«

Er deutete auf die Tür hinter ihm.

»Das, was ihr sagt, wird aufgenommen. Ein zweiter Polizist wird anwesend sein. Während ich mit einem von euch rede, werden die anderen hier warten.«

Er legte seine Zigaretten auf den Tisch.

»Auch hier wird ein Polizist sein, weil ich nicht möchte, dass ihr abhaut. Ich brauche eure Aussagen. Sie sind sehr wichtig.«

Er hielt einen Moment inne, um sich zu vergewissern, dass seine Worte angekommen waren.

»Wenn ich mit allen gesprochen habe, fahren wir euch zurück. Entweder in die Pension oder in die Hasenheide. Wohin ihr wollt. Habt ihr noch Fragen?«

Die Männer schüttelten die Köpfe. Er gab ihnen ein Zeichen, sich zu setzen, dann deutete er auf die Zigaretten. Sie bedienten sich und sahen ihn an.

»Haste auch Feuer?«, fragte der Bärtige.

Breschnow legte sein Feuerzeug auf den Tisch, ging zum Haustelefon an der Wand und orderte einen Bereitschaftspolizisten. Der junge Mann kam schnell, gemeinsam mit Drass, der völlig aus der Puste war und Schmitti im Schlepptau hatte.

»Alles klar?«, fragte ihn Breschnow.

Schmitti nickte.

»Drass, bevor du wieder hochgehst, instruiere noch unseren Kollegen hier. Er wird bei den Männern bleiben. Und hol mir fünf Päckchen Zigaretten und fünf Flaschen Schnaps. Du kannst sie mir reinbringen.«

Drass hob eine Augenbraue und sah Breschnow zweifelnd hinterher.

»Seltsame Methoden«, murmelte er. »Und eine Flasche ist bestimmt für ihn.«

***

Er blätterte die Zeitungen durch. Immer und immer wieder. Es reichte nicht. Was er las, reichte nicht. Auch im Internet fand er nicht das, was er suchte. Wütend fegte er die Zeitungen vom Tisch. Er stand auf und starrte aus dem Fenster. Regen. Guter Regen. Wenigstens das.

***

Der Verhörraum war klein und nur mit einem Tisch und vier Stühlen möbliert. Der Boden war grau gestrichen, und die Wände hatten sich mit den Jahren der Farbe angepasst. Die schmalen, vergitterten Fenster ließen kaum Licht hinein. Als Breschnow den Lichtschalter betätigte, drang kaltes Neonlicht von der Decke, das den Bärtigen zusammenzucken ließ. In der erbarmungslosen Beleuchtung wirkte er um Jahre gealtert.

Die beiden Ermittler setzten sich an die eine Seite des Tisches, der Obdachlose an die andere, dann schaltete Breschnow das Aufnahmegerät ein.

»Dienstag, 28. 6. 2011, sechzehn Uhr dreißig. Mordfall Pohl. Zeugenbefragung eines Obdachlosen, der sich zu der Tatzeit im Tunnel aufgehalten hat. Im Raum befinden sich Hauptkommissar Breschnow, Kommissar Schmitt und der Zeuge.« Das Band surrte leise vor sich hin.

»Wie ist dein Name?«
»Wilhelm Klehne.«
»Alter?«
»Weiß ich nicht mehr so genau. Ungefähr sechzig.«
»Beruf?«
»In meinem vorherigen Leben war ich Architekt«, antwortete der Mann ohne jegliche Ironie.
»Familienstand?«
»Verheiratet … glaub ich.«
»Bist du irgendwo gemeldet?«
»Nee, ich bin obdachlos. Siehste doch.«
»Seit wann?«
»Ein paar Jahre schon. Vielleicht drei?«
»Kommen wir zu der Tatnacht.«
Der Obdachlose versteifte sich. Breschnow sah die Angst in seinen Augen. Bereitwillig wiederholte er in groben Zügen das, was er bereits gesagt hatte.
»Als du dich umgedreht und den Mann mit dem Messer gesehen hast, ist dir da irgendetwas Besonderes aufgefallen?«, hakte Breschnow nach.
»Na ja, der Mann lief ausm Tunnel raus. Aber draußen war ja auch nur wenig Licht. Ein bisschen Parkbeleuchtung. Er lief langsam. Das hat mich gewundert.«
»Sicher ein Mann? Keine Frau?«
Der Bärtige runzelte die Stirn.
»Heutzutage kann man das ja nicht mehr so richtig unterscheiden, aber eigentlich denke ich, dass es ein Mann war.«
Breschnow ließ sich seine Enttäuschung nicht anmerken. Sie waren keinen Schritt vorangekommen, und die Aussage des Obdachlosen war nicht viel wert.
»Kannst du ihn beschreiben?«
»Nee!«
»War er groß oder klein? Dick oder dünn?«, fragte er streng.
Der Obdachlose sah ihn unsicher an. Es schien ihm unangenehm, sich nicht mehr erinnern zu können. Um seine Gefühle zu verbergen, verschränkte er die Arme und antwortete trotzig: »Ich kann's dir nicht sagen!«

Breschnow seufzte und lehnte sich zurück.

»Schade. Du bist unser einziger Zeuge. Aber das Messer hast du gesehen, oder?«

»Ja, ein langes Messer.«

»In welcher Hand?«

»In der linken«, antwortete der Obdachlose spontan.

Breschnow stützte sich auf den Tisch auf.

»Sicher?«

»Absolut!«

»Gut. Du sagst, dass du dich erst aufgesetzt hast, als um dich herum alles still war. Was haben deine Kumpel gemacht?«

»Die lagen noch genauso da wie vorher. Ich glaube, die sind gar nicht wach geworden. Sie sind schon länger auf der Straße als ich. Sie können Geräusche besser ausblenden. Und sie hatten mehr gesoffen an dem Abend.«

Der Bärtige entspannte sich etwas und legte die Hände in den Schoß.

»Ich hatte keine Kohle mehr. Der Tag war schlecht gelaufen. Sie haben mir ein bisschen Schnaps abgegeben, aber das meiste haben sie selber gesoffen. Deswegen hatte ich nachts auch die Flatter.«

Es klopfte. Drass trat ein und brachte die Tüte mit fünf Päckchen Zigaretten und fünf Flaschen Schnaps. Breschnow holte ein Päckchen heraus, nahm zwei Zigaretten, steckte sie an und gab eine dem Obdachlosen.

Schmitti verzog angewidert das Gesicht, stand auf und öffnete das Fenster.

»Okay, du hattest also schon Suffdruck. Kann es dann nicht auch sein, dass du das alles nur geträumt hast?«

Wütend sprang der Bärtige auf.

»He, denkst du, dass ich spinne?«

Breschnow erhob sich ebenfalls.

»Nein, ich glaube nicht, dass du spinnst«, sagte er ruhig. »Ich wollte nur sichergehen, dass du das, was du gesagt hast, auch wirklich gesehen hast. Das ist wichtig vor Gericht. Setz dich wieder hin.«

Der Mann zog noch zweimal an seiner Zigarette und ließ

sich dann zurück auf den Stuhl sinken. Breschnow fuhr mit der Befragung fort, musste aber nach einer Weile einsehen, dass sein Gegenüber nichts mehr zu sagen hatte. Er bedankte sich und begleitete ihn zurück in den Aufenthaltsraum. Schmitti blieb am geöffneten Fenster stehen.

Die Befragungen der anderen Obdachlosen brachten auch keine weiteren Ergebnisse. Sie blieben alle dabei, dass sie fest geschlafen hatten. Breschnow zweifelte daran, wusste aber, dass es keinen Sinn hatte, weiterzubohren. Er beendete die Zeugenbefragung um achtzehn Uhr fünf und stellte das Band ab.

Schmitti stand noch immer am Fenster.

Breschnow brachte den letzten Zeugen zurück in den Aufenthaltsraum und bedankte sich. Er ließ eine Flasche Schnaps kreisen und verteilte noch zwei Runden Zigaretten.

»Ich muss jetzt noch zu einer Besprechung, die aber nicht länger als eine Stunde dauert. Ich möchte, dass ihr hier wartet. Eventuell habe ich nachher noch Fragen.«

Die Männer fügten sich erstaunlich schnell.

***

»Du arroganter selbstverliebter Kerl. Denkst, du hast die Weisheit mit Löffeln gefressen. Was weißt du denn schon von meinem Leben?«

Wütend verließ Cosma den Therapieraum und knallte die Tür hinter sich zu. Der Termin war genauso verlaufen, wie sie es sich vorgestellt hatte. Ein Kerl mit Sigmund-Freud-Bart hatte versucht, ihr ihre Atemnot auszureden. Alles nur Einbildung, psychosomatisch. Als ob sich ein Mensch so etwas einbilden könnte. Zuerst hatte sie brav die Prozedur über sich ergehen lassen, aber als er etwas über ihren Stress wissen wollte, hatte sie ihn angepflaumt, dass die Tatsache an sich, eine Leiche zu finden und in einer Kammer mit Gittern unschuldig eingesperrt zu werden, wohl Stress genug sei, und hatte das Zimmer wutentbrannt verlassen.

Sie rüttelte an der Ausgangstür des kleinen Flurs. Sie war verschlossen. Ermattet ließ sie sich in einen Stuhl im Wartezimmer sinken und starrte auf das graue Linoleum.

Als sich die Tür zum Therapieraum öffnete, sprang sie auf. Der Arzt sah sie prüfend an und fragte sie, ob sie wieder hereinkommen wollte. Sie schüttelte heftig den Kopf. Sein Blick durchbohrte sie, bevor er sich mit einem wissenden Nicken verabschiedete und wieder im Therapieraum verschwand.

Cosma atmete auf. Zum Glück hatte er nicht versucht, sie zu überreden. »Dino«, murmelte sie und starrte auf die Tür, hinter der der Therapeut saß. Dino stresst auch. Ob er angerufen hatte? Ob er vor ihrer Tür wartete? Schließlich hatte sie gegen die Regeln verstoßen. Ob er sie wieder …

Das Geräusch eines Schlüssels schnitt den Gedanken ab.

Der Pfleger war gekommen, um sie nach den festgelegten fünfzig Minuten abzuholen.

»Und, wie war es?«, fragte er vorsichtig.

»Super!«, zischte Cosma. »Wenn mich nicht alles täuscht, bin ich gesund und kann diese heiligen Hallen bald verlassen.«

Der junge Mann nickte und schwieg. Er brachte sie zurück ins Zimmer, wo das Abendessen schon bereitstand.

»Gute Nacht«, verabschiedete er sich leise. »Ich habe jetzt Feierabend. Hatte heute eine kurze Schicht.«

Cosma seufzte.

»Du darfst hier raus.«

Er nickte verlegen und verließ den Raum.

Dieses Geräusch, dachte Cosma. Wenn sich die Tür schließt und der Schlüssel im Schloss umgedreht wird. Dieses Geräusch werde ich nie mehr vergessen!

Sie ging zum Nachttisch und besah sich das Abendessen. Es sah gar nicht so schlecht aus. Brot, Käse, Margarine und Wurst. Besser als diese Mittagspampe. Sie trug das Tablett zu dem kleinen Tischchen und verspeiste die Mahlzeit mit Genuss. Als ihr das bewusst wurde, fragte sie sich erschrocken, ob sie sich hier schon eingelebt hatte und das Eingesperrtsein akzeptierte. Benommen legte sie sich auf ihr Bett und starrte an die Decke. Kurz darauf schlief sie ein.

***

Breschnow betrat den Besprechungsraum und blickte in die Runde. Niemand fehlte. Die neue Kollegin nickte ihm zu.

Regina Monat. Beim letzten Personalengpass hatte er sie aus reiner Not ins Team geholt. Aber sie hatte sich als eine hervorragende Ermittlerin gezeigt und stand jederzeit bereit. Er freute sich auf die Zusammenarbeit mit ihr, auch wenn sie ihm gelegentlich etwas zu nah kam.

»Wir werden es kurz machen«, eröffnete er die Sitzung. »Wir wollen alle nach Hause. Zuerst möchte ich Regina in unserem Team herzlich willkommen heißen. Ich denke, ihr kennt sie?«

Die Kollegen nickten.

»Wer gibt ihr alle relevanten Ermittlungsinfos? Und das am besten noch heute Abend?«

Delego meldete sich sofort.

Wahrscheinlich ist sie froh, dass noch eine Frau im Team ist, dachte Breschnow.

»Ich habe vorhin mit dem Labor telefoniert«, fuhr er fort. »Die Ergebnisse bekommen wir morgen. Wir können sie um neun abholen. Manfred, kümmerst du dich darum? Gibt es aus eurer Abteilung noch etwas Neues?«

»Eigentlich nicht«, brummte der Spurensicherer.

»Wir haben allen Unrat im Tunnel ausgewertet, aber wie erwartet keine brauchbaren Hinweise gefunden. Die Hausdurchsuchung bei Frau Anderson hat uns auch nicht weitergebracht. Außer dem Messer gab es nichts Verdächtiges. Wir sind aber noch dabei, die vielen Fingerabdrücke aus der Wohnung zu überprüfen. Ich denke, die Ergebnisse werden morgen früh vorliegen.«

Breschnow nickte.

»Wenigstens hat uns das Schicksal die Zeugen der Mordnacht in die Finger gespielt. Delego und Schmitti haben sie in einer Pension ausfindig gemacht.«

Er fasste die Ergebnisse der Zeugenaussagen zusammen.

Drass fragte: »Wir können also nicht sicher sein, dass es zwei Männer im Tunnel waren? Die Anderson ist also immer noch verdächtig?«

»Also ich fand die Aussage unklar«, resümierte Schmitti.

»Der Penner kann sich nicht genau erinnern. Die Anderson ist recht groß, und wenn man bedenkt, dass er mitten in der Nacht aufgeschreckt wurde, die Angst um das eigene Leben, dazu halb auf Entzug, kann sie für ihn auch als Mann durchgehen.«

Breschnow nickte. »Ja, leider. Aber wir wissen, dass der Täter oder die Täterin Linkshänder ist.«

Er sah Drass an.

»Weißt du, ob die Anderson Rechts- oder Linkshänderin ist?«

Der Kollege schüttelte den Kopf.

»Jemand von euch?«, fragte Breschnow in die Runde.

Niemand wusste es.

»Wir werden es herausfinden und bis dahin weiter beide Spuren verfolgen, die Anderson und die Soldaten. Drass und ich fahren gleich morgen früh zur Kaserne, und du, Delego, rufst die Schwester an. Heute noch.«

Delego nickte und sah Regina an.

»Und wir treffen uns morgen früh um acht bei mir. Kannst du dich um einen Dienstwagen kümmern?«, fuhr Breschnow an Drass gewandt fort, wartete die Antwort jedoch nicht ab.

»Auch vom Haftkrankenhaus haben wir grünes Licht für morgen früh bekommen. Ihr beiden Frauen übernehmt das. Ihr seid um halb neun angemeldet. Ich möchte, dass ihr die Anderson noch einmal nach dem Morgen im Tunnel befragt und Leute findet, die sie gut kennen. Ich möchte wissen, ob sie Freunde hat, wie sie zu ihrer Familie steht, eben … was für ein Mensch sie ist, wie sie lebt. Vielleicht ist sie bei euch gesprächiger und bekommt nicht gleich wieder einen Anfall. Und du, Schmitti? Hast du Frau Pohls halbes Alibi überprüft?«

»Ich habe mit der Freundin telefoniert, sie bestätigt die Aussage der Witwe.«

»Ich habe auch nichts anderes erwartet«, gestand Breschnow. »Ich möchte, dass du morgen über unsere Truppe in Afghanistan recherchierst. Suche nach einem Forum für Afghanistan-Geschädigte oder -Befürworter, Helden und was es sonst noch so im Netz gibt. Wir treffen uns morgen um zwölf zur nächsten Besprechung.«

Eilig verließ Breschnow die kurze Sitzung und ging zurück ins Erdgeschoss. Die Männer saßen auf den Stühlen im Raum verteilt und starrten apathisch vor sich hin. Als er eintrat, hob der Bärtige kurz den Kopf.

Breschnow bat den Bereitschaftspolizisten, ein Fahrzeug zu besorgen, und ging in den Verhörraum, um die Tüte zu holen. Die Flaschen klirrten leise, als er zurückkam. Der Bereitschaftspolizist informierte ihn, dass der Wagen in zehn Minuten bereitstehen würde.

»Also dann los, Leute! Es geht nach Hause«, rief Breschnow. Die kleine Gruppe erhob sich träge und durchquerte wieder im Gänsemarsch das Revier. Als sie die Tür zum Hof öffneten, traf sie die Schwüle wie eine Wand. Die vorausgesagte Warmfront war angekommen, und die Luft des heißen Sommertages hatte sich schwer auf die Stadt gelegt. Langsam gingen sie zu dem bereitgestellten Transporter und stiegen schweigend ein, dann gab Breschnow dem Fahrer das Zeichen, loszufahren.

»Wo wollt ihr nun hin?«, fragte Breschnow, nachdem sie den Polizeihof verlassen hatten.

»Hast ja schon gesagt, dass wir nach Hause fahren«, antwortete der Bärtige. »Zurück in den Park.«

Breschnow spielte einen Moment lang mit dem Gedanken, das kleine Stück zu Fuß zu gehen, entschied sich aber dann dagegen. Er bat den Fahrer, in die Karlsgartenstraße zu fahren. Dort würde er sich und den Männern am Imbiss noch etwas zu essen kaufen.

Nachdem sie sich mit Pommes, Currywurst und Bier gestärkt hatten, gingen sie in den Park hinein. Die Hasenheide war voller Menschen. Sonnenhungrige, die, obwohl schon rot gebrannt, immer noch auf ihren Handtüchern lagen, Familien, die erwartungsvoll dem Vater zusahen, wie er den Grill anzündete, kreischende Kinder und die Dealer an ihren Stammplätzen.

Hat alles wieder seine Ordnung hier in der Stadtoase, dachte Breschnow. Als ob nichts passiert wäre.

Sie gingen in Richtung Tunnel. Das Absperrband leuchtete in der Ferne.

»Heut Nacht könnt ihr dort nicht schlafen«, sagte Breschnow.

Der Bärtige nickte.

»Bin auch nicht scharf drauf. Wir haben noch einen anderen Platz. Komm!«

Er führte sie zu einer Bank etwas abseits vom Trubel. Breschnow verteilte den Schnaps, fünf Flaschen, für jeden eine, sowie die Zigaretten und ließ sich nieder.

Heute würde er wenigstens nicht alleine trinken, und er wäre an der frischen Luft.

MITTWOCH

Sie blickte auf ihn herab. Sie war ganz ruhig. Der Mann vor ihr war tot. Eine Hand legte sich auf ihre Schulter. Nicks Hand. Er trat von hinten an sie heran. Vertraut. Warm. Sie liebte seinen Geruch. Gemeinsam sahen sie die Leiche an. Plötzlich drehte sich der Tote um, hob den Kopf und grinste.

Na, Schnecke!

Er versuchte, sich aufzurichten. Der Griff von hinten verstärkte sich. Nick schob sie langsam zu der Leiche hin. Mühsam erhob sich der Tote und kam auf sie zu. Immer näher. Er streckte die Arme aus und wollte sie berühren. Sie spürte seinen fauligen Atem an ihrem Gesicht.

Schweißgebadet schreckte Cosma von ihrem eigenen Schrei hoch. Sie atmete heftig, hatte das Gefühl zu ersticken. Sie griff zum Nachttisch, um das Licht einzuschalten. Sie kannte den Mann aus dem Tunnel. Basti. Ein Frösteln durchzog ihren Körper. Hastig schaltete sie die Bettlampe an und zog die Decke enger um sich.

***

Breschnow musste pinkeln. Mühsam quälte er sich aus dem Bett und schleppte sich ins Bad. Sein Kopf hämmerte. Gierig trank er das kühle Wasser aus der Leitung, nahm aus dem Badezimmerschrank zwei Schmerztabletten und taumelte zurück in sein Schlafzimmer. Er stellte den Wecker auf sieben Uhr und schlief sofort wieder ein.

***

Er war mal wieder schlaflos in dieser Nacht. Ich bin ein alter Mann, dachte er bitter. Mit großer Anstrengung erhob er sich vom Stuhl und schlurfte zum Küchenfenster. Sein Rücken schmerzte vom langen Sitzen. Es dämmerte bereits, und die ersten Vögel hatten sich auf der großen Linde im Hinterhof niedergelassen. Er öffnete das Fenster und lauschte genussvoll ihrem Morgengesang.

***

Pünktlich um acht klingelte Drass bei Breschnow, und fünf Minuten später fuhren sie in Richtung Wedding zur Julius-Leber-Kaserne am Flughafen Tegel. Wie immer war die Stadt um diese Zeit ein einziger Stau. Sie hatten während der Fahrt einvernehmlich geschwiegen. Breschnows Kopf brummte noch immer, und Drass sah auch nicht aus, als hätte er viel Schlaf bekommen. Nach einer Stunde erreichten sie endlich ihr Ziel. Am gut bewachten Kasernentor wiesen sie sich aus und erläuterten ihr Anliegen. Der Wachsoldat bat sie, rechts ranzufahren, um herauszufinden, wer für sie zuständig war.

Gehorsam fuhr Drass den Wagen an die Seite. Breschnow stieg murrend aus und steckte sich eine Zigarette an. Zehn Minuten später kam ein Mann auf sie zu. Er trug Zivil, war braun gebrannt und wirkte sehr erholt.

»Guten Morgen, ich bin Oberstleutnant Strassberg. Entschuldigen Sie bitte meine zivile Kleidung, aber ich wurde heute Morgen sozusagen von der Autobahn geholt. Ich war gerade auf dem Weg nach Berlin, als ich die bedauerliche Nachricht hörte, dass Oberstabsfeldwebel Pohl verstorben ist. Gehen wir doch in mein Büro. Den Wagen können Sie dahinten abstellen.«

Er zeigte auf einen kleinen Parkplatz gleich hinter der Einfahrt. Strassberg gab dem Wachmann ein Zeichen, das Tor zu öffnen. Drass parkte den Wagen und stieg aus. Die drei Männer überquerten den Kasernenhof, der verlassen wirkte an diesem Morgen.

Als könnte Strassberg Gedanken lesen, erklärte er: »Fünfzig Prozent der Truppe sind im Manöver. Wir müssen sie schließlich in Form halten.«

Sie erreichten ein kleines Gebäude im hinteren Teil der Kaserne. Drinnen herrschte rege Betriebsamkeit, Männerstimmen und das Klingeln der Telefone füllten die Räume.

»Die Leitzentrale«, erläuterte Strassberg und betrat ein kleines Büro auf der linken Seite des schmalen Flurs. Er bat die beiden

Polizisten, auf den zwei Besucherstühlen Platz zu nehmen. Breschnow war überrascht. Aufgrund des hohen Dienstgrades hätte er einen kleinen Palast erwartet. Offensichtlich wurde auch bei der Bundeswehr gespart. Das Büro war sauber, aufgeräumt und frisch gestrichen. Die Möblierung bestand aus einem grauen verschließbaren Aktenschrank, einem Schreibtisch und den drei Holzstühlen, auf denen sie nun Platz genommen hatten. Das Fenster war vergittert, und es roch etwas muffig.

»Ich bin Hauptkommissar Breschnow und leite die Ermittlungen im Todesfall Sebastian Pohl. Das ist mein Kollege Hauptkommissar Drass …«

»Wie ist er gestorben?«, unterbrach ihn Strassberg ungeduldig.

»Er wurde in der Nacht von Samstag auf Sonntag das Opfer eines Gewaltverbrechens. Man hat ihn im Tunnel in der Hasenheide in Neukölln erstochen.«

»Haben Sie schon einen Verdächtigen?«

Breschnow überlegte kurz, wie viel er preisgeben wollte, und entschied sich, offen zu sein.

»Wir haben eine Verdächtige am Tatort festgenommen. Sie liegt zurzeit im Haftkrankenhaus. Aber wir ermitteln auch in eine andere Richtung. Ein Zeuge glaubt gesehen zu haben, wie sich in der Nacht zwei Männer in dem Tunnel gestritten haben. Er sagt, es kam zu einer Auseinandersetzung, in deren Folge Ihr Mann erstochen wurde. Wir würden uns gerne ein Bild von dem Opfer machen und mit seinen Kameraden reden.«

»Das ist kein Problem, aber ich glaube nicht, dass es Ihnen weiterhelfen wird. Sebastian Pohl war ein Einzelgänger. Er hat sich mit seinen Aktionen viel Ärger eingeheimst. Die Liste seiner Disziplinarverwarnungen ist so lang wie bei keinem anderen. Aber er war ein verdammt guter Soldat, weshalb wir immer wieder ein Auge zugedrückt haben.«

Breschnow war froh, die Karten auf den Tisch gelegt zu haben. Offensichtlich tat sein Gegenüber es ihm gleich. Dennoch überraschte ihn die Offenheit und Kooperationsbereitschaft des Oberstleutnants.

»Was für Aktionen?«, hakte Breschnow nach.

»Pohl hatte von Anfang an seinen eigenen Stil, mit dem auch

ich nicht immer einverstanden war. Manchmal war er zu hart mit den Soldaten und brachte sie in Situationen, die mir übertrieben erschienen. Es gab einige Gerüchte. Aber offen hätte sich keiner getraut, etwas gegen ihn vorzubringen.«

»Und was sagen die Gerüchte?«, mischte sich Drass ein.

»Meine Herren, Sie werden doch sicherlich verstehen, dass ich hier nicht den Tratsch der Truppe verbreiten werde.«

Strassberg sah sie herausfordernd an. Breschnow erwiderte seinen Blick.

»Wie lange war Sebastian Pohl schon bei Ihnen?«

Strassberg dachte nach.

»In meiner Truppe? … Er kam vor ungefähr zwei Jahren. Ich brauchte jemanden, der sich mit Afghanistan-Einsätzen auskannte. Wir waren dabei, in der Kaserne Schulungen für Auslandseinsätze einzurichten. Wir wollten, dass die Soldaten so lange wie möglich in ihrer vertrauten Umgebung und in der Nähe ihrer Familien bleiben konnten.«

Strassberg hielt kurz inne.

Breschnow und Drass warfen sich einen Blick zu, was Strassberg nicht zu bemerken schien. Er war ganz mit sich beschäftigt.

»Sebastian begründete seine Methoden immer damit, dass ein Einsatz in Afghanistan kein Zuckerschlecken sei und er die Männer gut vorbereiten müsse. Schließlich wollte er sie auch wieder lebend nach Hause bringen … Und damit hat er mich jedes Mal wieder überzeugt.«

»Was hat er mit den Männern gemacht?«

»Darüber darf ich nicht sprechen. Das sind Interna, ich hoffe doch sehr, dass Sie das respektieren. Eigentlich habe ich schon zu viel gesagt, aber es ist mir wirklich daran gelegen, dass der Mörder gefasst wird. Ich mag es nicht, wenn jemand meine Jungs umbringt, verstehen Sie?« Strassberg erhob sich.

»Was wurde aus den Beschwerden der Soldaten?«, fragte Drass.

»Wie ich vorhin schon sagte, gab es keine offiziellen Anklagen. Und Gerüchten braucht man nicht nachzugehen, oder?«

»Können wir mit den Männern reden, die von Pohl ausgebildet worden sind?«, fragte Breschnow.

»Im Moment leider nicht. Sie sind entweder im Manöver

und kommen erst in vierzehn Tagen zurück, oder sie sind in Afghanistan.«

»Und keiner ist krank oder beurlaubt?«

Strassbergs Gesichtsausdruck veränderte sich.

»Das kann ich Ihnen nicht sagen«, antwortete er widerwillig

Breschnow erhob sich ebenfalls.

»Gibt es jemanden, der uns da weiterhelfen kann?«

Strassberg verließ seinen Platz hinter dem Schreibtisch und baute sich vor Breschnow auf.

»Sie können vielleicht verstehen, dass ich eine gewisse Einseitigkeit befürchte, wenn Sie gerade mit denen reden, die sich vor einem Manöver oder einem Einsatz drücken, oder?«, zischte der Soldat und ging wieder auf Abstand.

»Aber wahrscheinlich bleibt mir nichts anderes übrig, als Ihnen auch in dieser Sache behilflich zu sein.«

Er ging zur Tür.

»Ich denke, unser Gespräch ist damit beendet. Wenn Sie keine weiteren Fragen haben, bringe ich Sie zur Personalverwaltung.«

»Doch, eine Frage habe ich noch«, sagte Breschnow, während auch er auf die Tür zuging.

»Wo waren Sie in der Nacht von Samstag auf Sonntag?«

Strassberg starrte ihn einen Moment lang entgeistert an. Dann lächelte er zynisch.

»Routinefrage?«

Breschnow nickte.

»Ich war mit meiner Frau und meiner Tochter in Italien. In der Nähe von Genua. Am Meer. Die beiden können meine Aussage bezeugen, aber es wäre mir sehr lieb, wenn Sie sie nicht damit behelligen würden.«

Strassberg verließ eilig sein Büro. Breschnow und Drass folgten ihm. Vier Türen weiter betraten sie ein helles geräumiges Zimmer. Die Soldaten salutierten.

»Die Hauptkommissare wollen wissen, ob sich jemand aus der Ausbildungseinheit von Oberstabsfeldwebel Pohl krankgemeldet hat. Bitte geben Sie ihnen die nötigen Informationen.«

Strassberg ging, ohne sich zu verabschieden. Die Männer nahmen wieder normale Haltung an.

»Kommen Sie zu mir, ich kann Ihnen weiterhelfen«, bot einer der Soldaten freundlich an und winkte sie zu seinem Computer.

»Dauert nur eine Minute. Hier habe ich den Plan. Zwei Kameraden sind krankgeschrieben. Wollen Sie die Adressen?«

»Ja bitte«, antwortete Drass und ließ sich den Computerausdruck geben.

»Kannten Sie Sebastian Pohl?«

»Kennen ist zu viel gesagt. Ich hatte mit ihm zu tun, wenn es um Verwaltungsaufgaben ging.«

»Wann haben Sie ihn zuletzt gesehen?«

Der Soldat dachte nach.

»Das ist bestimmt schon zwei Wochen her. Das war noch vor meinem Urlaub. Er kam zur Abrechnung des letzten Einsatzes.«

»Kam er Ihnen irgendwie verändert vor?«

»Eigentlich nicht. Ich würde sagen, er war wie immer.«

»Wie war er denn?«, mischte sich Breschnow ein.

»Korrekt und kurz angebunden. Kein Wort zu viel …«

Ein anderer Soldat rief dazwischen: »Von wegen korrekt. Wir hatten immer das Gefühl, dass er uns von oben herab behandelt. Als Soldaten, meine ich. Für ihn zählten nur die Jungs, die im Krieg kämpften.«

»Haben Sie mitbekommen, dass sich andere Kameraden über ihn beschwerten?«

Die Männer im Büro sahen sich an.

»Tut mir leid, aber wir sind nicht befugt, Ihnen darüber Auskunft zu geben. Das sind Interna. Da müssen Sie sich an Oberstleutnant Strassberg wenden.«

»Verstehe«, brummte Breschnow. »Trotzdem vielen Dank.«

***

Das Frühstück war fast so gut wie das Abendessen. Wahrscheinlich können sie einfach nur nicht kochen, dachte Cosma und schlug sich den Bauch voll, um gegebenenfalls das Mittagessen auslassen zu können. Sie legte sich zurück ins Bett und starrte wieder an die Decke. Wenn sie doch wenigstens Musik hätte. Sie dachte an den Toten. Basti, einer von Nicks Kompanie in Afghanistan.

Er hatte ihn an einem Abend unangekündigt mitgebracht. Der Mann war ihr nicht sympathisch gewesen, aber nach ein paar Gläsern Rotwein hatte das keine Rolle mehr gespielt. Sie hatten bis weit in die Nacht hinein Karten gezockt und waren ziemlich betrunken gewesen. Gegen Morgen waren sie und Nick ins Schlafzimmer gewankt. Basti hatte es sich auf dem Sofa bequem gemacht. Sie war schnell in einen traumlosen Schlaf gefallen.

Dann die Berührung. Nick an ihrem Rücken. Er hatte mit ihr schlafen wollen, aber sie hatte ihn abgewimmelt. Ein kurzer Grunzlaut, dann war er wieder eingeschlafen. Und sie noch ein Stück von ihm abgerückt. Basti.

Sie atmete tief durch. Schweiß rann ihr den Rücken herunter. Sie wollte die Bilder verscheuchen, drehte sich zum Fenster und sah angestrengt hinaus.

Hallo Schnecke, hatte Basti gesagt. Bevor sie etwas verstand, hatte er sie aus dem Bett gezerrt. Eine Hand fest über ihrem Mund, die andere verdrehte ihren Arm auf dem Rücken. Sein Atem an ihrem Ohr. Freu dich, Schnecke, flüsterte er. Ich besorg es dir richtig. Nicht so wie diese Memme.

»Hört auf, geht weg!«, rief sie leise. Die Bilder verblassten für einen Moment. Sie zwang sich aufzustehen und stellte sich ans Fenster. Ihre Gedanken rasten. Ihre Beine wurden weich, im nächsten Moment sank sie widerstandslos zu Boden. Die Bilder hatten mal wieder gewonnen.

Basti schob sie aus dem Schlafzimmer. Sein Atem immer noch warm an ihrem Ohr. Sie spürte seine Erregung. Er hatte ihr den Arm auf den Rücken gedreht. Jedes Mal wenn sie ihm nicht gehorchte, durchzog sie ein stechender Schmerz. Er drängte sie in die Küche. Ließ eine Sekunde ihren Arm los, fegte die leeren Flaschen, die Spielkarten und die Gläser vom Tisch und hielt sie dann wieder eisern fest. Er drückte sie hart an die Tischkante und zwang sie mit dem Oberkörper auf die Platte. Mit dem Knie presste er ihre Beine auseinander und drang in sie ein. Der Schmerz zerriss sie. Er stöhnte. Seine Hand rutschte von ihrem Mund. Sie schrie. Er war nicht schnell genug. Sie schrie weiter. Er kam aus dem Takt. Seine Hand presste sich wieder hart über ihre Lippen. Jemand riss an ihr, an ihm. Nick! Nick brüllte. Basti ließ sie los. Sie sank zu Boden, sah aus den Augenwinkeln die beiden Männer kämpfen. Sie kroch zurück ins Schlafzimmer, zwang sich, ihre Jeans, einen Pullover und ihre Schuhe anzuziehen und die Wohnung zu verlassen.

Sie versuchte, ruhig zu atmen, rollte sich auf dem Boden zusammen und wimmerte. Ihr Blick fiel auf das vergitterte Fenster. Fahles Licht drang in das Zimmer. Hier war sie sicher.

***

Breschnow zündete sich eine Zigarette an und inhalierte tief.

»Lief besser als gedacht. Ich verstehe nur nicht, warum uns dieser Strassberg erst so freimütig von den internen Übergriffen erzählt und dann einen Rückzieher macht«, überlegte Drass.

»Vielleicht war er näher an Pohl dran, als er zugeben wollte, einmal hat er ihn beim Vornamen genannt. Ich habe den Eindruck, Pohl war sein Lieblingskind, und nun will er unbedingt wissen, wer ihn getötet hat.«

»Und als wir bei den Interna nachhaken, bekommt er kalte Füße? Ja, das kann sein.«

Breschnow schaute auf seine Uhr.

»Wir haben noch Zeit für einen Krankenbesuch. Lass mal sehen, wo die beiden Soldaten wohnen.«

Drass gab ihm die Liste.

»Uwe Gölzow wohnt in Spandau und Gerd Schmidt in Schöneberg. Den nehmen wir zuerst.«

Als sie das Auto erreicht hatten, meldete sich Breschnows Handy.

»Delego hier. Regina und ich sind im Krankenhaus. Aber sie wollen uns nicht zu der Anderson lassen. Zu viel Aufregung, zu viele fremde Gesichter. Das könnte der Patientin schaden, behauptet die Oberschwester. Wir konnten sie mittlerweile überzeugen, dass es viel schonender für die Verdächtige ist, mit zwei Frauen zu reden, und dass wir auch ganz behutsam sein werden. Aber sie möchte sich noch bei dir rückversichern, dass du uns wirklich den Auftrag gegeben hast.«

Breschnow rollte mit den Augen. Diese verdammten Krankenhausmitarbeiter werden auch immer seltsamer, dachte er.

»Herr Breschnow«, vernahm er die strenge Stimme der Oberschwester. »Wir wollen nicht, dass Frau Anderson einen erneuten Anfall erleidet. Deswegen sind wir so vorsichtig. Sie haben sich also überlegt, dass es für unsere Patientin besser wäre, mit zwei Kolleginnen zu sprechen?«

Breschnow bejahte.

»Vielleicht haben Sie recht. Mit Ihnen scheint sie ja nicht gerne reden zu wollen.« Sie dehnte die kleine Pause aus. »Wenn ich jetzt die zwei Frauen zu ihr lasse und die Sache gut ausgeht, bestehe ich darauf, dass es auch in Zukunft so bleibt. Keinen Wechsel mehr!«

Breschnow dachte einen Moment nach. Natürlich konnte er das nicht versprechen, je nachdem, wie die Ermittlungen liefen, würde er auch selber noch einmal mit der Verdächtigen reden müssen. Aber das jetzt zu sagen, würde die Befragung noch länger hinauszögern. Er holte tief Luft und sagte, was die Schwester hören wollte.

Sie schien zufrieden.

»Ich gebe den beiden eine halbe Stunde«, sagte sie zum Abschied.

Als er Drass von dem Gespräch berichtete, lachte sein Kollege laut. »Die Frau ist doch klasse, oder?«

Breschnow war irritiert, ließ es sich aber nicht anmerken.

Sein Handy klingelte erneut.

»Delego noch mal. Margareta Bonau sagt, dass sie und ihre Schwester Linkshänderinnen sind.«

»Die Schwester von der Anderson?«

»Genau.«

***

Es klopfte. Langsam löste sich Cosma aus ihrer Embryonalhaltung, stand vom Boden auf und blickte erwartungsvoll auf die Stahltür.

Der Anwalt, dachte sie. Es ist bestimmt der Anwalt.

Gerade als sie sich aufs Bett setzte, öffnete sich die Tür.

»Guten Morgen, Frau Anderson«, begrüßte sie Delego freundlich, den enttäuschten Gesichtsausdruck ignorierend. »Sie scheinen jemand anderen erwartet zu haben. Tut mir leid. Aber wir wollen gerne noch einmal mit Ihnen reden. Das ist meine Kollegin Regina Monat.«

Cosma saß kerzengerade im Bett und starrte die beiden Polizistinnen an. »Eigentlich warte ich auf meinen Anwalt und ich weiß gar nicht, ob ich mit Ihnen reden muss.«

»Sie müssen nicht mit uns reden, aber es kann Ihren Aufenthalt hier verkürzen, wenn Sie es tun, anstatt zu warten, bis Ihr Anwalt eintrifft.«

Damit hatte Regina die richtigen Worte gefunden, um Cosmas zaghaften Widerstand zu brechen.

»Okay«, seufzte sie. »Was wollen Sie denn noch wissen?«

»Eigentlich alles«, übernahm wieder Delego. »Und bevor wir anfangen, möchte ich gerne von Ihnen hören, was ich tun kann, damit Sie diese Befragung anfallsfrei durchstehen.«

Cosma lehnte sich zurück. Es freute sie, gefragt zu werden.

»Ich denke, wenn ich mich darauf verlassen kann, dass Sie es ernst nehmen, wenn ich das Verhör abbreche, weil ich die ersten Symptome spüre, dann kann es funktionieren.«

Die Kommissarinnen sahen sich an und nickten.

»So werden wir es machen«, versprach Regina und stellte sich mit dem Rücken zum Fenster. »Dann fangen wir an.«

Delego rückte den Stuhl näher an das Krankenbett heran und stellte das kleine Aufnahmegerät auf den Nachttisch.

»Mittwoch, 29. 6. 2011, neun Uhr fünfundzwanzig, Haftkrankenhaus. Anwesend sind die Kommissarinnen Monat und Delego, Befragung der …« sie zögerte, »… Zeugin Cosma Anderson im Mordfall Sebastian Pohl. – Frau Anderson, Sie sagten, dass Sie am Sonntagmorgen im Tunnel in der Hasenheide waren, weil das ihre Joggingroute ist. Dort haben Sie die Leiche eines Mannes entdeckt. Sie blieben stehen, um festzustellen, was mit ihm geschehen war. Als Sie gemerkt haben, dass er tot war, sind Sie weggerannt. Und Sie reagierten panisch, als ein Polizist Sie aufforderte, stehen zu bleiben. Ist das so weit richtig?«, vergewisserte sich Delego.

Cosma nickte.

»Sind Sie Linkshänderin?«

»Ja.«

»Kannten Sie den Mann?«

Cosma hatte das Gefühl zu versinken. Sie klammerte sich an das Bettgestell. Sie starrte auf ihre Füße und schüttelte den Kopf. Ihre Gedanken rasten. Sie konnte unmöglich die Wahrheit sagen. Er hatte sie vergewaltigt, und seitdem litt sie unter Angstattacken und Klaustrophobie. Das wäre doch ein gefundenes Fressen für die Polizei. Damit wäre sie doch hundertprozentig schuldig.

»Einen Moment«, bat sie, atmete tief ein und aus und versuchte, sich zu beruhigen.

»Es tut mir leid, aber die Sache wühlt mich schnell auf.«

»Das kann ich gut verstehen. Aber ich muss Sie das fragen. Sie müssen Ihre Antwort für die Aufnahme laut und deutlich aussprechen.«

Cosma sah das Aufnahmegerät an.

»Nein, ich kannte den Mann nicht.«

Die Lüge stand im Raum. Sie war erstaunlich sicher über ihre Lippen gekommen, aber dennoch hatte Cosma das Gefühl, dass die beiden Polizistinnen sie durchschauten. Basti war tot, und Nick würde bestimmt nichts sagen. Und auf ihre Schwester konnte sie sich verlassen. Und ihre Therapeutin? Würde die Schweigepflicht in einem Mordfall aufgehoben werden?

»Also Sie kannten den Mann nicht!«

Reginas Stimme holte sie in den Raum zurück.

»Nein«, bestätigte Cosma.

Nach einer kurzen Pause fuhr Delego behutsam fort.

»In Ihrer Küche wurde die Tatwaffe gefunden. Wie können Sie das erklären?«

Cosma sah die beiden Frauen an und zuckte mit den Schultern. »Ich weiß nicht. Vielleicht war jemand in meiner Wohnung. Die Tür war nicht abgeschlossen.«

Sie schwieg einen Moment.

»Wissen Sie, ich schließe immer dreimal ab und immer in

der gleichen Reihenfolge. Zuerst die Wohnungstür, dann das Sicherheitsschloss und dann den Riegel.«

»Und als Sie vom Revier zurückkamen, war gar nicht abgeschlossen?«

»Nein. Ich hatte in der Aufregung meine Schlüssel in der Wohnung liegen lassen. Ihr Kollege war mir behilflich …«

»Behilflich wobei?«, fragte Regina.

»Er hat mir die Wohnung geöffnet.«

»Und ist dann mit Ihnen hineingegangen?«

Cosma nickte.

»Und dann stand er mit diesem schrecklichen Messer in der Hand vor mir. Ich konnte überhaupt nicht mehr klar denken.«

Behutsam fuhr Delego fort.

»Ich kann gut verstehen, dass Sie geschockt waren, den Kollegen mit einem Messer in Ihrer Küche zu sehen. Aber als Sie kamen, war die Wohnungstür doch zugezogen. Richtig?«

Cosma bejahte.

»Was denken Sie, wie jemand in Ihre Wohnung gekommen sein könnte?«

»Er muss einen Schlüssel gehabt haben«, sagte Cosma spontan und hätte sich am liebsten auf die Zunge gebissen. Nick hatte immer noch einen Schlüssel. Sie hatte ihn nie zurückverlangt.

»Wer hat denn alles Zugang zu Ihrer Wohnung?«, fragte Regina.

»Nur meine Schwester, und die wird mir wohl kaum ein blutiges Messer in die Küche legen, oder?«

Manche Schwestern schon, dachte die Polizistin.

»Wir möchten das gerne überprüfen und werden mit Ihrer Schwester reden.«

Cosma gab ihnen den Namen und die Adresse.

»Die Telefonnummer fällt mir im Moment nicht ein«, sagte sie. Sollten sie doch selber etwas dafür tun.

Delego und Regina wechselten einen kurzen Blick.

»Haben Sie in der letzten Zeit vielleicht einen Schlüssel verloren?«, nahm Delego die Befragung wieder auf.

Cosma überlegte. Wäre das eine Lösung? Jemand findet ihren Schlüssel. Wäre das hilfreich für sie?

»Ich glaube nicht«, antwortete sie unbestimmt.

»Frau Anderson, Sie müssen doch wissen, ob Ihnen ein Schlüssel abhandengekommen ist.«

Cosma schüttelte den Kopf. »Eigentlich nicht.«

»Okay, Sie wissen also nicht, ob Ihnen ein Schlüssel fehlt. Gibt es eine Möglichkeit, das herauszufinden?«, fragte Delego, mittlerweile leicht genervt.

»Ich könnte zu Hause nachsehen.«

»Oder wir. Wo bewahren Sie Ihre Schlüssel auf?«

»Sie liegen in einem kleinen Kästchen im untersten Regal im Schlafzimmerschrank.«

»Wie viele Sets hatten Sie denn?«

»Laut Mietvertrag drei. Aber ich kann mich nur an zwei erinnern, und eins davon hat meine Schwester.«

»Wir werden das nachprüfen«, entschied Delego.

Sie wollte vorankommen. Die Zeit rann ihnen durch die Finger. Ihr Handy klingelte. Sie stand auf und ging zur Tür. Eine Weile hörte sie schweigend zu und sah Regina an. Als sie aufgelegt hatte, wandte sie sich wieder Cosma zu.

»Frau Anderson, soeben hat mich die Spurensicherung darüber informiert, dass die Kleidung, die am Tatort gefunden wurde, Ihnen gehört.«

»Welche Kleidung?«, fragte Cosma verwirrt.

»Das frage ich Sie. Wie kommen Ihre Jeans und Ihr T-Shirt in die Nähe des Tatortes?«

Cosma spürte die Panik. Sie breitete sich im Körper aus und schlich langsam in ihr Gehirn. Ein Messer? Ihre Klamotten? Sie spürte den Druck auf der Brust. Es fiel ihr schwer, zu atmen. Sie sah den Kommissarinnen an, dass sie mit dieser Reaktion gerechnet hatten. Sie versuchte durchzuhalten.

»Eine Jeans und ein T-Shirt?«, japste sie.

Die Tür wurde aufgerissen, und die Oberschwester betrat den Raum. Mit einem Blick auf die Patientin befahl sie, die Befragung sofort abzubrechen.

»Moment«, keuchte Cosma. »Eine Jeans und ein rotes T-Shirt?« Delego nickte.

»Vor zwei Wochen. Im Prinzenbad. Gestohlen.« Dann verließ sie der Atem.

Regina wollte noch etwas sagen, aber die Oberschwester schob sie energisch zur Tür und rief einen Pfleger.

***

Breschnow und Drass standen vor dem Haus in der Hauptstraße. Der Verkehr schob sich dicht und träge die Straße hinauf. Es war laut, die Luft abgasgeschwängert. Die Folgen davon waren an der Fassade deutlich sichtbar. In großen Placken lösten sich Putz und Farbe von den Mauern. Unter dem Dach waren Netze aufgespannt, um herabfallende Fassadenbröckchen abzufangen. Drass fuhr mit dem Finger über die Klingelschilder. Der Soldat lebte im Hinterhof. Sie betraten die dunkle Hofdurchfahrt, in der noch die alten Schienen eines Gewerbebetriebes eingelassen waren. Im ersten Hof rottete ein verrosteter Kran vor sich hin.

Gerd Schmidt bewohnte die Remise. Sie stiegen die Außentreppe hinauf und klingelten. Es dauerte lange, bis sich ein verknittertes Gesicht in dem kleinen Fenster der Tür zeigte.

»Wer sind Sie?«, bellte es.

»Hauptkommissare Breschnow und Drass. Wir ermitteln in einem Mordfall. Bitte öffnen Sie die Tür.«

»Halten Sie Ihre Ausweise hoch!«, befahl seine Stimme, und er öffnete die Tür erst, nachdem er die Papiere sorgfältig studiert hatte. Vor ihnen stand ein kleiner hagerer Mann. Breschnow schätzte ihn auf ein Meter fünfundsechzig und Mitte dreißig. Er trug einen alten grauen Trainingsanzug, dessen Hosenbeine umgekrempelt waren, und schwarze Socken. Seine langen braunen Haare waren zerzaust und ungepflegt.

»Was wollen Sie?«, fragte er genervt und kniff die Augen zusammen.

»Herr Schmidt, es tut uns leid, Sie so früh am Morgen stören zu müssen. Wir ermitteln in dem Mordfall Sebastian Pohl. Können wir vielleicht reinkommen?«, fragte Drass freundlich.

»Wenn's sein muss!«, knurrte Schmidt und machte Platz.

Sie betraten eine kleine helle Diele. Der Soldat war offensichtlich nicht bereit, sie noch weiter in seine Räume vorzulassen.

»Pohl ist ermordet worden? Was ist mit dem Arschloch passiert?«, fragte er. Sein Mund verzog sich zu einer Art Grinsen.

»Er wurde in der Hasenheide erstochen«, antwortete Breschnow ernst.

»Gut so! Bravo!«

Schmidt klatschte leise Beifall.

»Kann ich Ihrem Verhalten entnehmen, dass Sie kein gutes Verhältnis zu Herrn Pohl hatten?«, fragte Drass vorsichtig.

Voller Abscheu verzog der Soldat das Gesicht und trat einen Schritt näher.

»Ich war ein guter Soldat!«, sagte er stolz.

Breschnow runzelte die Stirn.

Drass nickte und ermunterte den Mann, weiterzureden.

Schmidt trat wieder zurück und senkte den Blick zu Boden. »Aber Pohl hat mich so lange gequält, bis ich zusammengebrochen bin und wie eine Memme in die Klapse musste«, murmelte er. »Haben mich dort wieder notdürftig zusammengeschustert. Seither bin ich krankgeschrieben. Ein Wrack! Denken Sie, das schafft ein ›gutes Verhältnis‹?«

Er malte die Anführungsstriche in die Luft.

»Worunter genau leiden Sie?«, hakte Breschnow nach.

»Posttraumatisches Belastungssyndrom nennen sie das. Ich nehme Pillen zum Wachwerden, Pillen, um besser drauf zu sein, und Pillen zum Einschlafen.«

Er sah die beiden Männer mürrisch an.

»Herr Schmidt«, bat Drass mit freundlicher Stimme, »ich weiß, dass Sie über unseren Besuch nicht erfreut sind, aber wäre es trotzdem möglich, dass wir uns setzen?«

Der Soldat überlegte einen Moment. Dann schien er sich an seine guten Manieren zu erinnern.

»'tschuldigung«, nuschelte er. »Kommen Sie rein.«

Die drei betraten eine kleine gemütliche Küche und nahmen an dem runden Holztisch Platz.

Schmidt stand noch einmal auf. »Ich koche mir Kaffee. Wollen Sie auch?«

Breschnow nickte und bat den Soldaten, ihnen ein Bild seiner militärischen Laufbahn zu geben.

Schmidt stellte drei kleine Tassen auf den Tisch und setzte sich. Im Hintergrund zischte eine moderne Espressomaschine.

»Vor acht Jahren trat ich meinen Dienst an. Genau heute vor acht Jahren!«

Breschnow nahm sich vor, das später nachzuprüfen.

Schmidt hob seine leere Tasse, als ob er anstoßen wollte. Drass tat es ihm gleich. Die Tassen klirrten leise.

»Ich habe mich als Zeitsoldat für zehn Jahre verpflichtet. Hohe Ideale, Dienst für das Vaterland und so.«

Er seufzte.

»Vor zwei Jahren hab ich mich dann freiwillig für Afghanistan gemeldet. Ich wollte mal etwas anderes erleben als Manöver und Kasernenalltag ... Zunächst bin ich vier Monate geblieben. Harte Monate. Man kann sich nicht vorstellen, wie es wirklich dort ist. Ständig die Angst vor Anschlägen. Das Misstrauen in der Bevölkerung. Und die eigenen Zweifel, ob das, was man da tut, richtig ist. Mein Vater hat mir manchmal vom Krieg erzählt. Damals, als er alt wurde. Aber verstanden habe ich seine Worte erst in Afghanistan.«

Er ließ das Gesagte im Raum stehen, stand auf und holte die Espressokanne. Tiefschwarzer Kaffee ergoss sich in die Tassen. Schmidt verteilte kleine Löffel und stellte den Zuckerpott in die Mitte.

»Zurück in Berlin, meldete ich mich nach drei Monaten zu dem nächsten Einsatz. Irgendwas zog mich wieder dorthin. Aber dieses Mal geriet ich an Pohl. Er ist ein selbstgefälliges, gefühlloses Arschloch.«

Schmidt sah sie eine Weile schweigend an.

»Pohl kannte nur Draufhauen und Kamikaze. Seine Einsätze waren immer riskant. Zu riskant.«

»Was können wir uns darunter vorstellen?«, unterbrach ihn Breschnow neugierig.

Schmidt dachte nach.

»Im Lager gab es Funker. Sie konnten die Landessprache oder einen der vielen Dialekte. Die armen Kerle hingen pro Schicht zwölf Stunden am Funkgerät, hörten alles ab, was an Funksignalen durch die Luft surrte. Sie waren unsere Lebensversicherung.«

Er trank einen Schluck Kaffee.

»Die Funker warnten uns vor Lagerbeschüssen oder Hinterhalten vor einer Patrouille. Die Befehlshaber hörten in der Regel auf sie. Alle außer Pohl. Wenn er rauswollte, ignorierte er alles.«

»Und es hat ihn keiner daran gehindert?«, fragte Drass verwundert.

»Doch, manchmal schon. Er war ja nur Oberstabsfeldwebel, und es gab höhere Ränge im Lager. Oft trauten wir uns aber nicht, die einzuschalten. So sind wir meistens mit ihm raus, obwohl es eigentlich Wahnsinn war. Pohl wäre in der Fremdenlegion besser aufgehoben gewesen. Er war ein Soziopath!«

Drass sah den Soldaten zweifelnd an. Schmidt hielt seinem Blick stand und nickte.

»Ja, ein Soziopath«, murmelte er.

Schmidt verfiel in brütendes Schweigen. Die Hauptkommissare ließen ihn gewähren.

Breschnow trank noch einen Schluck von dem bitteren Espresso. Er schmeckte ihm zwar nicht, aber er belebte und schien gegen seine Kopfschmerzen zu wirken.

»Nach drei Monaten war ich ein Nervenbündel und wurde nach Hause geschickt. Ich erstattete Strassberg Rapport über Pohls Verhalten. Ohne Folgen. Nach sechs Monaten stand das Arschloch wieder auf dem Kasernenhof. Strassberg hatte ihn zur Schulung einer neuen Einsatztruppe für Afghanistan geholt. Und Oberstabsfeldwebel Pohl meinte, dass ich unbedingt eine Nachschulung nötig hätte. Er ließ mich jeden Tag spüren, was er von mir hielt.«

Schmidt stand auf und holte sich ein Glas Wasser.

»Wie?«, hakte Breschnow behutsam nach.

Der Soldat starrte ins Leere und holte tief Luft.

»Er simulierte terroristische Übergriffe, die zu einer Gefangennahme führten. Er ließ mich stundenlang gefesselt in einem dunklen zellenähnlichen Loch ohne sanitäre Einrichtungen liegen und gab mir nur ab und zu etwas Wasser …«

Schmidt schluckte. Seine Stimme wurde brüchig.

»Tut mir leid, mehr kann ich im Moment nicht sagen.«

Nach einer kurzen Pause ergriff Breschnow wieder das Wort. »Ist schon in Ordnung. Sie haben uns sehr geholfen. Ich muss Sie aber noch fragen, wo Sie in der Nacht von Samstag auf Sonntag waren.«

»Ist er in dieser Nacht verreckt?«

Breschnow nickte.

»Ich war zu Hause.«

»Gibt es dafür Zeugen?«

»Außer meiner Katze leider keine.«

Breschnow und Drass waren aufgestanden. Schmidt begleitete sie zur Tür.

»Ich hab ihn nicht getötet«, sagte Schmidt. »Ich hab ihn gehasst und mir seinen Tod gewünscht. Aber im Moment wäre ich noch nicht einmal in der Lage, eine Fliege zu töten.«

Breschnow verabschiedete sich und gab ihm seine Visitenkarte.

»Armer Kerl«, murmelte Drass, als sie wieder auf der Hauptstraße standen.

»Aber er hatte viele gute Gründe, sich an Pohl zu rächen«, erwiderte Breschnow.

»Da hast du leider recht.«

Sie gingen zügig zurück zum Auto. Drass fädelte sich so rücksichtslos in den Verkehr ein, dass Breschnow einen Moment lang die Luft anhielt. Er sagte aber nichts, weil er jetzt nicht streiten wollte.

»Du hast deinen Kaffee gar nicht getrunken«, wunderte er sich nach einer Weile laut.

»Bin auf grünen Tee umgestiegen.«

Breschnow sah ihn verwundert an.

»Der Magen«, erklärte Drass.

***

Im Besprechungsraum standen Kaffee und Kekse bereit.

Man merkt, dass Regina bei uns ist, dachte Breschnow und stürzte sich auf den Teller mit dem Gebäck. Er hatte wieder nicht gefrühstückt. Drass setzte Wasser auf und kochte sich einen Tee, Delego betrat als Letzte den Raum und schloss die Tür.

Es herrschte eine angespannte Aufbruchsstimmung im Zimmer. Sie hatten Hinweise gefunden, die den Fall voranbringen könnten, und warteten nun ungeduldig darauf, sie den anderen mitzuteilen.

Als Erster kam Manfred zu Wort.

»Die Bekleidung, eine Frauenjeans und ein rotes T-Shirt, die wir in der Nähe des Tunnels gefunden haben, gehören Frau Anderson. Der DNA-Test hat das zu hundert Prozent bestätigt. Es gibt aber keine Spuren an der Sandale.«

»Müsste es aber, oder? Schweißspuren an Schuhen sind doch normal?«, hakte Breschnow nach.

Manfred nickte. »Den Spuren nach zu urteilen, beziehungsweise den nicht vorhandenen Spuren, sind die Schuhe noch nie getragen worden.«

Verblüfft sahen ihn alle an.

»Aber es nimmt doch niemand seine neuen Schuhe mit an den Tatort, um sie dann im Gebüsch zu vergraben. Das ergibt doch gar keinen Sinn«, dachte Drass laut nach. »Was ist mit dem Blut?«

»An der Kleidung klebt das Blut des Toten. Aber an den Schuhen haben die Techniker keine Blutspuren gefunden.«

»Verdammt«, fluchte Breschnow. »Was ist das hier? ›Verstehen Sie Spaß?‹? Zuerst finden wir die Tatwaffe voller Blut in der Küche von der Anderson. Dann finden wir ihre mit Blut bespritzten Klamotten in einer Plastiktüte, dazu neue Sandalen, die weder getragen noch mit Blut besudelt sind. Habt ihr vielleicht noch in der Nähe den passenden Schuhkarton gefunden?«

»Vielleicht sollten wir ernsthaft danach suchen?«, schlug Manfred vor.

»Die …«, hob Delego an.

Breschnow fuhr ihr ärgerlich ins Wort: »Das ergibt doch alles keinen Sinn! Entweder die Anderson ist so raffiniert, dass sie tatsächlich alles so arrangiert, oder so durchgeknallt, dass sie sogar das Messer mit nach Hause nimmt. Oder …«

»… jemand hat sie aufm Kieker und versucht, ihr eins reinzuwürgen«, ergänzte Regina.

Breschnow starrte sie wütend an.
»Ich geh eine rauchen.«

»Warte …«, rief Delego hinter ihm her.

Sie wollte ihm folgen, aber Regina hielt sie zurück.

»Lass ihn in Ruhe nachdenken.«

»Aber die Klamotten.«

»Es geht doch gleich weiter. Drass, was trinkst du da eigentlich?«

»Grünen Tee«, murmelte der Kollege.

»Gute Wahl!«

Regina klopfte ihm leicht auf die Schulter und setzte sich wieder an den Tisch. Sie gab Delego ein Zeichen, sich neben sie zu setzen.

Breschnow starrte aus dem Fenster. Er rauchte hastig, inhalierte tief und steckte sich gleich noch eine an.

Aber sein Kopf blieb leer.

Eine Viertelstunde später betrat er wieder den Sitzungsraum und wandte sich ungeduldig an seine Kolleginnen.

»Was hat die Anderson gesagt? Kennt sie den Mann? Was ist mit den Klamotten?«

»Das wollte ich dir ja gerade sagen, als du rausgerannt bist«, schmollte Delego. »Die Anderson behauptet, dass ihr die Sachen im Schwimmbad gestohlen worden sind.«

»Im Schwimmbad?«, fragte Drass. »Wann denn?«

»Im Sommer. Bevor sie etwas Genaueres sagen konnte, hatte sie wieder einen Anfall.«

Drass zog die Augenbraue hoch.

»Hat sie den Diebstahl angezeigt?«

Delego zuckte mit den Schultern.

»Prüf das nach.«

Delego wollte aufstehen.

»Später«, hielt Breschnow sie zurück.

»Außerdem haben wir den Eindruck gewonnen, dass die Frau uns etwas verheimlicht«, ergänzte Regina. »Nicht, dass sie die Täterin sein muss, aber irgendwie steckt sie mit drin. Ich glaube, sie kennt den Toten.«

»Was geschieht jetzt mit ihr?«, fragte Drass.

Breschnow zuckte die Schultern, erhob sich und ging ein paar Schritte im Raum auf und ab.

»Ich glaube, dass unsere Beweise ausreichen, um sie länger festzuhalten, obwohl der Obdachlose sich ziemlich sicher ist, zwei Männer gesehen zu haben. Aber ich glaube auch, dass es für die Ermittlungen hilfreicher wäre, sie unter Auflagen freizulassen. Die Staatsanwältin wird keine Gefahr sehen, dass sich die Anderson absetzt. Ich werde ihr vorschlagen, sie nach Hause gehen zu lassen.«

Einen Moment lang wurde es sehr ruhig im Raum. Schmitti sah Breschnow verwundert an, Delego und Drass sahen auf ihre Notizen.

Regina durchbrach die Stille. »Mit der Auflage, die Stadt nicht zu verlassen?«, erkundigte sie sich.

Breschnow nickte. »Und sich regelmäßig bei uns zu melden«, ergänzte er. »Versucht, die Schwester zu erreichen und ihr möglichst bald einen Besuch abzustatten.«

Dann wandte er sich an seinen Computerspezialisten und erteilte ihm das Wort.

Schmitti setzte seine Brille auf, nahm das oberste Papier von dem vor ihm liegenden Stapel und räusperte sich.

»Ich gebe euch am besten erst einmal eine Zusammenfassung über den Einsatz und die Lage in Afghanistan. In dem Land herrschen mittlerweile mehr als vierundzwanzig Jahre Krieg und Bürgerkrieg. Bis heute leidet Afghanistan unter den typischen Folgen wie schweren Zerstörungen, Verminung ganzer Landstriche, ethnisch motivierten Spannungen und organisierter Kriminalität. Nach dem Sturz des Taliban-Regimes einigten sich im November und Dezember 2001 bei der ›Petersberger Konferenz‹ die größten ethnischen Gruppen auf eine ›Vereinbarung über provisorische Regelungen in Afghanistan bis zum Wiederaufbau dauerhafter Regierungsinstitutionen‹. Die sogenannte Bonner Vereinbarung. Damit schufen sie die Grundlage für die Internationale Sicherheitsbeistandstruppe, die ISAF. Diese Truppe hat den Auftrag, die afghanische Interimsregierung bei den Menschenrechten und bei der inneren Sicherheit zu unterstützen. Außerdem kontrolliert und begleitet sie die Auslieferung humanitärer Hilfsgüter und die geregelte Rückkehr von Flüchtlingen. Ein Problem bleiben weiterhin al-Qaida und die Taliban. Die sind allerdings die Aufgabe der Operation ›*Enduring Freedom*‹ und nicht das Problem der ISAF, zumindest nicht offiziell. Am 22. Dezember 2001 hat der Deutsche Bundestag das Mandat für die Beteiligung der Bundeswehr am ISAF-Einsatz erteilt. Am 8. Januar 2002 wurden die ersten deutschen Soldaten eingesetzt. Seither wird das Mandat ungefähr jährlich verlängert und soll, wie ihr wisst, bald auslaufen.«

Er zog eine andere Notiz hervor. Breschnow konnte das Logo der Bundeswehr erkennen.

»Im Netz gibt es jede Menge Foren und Chatrooms für Soldaten, die in Afghanistan waren oder sind, sowie deren Angehörige. Die Beiträge umfassen die gesamte Bandbreite. Von Lobeshymnen auf die tapferen Männer und die selbstlosen Ehefrauen bis hin zum sofortigen Stopp solcher Einsätze. Die Medienseiten sind ähnlich bunt gefächert. Regierungserklärungen, Artikel aus Tages-, Wochen- und Monatsblättern. Hier geht die Tendenz mittlerweile in die Richtung, dass man eine Beendigung der Einsätze ernsthaft in Erwägung ziehen sollte. Das schien mir vor einem Jahr noch anders gewesen zu sein. Und dann gibt es noch die offizielle Internetseite der Bundeswehr, die Transparenz vermitteln soll und die Aufgaben der Truppe erklärt und natürlich die Notwendigkeit dieses Einsatzes. Und dagegen stehen die Seiten, die sich mit den möglichen Folgen der Einsätze für die Soldaten beschäftigen, mit der Traumatisierung. Es sieht so aus, als ob immer mehr Soldaten, die zurückkommen, unter dem posttraumatischen Belastungssyndrom leiden. Laut einer Meldung vom Deutschen Depeschendienst wurden 2006 fünfundfünfzig Soldaten behandelt, 2008 waren es bereits zweihundertfünfundvierzig, ohne die zusätzliche Dunkelziffer.«

Einen Moment lang war es im Raum sehr still.

»Welche Symptome zeigen die Soldaten, die unter diesem PT … leiden?«, fragte Delego.

»Das ist individuell sehr unterschiedlich. Schlafstörungen, Depressionen, Zittern, Erschöpfung, Antriebslosigkeit, chronische Müdigkeit, Konzentrationsstörungen, Angst-, Panik- und psychosomatische Störungen. Und sogenannte Flashbacks. Die Soldaten erleben die Situationen, die das Trauma ausgelöst haben, aus heiterem Himmel immer und immer wieder. Plötzlich riechen sie verbrannte Menschen oder hören, wie Dächer einstürzen oder Granaten einschlagen.«

»Einfach so?«

Schmitti nickte. »Einfach so. Mitten im Alltag, irgendwo auf der Straße. Ein Geruch, ein Geräusch und ab geht die Post.«

»Grässlich!« Delego schüttelte den Kopf.

»So was gibt's bei uns auch«, ergänzte Drass.

»Das stimmt«, mischte sich Breschnow ein. »Aber lasst uns das Thema jetzt erst einmal so stehen lassen. Wichtig ist, dass wir auch in diese Richtung mitdenken.«

Er stand auf und öffnete ein Fenster.

»Gute Recherche, Schmitti. Was ist mit den Adressen von den Männern, die mit Pohl den Anschlag in Afghanistan überlebt haben?«

»Der Zettel liegt seit gestern auf deinem Schreibtisch«, antwortete Schmitti. »Falls er nicht schon in dem Stapel verschwunden ist. Vierundzwanzig Stunden sind eine lange Zeit für einen einfachen Zettel. Aber ich habe noch eine Kopie.«

Das Team grinste. Breschnow zeigte keine Reaktion und drehte sich wieder zum Fenster.

Seine Gedanken wanderten zu Strassberg. Wenn Pohl so ein Egomane gewesen war, wie hatte Strassberg es nur geschafft, ihn vor jeglichen Konsequenzen zu schützen? Und warum?

»Drass und ich haben heute Morgen mit den Jungs von der Truppe geredet«, ergriff er das Wort. »Pohl war nicht gerade beliebt, und ich vermute, wenn wir noch weiter wühlen, dann wächst die Liste der Tatverdächtigen schnell. Der Mann wurde als selbstherrlich und brutal beschrieben. Als Soziopath eingestuft und als überheblich bezeichnet. Sein Vorgesetzter, Oberstleutnant Strassberg, hat Pohls Verhalten gedeckt, weil er angeblich ein hervorragender Soldat war.«

Auf einen Wink hin ergänzte Drass weitere Einzelheiten der morgendlichen Befragungen.

»Gut«, beendete Breschnow die Besprechung. »Regina und Delego kümmern sich um die Staatsanwältin. Kommt gleich mit in mein Büro. Drass und ich machen Kranken- und Kondolenzbesuche und versuchen, noch mehr über Pohl zu erfahren. Und du, Schmitti, suchst uns alles raus, was du über Pohl und Strassberg im Netz finden kannst, Chatrooms, Beschwerden, Drohungen und so weiter. Und überprüfe das Alibi von Strassberg. Los geht's.«

***

»Du hast dich ja gar nicht verändert«, rief Regina, als sie das Chaos in Breschnows Büro sah. »Und man kann ja kaum atmen.«

Sie ging ans Fenster und öffnete es weit.

Delego grinste.

»Ja, du auch herzlich willkommen im Team, Frau Monat«, brummte Breschnow. »Du bist jederzeit eingeladen, hier Ordnung zu machen.«

»Mann, was ist denn los? Bist du mit dem linken Fuß zuerst aufgestanden?«, fragte sie verwundert.

Breschnow gab ihr keine Antwort. Stattdessen griff er zum Hörer, um die Staatsanwältin anzurufen. Während er telefonierte, gab er den Frauen ein Zeichen, sich zu setzen. Sie räumten sich zwei Stühle frei, legten die Aktenordner auf den Boden und rückten an den Schreibtisch heran.

Nach einer Weile knallte er den Hörer auf die Gabel.

»Gnädige Frau besteht erneut darauf, dass wir persönlich erscheinen. In einer Stunde ist sie in ihrem Büro. Ich habe im Moment keine Nerven für diese Mätzchen. Fahrt ihr hin. Ich will, dass die Anderson nach Hause darf, und sie muss erfahren, dass wir uns dafür eingesetzt haben. Vielleicht redet sie dann mit uns.«

Die beiden Frauen nickten.

Breschnow sah auf seinen Schreibtisch und versuchte, einen Aktenberg zur Seite zu schieben.

»Ich weiß, dass ihr gute Ermittlerinnen seid«, murmelte er und zog ein DIN-A4-Blatt unter dem Stapel hervor.

»Worauf gründet sich euer Verdacht, dass die Anderson in die Sache involviert ist?«

Regina grinste und drehte sich Delego zu.

»Na, wenn das keine Auszeichnung ist! Gute Ermittlerinnen! Schön, dass du das auch merkst.«

»Touché«, erwiderte Breschnow und lachte. Regina fiel in das Lachen ein.

Delego sah verwundert von einem zum andern.

»Bei der ersten Vernehmung habt ihr den Namen des Toten noch nicht gewusst, oder?«, erkundigte sie sich.

Breschnow bestätigte.

»Dann hat die Anderson den Namen heute zum ersten Mal gehört. Sie wurde blass und reagierte mit Atemschwierigkeiten. Ich bin sicher, dass sie den Namen kennt oder sogar den Mann.«

»Und warum redet sie nicht?«

»Aber Stefan«, seufzte Regina und verdrehte die Augen.

»Du holst sie aus der Hasenheide, lässt sie ins Haftkrankenhaus einliefern und wunderst dich, dass sie nicht mit uns kooperiert? Wir sind die Bösen, Mann! Und du besonders! Sie hat Angst, mit dem Fall in Verbindung gebracht und als Täterin abgestempelt zu werden.«

»Ich hatte von Anfang an Zweifel …«, murmelte Breschnow. Er hasste es, wenn Regina ihn beim Vornamen nannte.

»Das weiß vielleicht dein Team«, fuhr sie fort, »aber sie nicht. Oder hast du ihr gesagt, dass du sie für unschuldig hältst?«

»Natürlich nicht«, empörte er sich und zündete sich eine Zigarette an. »Und ihr seid die Guten?«

»Delego nicht, immerhin hat sie sie abgeführt. Aber ich bin noch nicht belastet.«

Breschnow dachte nach und nahm einen tiefen Zug.

»Falls die Anderson entlassen wird, und mein Gefühl sagt mir, dass die Staatsanwältin sie mit der Auflage, sich regelmäßig zu melden, freisetzt, besuchen wir sie heute Abend gemeinsam. Ich mache ihr Druck, und du bist die Gute. Der Rest bleibt wie besprochen. Ihr bringt sie nach Hause und kümmert euch um sie.«

Er sah Delego an. Die Kollegin wirkte abwesend.

»Alles klar, Delego?«

»Nein, mir ist gerade wieder etwas eingefallen, was ich euch schon längst hätte sagen müssen.«

Sie räusperte sich und streckte den Rücken.

»Als die Anderson sich am Sonntag die nassen Klamotten vom Park ausgezogen hat, habe ich gesehen, dass ihr Rücken und ihre Arme voller blauer Flecken sind. Sie wollte mir nicht sagen, woher sie die hatte. Sie wurde aggressiv, ganz offensichtlich hat sie sich geschämt. So sehr, dass es besser war, sie erst einmal in Ruhe zu lassen.«

Breschnow atmete tief ein und ermahnte sich, ruhig zu bleiben. Wir übersehen alle mal was oder vergessen, Infos weiterzugeben.

»Ich überlege mir, wie ich sie heute Abend am besten darauf ansprechen kann«, brummte er.

Es klopfte an der Tür. Schmitti steckte den Kopf ins Zimmer. »Du wolltest mich sprechen?«

Breschnow nickte, verabschiedete die zwei Frauen und schloss das Fenster.

»Wir müssen in die Wohnung der Anderson«, sagte er, als die Tür ins Schloss fiel. »Wir brauchen Zugang zu ihrem Computer.«

»Haben wir denn eine richterliche Verfügung?«

»Nein. Und ich habe auch nicht vor, darauf zu warten. Wenn die Anderson heute entlassen wird, bekommen wir bestimmt keine mehr. Du musst nicht mitkommen, aber ich könnte dein Computerwissen gut gebrauchen. Deine Entscheidung.«

Schmitti sah ihn ernst an. Dann lächelte er.

»Los geht's!«

***

Der Anfall war schnell vorbeigegangen. Die Tüte des Pflegers hatte gereicht, um das Hyperventilieren zu stoppen. Cosma saß erschöpft auf dem Stuhl und dachte nach.

Die Polizistinnen müssen etwas gemerkt haben. Ich war noch nie eine gute Lügnerin.

Auch damals nicht, als sie mitten in der Nacht bei ihrer Schwester Sturm geklingelt hatte. Margareta hatte sie in die Küche geschoben und ihr einen Tee gekocht. Cosma konnte damals nicht reden, also hielt Margareta einfach nur ihre Hand. Danach gingen sie ins Schlafzimmer und legten sich aufs Bett. Schlafen konnte keine von ihnen.

Margareta hatte sich am nächsten Morgen krankgemeldet und die immer noch erstarrte Cosma zu ihrer befreundeten Ärztin gefahren. Die hatte ihr Beruhigungstropfen und die Telefonnummer einer guten Psychologin gegeben und Margareta gebeten, ihre Schwester nicht alleine zu lassen.

Zwei Tage lang hatte Cosma im Wechsel vor sich hin gestarrt oder geschlafen. Dann war sie so weit, ihrer Schwester von der Nacht zu erzählen.

Margareta hatte versuchte, sie zu überreden, die Vergewaltigung anzuzeigen. Aber davon hatte sie nichts wissen wollen. Irgendwie war es doch auch ihre Schuld gewesen. Sie hätte Nick rechtzeitig verlassen sollen.

Nach dem Afghanistan-Einsatz hatte er sich sehr verändert. Er redete nicht mehr mit ihr, saß oft stundenlang am Fenster und starrte hinaus. Wenn sie ihn darauf ansprach, schrie er sie an. Er trank zu viel und verlor manchmal die Kontrolle. Einmal hatte er sie sogar geschlagen. Damals hatte sie ihre Schwester zum ersten Mal belogen. Sie hatte Nick beschützen wollen. Sie fürchtete sich vor einer Trennung.

Margareta hatte sie durchschaut. Genauso wie heute diese Polizistinnen.

Jetzt überlegte Cosma, wie es weitergehen sollte. Wie viel müsste sie einem Anwalt preisgeben, damit sie endlich diesen Krankenknast verlassen konnte?

Und wann würde sie endlich wieder Musik hören können?

***

Breschnow und Schmitti standen vor Cosmas Wohnung.

»Hast du Klebeband dabei?«, fragte Breschnow.

Schmitti schüttelte den Kopf.

Breschnow nahm sein Taschenmesser aus der Jackentasche und schnitt das Siegel durch. Die Haustürschlüssel hatte er sich gestern schon von den Kollegen aus dem Haftkrankenhaus besorgt. Zum Glück waren die kooperativer als das Gesundheitspersonal und hatten nicht nachgefragt. Sonst hätten sie jetzt die Tür aufbrechen müssen. Und das hätte Breschnow gegenüber der Fachaufsicht nur schwer rechtfertigen können. Er öffnete die Wohnungstür, trat ein und sah seinen Kollegen eindringlich an.

»Du weißt, dass wir uns im halb legalen Raum befinden. Und du weißt, dass ich dir nicht befehlen kann, diese Wohnung zu betreten«, vergewisserte er sich ein zweites Mal.

Schmitti grinste und trat über die Schwelle an Breschnow vorbei in den Flur.

»Wo steht die Kiste?«

Breschnow lächelte, ging voran ins Wohnzimmer und wunderte sich, wie schnell eine Wohnung muffig riechen konnte, wenn niemand darin wohnte.

Die Arbeit der Spurensicherung war überall zu sehen. Sämtliche glatten Flächen waren mit einer puderähnlichen Substanz überzogen, um Fingerabdrücke sichtbar zu machen. Die Teppiche waren entfernt und der Boden auf Blutspuren untersucht worden. Alle Schubladen standen offen. Teilweise lag ihr Inhalt auf dem Boden verstreut.

Eigentlich müsste die Polizei nach so einer Aktion aufräumen und putzen, dachte er und zeigte Schmitti den Computer. Dann setzte er die Inspektion der Wohnung fort.

In der Küche standen die Möbel wild durcheinander. Der Schrank war in die Mitte des Raumes gerückt worden, auf dem Küchentisch stapelten sich die Sachen von den Regalen. Auch hier standen alle Schubladen offen, und die Edelstahlspüle war mit einer blauen Flüssigkeit verklebt.

Im Schlafzimmer fühlte sich Breschnow fast wie zu Hause. Alle Klamotten lagen auf dem Bett oder auf dem Boden verstreut. Die Schrank- und Kommodenschubladen waren herausgerissen und leer. Auch in diesem Raum fehlten die Teppiche.

Breschnow schlenderte ins Bad und sah in den Spiegel über dem Waschbecken.

»Okay, Frau Anderson«, sagte er zu seinem Spiegelbild. »Du hast den Mann wahrscheinlich nicht umgebracht, aber du hast irgendetwas damit zu tun. Du hast Angst, dass wir dich lebenslang einbuchten, glaubst nicht an die Gerechtigkeit unserer Justiz. Aber wenn du deinen Hals retten willst, solltest du mit mir reden. Sonst mache ich dir die nächsten Tage zur Hölle. Das verspreche ich dir.«

Er sah sich grimmig an und schlenderte zurück ins Wohnzimmer. Schmitti saß hoch konzentriert am Computer.

Breschnow zog sein Handy aus der Tasche und wählte die Nummer von Delego. Nach dem zweiten Klingeln nahm die Kollegin das Gespräch entgegen.

»Ich bin in der Wohnung von der Anderson, und die sieht aus wie nach einem Überfall. Wenn ihr sie herbringt, kriegt sie wahrscheinlich einen Herzinfarkt. Bereitet sie schonend auf das Chaos hier vor. Vielleicht könnt ihr ein wenig beim Putzen helfen.«

Breschnow hörte ein Schnauben aus der Leitung und legte auf.

Er sah aus den Augenwinkeln, dass Schmitti ein kleines schwarzes Gerät aus seiner Tasche geholt und vor sich auf den Tisch gestellt hatte. Es blinkte und summte leise.

Schmitti blickte auf.

»Ich kopiere mir ihre Daten.«

Breschnow nickte.

»Musst du dabeibleiben?«

Schmitti schüttelte den Kopf.

Breschnow gab ihm ein Zeichen, zu folgen, und ging voran in die Küche. Gemeinsam schoben sie den schweren alten Küchenschrank zurück in die Ecke. Das Holz ächzte. Breschnow füllte sich ein Glas mit Leitungswasser, trank es gierig auf einen Zug aus und füllte es erneut. Schmitti deutete mit dem Finger auf den Schrank.

»Meine Oma hatte auch so ein Ding. Sie lebte in Schildow, noch so richtig auf dem Land. Die Felder hinterm Hof. Als Kinder haben wir dort immer unsere Ferien verbracht.«

Die beiden Männer sahen den Schrank gedankenverloren an. Ein helles Klingeln unterbrach die Harmonie.

Schmitti eilte zurück ins Wohnzimmer. Er beendete den Kopiervorgang und fuhr den Computer wieder herunter.

»Das war einfach. Sie hatte keine Sicherungen oder Passwörter.«

Breschnow war ebenfalls an den Schreibtisch herangetreten und wühlte in den Schubladen, bis er eine Rolle Tesafilm und eine Schere fand.

Sie verließen eilig die Wohnung. Breschnow zog die Tür hinter sich zu und flickte das Siegel mit dem Klebeband. Wenn sie Glück hatten, würde die Anderson es nicht bemerken.

***

Die schwere Haustür fiel hinter ihnen ins Schloss. Breschnow zündete sich eine Zigarette an und schlenderte den Gehsteig auf und ab. Nach ein paar Minuten hörte er den unverkennbaren Ton des Sportwagens und stöhnte. Wütend trat er die Zigarette aus und stieg ein.

»Wohin zuerst?«, fragte Drass munter.

»Wir machen bei den Manöverkranken weiter«, antwortete Breschnow mürrisch. »Also nach Spandau, genauer gesagt Kladow, Uwe Gölzow, Am Schwemmhorn 5.«

Anerkennend pfiff Drass durch die Zähne. »Gute Adresse«, schwärmte er. »Eine Freundin von mir wohnt dort in der Nähe. Noble Häuser, schöne Gärten, der Wannsee …«

»Und ziemlich weit draußen, was in dieser Blechschachtel eine längere Tortur bedeutet«, unterbrach ihn Breschnow barsch. »Wieso hast du keinen Dienstwagen besorgt?«

»Stell dich nicht so an, Breschnow!«, erwiderte Drass schmunzelnd. »Ich fahre dieses Auto gerne. Es ist ein Vergnügen für mich. Und dich wird die halbe Stunde nicht umbringen.«

Wer weiß?, dachte Breschnow.

Sein Kollege hatte mittlerweile Gas gegeben und fuhr Slalom über den Kottbusser Damm, den Hermannplatz, die Hermannstraße hinauf bis zur Stadtautobahn. Nachdem er sich dort in den fließenden Verkehr eingefädelt hatte, raste er, jegliche Geschwindigkeitsbegrenzung ignorierend, los. Das kleine Auto schien sich zu freuen, nicht an jeder Ampel halten zu müssen, und brummte zufrieden vor sich hin.

»Du wirst dir einen Strafzettel einhandeln, wenn du weiter so rast!«

»Wir sind doch im Einsatz, oder?«

»Wenigstens sind wir schnell am Ziel«, brummte Breschnow.

Eine halbe Stunde später erreichten sie das Schwemmhorn. Ein Sonntagsausflug, dachte Breschnow. Frische Luft, der Wannsee vor uns, Einfamilienhäuser und Villen, ein Hauch von Sommerfrische am Meer, nur die Freundin riecht heute zu sehr nach Rasierwasser.

Vor sich hin grinsend folgte er seinem Kollegen durch einen großen gepflegten Vorgarten und klingelte. Ein junger Mann öffnete ihnen die Tür. Er trug einen Laufgips am rechten Fuß und ging an Krücken. Breschnow schätzte ihn auf Mitte zwanzig. Nachdem sie sich vorgestellt und ihr Anliegen geäußert hatten, bat er sie herein.

Sie betraten die Jugendstilvilla durch eine große Diele. Der Holzfußboden war mit Intarsienarbeiten verziert. Ein roter Läufer wies ihnen den Weg.

»Wollen wir uns auf die Terrasse setzen?«

»Gerne«, antwortete Drass.

Sie folgten dem humpelnden Mann durch ein geräumiges Wohnzimmer. Es war geschmackvoll möbliert, eine Kombination von teuren modernen Möbeln und Antiquitäten. Die Wände zeigten einen pfirsichfarbenen Anstrich, auf dem Boden lagen wertvolle Teppiche. Mit einer Fernbedienung öffnete ihr Gastgeber die Glastür zum Garten. Sie betraten eine große, mit Terrazzokacheln geflieste Terrasse mit Blick auf einen parkähnlichen Garten und den Wannsee.

Breschnow hielt einen Moment inne und genoss diese wunderbare Aussicht. Dann setzte er sich neben Drass in einen Korbstuhl.

»Das ist das Haus meiner Eltern«, erklärte Uwe Gölzow. »Ich bin hier aufgewachsen und bis jetzt geblieben. Ich liebe dieses Haus und diese Gegend, und solange ich noch keine eigene Familie habe, werde ich hier wohnen bleiben. Was kann ich Ihnen anbieten? Kaffee? Tee?«

»Kaffee«, antwortete Breschnow.

»Für mich lieber einen grünen Tee, falls es keine Mühe macht«, bat Drass.

Gölzow nickte und drückte einen anderen Knopf der Fernbedienung.

»Was ist mit Ihrem Fuß passiert?«, erkundigte sich Drass.

»Ich bin beim Training umgeknickt. Die Sehne ist angerissen.«

Der junge Mann sah bedauernd auf seinen Gips. »Dauert mindestens sechs Wochen. Eine ist schon vorbei.«

Eine junge Frau erschien und nahm ihre Getränkewünsche entgegen.

»Herr Gölzow«, begann Breschnow die Befragung, »Sie kannten Sebastian Pohl?«

»Er ist mein Vorgesetzter«, bestätigte er. »Oder besser: war mein Vorgesetzter?«

»Woher wissen Sie von seinem Tod?«

»Oberstleutnant Strassberg hat mich informiert.«

»Ist das üblich? Werden alle Soldaten über den Tod ihres Vorgesetzten einzeln informiert?«

Uwe Gölzow schüttelte den Kopf.

»Natürlich nicht. Meine Eltern und Oberstleutnant Strassberg sind miteinander bekannt. Wie ist Oberstabsfeldwebel Pohl gestorben?«

»Er wurde Opfer eines Gewaltverbrechens.«

Gölzow schien mit dieser Antwort zufrieden zu sein und stellte keine weiteren Fragen.

»Wie war Ihr Verhältnis zu Herrn Pohl?«, fuhr Breschnow fort.

»Verhältnis? Er war mein Vorgesetzter. Da gibt es kein Verhältnis. Er befiehlt, ich gehorche. Punkt.«

»Sie hatten sich für einen Afghanistan-Einsatz gemeldet?«

»Ja. Gruppendruck. Alle Jungs aus meiner Kompanie gehen dorthin. Da habe ich mich angeschlossen.«

»Und waren in der Vorbereitungsphase?«

»Ja. Oberstabsfeldwebel Pohl war mein Ausbilder.«

»Wie war er als Ausbilder?«

Gölzow dachte nach.

»Streng. Aber schließlich müssen wir ja gut vorbereitet werden. Immerhin geht es um unser Leben, oder?«

»Erschien Ihnen Herr Pohl zu streng? Verlangte er zu viel von den Männern?«

»Nein, eigentlich nicht. Wenn wir als Weicheier nach Afghanistan gehen, dann ist damit doch niemandem geholfen«, antwortete er bestimmt. »Aber ich bin ja nun aus dem Rennen. Das, was die anderen in den sechs Wochen lernen, kann ich nicht nachholen. Daher ist mein Einsatz gestrichen worden.«

»Sie wirken nicht besonders traurig darüber«, bemerkte Drass.

»Nein, bin ich auch nicht«, bekannte Gölzow freimütig. »Ich sagte ja schon, Gruppendruck. Alleine hätte ich mich nie gemeldet.«

»Ich muss Sie noch fragen, wo Sie in der Nacht von Samstag auf Sonntag waren.«

»Zu Hause und im Garten.«

Er sah wieder auf seinen Fuß.

»Mit dem Ding bin ich doch ziemlich eingeschränkt. Ich habe die halbe Nacht unten am See gesessen. Es war die erste warme Nacht in diesem Jahr.«

»Am See?«, fragte Breschnow verwundert. »Es hat geregnet.«

»Ich weiß«, lachte der junge Mann. »Wir haben dort unten einen kleinen Pavillon. Wasser- und windgeschützt. Wollen Sie ihn sehen?«

»Nicht nötig. Waren Sie allein?«

»Meine Eltern sind im Urlaub, kommen heute oder morgen zurück, und meine Freunde verbringen die Samstage lieber in der Stadt.«

»Also gibt es niemanden, der Sie in der Nacht gesehen hat.«

»Nein, leider nicht.«

Breschnow stand auf, trat an den Rand der Terrasse und warf noch einen langen Blick auf den wunderschönen Park und den ruhigen See. Manchmal sehnte er sich nach einem Leben in der Natur, wollte aus der Stadt heraus. Gleichzeitig wusste er genau, dass er die Schönheit und die Ruhe auf dem Land gar nicht aushalten würde. Außerdem war er ohnehin nie zu Hause. Er atmete noch einmal tief ein und folgte dann Drass und Gölzow durch die Villa.

An der Haustür verabschiedete der Soldat sie genauso freundlich, wie er sie begrüßt hatte.

***

Die Verhandlung dauerte länger als angesetzt. Delego und Regina saßen nun schon seit einer guten halben Stunde auf der harten Wartebank vor dem Zimmer der Staatsanwältin und wurden langsam unruhig. Zweimal hatte deren Sekretärin sie jetzt schon vertröstet. Endlich bog eine kleine Frau in einer schwarzen Robe um die Ecke und kam auf sie zu.

Lächelnd begrüßte sie die beiden.

»Warten Sie auf mich?«

Delego bestätigte. Sie hatte sich die Frau anders vorgestellt, grauhaarig, mit einem strengen Dutt und einem karierten Rock. Stattdessen begrüßte sie eine Frau mittleren Alters, deren blondes Haar weich auf die Schultern fiel. Die Robe kleidete sie gut.

Delego stellte sich und Regina vor. Die Staatsanwältin schüttelte ihnen lächelnd die Hand.

»Ich bin erstaunt, Sie hier zu sehen. Wo ist Breschnow?«

»Er befragt Soldaten. Sie wissen schon, Männerclub«, antwortete Regina grinsend und ergänzte, »und deshalb schickt er seine Lakaien.«

Die Staatsanwältin zog die Augenbrauen hoch und bat sie schmunzelnd in ihr Büro. »Herzlich willkommen im Zentrum der Gerechtigkeit.«

Der Raum war in altem Stil gehalten. Dunkle Holzvertäfelungen an den Wänden, schwere Kronleuchter, Holzparkett und mit Leder verkleidete Türen. Sie nahmen an einem riesigen alten Eichenschreibtisch Platz. Die Staatsanwältin wirkte dahinter etwas verloren.

»Was gibt es Neues?«, begann sie das Gespräch.

Delego ergriff das Wort. »Wir haben die DNA-Ergebnisse. Die Jeans und das T-Shirt gehören Frau Anderson. In der Plastiktüte, in der die Sachen vergraben waren, fanden wir auch ein Paar Sandalen. Die wiederum weisen keine DNA auf, was bedeutet, dass sie noch nie getragen worden sind.«

Delego hielt inne, um der Staatsanwältin Gelegenheit zu geben, das Gehörte aufzunehmen. Diese hatte sich interessiert vorgebeugt.

»Neue Sandalen?« Sie schüttelte verwundert den Kopf. »Wer bringt denn neue Sandalen an einen Tatort und vergräbt sie dort?«

»Das fragen wir uns auch«, fuhr Delego fort. »Bei der Befragung heute Morgen hat Frau Anderson behauptet, dass man ihr vor ungefähr drei Wochen eine Jeans und ein rotes T-Shirt im Schwimmbad gestohlen hat, und sie meint sich zu erinnern, dass ihre Wohnungstür nicht verschlossen gewesen sei.«

»Und vermutet, dass ihr jemand die Tatwaffe hineingelegt hat?«, fragte die Staatsanwältin.

Delego nickte.

Die drei Frauen schwiegen. Jede hing ihren eigenen Gedanken nach.

»Schließen Sie Frau Anderson als Täterin aus?«

Die Staatsanwältin sah die beiden Polizistinnen fragend an.

»Nein, dafür gibt es zu viele Ungereimtheiten und Indizienbeweise. Aber Breschnow denkt, dass es hilfreicher für die Zusammenarbeit mit ihr wäre, sie nach Hause zu entlassen«, antwortete Delego.

»Denken Sie, dass Fluchtgefahr besteht?«

»Eigentlich nicht. Hundertprozentig kann man das aber nie sagen.«

»Und Sie?«

Die Staatsanwältin sah die zwei Frauen an. »Was ist Ihre Meinung? Schließen Sie sich Ihrem Chef an?«

Delego zögerte, Regina nickte.

»Es ist ungewöhnlich, dass ein Ermittler seine Hauptverdächtige freilassen will, aber Breschnow ist schon immer eigene Wege gegangen und«, die Staatsanwältin machte eine kleine Pause, »ziemlich gut damit gefahren. Lassen Sie mich bitte einen Moment allein, ich muss darüber nachdenken.«

Sie erhob sich und begleitete die Polizistinnen zur Tür. Delego und Regina nahmen wieder auf der Bank im Flur Platz.

»So schlimm ist sie doch gar nicht«, stellte Delego fest. »Breschnow redet immer von ihr, als ob sie ein Monster wäre.«

Regina lachte. »Bei ihm ist sie das wahrscheinlich auch. Aber, sag mal, was ich dich letztes Mal schon fragen wollte, wieso redet ihr euch alle mit Nachnamen an?«

Delego dachte kurz nach.

»Das war noch lange vor meiner Zeit. Früher haben sich in der Abteilung alle gesiezt und mit Nachnamen angeredet. Müller, der damals der Chef war, wollte es so. Er soll ein ziemlich merkwürdiger Typ gewesen sein, so eine Art Cowboy, der immer über das Ziel hinausgeschossen ist. Entweder zu früh verhaftet oder zu spät, entweder zu viel observiert oder zu wenig.«

»Wie konnte er sich auf seinem Posten halten?«

Delego zuckte die Schultern. »Beziehungen vielleicht? Ich weiß es nicht. Aber man erzählt sich, dass Breschnow ihn in die Frühpensionierung getrieben hat.«

»Wie?«, fragte Regina neugierig.

»Er hat immer alles, was ihm als Entscheidung unangemessen erschien, offen hinterfragt, wenn's drauf ankam, auch bei Müllers Vorgesetzten.«

Regina pfiff durch die Zähne.

»Aber wieso hat der Vorgesetzte nicht Breschnow versetzt? Er war doch der Störenfried.«

»Er ging selber in Pension, und seinen Nachfolger kennst du ja. Er legt Wert auf gute Ermittlungsarbeit.«

»Und die Namen?«

»Also Breschnow wurde der neue Leiter und schaffte es, ein Team zusammenzustellen und vor allem zusammenzuhalten. Vorher war das Revier der reinste Bienenstock. Ständig gingen und kamen neue Kollegen.«

»Und die Nachnamen?«

»Blieben. Breschnow bot uns das Du an, stellte aber nie die Nachnamen zur Disposition. Und wir waren schon so daran gewöhnt, dass wir es auch nicht taten.«

»Das passt zu ihm«, sagte Regina.

Die Tür ging auf und beendete das Gespräch. Die Staatsanwältin trat hinaus und überreichte ihnen einen grünen Schnellhefter.

»Sie haben mich überzeugt. Hier ist der Beschluss. Frau Anderson kann nach Hause gehen, muss sich aber an folgende Auflagen halten: Erstens muss sie jeden Tag persönlichen Kontakt zu Ihnen aufnehmen. Wie Sie das gestalten, überlasse ich Ihnen. Zweitens darf sie das Stadtgebiet nicht verlassen. Verstößt sie gegen diese Auflagen, hat das ihre sofortige Inhaftierung zur Folge, und ich will sofort informiert werden, wenn das der Fall ist, und ich meine sofort. Sagen Sie das Breschnow.«

Sie zeigte auf die Papiere.

»Ein Schreiben ist für Sie, eins für Frau Anderson. Es muss ihr in Anwesenheit von Zeugen übergeben werden. Aber das wissen Sie wahrscheinlich.«

»Ja«, antwortete Regina. »Vielen Dank, dass Sie sich Zeit genommen haben.«

»Richten Sie Breschnow aus, er soll auch in Zukunft seine Lakaien schicken. Das ist für beide Parteien nervenschonender.«

Die Staatsanwältin verabschiedete sich mit einem Augenzwinkern und verschwand in ihrem Büro.

Regina grinste und fischte ihr Telefon aus der Jackentasche.

»Stefan?«, brüllte sie in den Hörer. »Wo zum Teufel seid ihr? Was ist das für ein Krach? Was? … Drass' Sardinenbüchse!«

Wieder lachte sie laut.

»Die Staatsanwältin entlässt die Anderson. Was? … Ja … Nein, sie war richtig nett.«

Sie zwinkerte Delego zu.

»Muss wohl eher an dir liegen. Sie will auch in Zukunft lieber mit uns reden … Ja, wir fahren gleich hin. Und Stefan, ärgere dich nicht darüber, dass die Leute uns lieber mögen.«

Sie beendete das Gespräch, bevor er etwas erwidern konnte.

»Du und Breschnow, ihr scheint ziemlich vertraut?«, wunderte sich Delego.

Regina nickte. »Sofern man mit Breschnow überhaupt vertraut sein kann. Seine Schwester ist meine beste Freundin. Und das bestimmt schon seit zehn Jahren.«

»Ich wusste gar nicht, dass er eine Schwester hat«, sagte Delego und wirkte neugierig.

»Sie ist ein Nachkömmling. Sonst hat's Breschnow ja nicht mit Familie, aber mit Iris hatte er immer schon Kontakt, und die Kleine liebt er abgöttisch.«

»Die Kleine?«

»Mona, die Tochter von Iris. Sie wird am Samstag drei. Wenn sich Breschnow überhaupt mal freie Zeit gönnt, dann verbringt er bestimmt neunzig Prozent davon mit Mona. Kannst du dir Breschnow auf dem Kinderspielplatz vorstellen?«

Delego schüttelte den Kopf und lachte.

Regina griff wieder zum Handy. Nachdem der Anruf mit dem Haftkrankenhaus zu ihrer Zufriedenheit gelaufen war, hakte sie ihre Kollegin unter und verkündete: »Alles klar. Die Jungs sind wieder sehr kooperativ. Lass uns die Anderson abholen!«

***

Endlich war die Fahrt zu Ende. Breschnow atmete erleichtert auf, schälte sich aus dem Sportwagen und spielte mit dem Gedanken, für die Rückfahrt lieber die öffentlichen Verkehrsmittel zu nutzen.

Er streckte sich, und sie gingen die wenigen Schritte zum Haus auf der gegenüberliegenden Straßenseite. Karl Jung wohnte am südlichen Stadtrand in Blankenfelde. Das noch im Stadtgebiet gelegene ehemalige DDR-Dorf war offensichtlich von großstadtmüden Berlinern entdeckt worden. Überall wurde neu gebaut oder saniert.

Aber in der schmalen Seitenstraße, in dem das heruntergekommene Bauernhaus des Soldaten stand, war davon wenig zu sehen. Auf ihr Klingeln hin öffnete eine kleine alte Frau mit einem Kopftuch und einer karierten Kittelschürze die niedrige Haustür.

»Guten Tag«, grüßte Breschnow freundlich. »Ist Herr Jung zu Hause?«

Die Alte starrte ihn mit zusammengekniffenen Augen an.

»Wer will das wissen?«, fragte eine Männerstimme von innen.

Breschnow konnte ihren Besitzer im dunklen Hausflur nicht erkennen und stellte sich und Drass vor.

»Was wollen Sie?«, fragte die Stimme.

»Wir ermitteln im Mordfall Pohl.«

Die Alte starrte ihn weiterhin an. Sie schien nichts von dem Gespräch zu verstehen.

»Und wir würden gerne reinkommen und mit Ihnen reden«, ergänzte er.

Im Flur blieb es ruhig.

Breschnow schob die Frau sanft zur Seite und betrat gemeinsam mit Drass den dunklen Eingang. Am Ende des Flurs saß ein junger, schmächtiger Mann in einem Rollstuhl. Langes schwarzes fettiges Haar fiel auf seine Schultern. Sein Körper steckte in einem weinroten Trainingsanzug, der die Blässe seiner Haut noch betonte. Breschnow blieb stehen. Als er gerade etwas sagen wollte, drängte ihn die Alte zur Seite, stellte sich neben den Mann und sprach leise auf ihn ein. Sie konnten nicht verstehen, was gesagt wurde. Der junge Mann beruhigte sie und schob sie in Richtung Küche.

Dann sah er zu Breschnow hoch.

»Entschuldigen Sie. Diesen Namen zu hören hat mir für einen Moment die Sprache verschlagen. Kommen Sie doch rein.«

Er rollte voran in ein großes Wohnzimmer. Der Raum roch muffig, so als ob er nur selten benutzt würde. Auf dem Boden lagen verschlissene Teppiche, an den Wänden hingen billige Ölbilder von Tieren im Wald. Sie setzten sich an einen großen Eichentisch mit einer gehäkelten Tischdecke. Jung zog den Aschenbecher zu sich heran, steckte sich eine Zigarette an und hielt die Schachtel dann den beiden Polizisten hin. Breschnow bediente sich.

»Es tut uns leid, wenn wir Ihnen Unannehmlichkeiten bereiten, aber wir versuchen, uns ein Bild von Sebastian Pohl zu machen«, begann Drass die Befragung.

Jung nickte. »Privat habe ich ihn nicht gekannt. Er war mein Vorgesetzter. Haben Sie schon mit Nick gesprochen?«

»Nick?«

»Ja, Andreas Braun, wir waren zusammen in Afghanistan. Wir nannten ihn immer Nick, warum, weiß ich gar nicht mehr.«

Breschnow und Drass sahen sich an. »Kannte er Herrn Pohl besser?«

»Klar. Die beiden waren mal eine Zeit lang ganz dicke. Das hab ich nie verstanden. Nick war ein Netter und Pohl ein Arschloch.«

Breschnow atmete tief ein. Dann sagte er: »Herr Braun lebt leider nicht mehr.«

»Was?«, stammelte Jung fassungslos. »Aber er hat doch überlebt. Was ist passiert?«

»Herr Braun hat sich das Leben genommen.«

Karl Jung schien in seinem Rollstuhl noch schmaler zu werden und sah sie traurig an. »Wissen Sie, ich mochte ihn. Und Afghanistan schweißt irgendwie zusammen. Wieso hat er das getan?«

»Das wissen wir nicht.«

»Und wann?«

»Im vorigen Jahr.«

Jung nickte und sah auf seine Hände.

Nach einer Weile nahm Drass die Befragung wieder auf.

»Wann hatten Sie zum letzten Mal Kontakt mit ihm?«

»Das war kurz nach dem Auslandseinsatz. Wir waren zusammen im Krankenhaus. Aber Nick wurde lange vor mir entlassen. Danach habe ich ihn nicht mehr gesehen. Aber ich habe oft an ihn gedacht.«

»Warum brach der Kontakt ab?«

Jung seufzte resigniert und hob die Schultern. »Ich weiß es nicht. Es hat sich einfach so ergeben. Vielleicht sind Soldaten nur in der Kaserne befreundet … Oder im Krieg.«

Sie schwiegen erneut. Im Hintergrund klapperte Geschirr.

»Und zu Herrn Pohl? Hatten Sie zu ihm noch Kontakt?«, fragte Drass.

»Gott bewahre!«, rief der junge Mann und lief vor Zorn rot an. »Wenn ich den noch einmal hätte sehen oder hören müssen, hätte ich mich wahrscheinlich auch umgebracht. Nichts hat er zugegeben. Hat sich als Held dargestellt und uns als Memmen.«

Als der Gefühlsausbruch vorbei war, sank der Mann wieder in sich zusammen.

»Sie sprechen von dem Einsatz in Afghanistan?«, fragte Drass vorsichtig. »Was genau ist da geschehen?«

Jung sah sie bittend an. »Muss ich Ihnen das erzählen? Es wühlt mich immer so auf. Ich will nicht mehr darüber reden.«

»Wir würden es sehr schätzen, wenn Sie uns dabei behilflich sein könnten, Herrn Pohl besser kennenzulernen.«

»Wieso, er ist doch tot?«, murmelte der Soldat.

»Ja, aber wir suchen seinen Mörder.«

Jung sah Drass an und schüttelte den Kopf.

»Der ist mir egal. Eigentlich, ich weiß, so etwas sagt man nicht über Tote, aber eigentlich hat der Mörder der Menschheit einen Gefallen getan.«

»Das sehen seine Frau und seine Kinder wahrscheinlich anders«, erwiderte Breschnow streng. »Es gibt immer jemanden, der trauert.«

Der junge Mann schwieg und blickte aus dem Fenster. Dann rief er die alte Frau, die sofort die Stube betrat, als ob sie hinter der Tür gestanden hätte. Er gab ihr ein Zeichen, sich auf den Stuhl neben seinen Rollstuhl zu setzen, und erklärte ihr die Situation. Zumindest nahm Breschnow das an. Sie redeten wieder in einer Sprache miteinander, die er nicht verstand.

Jung sah ihn an. »Das ist meine Großmutter. Sie versteht zwar kein Deutsch, aber es tut mir gut, wenn sie bei mir ist, wenn ich über den Einsatz rede.«

Breschnow nickte.

Die alte Frau nahm die Hand ihres Enkels und musterte die Polizisten grimmig. Jung räusperte sich.

»Wir sollten einen Konvoi mit Hilfsgütern schützen. Eine besonders wichtige Lieferung und eine sehr gefährliche Strecke. Pohl hatte sechs Mann dazu abgeordert. Er selbst war auch dabei. Kurz bevor wir losfuhren, kam der Funker aus seinem Zelt gerannt.«

»Der, der immer den Funkkontakt abhört?«, vergewisserte sich Drass.

Jung nickte. »Er hatte eine Meldung aufgeschnappt, dass der Konvoi überfallen werden sollte, und riet Pohl, ihn stoppen zu lassen. Aber anstatt seinen Rat ernst zu nehmen, fuhr Pohl ihn an, er soll gefälligst nicht so ein Drama machen. Ob er denn überhaupt handfeste Informationen hätte. Die hatte er natürlich nicht. Das läuft doch alles verschlüsselt, und manchmal werden auch gezielt Fehlmeldungen abgesetzt, um die Truppe zu täuschen. Und dann geschieht ganz woanders etwas. Also ließ Pohl uns trotz der Warnung rausfahren. Und kurz danach gerieten wir in einen Hinterhalt.«

Jung schluckte. Er sah seine Großmutter an, die ihm sanft über die fettigen Haare strich.

»Wir setzten einen Notruf ab. Aber für vier von uns war es bereits zu spät. Eine Granate hatte ihren Jeep zerfetzt. Die Trümmer und die …«, er atmete tief ein, »Leichenteile blockierten den Weg. Pohl befahl uns, auszusteigen und sie wegzuräumen. Ich konnte mich nicht bewegen, konnte nur auf den blutigen Beinstumpf starren, der an unserer Windschutzscheibe hängen geblieben war. Pohl beförderte mich mit Schlägen und Tritten nach draußen. Ich fiel in den Dreck, roch das verbrannte Fleisch. Pohl zerrte mich auf die Beine und richtete seine Waffe auf mich. Und irgendwie funktionierte ich dann.

Kurz danach kam ein feindlicher Jeep. Sechs Männer, schwer bewaffnet. Taliban. Wir mussten uns auf den Boden legen. Vier hielten uns in Schach, zwei zerrten Pohl zum Jeep. Ich konnte nicht sehen, was dort geschah, hörte nur ihre Befehle oder Fragen. Die anderen terrorisierten uns mit Schüssen. Immer dicht daneben. Dann brachten sie Pohl zurück und warfen ihn uns vor die Füße. Er blutete stark, war nicht mehr bei Bewusstsein. Ich dachte, der ist tot. Dann schossen sie wieder.«

Jung atmete schwer und bat um eine kleine Pause. Breschnow bot ihm eine Zigarette an. Die beiden rauchten schweigend. Drass war ans Fenster getreten.

»Wir haben überlebt«, flüsterte Jung und sah Drass an. Dann ließ er sich von Breschnow noch eine Zigarette geben.

»Wir hatten Glück. Unser Konvoi war eine Lieferung mit Medikamenten, und die wurde von einem Ärzteteam begleitet. Die Ärzte stoppten unsere Blutungen, und ein Black Hawk flog uns zu der Krankenstation in Pol i Khomri.«

»Black Hawk?«, unterbrach Drass.

»Ein Rettungshubschrauber. Sobald wir transportfähig waren, wurden wir nach Deutschland zurückgeflogen. Zweiundsiebzig

Stunden später nahm man uns im Bundeswehrkrankenhaus in Ulm auf. Ich blieb dort drei Monate und wurde dann nach Berlin zur Reha gebracht. Damals bestand noch Hoffnung …«

Er schluckte und sah auf seine Beine.

»Was wurde aus den anderen?«, fragte Breschnow.

»Nick erholte sich schnell. Er hatte einen Lungendurchschuss. Und was aus Pohl wurde, weiß ich nicht.«

»War er nicht in demselben Krankenhaus?«

Jung schüttelte den Kopf. Er drehte sich zu der Alten und fragte etwas. Sie erhob sich zögernd und schlurfte aus dem Zimmer. Kurz darauf erschien sie mit einem Wasserkrug und vier Gläsern. Sie schenkte allen ein und setzte sich wieder neben ihren Enkel.

»Wissen Sie, ich habe diesen Brandgeruch immer noch in der Nase. Und im Sommer«, er schluckte, »dieses Grillfleisch. Mir wird schlecht. Und ich träume. Von Staub und Körperteilen und den Schüssen und Schreien. Und ich werde für den Rest meines Lebens in einem Rollstuhl sitzen. Die Bundeswehr zahlt mir eine kleine Rente.«

Er trank sein Glas Wasser in einem Zug aus.

»Ich wollte den Hof übernehmen. Uns fehlte Geld für die Modernisierung. Deshalb bin ich zur Bundeswehr und habe mich freiwillig für den Afghanistan-Einsatz gemeldet. Hundertzehn Euro zusätzlich pro Tag.«

Drass setzte sich wieder neben Breschnow. Die Alte goss ihrem Enkel Wasser nach.

»Man rechnet nicht damit, dass etwas passiert. Krieg ist so unwirklich. Man kann es sich nicht vorstellen hier in Deutschland. Und ohne Pohl wäre vielleicht auch alles gut gegangen. Pohl war krank im Hirn. Er liebte den Krieg. Für ihn war es das Größte, im Dreck zu liegen.«

Der Soldat schüttelte den Kopf, als könnte er es immer noch nicht fassen, dass es solche Männer gibt.

»Der Konvoi? Wurden die Sanitäter nicht angegriffen?«

»Nein. Nur unsere beiden Jeeps.«

»Und was haben die Sanitäter in den Autos gemacht während des Angriffs?«, erkundigte sich Drass.

»Sie forderten Hilfe aus dem Lager an, verhielten sich still und schauten zu. Was hätten sie machen sollen? Es waren Sanitäter und Ärzte, und die Taliban waren haushoch überlegen.«

Breschnow räusperte sich.

»Die nächsten Fragen werden Ihnen nicht gefallen, aber ich muss sie leider stellen. Gibt es ein neueres Attest, das beweist, dass Sie nicht laufen können?«

Der Soldat sah ihn wütend an und nickte. »Und Ihre zweite Frage?«

»Wo waren Sie in der Nacht von Samstag auf Sonntag?«

»Ah, jetzt verstehe ich. Ich war am Donnerstag beim Arzt. Die Bundeswehr verlangt regelmäßige Atteste, damit sie weiterhin die Invalidenpension zahlen. Und Samstagnacht war ich in der Dorfkneipe. Ungefähr bis zwei. Dann bin ich nach Hause und habe mich ins Bett gelegt.«

»Alleine?«

»Ja!«, lachte Jung bitter. »Denken Sie, die Mädels stehen auf Krüppel?«

Hoffnungslosigkeit und Wut lagen in diesen Worten. Jung schien sich aufgegeben zu haben. Breschnow wollte schnell fort von hier. Das Schicksal dieses jungen Mannes hatte ihn tiefer berührt, als ihm lieb war. Er bedankte sich und stand auf. An der Wohnzimmertür drehte er sich noch einmal um. Karl Jung war wieder in seinem Stuhl zusammengesunken und starrte auf seine Hände. Die Alte saß neben ihm und redete tröstend auf ihn ein. Es klang wie Polnisch oder Russisch.

***

Regina hatte sich den Schlüssel von Schmitti abgeholt und die Oberschwester telefonisch gebeten, die Entlassung auf den Weg zu bringen. Entlassungen bedeuteten immer eine Menge Formalitäten, da war es unsinnig, dabeizusitzen und zu warten. Stattdessen hatte sie Delego vorgeschlagen, sich ein Bild vom Zustand der Wohnung zu machen, bevor sie die Anderson hierherbringen würden, und ihr ein paar Sachen zum Anziehen zu holen.

Nun waren die Polizistinnen auf dem Weg zum Maybachufer.

Regina bremste scharf und fluchte. Der Wagen vor ihr war ohne erkennbaren Grund plötzlich stehen geblieben.

»Verdammter Sonntagsfahrer!«, schimpfte sie. »Hast du schon mal was vom Blinken gehört?«

Delego lachte. Nach weiteren Überholmanövern und Flüchen und der gegenseitigen Versicherung, dass der Verkehr in dieser Stadt jeden Tag schlimmer wurde, bogen sie ins Maybachufer ein. Der Wagen rumpelte über das Kopfsteinpflaster.

»Auch so eine merkwürdige Nostalgie«, seufzte Regina.

»Was meinst du damit?«

»Na, dieses Kopfsteinpflaster. Steht wahrscheinlich unter Denkmalschutz.«

»Ich finde es schön«, sagte Delego.

»Ja, aber für die Autos ist es jedes Mal ein Härtetest.«

Sie parkten eine Querstraße weiter und liefen den Weg zurück. Delego zog die Schlüssel aus der Tasche und versuchte sich an dem Schloss. Der dritte passte. Schweigend stiegen sie die Stufen hinauf.

»Breschnow war schon hier«, sagte Delego, als sie das geklebte Siegel sah.

Sie entfernte es und ließ es in der Hosentasche verschwinden.

»Heiliger Bimbam!«, rief Regina laut, als sie die Wohnung betreten und sich umgesehen hatten. »Ich glaube, Breschnow hat recht. Wir sollten hier ein bisschen für Ordnung sorgen.«

»Ist aber eigentlich nicht unser Job«, wandte Delego ein. Regina sah sie erstaunt an und verschwand wortlos im Schlafzimmer. Sie pickte Unterwäsche, Socken, eine Hose, ein T-Shirt und ein Paar Turnschuhe aus den über den Boden verteilten Klamotten und packte die Sachen in einen großen Leinensack, der neben einem Kleiderstapel lag.

Delego stand immer noch unschlüssig an der Zimmertür.

»Eine von uns muss hierbleiben. Wollen wir knobeln, wer putzt und wer das Kindermädchen spielt?«

Delego schüttelte den Kopf. »Du solltest sie abholen. Du bist doch die Gute. Schon vergessen?«

Zögernd betrat sie den Raum und griff nach einer Kommodenschublade, die auf dem Fußboden stand. »Ich mach das hier schon.«

»Wirklich?«, vergewisserte sich Regina.

Delego nickte.

Nachdem ihre Kollegin gegangen war, setzte sie sich mit der Schublade aufs Bett und sah sich um. Ob Lieutenant Anita auch aufgeräumt hätte? Aber Regina hatte recht. Es würde ein Schock für die Anderson sein, zu sehen, wie fremde Polizistenhände in ihren Sachen herumgewühlt hatten. Sie erhob sich langsam, schob die Schublade in die Kommode und schaltete das kleine Transistorradio ein.

***

»Wieso entlassen Sie mich? Haben Sie den Täter endlich gefasst?«

Regina schüttelte bedauernd den Kopf.

»Nein, aber wir haben uns bei der Staatsanwaltschaft für Ihre Entlassung eingesetzt.«

»Wieso auf einmal?«

»Die Indizien sind nicht eindeutig.«

»Was heißt das?«

»Das kann ich Ihnen leider nicht sagen, ohne die Ermittlungen zu gefährden. Ich hoffe, dass Sie das verstehen.«

»Verstehen? Erst sperrt die Polizei mich ein, sagt mir aber nicht, warum. Dann holen Sie mich hier raus und sagen mir auch nicht, warum. Ich fühle mich wie ein geschenktes Sofa, das in der neuen Wohnung erst einmal hin und her geschoben werden muss, bevor es passt«, schimpfte Cosma.

Gleichzeitig schossen ihr die Tränen in die Augen, und sie drehte sich verstohlen weg. Ein Verwaltungsbeamter trat in den Raum und überreichte Regina die Entlassungspapiere zur Unterschrift. Nachdem sie einen Blick darauf geworfen hatte, gab sie sie an Cosma weiter.

»Was heißt das, ich muss mich jeden Tag persönlich melden und darf die Stadt nicht verlassen?«, fragte Cosma stirnrunzelnd, nachdem sie die Unterlagen sorgfältig studiert hatte.

»Sie stehen weiter unter Verdacht, aber wir sehen keine Fluchtgefahr. Es tut mir leid, Ihnen nichts Erfreulicheres sagen zu können. Sie müssen für unsere Ermittlungen zur Verfügung stehen, deshalb dürfen Sie die Stadt nicht verlassen. Und Sie müssen sich einmal am Tag, entweder auf dem Revier oder an einem anderen Ort, persönlich bei einem von unserem Team oder einem Beauftragten melden.«

Cosma starrte sie fassungslos an. Sie schluckte und flüsterte mehr zu sich selbst als zu der Polizistin. »Das heißt, ich bin noch genauso verdächtig. Und darüber soll ich mich freuen?«

Regina überging die Worte und zog die Kleider aus der Tüte. Wie in Trance nahm Cosma sie in Empfang und verschwand auf der Toilette.

Als sie sich umgezogen hatte, griff die Kommissarin sie leicht beim Arm, schob sie durch den Flur und die Kontrolle in Richtung Parkplatz. Dort stand ihr Privatwagen.

Cosma war erleichtert, nicht in ein Polizeifahrzeug steigen zu müssen und ihren Nachbarn kein neues Futter zum Tratschen zu geben. Sie schnallte sich an und starrte aus dem Seitenfenster. Sie wollte jetzt nicht reden. Wie in Zeitlupe zog die Stadt an ihr vorbei. Freiheit? Sie war ihr nur einen ganz kleinen Schritt nähergekommen. Die Polizei könnte sie jederzeit wieder einsperren, in ein Gitterzimmer, das Gitterschatten auf die Bettdecke warf, für den Rest ihres Lebens. Sie atmete tief ein und zwang ihren Blick nach vorne durch die Frontscheibe.

Im Treppenhaus beschrieb Regina ihr vorsichtig den Zustand der Wohnung.

Hausdurchsuchung, dachte Cosma, während sie langsam die Treppen hinaufstiegen. Dennoch traf es sie wie ein Schlag, als sie ihre Wohnung betrat. Sie war ihr fremd.

Bereits im Flur sah sie durch die geöffnete Schlafzimmertür, wie die Polizistin, die sie schon kannte, ihre Kleidungsstücke in die Hand nahm, zusammenfaltete und in den Schrank legte. Sie hasste es, wenn jemand ihre Kleidung anfasste. Nun würde sie alles waschen müssen.

Regina schob sie langsam weiter in den Flur hinein und schloss die Tür. Delego trat auf die beiden zu und zog sich die Gummihandschuhe aus. »Es tut mir leid, Frau Anderson, dass

Sie dieses Chaos noch sehen müssen. Ich hatte gehofft, dass ich fertig bin, bis Sie kommen. Aber Sie können sich in die Küche setzen. Die ist bereits notdürftig gereinigt.«

Cosma nickte und trottete davon, fühlte sich wie in Watte gepackt, müde und kraftlos. Seufzend ließ sie sich auf einen Stuhl nieder. Regina folgte ihr.

»Möchten Sie vielleicht einen Kaffee?«

Cosma nickte.

Die Kommissarin sah sich in der Küche um. »Haben Sie keine Kaffeemaschine?«

»Nein, ich mag keinen Filterkaffee, koche ihn immer so auf.«

Cosma erhob sich mühsam, nahm das Kaffeepulver aus dem Vorratsschrank und reichte es ihr. »Tun Sie einfach zwei Löffel davon in eine Tasse.«

Regina füllte den Wasserkessel und zündete das Gas an. »Delego, willst du Kaffee oder Tee?«, rief sie in die Wohnung hinein.

Sie scheinen sich wie zu Hause zu fühlen, dachte Cosma, anders als ich.

Sie setzte sich wieder an den Küchentisch und ließ den Blick durch den Raum schweifen. Er wirkte fremd. Die Sachen standen nicht an ihrem Platz, und überall waren noch Spuren von verschiedenfarbigen Substanzen zu sehen, die sie nicht kannte.

Fremde Menschen waren hier gewesen, Menschen, die sie nicht eingeladen hatte.

Das Wasser kochte, und die vertraute Melodie des Kessels drang tröstend an ihr Ohr. Sie musterte die Kommissarin. Obwohl sie als Polizistin auf der anderen Seite stand, war sie Cosma sympathisch, ihre Freundlichkeit wirkte echt. Und die andere, die gerade den Raum betrat, war auch nie unfreundlich gewesen. Anders als dieser Kommissar Verknittert.

Delego lehnte sich an den Schrank und lächelte Cosma zu. »Ihr Schlafzimmer können Sie wieder benutzen. Nach dem Tee könnten wir uns doch gemeinsam das Wohnzimmer vornehmen«, schlug sie vor.

Regina nahm zwei Tassen, füllte Kaffeepulver hinein und

goss Wasser hinterher. Sie stellte sie auf den Küchentisch, setzte sich und sah Cosma fragend an.

»Eine merkwürdige Situation«, murmelte Cosma. »Ich komme nach Hause, und meine Wohnung ist mir fremd. Eine Polizistin kocht mir Kaffee, und eine andere räumt auf.« Sie hielt inne, nahm einen Schluck aus ihrer Tasse und erhob sich langsam. »Ich weiß das zu schätzen, aber ich möchte jetzt alleine sein.«

Regina sah ihre Kollegin an, Delego zuckte die Schultern. Ein Blick in Cosmas entschlossenes Gesicht erstickte jeden Versuch, sie umzustimmen, im Keim.

»Wir werden Sie aber noch einmal aufsuchen müssen, Frau Anderson«, erklärte Regina.

Cosma nickte. »Später.«

Die Polizistinnen erhoben sich und verließen schweigend die Küche. Die Wohnungstür klackte leise, als sie ins Schloss gezogen wurde.

Cosma umklammerte ihre warme Tasse, trank einen Schluck Kaffee und schaltete das Radio ein. Ein Song der Rolling Stones füllte den Raum. »Let's work«.

Nicht jetzt, dachte sie. Nach einer Weile erhob sie sich, ging langsam durch die Wohnung, wusch sich im Bad die Hände und das Gesicht und schaute in den beschmierten Spiegel. Leise versicherte sie ihm, dass nun alles gut werden würde. Er glaubte ihr nicht.

Im Wohnzimmer nahm sie die Wolldecke und schüttelte sie kräftig aus. Nach einer Weile ließ sie sich auf das Sofa fallen und zog sich die Decke bis ans Kinn.

Nichts wird gut, dachte sie und starrte aus dem Fenster. Aus der Küche drangen Abba-Klänge. Zu fröhlich, aber sie schaffte es nicht, noch einmal aufzustehen.

***

Drass ließ ihn am U-Bahnhof Wittenau aussteigen. Breschnow hatte darauf bestanden, mit der Bahn weiterzufahren. Er zog sich einen Fahrschein und betrat den leeren Bahnsteig. Der Waggon stand schon zum Einsteigen bereit. Er ließ sich auf eine der Sitzbänke fallen. Die alte Frau ihm gegenüber musterte ihn kritisch. Sie waren allein in dem Abteil. Ruckelnd setzte sich der Zug in Bewegung.

Breschnow dachte an Karl Jung und fragte sich, warum ihn gerade diese Geschichte so berührt hatte. Und Nick. Ein abgeschlossener Fall. Eindeutig Selbsttötung. Aber warum? Hatte es noch etwas mit Afghanistan zu tun? Aber wieso dann nicht schon früher? Er nahm sich vor, nachher ins Archiv zu gehen und einen Blick in die Akte zu werfen.

Die alte Frau gegenüber starrte ihn immer noch an.

Fünf Stationen später hatte sich das Abteil gefüllt, und er sah sich um. Gelangweilte Gesichter, viele junge Leute mit Musik auf den Ohren. Neben ihm las eine Frau ein Buch. Er schielte zur Seite und sah die Überschrift: *Schwächen und Stärken*.

War es eine Schwäche, wenn ihm die Geschichte von Karl Jung so unter die Haut ging?

In seinem Kopf versuchte sich ein Satz zu formen, wurde aber durch eine jammernde Stimme am anderen Ende des Abteils abgelenkt. Breschnow erkannte den Bettler, der immer sein offenes Bein zeigte. Zum Glück konnte er an der nächsten Station aussteigen, noch bevor der Mann ihn erreichen würde.

»Alexanderplatz. Sie haben Anschluss zur U2 und zur U5 …« Breschnow blendete den Rest der Ansage aus. Die Waggontüren öffneten sich, im nächsten Moment wogte er in der Menge zu einem der Ausgänge. Seine kleine Schwester hatte sich eine Wohnung in einem der Blöcke gesucht. Sie wollte unbedingt direkt am Platz wohnen. Fast ein halbes Jahr hatte sie auf ihre Platte gewartet und bewohnte nun die knapp fünfzig Quadratmeter mit Küche und Bad im zweiten Stock für eine horrende Miete. Die Wohnung war hellhörig, die Gegend laut, und der starke Verkehr verpestete die Luft. Iris beschrieb es als Klang und Parfüm der Großstadt.

Er öffnete die Haustür und stieg in den kleinen Fahrstuhl. Es roch nach Abfall. In der Ecke stand ein gefüllter Müllsack. Er beschloss, lieber die Treppe zu nehmen.

Vom Treppenhaus aus führte ein langer unpersönlicher Gang zur Wohnung seiner Schwester. Er klingelte zweimal kurz und schloss dann mit seinem Schlüssel auf.

»Hallo?«, rief er in die Wohnung hinein.

Sein Ruf wurde durch das Quietschen seiner Nichte Mona beantwortet, bevor sie kurz danach um die Ecke gerannt kam. Er bückte sich, hob das Kind hoch und drückte es fest an sich. Der Geruch seiner Nichte betörte ihn immer wieder, und einen Moment lang breiteten sich Ruhe und Freude in ihm aus.

Monas kleine Hände legten sich fest um seinen Nacken, als er das Wohnzimmer betrat. Iris saß auf dem alten Sofa und las ein Buch. Sie trug eine weite verwaschene Jeans und ein blaues T-Shirt. Ihre schwarzen Haare hatte sie zu einem Knoten hochgesteckt. Sie sah noch dünner und blasser aus als bei seinem letzten Besuch vor fünf Tagen. Verwundert blickte sie auf. »Tag, Stefan, was treibt dich hierher?«

»Wollte nur mal kurz vorbeischauen.«

Er ging in die Küche und stellte den Wasserkocher an.

»Willst du einen Kaffee?«

»Gerne.«

Seine Schwester war in den Raum getreten und hatte sich an den kleinen Resopaltisch gesetzt. Breschnow nahm ihr gegenüber Platz. Mona wollte auf seinen Schoß.

»Wie geht's mit eurem Fall?«, erkundigte sich Iris.

»Wir kommen voran. Und bei euch? Alles klar?«

»Leider nicht«, seufzte seine kleine Schwester. »Wunderst du dich nicht, dass ich um diese Zeit zu Hause bin?«

Jetzt, da sie ihn fragte, fiel es ihm auf.

Sie berichtete von dem Streit mit der Tagesmutter heute Morgen, bei dem sie wütend sofort den Vertrag mit ihr gekündigt hatte. Nun saß sie ohne Betreuung da und hatte sich in der Firma krankgemeldet.

»Worum ging es denn?«, erkundigte sich Breschnow.

Iris wischte die Frage mit einer Handbewegung vom Tisch.

»Egal. Ich habe mir zwei Adressen von der Nanny-Vermittlung besorgt, und eine der Bewerberinnen wird gleich hier auftauchen. Kannst du noch bleiben?«

Breschnow schaute auf die Uhr. »Eine halbe Stunde habe ich noch.«

Er stand auf und goss das Wasser in den Kaffeefilter. Es klingelte. Iris nahm zwei Tassen aus dem Schrank und stellte sie auf den Küchentisch.

Breschnow wandte sich seiner Nichte zu. »Na Mona, was hast du denn heute Schönes gemacht?«

Das Kind redete munter vor sich hin und kletterte auf den Küchenstuhl neben ihm. Breschnow griff nach der Kaffeekanne und füllte die zwei Tassen. Bevor er trinken konnte, kam Iris herein, grinste ihn an, griff die zwei Tassen vom Tisch und schloss die Tür hinter sich.

Breschnow brummte, nahm sich eine neue Tasse aus dem Schrank, goss Kaffee ein und schob seinen Stuhl näher zu dem seiner Nichte hin. Sie berichtete ihm gerade von der neuen Rutsche in dem kleinen Park um die Ecke und fragte ihn, ob sie jetzt dorthin gehen könnten. Als er verneinte, wurde sie einen Moment lang traurig.

Breschnow strich ihr tröstend über die Haare und nahm das Memory aus der Tischschublade. Sofort besserte sich die Laune des Kindes, und es widmete sich freudig den Karten. Breschnow vergaß die Zeit.

Eine Dreiviertelstunde später kam Iris in die Küche, um Mona zu holen. Eilig verabschiedete er sich und rief noch auf dem Weg zum Fahrstuhl ein Taxi. Der Fahrer kannte sich in der Stadt sehr gut aus und umfuhr die Staus, sodass sie zügig vorankamen und er das Revier noch rechtzeitig zur Dienstbesprechung erreichte.

***

Delego saß bereits an dem großen Tisch und blätterte in ihren Unterlagen und Notizen. Sie war so konzentriert, dass sie nicht hörte, wie Breschnow den Raum betrat. Er beobachtete sie eine Weile und räusperte sich.

»Hallo Breschnow. Ich zerbreche mir gerade den Kopf, was die Anderson uns nicht sagen will.«

Er nickte und setzte sich neben sie. »Ist das ihre Aussage?«, fragte er.

Sie schob ihm die Papiere hin, aber bevor er richtig darin lesen konnte, betraten die anderen nach und nach den Raum und holten sich Kaffee.

Breschnow stellte sich an das Whiteboard.

»Wir haben mittlerweile fünf Männer nach Pohl befragt«, eröffnete er das Treffen. »In der Kaserne zwei, Oberstleutnant Strassberg und einen Verwaltungssoldaten.«

Er schrieb die Namen auf und verband sie per Pfeil mit dem von Pohl. »Strassberg ist der Vorgesetzte. Er deckte Pohls Übergriffe und ließ die Beschwerden der Soldaten unter den Tisch fallen. Ich habe den Eindruck, dass er emotional enger mit Pohl verbunden ist, als er zugeben will. Strassberg hat ein Alibi, war mit Frau und Tochter in Genua. Das müssen wir noch überprüfen, aber ich denke, dass es stimmt. Der andere Mann, ein Verwaltungssoldat, hatte mit Pohl nur in Abrechnungsdingen zu tun. Er nannte ihn überheblich, beschrieb ihn als jemanden, der auf alle Soldaten herabsah, die nicht aktiv kämpften. Auch er hat ein Alibi für die Nacht.«

Breschnow schrieb die Namen Gerd Schmidt und Uwe Gölzow an.

»Die beiden sind nicht im Manöver, sondern zurzeit krankgeschrieben. Gerd Schmidt wohnt in einer heruntergekommenen Wohnung in Schöneberg. Er selbst wirkt genauso. Er behauptet, ein guter Soldat mit Idealen gewesen zu sein. Pohl war während des zweiten Afghanistan-Einsatzes sein Vorgesetzter. Er sei durch Pohls Leichtsinn öfter als nötig in lebensbedrohliche Situationen geraten. Nach drei Monaten brach er den Einsatz ab und ließ sich nach Hause schicken. Er habe Strassberg über die Vorgänge informiert, was aber nur dazu führte, dass Pohl, als er wieder in der Kaserne war, ihn gefoltert habe. Zum Beispiel sei er tagelang gefesselt in einer dunklen Zelle ohne Toilette eingesperrt worden. Er hasste Pohl aus tiefstem Herzen und freute sich über dessen Tod. Für die Mordnacht hat er kein Alibi.«

Ein Raunen ging durch den Raum.

»Wie heruntergekommen ist er?«, erkundigte sich Schmitti.

»Ein Wrack«, antwortete Drass.

Breschnow nahm den Faden wieder auf. »Uwe Gölzow. Er ist wegen einer Fußverletzung krankgeschrieben. Trägt einen Gips am rechten Fuß. War noch nicht in Afghanistan und ist auch nicht scharf darauf, dort eingesetzt zu werden. Pohl war sein Ausbilder. Wegen der Verletzung ist der Einsatz für Gölzow erst einmal gestorben, worüber er nicht traurig ist.«

»Warum hat er sich denn überhaupt freiwillig gemeldet?«, wollte Regina wissen.

»Gruppendruck. Alle in seiner Kompanie haben sich gemeldet.«

»Aber so soll das doch eigentlich nicht sein, oder?«

»Nein. Aber vorstellen kann ich es mir schon«, mischte sich Drass ein. »Wenn du nicht im Strom schwimmst, geht es dir ziemlich schlecht. Druck von allen Seiten, von den Kameraden und den Vorgesetzten. So war's zumindest in meiner Grundausbildung.«

Sie schwiegen einen Moment und ließen die Worte sacken. Breschnow fuhr fort. »Gölzow beschreibt Pohl als angemessen streng. Er behauptet, in der Mordnacht am Wannsee gesessen zu haben. Bestätigen kann das keiner.«

Er gab Drass ein Zeichen, fortzufahren, und schrieb den Namen Karl Jung an das Whiteboard.

»Jung wohnt bei seiner Großmutter auf einem Bauernhof in Blankenfelde. Er ist an den Rollstuhl gefesselt. Er wurde in Afghanistan gemeinsam mit Andreas Braun und Pohl bei einem Hinterhalt schwer verletzt. Auf den Tod von Pohl reagierte er fast wörtlich mit den Worten: ›Da hat jemand der Menschheit einen Gefallen getan.‹ Er hat zwar für die Nacht nur ein halbes Alibi, war bis zwei Uhr in der Dorfkneipe, aber er besitzt ein neues Attest, das bestätigt, dass er nicht laufen kann. Sieht ganz so aus, als ob wir ihn als Mörder ausschließen können. Auch er hasste Pohl und gibt ihm die Schuld an seinem Zustand.«

»Kein Wunder«, murmelte Schmitti.

Regina nickte zustimmend.

»Ich glaube ihm«, sagte Delego.

»Und jetzt sind wir auf der Suche nach den Verwandten von

Andreas Braun«, fuhr Breschnow fort. »Jung behauptet, dass Braun eine Zeit lang mit Pohl befreundet war. Leider hat er im letzten Jahr Selbstmord begangen.«

»Wie?«, fragte Regina.

Sie saß sehr aufrecht in ihrem Stuhl.

»Er hat sich mit Benzin übergossen und angesteckt.«

»Warum?«

»Das wissen wir nicht.«

»War es dein Fall?«

»Nein, Subats. Er hat ihn eindeutig als Suizid eingestuft, und der Fall stand auch in keinem weiteren Zusammenhang … damals jedenfalls. Ich lasse mir nachher die Akte holen, danach sehen wir weiter.«

»Zwei Fälle, die jetzt zusammenhängen könnten«, sagte Regina.

»Irgendwie schon. Deswegen will ich ja auch mit Brauns Verwandten reden.«

Regina nickte und lehnte sich zurück. Breschnow vermutete, dass ihr Kopf auf Hochtouren lief.

Er setzte sich an den Tisch und griff nach seinen Notizen.

»Ich habe hier den Lebenslauf von Sebastian Pohl. Er ist am 14. 2. 1967 in Osnabrück geboren. Die Mutter arbeitet als Zollbeamtin, der Vater ist Berufssoldat. Es gab einen behinderten Bruder, der aber mit zwei Jahren gestorben ist. Pohl ist das zweite Kind und hat seinen Bruder nie kennengelernt. Er machte Abitur, reiste fast zwei Jahre in der Welt herum und verpflichtete sich 1987 als Soldat auf Lebenszeit. Nach der Grundausbildung ging er nach Hannover und blieb dort bis 2007. Schmitti, hast du etwas über seine Dienstzeit dort herausgefunden?«

»Aber ja.« Schmitti blätterte in seinen Unterlagen. »Pohl war nicht besonders beliebt. Anfangs waren es noch relativ harmlose Streiche unter Soldaten. Aber dann wurde er aggressiver, worauf es wiederholt zu Schlägereien mit den Jungs aus seiner Kompanie kam. Als er sich 2002 freiwillig für Afghanistan meldete, atmeten seine Vorgesetzten auf. Aber die Freude war nur vorübergehend. Pohl musste ja immer wieder zurück nach Deutschland, und sein Verhalten wurde zunehmend brutaler. Das zog sich hin bis 2009.

Immer im Wechsel Ausland und Deutschland. In Afghanistan schien es ihm gut zu gehen. Dort erhielt er sogar Auszeichnungen für seine Tapferkeit. In Deutschland hingegen fand er sich immer schwerer zurecht und fing sich eine Verwarnung nach der anderen ein. Dann verletzte er einen jungen Soldaten leicht mit dem Messer, was das Fass zum Überlaufen brachte.«

»Wie heißt der Soldat?«, unterbrach Breschnow.

Schmitti blätterte in den Papieren. »Ah hier. Edgar Malin. Er hat ihn aber nicht angezeigt. Sie waren privat in einer Kneipe unterwegs.«

»Weißt du, wo er heute lebt?«

Schmitti schüttelte den Kopf. »Aber ich finde es heraus.«

Er räusperte sich. »Da es keine Anzeige gab, gab es auch keine disziplinarische Strafe, aber Pohl wurde von seinem damaligen Vorgesetzten, Oberstleutnant Anders, zur Rechenschaft gezogen und zu psychologischer Beratung verdonnert. Als er diese verweigerte, sollte er unehrenhaft aus der Armee entlassen werden. Da tauchte Strassberg auf und beorderte ihn nach Berlin.«

»Der rettende Engel«, sinnierte Breschnow.

»Kann man so sagen«, bestätigte Schmitti.

»Privat lief es auch nicht gut für Pohl«, ergänzte Breschnow. »Er heiratete 2002 und meldete sich nur drei Monate später freiwillig für Afghanistan. 2003 wird sein Sohn und 2004 seine Tochter geboren. Bei beiden Geburten war er im Ausland. 2009 zog die Familie nach Berlin um, wo seine Frau immer noch lebt. Kurz nach dem Umzug beendete sie die Beziehung. Sie trennten sich einvernehmlich. Pohl hatte seitdem kaum noch Kontakt zu ihnen und wohnte entweder im Kriegsgebiet oder in der Kaserne.«

Breschnow schob seine Notizen zusammen und sah in die Runde.

»Noch Fragen?«

»Dieser …«, Regina blätterte in ihren Aufzeichnungen, »… Gölzow, ich bin verwundert, dass er nichts Negatives über Pohl sagt. Wieso?«

Drass antwortete ihr. »Ich würde sagen, gut erzogen. Kind aus reichem Elternhaus, schien mir bisher ziemlich unbeschadet durchs Leben gegangen zu sein. Und obrigkeitshörig. Vorgesetzte befehlen, Untergebene gehorchen. Vielleicht mochte Pohl so etwas, und er hat ihm damit einfach keinen Anlass für irgendwelche Schikanen oder Gewalttätigkeiten gegeben?«

»Meinst du damit auch, dass die anderen aufmüpfig waren?«

»Nee, ich würde sagen, eher erwachsen, erwachsene junge Männer, die sich nicht alles gefallen lassen.«

Regina erhob sich und holte sich einen Kaffee. Ihr Stuhl schrammte leise über den Boden, als sie sich wieder setzte.

Breschnow bat sie, über das Treffen mit der Staatsanwältin zu berichten. Sie sah Delego an. Die Kollegin nickte.

»Wir hatten ein angenehmes Treffen, und die Staatsanwältin hat uns ohne Probleme die Entlassungserlaubnis für die Anderson gegeben.«

Breschnow stöhnte leise. Er konnte sich beim besten Willen nicht vorstellen, wie man ein angenehmes Gespräch mit diesem Drachen haben konnte.

»Ich habe die Anderson abgeholt und nach Hause gefahren, Delego hat derweil die Wohnung etwas auf Vordermann gebracht.«

Schmitti pfiff anerkennend durch die Zähne und sah seine Kollegin an. »Kannst du das bei mir nicht auch mal machen?«

Delego warf ihm einen finsteren Blick zu.

Regina grinste. »Das nächste Mal bist du dran, Schmitti. Ich habe es gespeichert.« Sie tippte sich gegen die Stirn.

»Die Anderson war leider nicht so begeistert von unserer Reinigungsaktion und hat uns nach kurzer Zeit vor die Tür gesetzt. Sie wollte alleine sein. Ich habe ihr noch nicht gesagt, dass wir sie heute Abend besuchen wollen, Stefan, nur angekündigt, dass wir noch mal kommen werden.«

Breschnow nickte. »Vielleicht ist es besser, sie heute in Ruhe zu lassen. Andererseits läuft die Zeit.«

Er wandte sich an Schmitti. »Was hat der Computer ergeben?«

»Zunächst nichts Ungewöhnliches. Die Anderson steht mit vielen Leuten per E-Mail in Kontakt, sie chattet und bestellt ihre Musik bei Amazon. Sie surft ziemlich viel im Internet. Und hat offensichtlich einen regen Kontakt zur Berliner Sadomaso-Szene.«

Er machte eine kleine Pause und sah in die Runde.

»Habt ihr mit der Schwester gesprochen?«

Delego schüttelte den Kopf. »Morgen bestimmt.«

»Sie erhält Einladungen zu Sex-und-Gewalt-Partys, zu anonymen Gruppensex-Veranstaltungen in sogenannten Darkrooms und scheint auch einen festen Partner aus dieser Szene zu haben. Er nennt sich Dino. Die beiden verabreden sich ein- bis zweimal in der Woche. Dino hat ihr vor zwei Tagen geschrieben und ziemlich übel reagiert, weil sie sich nicht gemeldet hat. Er droht ihr mit Schlägen, Zitat: die alles übertreffen, was sie bisher erlebt hat, Zitat-Ende, wenn sie nicht sofort zurückschreibt ...«

»Reizender Mann, aber er gehört nicht zur Sadomaso-Szene«, unterbrach Regina.

»Wieso?«, erkundigte sich Drass.

»Weil Sadomaso nichts mit Gewalt zu tun hat. Da geht es um Macht und Unterwerfung. Um aktiv und passiv sein. Es gibt feste Regeln und Absprachen. Diese Ankündigung von Dino passt nicht dazu.«

»Woher weißt du das?«, wollte Schmitti wissen.

»Das geht dich nichts an. Privat, aber bevor hier Gerüchte kursieren«, sie sah in die Runde, »nein, ich verkehre nicht in dieser Szene. Okay?«

Delego musterte sie interessiert.

»Was hast du noch, Schmitti?«, drängte Breschnow.

»Leider ist die Festplatte relativ neu. Erst vor zwei Monaten eingebaut.«

»Schade, also keine älteren Daten. Wenigstens können wir vermuten, woher die blauen Flecken an der Anderson kommen. Auch wenn Regina recht hat und Dino nicht zu der Szene gehört, scheint doch die Anderson immerhin an ihr interessiert. Wir müssen herausfinden, ob Pohl auch in dieser Szene verkehrte. Vielleicht gibt es darüber eine Verbindung. Und wir sollten Dino finden und feststellen, ob er gerne mit Messern spielt.«

Er erhob sich und begann, auf und ab zu laufen.

»Die Anderson vermutet, dass jemand in ihrer Wohnung war,

ihr die Tatwaffe untergeschoben hat. Und sie behauptet, dass ihr die Jeans und das T-Shirt vor drei Wochen im Schwimmbad gestohlen wurden.«

Er hob den rechten Zeigefinger. »Keine Schuhe.«

»Vielleicht deshalb die neuen«, warf Delego ein. »Wenn man keine Ahnung von Spurensicherung hat, denkt man vielleicht, dass man damit durchkommt.«

Breschnow stützte sich mit beiden Händen auf den Tisch.

»Wenn jemand die Anderson als Mörderin ausgesucht hat, dann ist es doch sehr wahrscheinlich, dass er sie kennt. Oder?«

Alle nickten.

Breschnow begann wieder, im Raum auf und ab zu gehen.

»Wir sollten aber trotzdem nicht außer Acht lassen, dass die Indizien ziemlich eindeutig sind. Die Tatwaffe in ihrer Küche, das Blut auf ihren Klamotten. Ich frage mich, was sie mit Pohl verbindet. Sie behauptet weiterhin, ihn nicht zu kennen …«

»… und meine weibliche Intuition sagt mir, dass sie lügt«, unterbrach Regina. »Sie kennt Pohl, und sie schämt sich dafür. Warum auch immer.«

Breschnow nickte.

Es ärgerte ihn, dass Regina ihm mal wieder ins Wort gefahren war. Das tat sie öfter. Sie war zu impulsiv, um sich zurückzuhalten. Er erinnerte sich an ein Gespräch mit ihr, indem sie ihn vor die Wahl gestellt hatte, dass er sie entweder mit ihrer Impulsivität im Team haben konnte oder gar nicht. Damit war die Sache für sie erledigt gewesen.

»Gut«, nahm er den Faden wieder auf. »Regina und ich reden noch einmal mit der Anderson. Ob heute oder morgen, das überlegen wir noch. Schmitti, du versuchst herauszufinden, wer Dino ist und wo sich Edgar Malin aufhält. Such auch nach weiteren Personen aus der Szene, die mit der Anderson in Kontakt standen. Drass und ich werden uns noch einmal Strassberg vornehmen und herausfinden, warum er so ein Pohl-Engel ist. Delego, du überprüfst die Alibis und hilfst dann Schmitti. Wir treffen uns morgen um achtzehn Uhr wieder.«

Breschnow und Regina verließen eilig den Besprechungsraum und gingen in sein Büro.

»Was denkst du? Heute oder morgen zur Anderson?«, fragte Regina, nachdem sie sich gesetzt hatten.

»Sowohl als auch.«

»Heute ganz kryptisch?«

Breschnow grinste und zündete sich eine Zigarette an. »Du besuchst sie heute alleine, um zu sehen, wie es ihr geht. Versuche, sie ein bisschen aufzumuntern. Mach ihr klar, dass wir nicht die Bösen sind, und sag ihr, dass sie morgen nicht zum Revier kommen muss. Stattdessen kommen wir um zehn zu ihr.«

»Gedankenübertragung«, grinste Regina. »Genauso wollte ich es dir vorschlagen, nur, dass ich morgen erst um elf Uhr zu ihr gefahren wäre.«

Breschnow nickte. »Holst du uns die Akte?«

Regina verschwand sofort.

Er lehnte sich im Stuhl zurück. Subat hatte damals an dem Selbstmord gearbeitet. Ihm fiel ein, dass er vergessen hatte, Delego zu fragen, ob sie im Krankenhaus gewesen war. Er stand auf und ging über den Flur. Ihr Büro war dunkel. Er zog das Handy aus der Hosentasche, wählte ihre Nummer und erfuhr, dass sie gerade auf dem Weg zu Subat war. Er versprach, sie später noch einmal anzurufen.

Regina kam um die Ecke und sah grimmig auf seine Zigarette. »Rauchst du jetzt überall?«

Er ignorierte die Frage. Schweigend gingen sie zurück in sein Büro. Regina legte die Akte auf den Schreibtisch und zog sich einen zweiten Stuhl heran.

»Dann lass mal sehen«, sagte sie erwartungsvoll.

***

Die alte Straßenlaterne hüllte im Kampf gegen die Dunkelheit das Zimmer in ein warmes Licht. Als es klingelte, schreckte Cosma hoch und sah auf die Wanduhr. Es war fast zehn.

Dino!, schoss es ihr in den Kopf, und sie lauschte. Es klingelte erneut. Es konnte nicht Dino sein, er hätte die Tür schon längst mit Fäusten bearbeitet. Sie lehnte sich wieder zurück.

Und wenn ich einfach nicht zu Hause bin?

Sie zog die Decke hoch.

Aber vielleicht ist es Margareta.

Es schrillte wieder.

Aber Margareta hat doch einen Schlüssel, wieso sperrt sie dann nicht auf?

Schließlich erhob sie sich schwerfällig, schlich in den Flur und versuchte, nicht zu atmen.

»Frau Anderson?«, fragte eine Frauenstimme hinter der Tür. »Sind Sie da? Ich möchte mich nur vergewissern, dass es Ihnen gut geht. Frau Anderson?«

Cosma starrte auf die Tür. Sie musste husten.

»Frau Anderson?«

»Gehen Sie weg!«

»Frau Anderson. Sie müssen mich nicht reinlassen, aber öffnen Sie bitte die Tür, damit ich nach Ihnen sehen kann.«

Cosma überraschte die Fürsorge in der Stimme der Polizistin, daher schob sie zögernd den Sicherheitsriegel zur Seite, entsicherte die Kette und schloss die Tür auf.

»Sie sehen, ich bin noch da und habe mir auch nicht die Pulsadern aufgeschnitten!«, versuchte sie trotzig zu blaffen, obwohl ihr eher zum Weinen zumute war.

»Ja, das ist gut«, sagte Regina Monat und betrachtete sie ernst.

Cosma rief sich in Erinnerung, dass die Frau vor ihr keine Freundin war, sondern eine Polizistin, die sie für eine Mörderin hielt.

»Sie wollen mich nicht reinbitten?«, versuchte es die Kommissarin mit sanfter Stimme.

Cosma schüttelte heftig den Kopf.

»Haben Sie jemanden, der sich um Sie kümmert?«

»Meine Schwester.«

»Haben Sie sie angerufen, seit sie aus der Haftklinik zurück sind?«

Cosma verneinte und wunderte sich, warum sie das noch nicht getan hatte. Es wäre schön, wenn Margareta jetzt da wäre.

»Ich mache Ihnen einen Vorschlag. Wir rufen zusammen Ihre Schwester an, und wenn sie mir versichert, dass sie heute noch kommt, dann ziehe ich sofort wieder ab und mache mir einen ruhigen Abend vor der Glotze.«

Die Kommissarin nahm ihr Handy aus der Jackentasche und sah Cosma erwartungsvoll an. »Geben Sie mir die Nummer?«

Cosma zögerte. Regina trat einen Schritt auf sie zu und fasste sie sanft am Arm. »Frau Anderson, es geht Ihnen nicht gut, und ich mache mir Sorgen. Auch wenn das im Moment nicht in Ihr Bild von der Polizei passt, sind wir doch auch Menschen. Ich möchte, dass sich jemand um Sie kümmert.«

Cosma fegte die Hand weg und musterte die Frau. Nach einer Weile gab sie ihr die Nummer. Sie erreichten Margareta sofort, und ihre Schwester versprach, in einer Stunde da zu sein.

Die Polizistin verabschiedete sich und sagte im Gehen: »Ich werde morgen früh um zehn in Begleitung von Herrn Breschnow wieder hier sein. Dann müssen Sie nicht extra zum Revier kommen, sozusagen ein kleiner Service der Polizei.«

Dann war sie im Treppenhaus verschwunden.

Cosma sah ihr wütend hinterher, schloss die Tür und verriegelte die Schlösser. Dieser Verknitterte wird wieder meine Wohnung betreten, dachte sie. Die Polizisten werden immer und immer wieder kommen, so lange, bis sie überzeugt sind, dass ich die Richtige bin. Und dann …

Sie verscheuchte den Gedanken, ging in die Küche, ließ sich am Tisch nieder und trank ihren Kaffee von vorhin. Er schmeckte ihr nicht. Die Tassen der anderen standen noch genauso da.

Vielleicht hätte ich die Polizistinnen doch helfen lassen sollen? Wenn ich hierbleiben will, dann muss ich mich aufraffen und aufräumen. Aber zuerst muss ich duschen.

Eine Stunde später klingelte es erneut. Sie hörte einen Schlüssel im Schloss und kurz danach die vertraute Stimme ihrer Schwester.

Cosma saß noch immer auf dem Küchenstuhl.

***

Breschnow stieg am Rathaus Neukölln aus und betrat das Einkaufscenter. Aus den Lautsprechern drang leise Musik und

Werbung für die neusten ultimativen Produkte. Ein paar Jugendliche standen in der Ecke und spielten sich die aktuellen Hits auf ihren Handys vor. Obwohl viele Menschen unterwegs waren, herrschte eine überraschende Stille. Der Fußboden schien den Lärm zu schlucken. Breschnow überholte eine alte Frau mit Einkaufstrolley und bog nach rechts zur Post. Vor den Automaten hatten sich lange Schlangen gebildet. Unschlüssig blieb er stehen und entschied sich, später noch einmal vorbeizukommen. Er stellte sich auf die Rolltreppe und fuhr hoch zu Media Markt. Der Security-Mann am Eingang musterte ihn interessiert. Breschnow ging rasch an ihm vorbei und spürte seinen Blick im Rücken.

Ohne langes Suchen fand er die Waschmaschinen im Erdgeschoss. Sie standen in Reih und Glied über eine Hälfte des riesigen Marktes verteilt. Er seufzte und fühlte sich von der Fülle sofort überfordert. Wieso konnte es nicht nur eine Waschmaschinensorte geben? Sie hatten doch alle denselben Zweck.

Jeder Einkauf wird zur großen Entscheidungsfrage, dachte er grimmig und sah sich hilfesuchend nach einem Verkäufer um. Als er keinen fand, flanierte er durch die Reihen und hoffte auf eine Eingebung.

»Was mache ich hier eigentlich?«, fluchte er laut.

Ein junges Paar in seiner Nähe sah ihn gelangweilt an.

»Na, ist doch wahr!«, rief er ihnen zu. »Können Sie sich bei dieser Vielfalt entscheiden?«

Das Paar drehte sich wortlos um und wechselte von den Waschmaschinen zu den Kaffeeautomaten.

Breschnow warf noch einen letzten Blick auf die weißen Reihen, bevor er unzufrieden das Kaufhaus verließ. Einen Moment lang spielte er mit dem Gedanken, sich im Buchladen noch etwas umzusehen, entschied sich aber dagegen. Das ganze Center nervte ihn. Die Leute, die ziellos hin und her liefen, die Einkaufsmusik aus der Anlage und die falsche Stimme der fröhlichen Ansagen aus den Lautsprechern, die beim Kauf einer Ware das große Glück versprachen. Hastig flüchtete er aus dem Gebäude.

Vor der Tür blieb sein Blick an einem Dönerstand hängen. Er

überquerte die Straße, stellte sich an das Fenster für den Verkauf und bestellte sich einen Döner mit Knoblauchsoße.

Er ließ sich auf einen bunten Plastikstuhl vor dem Imbiss fallen und sah beim Essen dem bunten Neuköllner Straßentreiben zu. Frauen mit Kopftüchern im Pulk schoben ihre Kinderwagen vor sich her. Wild gestikulierend schrien sie gegen den lauten Verkehr auf der Flughafenstraße an. Ein älterer Mann musste vor ihnen in einen Hauseingang ausweichen. Er schimpfte laut. Die Frauen zogen unbeeindruckt weiter.

Auf der anderen Straßenseite lungerten drei Jugendliche breitbeinig herum. Sie rauchten etwas Selbstgedrehtes und hielten sich die Handys an die Ohren. Ein Auto stoppte auf ihrer Höhe und versperrte die Straße. Einer der Jugendlichen trat an das Beifahrerfenster. Ihr Gespräch wurde von dem wütenden Hupen der Autofahrer begleitet, die nicht vorbeikamen. Nach einer Weile fuhr der Wagen weg. Der Jugendliche stellte sich wieder zu den anderen und zeigte ihnen stolz ein kleines Päckchen.

Ich dachte, die dealen nur in der Hasenheide, brummte Breschnow.

Er stand auf und versuchte, die Straße zu überqueren. Im selben Moment machten sich die Jugendlichen aus dem Staub.

Breschnow nahm sich vor, den Kollegen vom Rauschgift Bescheid zu geben.

Er schob sich den letzten Bissen Döner in den Mund und machte sich auf den Weg zur nahe gelegenen Boddinstraße. Vor langer Zeit hatte sich eine ehemalige Freundin dort eine Waschmaschine gekauft. Wenn er Glück hätte, würde es den Laden noch geben.

Ein verwahrloster Mann kreuzte seinen Weg, die Kippe im Mund, die Flasche in der Hand, den Hund an der Leine. Breschnow hielt unbewusst den Atem an, um die Ausdünstungen nicht riechen zu müssen. Der Schäferhund kackte genüsslich auf den Bürgersteig. Zwei Männer in schicken Maßanzügen wichen aus und wechselten die Straßenseite. Sie wirkten irgendwie fehl am Platz. Durch ihren dynamischen Gang inspiriert, beschloss Breschnow, nachher noch etwas spazieren zu gehen. Er lief gerne durch die Straßen. Es half ihm, sich zu entspannen.

Er ging weiter die Boddinstraße hinauf und fand den kleinen türkischen Laden. Eine Türglocke erklang, als er eintrat. Gebrauchte Waschmaschinen und Geschirrspüler versperrten den Weg.

»Sie müssen bitte die Unordnung entschuldigen«, rief ihm ein Mann mittleren Alters mit schwarzen Bartstoppeln zu. »Wir haben gerade neue Ware bekommen. Kommen Sie.« Er winkte ihn mit beiden Händen zu sich.

Breschnow quetschte sich zwischen den Geräten durch.

Der Verkäufer lächelte ihn freundlich an und zeigte dabei tadellose weiße Zähne. »Wie kann ich Ihnen helfen?«

Breschnow trug sein Anliegen vor. Der Mann führte ihn in einen zweiten Raum. Dort standen fünf Maschinen. Breschnow entschied sich sofort für ein kleines silberfarbenes Modell. Es sah handlich aus. Der Verkäufer gratulierte ihm zu seiner Entscheidung und zeigte wieder sein makelloses Gebiss. Breschnow bezahlte und organisierte die Lieferung. Er hatte Glück, gleich würde eine Fuhre rausgehen, und seine Maschine könnte noch heute ihr Ziel erreichen.

Er trat wieder auf die Straße und beschloss, weiter in Richtung Hasenheide zu laufen.

Er dachte an die Soldaten. Wie kann sich jemand wie Pohl nur so lange ungestraft austoben? Und wieso holt Strassberg ihn nach Berlin? Was hatte er davon?

Er rempelte einen Mann an und entschuldigte sich. Er hatte ihn nicht gesehen. Seine Begleiterin schimpfte laut.

An der Hermannstraße blieb er stehen, passte eine Lücke ab und überquerte sie. Auf der anderen Seite entdeckte er einen Kiosk und ging hinein, um sich Zigaretten zu kaufen. Technomusik drang aus den Lautsprechern. Eine gelangweilte Jugendliche mit dickem Bauch rauchte und musterte ihn missmutig.

»Musst du nicht in der Schule sein?«, fragte er.

Sie verdrehte die Augen. »Was willst du?«

Er kaufte zwei Schachteln Zigaretten und ein neues Feuerzeug und legte einen Fünfzig-Euro-Schein auf den Tresen.

»Nicht kleiner?«

Breschnow schüttelte den Kopf.

Die Jugendliche brummelte etwas vor sich hin, was er nicht verstand, und gab ihm das Wechselgeld zurück. Sie hatte sich verrechnet.

»Es fehlen noch zehn Euro«, beschwerte sich Breschnow.

»Eh, willst du mich verscheißern?«

»Ich will mein Wechselgeld.«

Der Vorhang im hinteren Teil des Kiosks öffnete sich, dann enterte eine stark übergewichtige Frau in schwarzen Leggins und rosa T-Shirt den Raum. Sie lächelte ihn freundlich an und trat zu der Jugendlichen. Das Mädchen pflaumte sie an und verließ wütend den Laden. Die Frau bat um Entschuldigung und händigte ihm das fehlende Wechselgeld aus.

Breschnow war froh, als er wieder auf der Straße stand, und steckte sich eine Zigarette an, bevor er seinen Weg in die Hasenheide fortsetzte. Als er gerade den Columbiadamm überquerte, fiel ihm ein, dass er immer noch nicht wusste, wie es Subat ging.

Nach einer Weile erreichte er den Park. Langsam leerte sich sein Kopf. Ein Vers kam ihm in den Sinn. Er fand eine Bank und ließ sich nieder.

Mit aller Kraft will etwas raus,
Grünes erbricht sich …
Ein Schwall und noch ein Schwall,
peinlich wie …

Er zog sein kleines Notizbuch aus der Tasche und schrieb sich die Worte auf.

»Peinlich wie … peinlich wie …«, murmelte er leise vor sich hin, erhob sich wieder und ging weiter. Immer wieder blieb er stehen und machte sich Notizen. Nach einer halben Stunde hatte er die erste Strophe des Gedichtes beendet und schaute sich um, wo er eigentlich war. Er beschloss, auch den Rest des Weges zu Fuß zu gehen.

Als er sein Haus erreichte, lag im Briefkasten eine Benachrichtigung über die Waschmaschinenlieferung.

Die hatte er völlig vergessen, obwohl der freundliche Verkäufer ihm nach dem Kauf noch hinterhergerufen hatte, dass der Fahrer voraussichtlich in einer halben Stunde bei ihm sein werde, weil seine Adresse am Anfang der Tour stand. Zum Glück hatten die Lieferer eine Telefonnummer hinterlassen. Er zog sein Handy aus der Hosentasche und wählte. Nach zähen Verhandlungen konnte er die Männer davon überzeugen, am Ende der Tour noch einmal vorbeizukommen. Das würde ihn jedoch vierzig Euro extra kosten.

Er ging hoch zu seiner Wohnung und schloss auf. Als er den Flur betrat, sah er den Anrufbeantworter blinken und drückte auf den Wiedergabeknopf.

»Hallo Stefan, hier ist dein Schwesterchen. Jetzt wieder in bester Laune. Ich habe eine neue Kinderfrau gefunden. Schön, dass du heute da warst. Lass dich bald wieder blicken. Hallo, hallo?«, hörte er eine Kinderstimme, ein Kichern folgte. Dann wurde der Hörer aufgelegt. Breschnow ging in die Küche und nahm sich ein Bier aus dem Kühlschrank. Er suchte nach dem Flaschenöffner und fand ihn auf dem Wohnzimmertisch. Dort ließ er sich in seinen Sessel fallen und schaltete automatisch den Fernseher an. In seinem Kopf mischten sich das neue Gedicht und der Fall. Er starrte auf die tonlosen Bilder und stellte den Apparat ab.

***

»Nimm dir einen Keks.«

Cosma hielt ihrer Schwester den Teller hin. Nachdem sie die Wohnung aufgeräumt und geputzt und sich Kaffee gekocht hatten, ließ sich Margareta ihr gegenüber an den Küchentisch nieder. Genüsslich knabberte Cosma an ihrem Keks und sah sich um. Die Küche sah wieder gemütlich aus, fast wie nach einem Frühlingsputz.

Cosma berichtete ihrer Schwester von dem schlechten Essen im Haftkrankenhaus und ihrer Angst vor der dicken Krankenschwester.

Margareta seufzte. »Ich bin wirklich froh, dass du wieder zu Hause bist, aber wir sollten trotzdem die Rechtsanwältin einschalten. Wenn es … wie nennst du ihn immer?«

»Der Verknitterte.«

»Genau, wenn es dem Verknitterten in den Kram passt, dann sperrt er dich morgen wieder ein.«

Cosma sprang auf und schüttelte energisch den Kopf. »Ich habe einfach keine Lust mehr auf diese Scheiße. Ich will mich nicht mehr damit beschäftigen. Ich brauche jetzt keine Anwältin mehr. Verstehst du?«

Die Wut in der Stimme ihrer Schwester ließ Margareta besorgt verstummen, und sie wusste, dass sie heute nichts mehr erreichen würde. Wenn Cosma sich etwas in den Kopf gesetzt hatte, ließ sie nur selten wieder davon ab.

»Wie geht es mit deinen Panikattacken?«, erkundigte sie sich stattdessen.

Cosma streckte den Rücken und setzte sich wieder. »Besser. Aber so schlimm wie im Krankenhaus war es noch nie.«

»Da war es ja nun auch nicht gerade angenehm«, sagte Margareta ironisch.

Cosma hob die Augenbrauen und seufzte. »Wohl wahr. Aber was ist, wenn ich jetzt auf jeden Stress so heftig reagiere. Dann kann ich mir doch gleich die Kugel geben. Ich sehe mich schon beim nächsten Redaktionstermin, wie ich mit einer Sauerstoffflasche im Schlepptau den Raum betrete und sage: ›Lasst euch nicht irritieren. Bei Stress brauche ich Sauerstoff, ich leide nämlich unter heftigen Panikattacken. Aber keine Angst, ich bin eine gute Journalistin und voll einsatzfähig.‹«

Sie sah in Margaretas ernstes Gesicht. »Vielleicht probierst du es doch einmal mit einer Therapie?«, schlug ihre Schwester vor.

Cosma verdrehte die Augen. »Wenn ich an den Psycho im Krankenhaus denke …«

»Es sind nicht alle so. Und das weißt du.«

»Wahrscheinlich hast du recht. Ich muss endlich raus aus dieser Gewaltspirale.«

Seit der Vergewaltigung war sie permanent in eine für sie falsche Richtung gegangen und hatte nicht verstanden, warum. Einer der zahlreichen Bekannten, von denen sie nicht mehr sagen konnte, wo sie ihn aufgegabelt hatte, hatte sie zu einer

Sadomaso-Party mitgenommen. Viele Männer, viel Sex, viele Demütigungen, aber auch Freundlichkeit und Verlässlichkeit. Anfangs hatte sie ihre neue Vorliebe mit Lebendigkeit und Neugier gerechtfertigt und damit, dass sie sich endlich mal ausprobieren wollte, und sie hatte Margareta Einfallslosigkeit und Spießigkeit vorgeworfen. Später hatte sie einfach nicht mehr darüber nachgedacht, was sie tat, und ihre Schwester wegen der permanenten Ermahnungen fast gehasst.

Und dann kam Dino. Die Krönung! Zuerst war sie froh gewesen, dass ihr neuer Freund nicht aus der Sadomaso-Szene stammte. Aber als sie immer öfter mit blauen Flecken oder einem geschwollenen Gesicht zu Hause saß, hätte sie Dino am liebsten verlassen. Aber er hatte ihr gedroht, immer und immer wieder, und sie hatte ihm geglaubt und war aus Angst bei ihm geblieben. Nächtelang hatte ihre Schwester sie angefleht, endlich mit ihm Schluss zu machen, und sie hatte ihr ins Gesicht geschleudert, sich um ihren eigenen Mist zu kümmern. Dabei hätte sie ihre Hilfe so dringend nötig gehabt, aber die Scham verbot ihr, zu sagen, wie es ihr wirklich ging. Und Dino war geblieben. Ein brutales kleines dummes Arschloch.

Margareta und sie hatten sich so lange gezankt, bis beiden bewusst wurde, dass ihre Beziehung viel zu kostbar war, um sie aufs Spiel zu setzen.

Cosma spürte, dass ihre Schwester sie musterte.

»Keine Gewalt mehr? Gute Idee! Fang doch gleich mit Dino an«, schlug Margareta vor.

Cosma wurde bleich. »Oh Scheiße. Er hat sich bestimmt gemeldet, und wenn ich nicht reagiere, wird er richtig ungemütlich!«

Sie sprang auf und hastete an ihren PC.

»So viel zu den guten Vorsätzen«, seufzte Margareta und folgte ihr.

Cosma fuhr den Rechner hoch und setzte sich an den Schreibtisch. Margareta sah ihr über die Schulter, als sie die E-Mails aufrief. Natürlich hatte Dino ihr geschrieben, auch noch ein zweites Mal. Cosmas Finger flogen über die Tasten und versuchten, Dino zu besänftigen. Dann hielt sie plötzlich inne, ließ die Hände sinken und sah zu ihrer Schwester auf. »Ich weiß nicht, was ich schreiben soll.«

»Willst du ihn wirklich loswerden?«

Cosma nickte. »Aber er wird nicht gehen. Margareta, ich habe Angst!«

Nun hatte sie es gesagt. Ihre Schwester legte die Arme um ihre Schultern und wiegte sie leicht hin und her. Dann ging sie vor ihr in die Hocke, und Cosma redete sich alles von der Seele. Die Scham war verschwunden.

»Schreib ihm, dass du ihn nicht mehr sehen kannst. Schreib ihm, die Polizei hält dich unter Mordverdacht in Hausarrest und fährt Streife vor deiner Wohnung. Das treibt ihn bestimmt in die Flucht.«

Cosma ließ sich diktieren, schrieb und genoss es, dass sie endlich die angebotene Hilfe annehmen konnte.

Sie beendete die E-Mail, schickte sie ab und fuhr den Computer herunter.

»Ich will heute keine Antwort mehr lesen.«

Margareta nickte, nahm Cosma noch einmal in den Arm, lobte sie für ihre Entscheidung und versicherte ihr dreimal, sie heute Nacht nicht alleine zu lassen.

Die beiden Frauen gingen zurück in die Küche, wo Cosma ihrer Schwester von den grässlichen Träumen berichtete.

»Es war Basti, der im Tunnel gelegen hat. Als ich das Foto sah, war ich ganz sicher.«

»Was sagt die Polizei dazu, dass du ihn kennst?«

»Ich habe es ihnen nicht gesagt.«

»Du hast es ihnen verschwiegen?«, fragte Margareta entsetzt. »Wie lange willst du diese Lüge durchhalten?«

»Vielleicht fragen sie nicht mehr«, antwortete Cosma trotzig.

»Das glaubst du doch selber nicht. Die haben bestimmt gemerkt, dass du ihnen nicht alles erzählt hast.«

»Jetzt fängst du schon wieder an, alles zu kritisieren. Du liest einfach zu viele Krimis.«

Cosma sprang auf und ging zum Herd. »Willst du noch einen Kaffee?«, versuchte sie sich von ihrer Wut abzulenken.

»Nein, lieber nicht. Dann kann ich nicht schlafen. Hast du vielleicht ein Glas Wein?«

»Haben wir nicht eben im Schlafzimmer eine Flasche gefunden? Ich gehe sie holen.«

Nach einer Weile kam sie freudestrahlend zurück. »He, das ist noch der gute! Erinnerst du dich? Die Flasche hat mir Nick zum Geburtstag geschenkt. Was wohl aus ihm geworden ist?«

»Wer weiß, lass uns jetzt nicht an Nick denken, auch nicht an Basti und erst recht nicht an Dino. Lass uns feiern, dass du wieder zu Hause bist und der Verknitterte eingesehen hat, dass es ein Fehler war, dich einzusperren.«

Cosma ging ins Wohnzimmer, holte die mundgeblasenen, wunderschön verzierten Weingläser aus der Vitrine und schenkte ein. Die helle Farbe des Weines und sein Geruch betörten sie. Sie nahm die Beatles-CD aus dem Player und ersetzte sie durch Maria Callas. Die kräftige Stimme der Opernsängerin in den Ohren, stießen die beiden Frauen miteinander an, bevor sie den Rest der Nacht mit den schönen Erinnerungen ihres gemeinsamen Lebens verbrachten. Die Probleme würden morgen auch noch da sein.

***

Breschnow saß auf einem Küchenstuhl und bewunderte die neue Waschmaschine. Der Fahrer und der Monteur hatten noch lange mit ihm zusammengesessen. Es war ihre letzte Lieferung gewesen, daher war es nicht schwer gewesen, sie zu einem Feierabendbier zu überreden. Aus einem wurden zwei, und so verging der Abend. Kurz nach Mitternacht waren sie aufgebrochen.

Breschnow hätte sie eigentlich nicht mehr fahren lassen dürfen, aber sie waren erwachsen, und er hatte beschlossen, nicht mehr im Dienst zu sein. Er gähnte, schlurfte ins Bad, putzte sich die Zähne, zog sich aus und legte sich ins Bett. Die Straßenlaterne warf den Fensterschatten an seine Zimmerdecke. Mattes Licht erhellte den Raum, ein Auto fuhr vorbei. Er schlief sofort ein.

***

Unruhig ging er im Zimmer auf und ab. Er konnte mal wieder nicht schlafen. Er vermisste ihn, er vermisste seine Familie. Die Schuld müsste endlich beglichen werden.

***

Delego zuckte zusammen und riss die Augen auf. Irritiert sah sie sich um. Das monotone Rauschen der Atmungsanlage füllte den Raum und ihre Ohren und wollte sie wieder einschläfern. Mühsam holte sie sich in die Wirklichkeit des Krankenzimmers zurück und sah ihren Kollegen an. Sein Gesicht war blass und eingefallen.

»Subat, wieso hast du uns nichts gesagt?«, flüsterte sie. »Verdammt seid ihr Männer mit euren Heimlichkeiten und eurem verqueren Stolz.«

Sie sah auf ihre Uhr. Kurz nach drei. Offensichtlich hatte niemand bemerkt, dass sie hier eingeschlafen war. Müde erhob sie sich vom Stuhl und streckte sich.

»Du musst wieder gesund werden. Hörst du?«

Subat reagierte nicht. Nur das Atemgerät rauschte. Delego bekam eine Gänsehaut und verließ zügig das Krankenhaus.

DONNERSTAG

»Willst du Urlaub machen oder eine Beförderung, weil du mich heute so gut behandelst?«, fragte Breschnow augenzwinkernd, während er in den nagelneuen, geräumigen Dienstwagen einstieg. Er fühlte sich wunderbar ausgeschlafen.

Drass grinste.

»Dein Lächeln ist mir Belohnung genug!«, flötete er.

Sie erreichten die Kaserne mit einer viertelstündigen Verspätung. Die Wache war über ihren Besuch informiert worden. Der Wachhabende telefonierte, kurz danach erschien ein anderer Soldat, um sie abzuholen. Er begleitete sie zum Büro seines Vorgesetzten.

Oberstleutnant Strassberg hob nur kurz den Kopf, als sie eintraten, und bat sie mit einer knappen Handbewegung, sich zu setzen. Heute trug er seine Uniform und wirkte darin älter und förmlicher.

Auch eine Möglichkeit, sich Respekt zu verschaffen, dachte Breschnow. Vielleicht sollten wir bei der Kripo wieder Uniformen einführen.

Sie nahmen in den zwei Besucherstühlen Platz. Strassberg blätterte weiter in seinen Unterlagen. Nach einer Weile hob er den Kopf.

»Was gibt es denn noch, meine Herren?«

Breschnow musterte sein Gegenüber und entschied sich für einen direkten Kurs.

»Wir haben recherchiert und herausgefunden, dass Pohl nicht gerade beliebt war. Er stand kurz davor, unehrenhaft aus dem Dienst entlassen zu werden. Und genau in diesem Moment kommen Sie und retten seinen Hals? Wieso?«

Strassberg zögerte. Breschnow vermutete, dass er seine Antwort sorgfältig abwog.

»Ich brauchte einen guten Ausbilder hier in Berlin. Und Oberstabsfeldwebel Pohl hatte viel Erfahrung. Außerdem war er bei den Auslandseinsätzen mehrfach ausgezeichnet worden.

Ich hoffte, dass die neue Umgebung auch sein Gemüt etwas abkühlen würde. Manche Soldaten und Vorgesetzte passen nicht zusammen. Und ich hatte die Hoffnung, dass das bei Oberstabsfeldwebel Pohl in der anderen Kaserne auch der Fall war.«

»War es aber nicht, oder?«, fragte Drass.

Strassberg schüttelte den Kopf. »Bedauerlicherweise nicht. Aber es lief hier etwas besser als in Hannover. Oberstabsfeldwebel Pohls Verstöße waren nicht so massiv und häufig wie dort.«

»Die Aussagen der Soldaten sagen aber etwas anderes. Sie behaupten, von Pohl tagelang eingesperrt worden zu sein.«

»Ich denke, sie übertreiben«, antwortete Strassberg wie aus der Pistole geschossen. Er war aufgestanden und lief in dem kleinen Raum auf und ab.

»Sehen Sie, meine Herren, die Konkurrenz unter Soldaten ist groß. Sie leben hier willkürlich zusammengewürfelt auf engstem Raum zusammen. Manchmal sind sie neidisch und eifersüchtig, manchmal sehr solidarisch. Oberstabsfeldwebel Pohls Ruf eilte ihm bereits voraus. Er hatte einen schlechten Start. Er war noch gar nicht richtig angekommen, da beschwerten sich einige Soldaten bereits über ihn. Deswegen habe ich es nicht so ernst genommen.«

Er setzte sich wieder und beugte sich zu Breschnow vor.

»Ich muss hier eine Kaserne führen, Hauptkommissar Breschnow. Wenn ich jedem und allem Gehör verschaffen würde, könnte ich das nicht tun. Die Männer sind heute anders als früher. Viele von ihnen kommen hier an und hinterfragen jeden Befehl. Es dauert eine Weile, bis sie den Gehorsam gelernt haben.«

»Und das rechtfertigt alle Mittel?«

»Manchmal.« Strassberg lehnte sich zurück.

»Hatten Sie auch privaten Kontakt zu Pohl?«

»Bedauerlicherweise nein. Er war ein interessanter Mann, aber es ist nicht üblich, dass Vorgesetzte und Untergebene miteinander in Kontakt stehen.«

»Kennen Sie Andreas Braun?«, erkundigte sich Breschnow.

Ein kaum wahrnehmbares Zucken huschte über das Gesicht des Oberstleutnants.

»Im Moment sagt mir der Name nichts. War er auch hier stationiert?«

»Ja, seit 2003, und er war 2007 mit Pohl in Afghanistan.«

»Tut mir leid, meine Herren. Ich kann mir nicht jeden Soldaten merken. Da müsste ich in den Akten nachschauen.«

Breschnow musterte ihn.

»Damals gab es einen Angriff auf die Männer.«

»Ach, diesen Zwischenfall in Afghanistan. Sie müssen entschuldigen. Das ist mir nicht gleich eingefallen.«

»Zwischenfall?« Breschnow sprang auf. »Vier Männer wurden getötet und drei schwer verletzt nach Deutschland zurückgeflogen, und Sie reden von einem *Zwischenfall*?«

Strassberg hatte sich ebenfalls erhoben. »Das geschah, bevor ich Oberstabsfeldwebel Pohl in die Kaserne holte.«

»Mag sein, aber es geschah mit Ihren Männern. Karl Jung und Andreas Braun.«

Strassberg musterte ihn finster. Breschnow reichte ihm seine Karte.

»Wenn Ihnen noch etwas einfällt, dann rufen Sie mich an.«

Sie verabschiedeten sich kühl.

Der Soldat hatte vor der Bürotür gewartet und brachte sie zurück zum Tor.

Breschnow ließ sich auf den Beifahrersitz fallen und knallte wütend die Tür zu.

»Wir fahren jetzt sofort zu Frau Pohl. Ich will wissen, ob sie Strassberg kennt. Ich glaube ihm nicht, dass er keinen privaten Kontakt zu Pohl hatte.«

Drass nickte und startete den Wagen.

»Aber wieso gibt er das nicht zu?«, grübelte Breschnow laut.

***

Cosma erwachte vom Klingeln des Telefons. Müde kuschelte sie sich in ihre Decke und versuchte noch einmal einzuschlafen. Es klingelte weiter. Beim vierten Mal hielt sie es nicht mehr aus und stand auf.

Ob Dino sie anrief? Nein, die Blöße würde er sich nicht geben, versuchte sie, sich von ihrer Angst abzulenken.

Das Telefon klingelte weiter.

Es fiel ihr schwer, Dinos Reaktion auf ihre E-Mail einzuschätzen, und sie fragte sich, ob er seine Drohungen wahr machen würde. Denn dann musste sie für eine Zeit lang zu ihrer Schwester fliehen. Das hatten sie gestern verabredet, und es gab ihr die Kraft, die Sache durchzustehen und entschlossener denn je zu sein, ihm den Laufpass zu geben. Bei dieser Trennung würde sie wenigstens nicht lange überlegen müssen, was sie mit den Sachen ihres Verflossenen machen sollte. Dino hatte es immer vermieden, auch nur eine Zahnbürste bei ihr zu lassen. Zu nah und zu verbindlich.

Erneutes Klingeln.

Und sie war tatsächlich darauf abgefahren. Freiheit und Nähe. Wenn diese ganze Polizeischeiße dafür gut war, dass sie nun endlich den Absprung schaffen würde, dann wäre es die Sache sogar wert.

Beim nächsten Klingeln nahm sie den Hörer ab. Eine Männerstimme am anderen Ende fragte, ob sie Frau Anderson sei, was sie bejahte. Dann wollte die Stimme wissen, was sie zu dem Verdacht der Polizei zu sagen habe. Sie schmiss den Hörer hin und fluchte laut.

Im nächsten Moment schrillte erneut lautes Klingeln durch die Wohnung. Sie starrte das Telefon wütend an und riss den Stecker aus der Buchse. Vorsichtig ging sie zum Fenster, zog den Vorhang ein wenig zur Seite und schaute auf die Straße. Dort draußen war alles ruhig.

»Was ist los?«, fragte Margareta. »War das Dino?«

»Nein, zum Glück nicht. Das waren die Kollegen.«

»Oh nein«, seufzte Margareta. »An die Presse habe ich ja gar nicht mehr gedacht.«

Sie ging in die Küche, um Kaffeewasser aufzusetzen. Cosma folgte ihr.

»Ich weiß, ich lese zu viele Krimis, aber was machst du, wenn sie dich tatsächlich belagern?«, erkundigte sich Margareta.

»Das werden sie nicht tun. Dafür ist der Fall nicht groß genug.

Aber ich werde mit ihnen reden müssen. Und es ärgert mich, dass die Polizei mir einen Maulkorb verpasst hat. Sonst könnte ich nämlich selber darüber schreiben.«

»Kannst du das nicht unter einem anderen Namen?«

»Im Prinzip schon, aber es ist ein Leichtes, die Namen zurück zum Verfasser zu verfolgen.«

»Hast du keine Kontakte mehr? Vielleicht könntest du mit einem anderen Journalisten einen Deal machen?«

»Super Idee«, strahlte Cosma und umarmte ihre Schwester. »Besser, ich erzähle die Geschichte selbst, bevor sie anfangen, im Dreck zu wühlen.«

Sie sah auf die Küchenuhr. Auf der Emaille waren noch die geschwärzten Fingerabdrücke zu sehen. Sie hatte vergessen, sie zu reinigen.

»Gleich neun Uhr. Musst du nicht los?«

Margareta seufzte und erhob sich schwerfällig. Sie küsste ihre Schwester zum Abschied auf die Wange und versprach, abends anzurufen.

»Falls das Telefon funktioniert«, brummte Cosma.

»Wenn nicht, dann komme ich einfach vorbei. Okay?«

»Bleibst du dann wieder?«

Margareta versprach es mit einem Nicken.

Cosma ließ sich auf den Küchenstuhl sinken und dachte nach. Sie hatte es sich mit so vielen Kollegen verdorben. Wen konnte sie jetzt noch anrufen?

Sie drehte die Musik lauter und schloss die Küchentür.

Robert! Natürlich, wieso hatte sie nicht gleich an ihn gedacht. Robert vom Tagesspiegel.

Sie hatten während ihres Studiums gemeinsam in einer WG gewohnt. Robert war der erste Schwule gewesen, den sie kennengelernt hatte. Er trug immer wunderbare Kleider, auch die von ihr.

Aber eines Tages hatte er beschlossen, die schönen Kleider gegen Anzüge zu tauschen und sich einen Job zu suchen. So war er beim Tagesspiegel gelandet und wenig später mit seinem Lebensgefährten in eine Wohnung an den Winterfeldplatz gezogen. Sie waren zwar weiter in Kontakt geblieben, hatten sich aber immer seltener gesehen.

Cosma eilte ins Wohnzimmer. Sie stöpselte das Telefon wieder ein und wählte die Nummer von Robert. Er freute sich, von ihr zu hören, und sie verabredeten sich für ein kleines Mittagessen im Café am Ufer.

***

Drass fuhr viel zu schnell.

Eigentlich braucht er gar keinen Sportwagen, um mich in den Wahnsinn zu treiben, dachte Breschnow. Ihm wurde wieder leicht übel.

»Du brauchst nicht so zu rasen!«, blaffte er seinen Kollegen an.

Der bremste hart, schaltete runter und fuhr den Rest der Strecke mit genau fünfzig Kilometern pro Stunde. Mehrmals sah Breschnow im Rückspiegel, wie andere Fahrer sehr nah auffuhren und hofften, so ihren Vordermann auf Trab zu bringen. Gelang ihnen das nicht, überholten sie wütend und hupten.

Drass grinste. »Na? Besser?«

Breschnow brummte.

Endlich erreichten sie ohne Auffahrunfall ihr Ziel. Drass suchte erst gar keinen Parkplatz, sondern stellte den Wagen in zweiter Reihe ab. Auf ihr Klingeln hin antwortete niemand. Auch nach mehreren Versuchen blieb der Türöffner stumm.

»Vielleicht ist sie einkaufen?«, schlug Drass vor.

Breschnow zündete sich eine Zigarette an.

Nach einer Weile stiegen sie wieder ins Auto. Diesmal fuhr Breschnow, während Drass auf dem Beifahrersitz schmollte.

Breschnow bat ihn, Regina Bescheid zu sagen, dass er direkt zu der Anderson fahren würde.

»Wieso machst du das nicht selber?«, maulte Drass.

»Weil ich beide Hände zum Fahren brauche. Wo ist das Problem?«

Sein Kollege schwieg und erledigte den Auftrag.

Breschnow fuhr zum Maybachufer und übergab ihm den

Wagen. Anschließend ging er zum Bäcker, kaufte sich einen Kaffee und ein Schokocroissant. Langsam schlenderte er zu Cosma Andersons Wohnung. Immer wieder blieb er stehen und schaute nachdenklich auf den Kanal. Eine Entenfamilie schwamm vorbei, in Entenformation. Das Männchen voran, dann die vier Jungen, das Weibchen bildete das Schlusslicht.

»Na klar, wieso habe ich nicht gleich daran gedacht«, rief er den Enten zu, zog sein Handy aus der Tasche und wählte Schmittis Nummer.

Regina stand bereits vor der Tür. Als sie Breschnow sah, ging sie ihm entgegen.

»Wie geht's?«, lächelte sie.

»Hast du schon geklingelt?«

Wortlos drehte sie sich um und drückte auf den Klingelknopf. Er stellte sich hinter sie. Nach kurzer Zeit ertönte der Summer, und sie stiegen schweigend die Treppen hinauf.

Cosma Anderson stand an der Wohnungstür.

»Geht es Ihnen besser?«, erkundigte sich Breschnow zur Begrüßung.

»So gut es einem gehen kann, wenn man wie eine Verbrecherin behandelt und eingesperrt wird und sich die eigene Wohnung währenddessen in ein Schlachtfeld verwandelt«, fauchte sie.

»Können wir reinkommen?«, fragte er unberührt.

»Eigentlich nicht. Wenn ich Sie in meine Wohnung lasse, finden Sie vielleicht noch ein Messer!«

»Unterstellen Sie uns etwa, wir hätten das Messer in Ihre Küche gelegt?«

Breschnow atmete hörbar ein. Regina schob ihn sanft zur Seite.

»Frau Anderson, wollen Sie wirklich, dass wir hier im Treppenhaus miteinander reden? Da kann ich ja gleich die Nachbarn dazu einladen.«

Cosma Anderson kniff die Augen zusammen und ließ sie offenbar widerwillig eintreten. »Sie wissen ja, wo die Küche ist.«

Zur Verwunderung der Kommissare stellte Cosma drei Gläser und eine Karaffe mit Wasser auf den Tisch. Sie goss sich ein und setzte sich. Breschnow nahm ihr gegenüber Platz. Regina schloss die Küchentür, sperrte die Musik im Wohnzimmer aus und blieb an den Küchenschrank gelehnt stehen. Die Anderson warf ihr einen finsteren Blick zu. Regina lächelte entschuldigend. »Ist Ihre Schwester gestern noch gekommen?«

Ein knappes Nicken.

»Gut. Wir müssen Sie heute leider noch einmal zu der Mordnacht und dem Opfer befragen, Sie sind unsere wichtigste Zeugin.«

»Und Tatverdächtige!«, ergänzte Cosma.

Regina nickte. »Und Tatverdächtige. Aber bitte bedenken Sie auch, dass wir uns für Ihre Freisetzung starkgemacht haben.«

Cosma senkte den Blick.

»Was wollen Sie wissen?«, fragte sie leise.

»Ich möchte chronologisch vorgehen, daher frage ich Sie zuerst, wo Sie in der Mordnacht waren«, übernahm Breschnow.

Ich habe die Nacht mit einem gewalttätigen Mann namens Dino verbracht, dachte Cosma, aber das werde ich euch nicht auf die Nase binden. Dino würde sowieso alles abstreiten. Außerdem kenne ich weder seinen Nachnamen noch seine Adresse.

Sie sah Breschnow an und antwortete. »Das wissen Sie doch schon. Ich war zu Hause, und leider kann das niemand bezeugen, denn sonst wäre meine Unschuld ja schon längst bewiesen.«

»Sie schlafen also allein zu Hause, stehen am nächsten Morgen auf und joggen los. Ist Ihnen auf dem Weg zum Park irgendetwas Ungewöhnliches aufgefallen?«

»Es hat geregnet. Es waren nur wenige Leute unterwegs. Ein älterer Mann hat mit seinem Regenschirm gekämpft, ein paar Radfahrer haben mich überholt …«

»Ein ältere Mann mit einem Regenschirm?«, hakte Breschnow nach. »Kannten Sie ihn?«

»Nein, aber warten Sie, ich glaube, ich habe ihn nachher im Park noch einmal gesehen. Wieso fragen Sie? Was ist mit ihm?«

»Das weiß ich noch nicht«, antwortete Breschnow ehrlich.

»Sie sind also in den Tunnel gerannt. Und dort lag der Tote. Erinnern Sie sich an irgendetwas Außergewöhnliches im Tunnel?«

»Das habe ich doch auch schon beantwortet«, erwiderte Cosma genervt. »Es hat nicht so stark gestunken wie sonst. Es waren keine Penner da.«

»Und dann sind Sie stehen geblieben?«

»Ja.«

»Warum?«

»Ich wollte sehen, was mit dem Mann los ist.«

»Und haben Sie es gesehen?«

»Was meinen Sie?«

»Haben Sie gesehen, dass der Mann tot ist?«

»Zuerst nicht. Aber …«, Cosma stockte und schluckte. »Dann stand ich in diesem Blut. Da habe ich den Kopf verloren und bin losgerannt. Ich wollte nur weg, ich habe noch nie einen Toten gesehen.«

Regina trat an den Tisch und berührte Cosma Anderson leicht an der Schulter. Ihr Atem ging zu schnell. Sie musste sie beruhigen, sonst würde sie wieder einen Anfall bekommen. »Kommen Sie, wir gehen ein paar Schritte. Ich möchte vermeiden, dass Sie sich zu sehr aufregen.«

Behutsam zog sie Cosma auf die Beine, hakte sie unter und ging mit ihr in der Wohnung herum. Ihr fiel auf, dass das Telefon herausgezogen war, aber sie fragte nicht nach. Stattdessen erkundigte sie sich, wie lange Cosma schon in der Wohnung wohnen würde und ob es ihr in Neukölln gefalle.

Nach zehn Minuten setzten sich die beiden Frauen zurück an den Tisch. Regina warf Breschnow einen fragenden Blick zu. Er nickte fast unmerklich.

»Frau Anderson«, übernahm sie die Befragung und legte ihre Hand auf Cosmas Arm. »Sie sind im Tunnel stehen geblieben und haben sich den Mann angesehen. Haben Sie ihn erkannt?«

»Nein.« Ihre Stimme zitterte.

Die Polizisten tauschten einen wissenden Blick.

»Sind Sie sicher?«

Ein Nicken.

»Und ich bin sicher, dass Sie ihn gekannt haben«, sagte Breschnow.

»Wahrscheinlich haben Sie sich nicht sofort erinnert«, versuchte er ihr eine Brücke zu bauen, »aber jetzt tun Sie es, und ich frage mich, warum Sie uns nicht die Wahrheit sagen.«

»Ich sage Ihnen die Wahrheit. Ich kenne diesen Mann nicht.« Ihre Stimme klang wieder fest.

»Frau Anderson«, setzte Breschnow nach, »vielleicht könnte uns Ihre Aussage helfen, den Täter zu finden. Das müsste doch auch in Ihrem Interesse sein.«

»Sicherlich. Aber ich kenne den Mann nicht. Wollen wir mit diesem Frage- und Antwortspiel den ganzen Tag verbringen?«

Breschnow war aufgestanden und stellte sich ans Fenster.

»Sie schlafen in der Mordnacht alleine. Am nächsten Tag stehen Sie neben einer Leiche. Ihr Rücken und Ihre Arme sind voller Hämatome.«

Er machte eine kleine Pause und drehte sich um.

Cosma Anderson war rot angelaufen.

»In Ihrer Wohnung finden wir die Tatwaffe«, setzte er nach. »Auch die blutige Kleidung gehört Ihnen, wie wir jetzt sicher wissen. In der Hosentasche steckte eine Quittung über Schreibmaterial, die auf Ihren Namen ausgestellt war.«

Regina sah ihn erstaunt an.

»Und wenn wir Sie fragen, ob Sie das Opfer kennen, werden Sie nervös.«

Er trat zu ihr hin. »Was bitte sollen wir davon halten?«

Die Frau fuhr hoch und baute sich vor ihm auf.

»Denken Sie doch, was Sie wollen!«, schrie sie. »Ich habe nichts weiter zu sagen. Verlassen Sie sofort meine Wohnung!«

»Warum sagen Sie uns nicht, woher Sie den Mann kennen?«, beharrte Breschnow.

Plötzlich holte Cosma aus. Geistesgegenwärtig fing Breschnow ihren Arm ab und hielt ihn fest. Sie atmete schwer.

Regina stellte sich neben sie und legte ihr die Hand auf den Rücken. »Frau Anderson, Sie müssen sich beruhigen. Sie müssen langsam atmen.«

Cosma keuchte. Breschnow ließ ihren Arm los.

Regina schob ihr den Stuhl hin und drückte sie sanft auf den Sitz.

»Langsam atmen, Frau Anderson. Ein und aus, ein und aus. Ja, so ist es gut. Weiter so …«

Breschnow verschränkte die Arme und stellte sich wieder ans Fenster.

»Ein, aus. Ja, gut so.«

Nach einer Weile beruhigte sich ihre Atmung.

Breschnow wollte etwas sagen, aber Regina gab ihm ein Zeichen, es sein zu lassen.

»Frau Anderson, wir werden wiederkommen müssen. Sind Sie heute Nachmittag um vier da?«

Cosma nickte und sah Regina an.

»Gut, dann gehen wir jetzt.«

Als sie das Haus verließen, versperrten ihnen drei lungernde Jugendliche den Weg. Breschnow ignorierte sie und schubste sich hindurch. Regina folgte ihm.

»Hey, voll panne, Alta, wa?«, rief einer der Lungernden und schubste die Kommissarin.

Regina drehte sich lächelnd um und zog ihre Polizeimarke.

»Noch Fragen?«

Der Jugendliche baute sich vor ihr auf.

»Huh, hab ich Angst. Willste mich jetzt erschießen, Alte?«

Breschnow trat einen Schritt vor und stellte sich neben seine Kollegin. Er musterte den Jugendlichen finster.

»Komm, lass doch gut sein«, versuchte das Mädchen ihren Freund zu beschwichtigen und zog an seinem Ärmel. Der Jugendliche schüttelte sie ab und drehte sich um.

»Fickt euch, ihr Wichser«, rief er zum Abschied, bevor er im Haus verschwand.

Regina zog Breschnow über die Straße zum Kanal und hakte ihn unter.

»Die Anderson lässt sich nicht unter Druck setzen«, stellte sie fest. »Man kann ihr keine Angst machen.«

Sie sah ihn an. »Ich bin sicher, dass sie den Toten kennt. Ich würde gerne heute Nachmittag alleine mit ihr reden. Ist das in Ordnung?«

»Weiß ich noch nicht.«

Sein Blick glitt auf das Wasser. »So viel Courage hätte ich ihr gar nicht zugetraut.«

In seiner Stimme schwang ein Hauch Bewunderung.

»Erst lügt sie uns beharrlich an und macht dann noch diesen Aufriss und schmeißt uns raus. Alle Achtung!«

»Vielleicht hat sie mit jemandem gemeinsame Sache gemacht?«, schlug Regina vor.

»Möglich, dann würde ich mich aber sehr täuschen. Ich glaube nach wie vor, dass sie mit dem Mord nichts zu tun hat. Sie hat andere Gründe, uns zu belügen.«

Sie überquerten erneut die Straße. Die kleine Gruppe Jugendlicher stand wieder vor der Tür. Ein Mann hatte sich dazugesellt. Er verteilte etwas, was Breschnow nicht erkennen konnte.

Regina schloss die Türen ihres roten Golfs auf. Breschnow stieg ein und fischte sein Handy aus der Hosentasche. Er gab ihr ein Zeichen, noch zu warten. Nach dem ersten Anruf hatte er festgestellt, dass Frau Pohl immer noch nicht zu Hause war, und nach dem zweiten, dass sie kein Handy besaß.

»Ich fahre zu Subat ins Krankenhaus«, verkündete er und stieg wieder aus.

***

Drass trat das Gaspedal durch. Er arbeitete gerne mit Breschnow zusammen, aber manchmal ging er ihm ziemlich auf die Nerven. Immer diese Zurechtweisung wegen seines flotten Fahrstils. Er bog rechts in den Columbiadamm und überholte einen alten Passat, einen VW Golf und einen Japaner, den er nicht identifizieren konnte. Die Tachonadel zeigte siebzig Stundenkilometer, als er hinter dem Columbiabad in eine Mausefalle geriet und kurz danach rechts herausgewinkt wurde. Ohne nachzudenken, ließ er das Blaulicht blitzen, und die Kollegen gaben ihm ein Zeichen, weiterzufahren. Er grinste.

Manchmal war es gut, ein Polizist zu sein. Aber eben nur

manchmal. In der letzten Zeit wurde die Frage, ob er den richtigen Beruf gewählt hatte, immer drängender.

Damals war er stolz gewesen, gegen den Willen seiner Eltern etwas Vernünftiges aus seinem Leben gemacht zu haben. Er hatte sich weder als Manager noch als Schauspieler gesehen, und als sein bester Freund sich damals auf der Polizeischule anmeldete, schloss er sich einfach an. Seine Mutter hatte vor Wut geschäumt, aber sein Vater hatte sie damit getröstet, dass der Unterschied zwischen einem Polizisten und einem Schauspieler gar nicht so groß sei. Ihr Sohn würde jetzt den harten Jungen spielen, Tatort als Dauerrolle.

Er passierte die Schranke, rollte auf den Hof und gab den Wagen ab. Zügig stieg er die Treppen hoch und betrat den Flur. Schon von Weitem hörte er das unverkennbare Lachen seiner Kollegin. Delego erzählte mal wieder Witze. Er gesellte sich zu ihnen ins Büro. Schmitti saß über den Computer gebeugt, Delego stand hinter ihm und hielt ihn bei Laune.

»Na, was Neues?«, erkundigte er sich.

Delego drehte sich um. »Strassbergs Alibi ist wasserdicht.«

Er hatte nichts anderes erwartet.

»Und der Computer?«, fragte er mit einem Blick auf den Hinterkopf seines Kollegen.

»Lauter Schweinkram«, brummte Schmitti. »Die E-Mails von der Anderson sind nicht gerade jugendfrei. Was die sich alles schreiben. Hier, hör mal: ›ICH sage dir, wo es langgeht. Also komm bloß nicht auf eigenwillige Gedanken. ICH bestimme, wann du zu Hause bist und wann du gehen kannst, und als Dank ficke ich dich so lange und so hart, bis du nicht mehr sitzen kannst und bei jedem Schritt an mich denken wirst.‹«

»Dino?«, erkundigte er sich. Schmitti nickte den Bildschirm an.

»Kannst du verstehen, dass man daran Gefallen findet?«

»Nein. Muss ich ja auch nicht.«

Er drehte sich um und ging in sein Büro. Die Luft war abgestanden und leicht rauchig. Er konnte sich nicht erinnern, dass Breschnow in der letzten Zeit hier drin gewesen war, öffnete das Fenster, setzte sich an seinen aufgeräumten Schreibtisch und fuhr den Computer hoch. Das Gerät surrte leise. Auf dem Bildschirm öffnete sich das Fenster des Polizeinetzes. Er wählte sich ein, zog den Cursor zum Kästchen Personensuche und gab Cosma Anderson ein. Wie beim ersten Mal zeigte der Computer keine Ergebnisse. Er versuchte es mit Margareta Anderson und pfiff durch die Zähne.

Die Frau war 2003 von ihrem Mann angezeigt worden. Er gab an, dass sie ihn und die Kinder geschlagen hätte. Die Anzeige war kurz danach fallen gelassen worden, aber man hatte ihr die Kinder weggenommen und ihm das alleinige Sorgerecht übertragen.

Aber was sagte das über Cosma Anderson aus? Er dachte an das kurze Gespräch in ihrer Küche, an die Nähe, die er gefühlt hatte, an die Schokoladenkekse. Und dann das Messer. Hatte ihre Schwester es dorthin gelegt? Hatte Breschnow diese Spur überhaupt verfolgt?

Er trennte die Verbindung und ging auf die Seite des Einwohnermeldeamtes. Cosma Anderson war in Berlin geboren, in Kreuzberg im Urbankrankenhaus, und am Paul-Linke-Ufer aufgewachsen. Ihr Vater stammte aus Schweden, die Mutter war Berlinerin. Erst vor zwei Jahren war Cosma auf die andere Seite ans Maybachufer gezogen.

Bis zweiunddreißig bei den Eltern? Das war ungewöhnlich. Aber vielleicht war das Verhältnis gut gewesen und das Geld knapp oder beides?

Er recherchierte weiter. Cosmas Eltern, Karl und Brigitte Anderson, waren vor zweieinhalb Jahren bei einem Autounfall ums Leben gekommen. Er loggte sich bei den Kollegen vom Verkehr ein. Die vereiste Stadtautobahn hatte einen Lkw zum Schlingern gebracht. Er war durch die Leitplanke gerutscht und hatte beim Umkippen das Auto der Andersons unter sich begraben. Laut Gerichtsmedizin waren sie sofort tot.

Er loggte sich aus und fuhr den Computer herunter.

»Ich muss noch mal los«, rief er den Kollegen vom Gang aus zu und eilte hinaus.

***

Cosma trat vom Fenster zurück. Endlich waren sie weg. Sie drehte die Musik auf, steckte das Telefon zurück in die Buchse und wählte mit zitternden Fingern die Nummer ihrer Schwester. Margareta war in Eile, aber Cosma tat es gut, wenigstens kurz die vertraute Stimme zu hören.

Sie legte auf und stand noch eine Weile unschlüssig im Wohnzimmer herum. Als das Telefon klingelte und sich ein Journalist am anderen Ende meldete, zog sie den Stecker wieder heraus.

Sie ging zurück in die Küche, kochte sich einen starken Kaffee, setzte sich mit dem warmen Getränk an den Küchentisch und versuchte, sich zu sammeln.

Sie werden es herausfinden, dachte sie. Der Verknitterte gibt bestimmt nicht auf.

Einen Moment lang ließ sie den Gedanken zu, Ihnen alles zu sagen. Dann wäre es endlich vorbei.

Sie sah auf die Uhr. Es war Zeit, sich auf den Weg zu machen. Sie zog sich Schuhe und Jacke an und verließ das Haus.

Die Sonne blendete sie, als sie auf die Straße trat. Sie kniff die Augen zusammen, hatte mal wieder ihre Sonnenbrille vergessen. Sie schob sich die Stöpsel in die Ohren, wählte die neue Scheibe von Leonard Cohen, überquerte die Straße und sah aufs Wasser. Ein Ausflugsdampfer fuhr vorbei. Die Menschen an Deck sahen in ihre Richtung und winkten. Im Kielwasser des Schiffes schwappten die Wellen an die Uferbefestigung. Es roch leicht modrig.

Als sie Punkt zwölf das Café am Ufer erreichte, saß Robert bereits an einem der hinteren Tische. Er stand auf, um sie mit den obligatorischen Küsschen auf die Wange zu begrüßen. Sein korpulenter Körper steckte in einem luftigen beigen Sommeranzug. Die kurzen blonden Haare schmiegten sich wellig an den Kopf.

Cosma musterte ihn. »Du siehst gut aus.«

Er strich sich über den Bauch und lachte.

»Gute Pflege. Aber lass uns nicht von meinem Adoniskörper reden, sondern lieber von deinem Erlebnis. Schätzchen, was gibt es denn so Geheimnisvolles?«

Er zwinkerte ihr verschwörerisch zu.

Cosma bestellte sich eine Cola und berichtete ihm in groben Zügen, was ihr in den letzten Tagen widerfahren war.

»Aber das ist doch herrlich«, jubilierte Robert. »Eine gute Story! Mit Herz und Schmerz, Folter im Gefängnis und hoffentlich mit Happy End.«

Sie lächelte.

»Und hast du ihn getötet, Schätzchen?«

»Aber natürlich«, antwortete Cosma ernst.

Robert zuckte zusammen.

Sie grinste. »Mann, nein, natürlich nicht. Sehe ich aus wie eine Mörderin?«

Robert hob eine Augenbraue.

Cosma dachte an Drass. Wieso kam er eigentlich nicht mehr, wieso immer nur der Verknitterte? Dann dachte sie an das Messer in seiner Hand und war froh, ihn nicht mehr sehen zu müssen.

Roberts Stimme holte sie zurück in die Gegenwart.

»Sorry, was hast du gesagt?«

»Ich habe gerade mein Bedauern darüber geäußert, dass du nicht die Mörderin bist. Das wäre doch eine Wahnsinnsstory. Die Presse bringt das Geständnis noch vor der Verhaftung.«

»Na, besten Dank«, brummte Cosma.

»Aber Schätzchen, schau nicht so grimmig. So war das doch nicht gemeint.«

»Ja, ich weiß. Aber wenigstens habe ich neben einem Ermordeten gestanden.«

»Kanntest du den Toten?«

Cosma zögerte. Robert war zwar so etwas wie ein Freund, aber er war auch Journalist. Sie beschloss, ihm nicht die Wahrheit zu sagen, und war froh, dass in diesem Moment die Kellnerin an ihren Tisch kam, um die Essensbestellung aufzunehmen.

»Die Polizei hat mir verboten, darüber zu schreiben«, versuchte sie abzulenken.

Robert musterte sie kritisch.

»Okay, Schätzchen. Und wie stellst du dir unsere Zusammenarbeit nun vor? Jetzt, wo du diesen hübschen Maulkorb trägst.«

Er strich ihr mit dem Zeigefinger liebevoll über den Mund.

Cosma knurrte. »Finger weg.«
Robert tat so, als ob er sich verbrannt hätte.
Sie griff seine Hand. »Sie können mir verbieten zu schreiben, aber sie können mir nicht verbieten, mit meiner Schwester und engsten Vertrauten darüber zu reden. Und die wendet sich, ohne dass ich es weiß, an die Presse und gibt ein Interview.«
»Schlaues Kind«, lobte Robert.
»Und ich schreibe die Story. Das brauche ich nach dieser ganzen Scheiße.«
»Na, das nenne ich ja einen Sonntagsbraten. Ich brauche nichts weiter zu tun, als dein Interview meinem Stil anzupassen, und erhalte die Exklusiv-Informationen aus erster Hand. Schätzchen, dann hast du eine Menge bei mir gut.«
Er warf ihr ein Küsschen zu.
»Nachdem wir nun das Geschäftliche geklärt haben, kommen wir doch zum privaten Teil.«
Er beugte sich verschwörerisch über den Tisch.
»Wie geht's der Liebe?«
»Ich habe Dino den Laufpass gegeben«, antwortete Cosma trocken.
Robert sprang auf und applaudierte. Er schien sich aufrichtig zu freuen.
»Ich gratuliere dir, Bella!«, rief er aus. »Das müssen wir feiern. Champagner für den ganzen Salon!«
»Ich wusste gar nicht, dass du Dino nicht leiden konntest.«
»Dino ist mir egal, meine Liebe. Ich konnte deine blauen Flecken nicht leiden.«
Er sah sie einen Moment lang ernst an. »Mach das nie wieder.«
Sie nickte.
Robert rief die Bedienung und bestellte zwei Gläser Sekt. Ein Mann aus der Küche brachte ihnen das Essen. Sie unterhielten sich noch eine Weile über Alltäglichkeiten, bis Roberts Handy klingelte. Noch während er telefonierte, rief er die Kellnerin, um seine Rechnung zu begleichen.
»Tut mir wirklich leid, Schätzchen, aber im Graefekiez gibt es eine Messerstecherei. Und ich bin am nächsten dran.«
An der Tür drehte er sich noch einmal um. »Und denk dran.

Deinen Artikel brauche ich bis halb sechs. Um sechs ist Zapfenstreich.«

Er warf ihr noch ein Küsschen zu und verschwand.

Cosma lehnte sich zurück und lächelte.

Der ewig rasende Polizeireporter, dachte sie und bestellte einen Milchkaffee. Sie zog ihr Notizheft aus der Tasche, legte es vor sich auf den Tisch und einen Bleistift daneben. Ihr würde man nicht den Mund verbieten – schon gar nicht der Verknitterte.

Glücklich, einen Weg gefunden zu haben, ihre Geschichte zu erzählen, strahlte sie die Kellnerin an, die den Kaffee brachte. Auch wenn sie keine Lorbeeren für den Artikel ernten würde, konnte sie doch endlich wieder etwas schreiben. Sie blickte auf die Uhr. Um vier würden die Polizisten wieder vor ihrer Tür stehen. Bis dahin blieben ihr noch drei Stunden.

***

Breschnows Handy klingelte. Es war Kurt Willich, sein Vorgesetzter.

»Ich habe für den Nachmittag um vier eine Pressekonferenz einberufen. Ich gehe davon aus, dass Sie sich eine halbe Stunde vorher in meinem Büro einfinden, um mich über den neusten Stand der Ermittlungen zu informieren.«

Breschnow bestätigte und hängte ein. »Ich gehe davon aus«, äffte er seinen Chef nach, »aufgeblasener Piefke!«

Sein Blick glitt zur Uhr. Die Zeit würde noch für einen Krankenbesuch reichen. Eilig rannte er die Treppen am U-Bahnhof Schönleinstraße hinab und spurtete in den Zug, kurz bevor sich die Türen schlossen. Er roch den Obdachlosen, noch bevor er ihn sah, und ließ sich auf einen Sitz fallen. Freie Platzwahl, dachte er und ignorierte den Gestank. Am Hermannplatz stieg er in die U 7 und an den Yorckbrücken in die S-Bahn um. Die Anschlüsse klappten, und er erreichte eine halbe Stunde später den S-Bahnhof Friedenau und kurz danach die Vivantes-Klinik am Grazer Damm. Breschnow hatte vergessen, Delego nach der

Station zu fragen, und stellte sich in die kurze Schlange beim Pförtner.

Früher hatte er Krankenhäuser gehasst, aber der lange Aufenthalt seiner kleinen Nichte in der Kinderstation hatte seine Sicht verändert. Breschnow erinnerte sich an die farbenfroh gestalteten Zimmer, die Spielräume und die freundlichen Schwestern und Ärztinnen, die sich bemühten, den Kindern den Aufenthalt so angenehm wie möglich zu gestalten. Seine Nichte hätte ohne ärztliche Hilfe nicht überlebt, Subat wahrscheinlich ebenso wenig.

Nachdem er zweimal in den sich gleichenden weißen Gängen mit grauem Linoleumboden in die falsche Richtung gegangen war, betrat er das Krankenzimmer. Subat döste mit offenem Mund. Breschnow stellte sich ans Bett und begrüßte ihn leise. Müde öffnete sein Kollege die Augen.

»Hallo Breschnow«, murmelte er, »schön«, und schien wieder einzuschlafen. Breschnow war froh, dass er ihn erkannt hatte. Er zog sich einen Stuhl heran und berichtete dem Kollegen von seinem Besuch bei Strassberg.

»Pohl steht kurz vor der unehrenhaften Entlassung. Warum holt er ihn in seine Kaserne? Was hat er davon?«

Subat stöhnte und öffnete kurz die Augen. »Eine Hand wäscht die andere«, nuschelte er und drehte sich auf die andere Seite.

Breschnow betrachtete den Rücken und dachte über ihre Zusammenarbeit nach. Darüber, dass sie nie privat redeten und nichts voneinander wussten, obwohl sie sich täglich sahen.

Lag es an ihm? War er ein Chef, bei dem man keine Schwäche zeigte? War es überhaupt Schwäche, das Verlassenwerden und die Einsamkeit nicht zu ertragen?

Eine Hand wäscht die andere. Wem hatte Strassberg einen Gefallen getan?

Er warf einen letzten Blick auf Subat und verließ den Raum. Auf dem Flur kam ihm eine Krankenschwester entgegen. Er zeigte seinen Dienstausweis und erkundigte sich, ob sie ihm etwas über das Befinden seines Kollegen sagen konnte.

»Tut mir leid«, bedauerte die junge Frau. »Mein Dienst hat gerade erst begonnen, und ich war zwei Wochen im Urlaub.

Sie können die Ärztin fragen, aber die kommt erst um siebzehn Uhr zur Abendvisite.«

»Sind Sie alleine auf der Station?«, fragte er erstaunt.

Die Schwester nickte. »Die anderen beiden sind krank. Aber es wird noch nach einem Ersatz gesucht.«

Damit ließ sie ihn stehen und eilte zum nächsten Patientenzimmer.

Breschnow verließ das Gebäude und durchquerte die kleine Grünanlage. Das Hinweisschild zur Kantine ließ seinen Magen knurren. Er sah auf die Uhr und änderte die Richtung.

Der große helle Raum war gut gefüllt. Es roch nach Sonntagsessen, nach Braten mit Soße und Kraut. Breschnow stellte sich in die Warteschlange und bestellte sich das mittlere Menü mit Frikadellen, Kartoffelbrei und Sauerkraut. Da es keine freien Tische mehr gab, setzte er sich an einem dazu. Er blendete die Gespräche seiner Tischnachbarn aus und schaufelte die Mahlzeit in sich hinein. Zehn Minuten später verließ er zufrieden mit vollem Bauch das Krankenhaus und nahm ein Taxi zum Revier. Auf dem Weg dorthin versuchte er noch einmal, die Pohl-Gattin zu erreichen.

***

Es stank nach Pisse und Schnaps. Die Männer waren zurückgekehrt. Da, wo vorher der Tote gelegen hatte, war nur noch ein verwaschener brauner Fleck zu sehen. Er musterte ihn gründlich und seufzte. Wie schnell doch so ein Menschenleben vergessen ist. Ein Obdachloser fragte ihn nach einer Zigarette, ein anderer nach Schnaps.

***

Eine halbe Stunde saß sie schon hier und hatte noch nichts aufs Papier gebracht. Kaum war ein Satz geschrieben, verwarf sie ihn sofort wieder. Die Blockade machte auch vor ihrer eigenen Geschichte nicht halt. Sie seufzte und rieb sich den Nacken. Ihr Blick fiel auf die vier Kaffeetassen um sie herum und blieb an der Neuanschaffung mit den bunten Punkten hängen. Es klingelte. Sie sah auf die Uhr. Noch nicht einmal drei. Es war zu früh für die Polizisten.

Sie schlich zur Wohnungstür, um einen Blick durch den Spion zu werfen. Zum Glück polterte in diesem Moment ihre Nachbarin die Treppe hinunter. Sie lächelte, Frau Elefant, wie sie sie insgeheim nannte, hatte ihr die Chance gegeben, ungehört zum Spion zu gelangen.

Vor ihrer Tür stand ein älterer Mann, der ihr irgendwie bekannt vorkam, den sie aber nicht einordnen konnte. Sie musterte ihn eine Weile, bis die Neugier gewann und sie vorsichtig die Wohnungstür öffnete. Die Kette ließ sie vor.

»Guten Tag, Frau Anderson«, grüßte der Alte steif und zeigte ihr einen Ausweis, den sie aber nicht so schnell lesen konnte. Einen Moment lang wirkte er fast überrascht, sie zu sehen. Verwundert runzelte sie die Stirn.

»Mein Name ist Volkmar Höhn«, stellte er sich freundlich vor.

Er hatte eine tiefe, volle Stimme, die guttat.

»Ich komme vom Frankfurter Institut für biografische Studien. Wir befragen Frauen zwischen zwanzig und vierzig Jahren nach ihren Lebensumständen. Die Studie soll dazu dienen, ein differenziertes Bild von den sozialen Umständen, in denen Frauen in Ihrem Alter leben, zu evaluieren.«

Cosma schüttelte den Kopf. »Sicherlich ist es eine gute Sache, so eine Umfrage zu erstellen, aber ich kann Sie leider nicht hereinlassen.«

»Ich kann auch hier im Flur stehen bleiben«, bot er an.

»Nein, das möchte ich nicht.«

Sie zögerte, die Tür zu schließen. Der Wunsch nach Ablenkung und der unfertige Text buhlten um ihre Gunst. Das zu schreibende Interview gewann.

Sie verabschiedete ihn höflich und schloss die Tür. Durch den Spion sah sie, dass der Mann noch einen Moment auf die Tür starrte. Dann drehte er sich abrupt um und ging die Treppe hinauf.

Cosma überlegte, wer dort oben wohnte, aber sie kannte niemanden im Haus. Sie versuchte sich zu erinnern, wo sie den Mann schon mal gesehen hatte.

Gedankenverloren ging sie in die Küche, kochte sich noch eine Tasse Kaffee, setzte sich wieder an den Computer und zwang ihre Gedanken zurück zu dem Artikel. Wenn sie heute überhaupt noch irgendetwas aufs Papier bringen wollte, musste sie ihre Herangehensweise ändern. Sie beschloss, sich das Geschehene ohne Korrektur einfach von der Seele zu schreiben. Sie nippte an ihrem Kaffee und tippte den ersten Satz. Der Bildschirm zeigte ihr, dass sie sich vertippt hatte. Einfach ignorieren, dachte sie. Schreib weiter.

***

Im Büro herrschte reges Treiben. Delego hackte verbissen auf die Tastatur ein, Drass telefonierte lautstark, und Schmitti verschmolz mit dem Bildschirm vor ihm. Regina war nirgends zu sehen. Breschnow erkundigte sich nach ihr, aber niemand wusste, wo sie war. Er unterbrach Delegos Schreibwut und berichtete von seinem Besuch bei Subat. Sie beschlossen, morgen gemeinsam bei ihm vorbeizufahren.

Dann stellte er sich hinter Schmitti an den Bildschirm, konnte aber nicht verfolgen, woran sein Kollege arbeitete, und ging weiter in sein Büro. Er wählte die Nummer von Frau Pohl. Sie war immer noch nicht zu erreichen. Leise fluchend ließ er sich in den Schreibtischstuhl fallen und drehte ihn in Richtung Fenster.

Dieser Hass auf Pohl. Karl Jung, Gerd Schmitt, ein lebenslanger Hass beschädigter Seelen. Reichte er zum Töten? Hatten diese Männer die Schwelle überschritten? Als Soldaten? Durch den Krieg? Durch Afghanistan?

Uwe Gölzow. Der geborene Befehlsempfänger. Er hatte Glück gehabt. Afghanistan war für ihn wieder in die Ferne gerückt. Ein Land in einer anderen Welt, mit dem man nichts zu tun hat. Und Strassberg? Eine Hand wäscht die andere, hatte Subat gemurmelt.

Er sah auf die Uhr und machte sich widerwillig auf den Weg zu seinem Vorgesetzten.

Kurt Willich saß vor seinem aufgeräumten Schreibtisch und musterte Breschnow. Sein braun gebranntes Gesicht hatte kürzlich im Solarium zu viel Sonne abbekommen. Seine markante Nase war gerötet. Die Männer schüttelten sich kurz die Hände und ließen sich in der kleinen Sitzecke nieder. Die blauen Sessel und der Glastisch sahen unbenutzt aus. Drei dreieckige weiße Tassen, eine schicke silberne Thermoskanne, Zucker und ein Tellerchen mit Keksen standen bereit. Die Tetrapak-Milchtüte wirkte fehl am Platz.

Nach kurzem Klopfen betrat ein kleiner schmächtiger Mann mit einer großen schwarz umrandeten Brille den Raum. Der neue Pressesprecher sah mal wieder wie aus dem Ei gepellt aus. Er begrüßte die beiden mit Handschlag und setzte sich zu ihnen.

Breschnow gab den Männern eine kurze Zusammenfassung der letzten Tage, verschwieg aber jegliche Schlussfolgerungen oder Vermutungen. Sein Chef war ein Mann der Fakten. Von polizeilicher Intuition hielt er nichts. Eine Vermutung könnte sich als falsch herausstellen und seinem Image schaden. Er hatte keine Ahnung von Ermittlungsarbeit und war auch nicht daran interessiert.

»Das ist wenig«, brummte Willich nun unzufrieden. »Wir haben zwar eine Tatverdächtige, aber die Indizien reichen nicht aus, sie weiterhin in Haft zu halten. Und wir haben drei Soldaten, die dem Ermordeten nicht wohlgesinnt waren.«

Er sah auf seine Uhr.

»Nun denn, meine Herren, auf in den Kampf!«

Schweigend gingen die drei in den Multifunktionsraum im Erdgeschoss und setzten sich an den langen Tisch, der frontal aufgebaut war. Die Reporter hatten sich bereits eingefunden. Breschnow blickte in die Runde und erkannte Robert Schubert vom Tagesspiegel und Susanne Müller von der TAZ. Die anderen waren ihm unbekannt.

Der Pressesprecher tippte ans Mikrofon und eröffnete die Konferenz. Nach einigen einleitenden Worten übergab er an Breschnow.

»In der Nacht von Samstag auf Sonntag wurde ein Soldat im Tunnel in der Hasenheide Opfer eines Gewaltverbrechens. Die

Gerichtsmedizinische Abteilung bestätigte den gewaltsamen Tod durch zwei Messerstiche. In der Nähe des Tatortes wurde blutige Bekleidung sichergestellt, ebenso die Tatwaffe, die wir in einer Neuköllner Wohnung fanden. Eine Person wurde vorübergehend in Gewahrsam genommen. Es gibt Hinweise darauf, dass das Opfer viele Feinde hatte.«

Der Pressesprecher gab den Journalisten grünes Licht für ihre Fragen, begrenzte die Zeit auf zehn Minuten und übernahm die Moderation.

»Wie hieß das Opfer?«

»Sebastian Pohl.«

»Hat er Familie?«

Breschnow zögerte. Sie würden wie die Schmeißfliegen über Frau Pohl herfallen. Er beschloss zu lügen, was ihm einen strafenden Blick seines Vorgesetzten einbrachte.

»Und die verdächtige Person, was wisst ihr über sie?«, fragte der Polizeireporter des Tagesspiegels.

»Sie werden sicherlich verstehen, dass wir Ihnen darüber keine Auskünfte geben können, solange die Ermittlungen laufen und weder die Schuld noch die Unschuld der oder des Verdächtigen bewiesen ist.«

»Denken Sie denn, dass die Person unschuldig ist?«, hakte der Mann vom Tagesspiegel nach.

»Kein Kommentar«, mischte sich der Pressesprecher ein und verkündete mit Blick auf die Uhr: »Sie haben noch eine Minute.«

Hektisch stellten die Journalisten gleichzeitig Fragen und versuchten, sich gegenseitig zu überschreien. Breschnow hasste diesen Teil und verwies stoisch darauf, nicht antworten zu können, um die Ermittlungen nicht zu gefährden. Schließlich beendete der Pressesprecher lautstark die Konferenz, und die Zeitungsleute zogen murrend ab.

Nur Robert Schubert blieb im Raum. Zwei Polizisten kamen näher, um ihn hinauszubegleiten. Breschnow gab ihnen ein Zeichen, es sein zu lassen und die Tür zu schließen. Der Reporter des Tagesspiegels trat zögernd an den Tisch.

»Warum lassen Sie mich drin?«

»Weil ich neugierig bin. Was wollen Sie?«

»Ich kenne Cosma Anderson, und ich kann mir nicht vorstellen, dass sie etwas mit dem Mord zu tun hat.«

»Woher wollen Sie wissen, dass sie unsere Verdächtige ist?«

Der Reporter grinste. »Journalisten unter sich.«

Breschnow brummte. »Was ich Sie jetzt frage, bedeutet nicht, dass ich Ihre Vermutung, bei der Verdächtigen handelt es sich um Frau Anderson, bestätige. Okay?«

Robert Schubert nickte.

Breschnow fuhr fort. »Was ist Frau Anderson für Sie? Eine Kollegin, eine Bekannte, eine Freundin?«

»Zwischen Bekannte und Freundin«, lächelte er.

»Erzählen Sie mir etwas über sie.«

»Was springt dabei heraus?«

»Ihr macht wohl nichts umsonst?«, stöhnte Breschnow genervt und lehnte sich zurück. »Mögen Sie Ihre Bekannte, Herr Schubert?«

Der Mann bejahte.

»Dann sind Sie sicherlich auch daran interessiert, dass ihre Unschuld bewiesen wird.«

»Natürlich bin ich das«, versicherte Schubert. »Aber trotzdem kosten Infos ihren Preis.«

Breschnow musterte ihn.

Eine Hand wäscht die andere, dachte er. Strassberg bei Pohl, ich bei Robert Schubert.

»Okay, wenn wir entlastendes Material finden, sind Sie der Erste, der es erfährt.«

Der Reporter willigte ein.

Breschnow versuchte, Regina zu erreichen, aber ihr Handy war immer noch ausgestellt. Bei Delego hatte er mehr Glück.

Zehn Minuten später saßen sie im Teamraum.

»Keine Aufzeichnungen!«, bestimmte Schubert.

Delego sah kurz zu Breschnow und schob dann das Aufnahmegerät zur Seite.

»Woher kennen Sie die Anderson?«, fragte Breschnow.

»Können wir uns bitte darauf einigen, nicht *die Anderson* zu sagen, sondern *Frau Anderson* oder *Cosma*?«, bat der Journalist.

Im Hintergrund gurgelte die Kaffeemaschine. Delego stand

auf, füllte drei Tassen und stellte sie auf den Tisch. Schubert betrachtete seine gedankenverloren.

»Ikea«, stellte er fest. »Wir hatten dieselben. Cosma und ich haben in einer WG gewohnt. Meine intelligente und dickköpfige Exmitbewohnerin hat das Zeug, eine wirklich gute Journalistin zu werden. Aber leider ist sie so direkt und undiplomatisch, dass sie sich in kurzer Zeit alle Kontakte versaut. Sie liebt die Wahrheit und übertreibt das aus meiner Sicht etwas. Ich weiß nicht, ob sie überhaupt lügen kann.«

»Na ja«, wandte Breschnow vorsichtig ein. »Vielleicht lügt sie nicht direkt, aber wir haben den Eindruck, dass sie uns etwas verschweigt. Wissen Sie, woher sie die blauen Flecken haben könnte?«

»Ach«, seufzte der Journalist und griff sich mit dem Handrücken an die Stirn. »Dino, das Schätzchen! In den letzten Jahren hatte Cosma kein gutes Händchen für ihre Lover.«

»Sie pflegt Beziehungen zu gewalttätigen Männern?«, vergewisserte sich Delego. »Kenne Sie diesen Dino?«

»Oh nein, Gott bewahre! Cosma spaltet diesen Teil völlig von ihrem Alltagsleben ab. Sie hätte es mir auch nicht erzählt. Aber als wir uns vor vier Wochen zufällig trafen, hatte sie ein dickes Veilchen. Und weil sie nicht lügen kann, berichtete sie mir von Dino.«

»Seit wann kennen sich die beiden?«

»Das hat sie mir nicht erzählt. Sie war sehr kurz angebunden. Dieses Thema ist ihr total peinlich.«

»Kennen Sie den vollen Namen von Dino oder seine Adresse?«

»Natürlich nicht.«

»Wissen Sie, ob sie den Toten kannte?«

»Das habe ich sie auch gefragt, als wir uns vorhin getroffen haben, aber sie hat mir nicht geantwortet. Vielleicht nur, weil gerade die Kellnerin kam.«

»Vorhin getroffen?«

Delego und Breschnow starrten ihn an.

Schubert erkannte offenbar seinen Fauxpas und versuchte, die Situation zu retten.

»Aber was denkt ihr denn! Ihr habt sie eingesperrt, sie steht unter Schock, da brauchte sie dringend einen Freund!«

Er sah auf sein Handy und stand auf.

»Tut mir leid, aber ich muss jetzt dringend weiter. Sie können mich gerne anrufen, wenn Sie noch Fragen haben.«

Bevor er aus der Tür verschwand, gab er ihnen seine Visitenkarte und zwinkerte den beiden zu. »Und vergessen Sie unsere Abmachung nicht.«

»Ich würde mich nicht wundern, wenn wir morgen etwas über den Fall im Tagesspiegel lesen«, brummte Breschnow. »Von wegen, sie brauchte einen Freund. Sie brauchte wohl eher ein Medium, durch das sie sprechen kann. Verdammt!«

Er nahm sein Handy und wählte Reginas Nummer. Wieder erhielt er die Antwort, dass der Teilnehmer vorübergehend nicht erreichbar war.

»Was macht sie bloß?«

Delego zuckte die Schultern. »Sie hatte noch etwas zu erledigen und wollte dann zur Anderson.«

Breschnow stand auf und ließ sich von Schmitti Cosma Andersons Telefonnummer geben. Aber auch hier nahm niemand ab.

Er rief sich ein Taxi und stürmte aus dem Revier.

***

Cosma war mit sich zufrieden. Sie hatte ihren Artikel korrigiert, gekürzt und in Interviewform gebracht. Robert würde ihn einfach so übernehmen können. Sie rief das E-Mail-Programm auf und schickte das Geschriebene ab. Anschließend sah sie nach der Post. Zwei neue E-Mails, eine für den Mülleimer, die andere von Dino. Es war eine Art Kündigungsschreiben. Sein Stil war so sachlich, als ob er einer Versicherung kündigen würde. Der Brief begann mit »Sehr geehrte Frau Anderson« und endete mit »Hochachtungsvoll«.

Fassungslos starrte sie das Schreiben an und las es erneut. Sie war zwar erleichtert, Dino ohne Gewaltandrohung so einfach losgeworden zu sein, fühlte sich aber durch seine Distanz trotzdem tief verletzt.

Es klingelte. Sie trennte sich von dem Computer und ging zur Gegensprechanlage. Eine tiefe Stimme schallte durch den Lautsprecher. Wieso kam der Verknitterte, warum nicht seine Kollegin?

Sie wartete noch einen Moment und öffnete dann die Wohnungstür. Breschnow war allein, musterte sie grimmig und platzte heraus.

»Sie haben doch einen Artikel geschrieben!«

»Kommen Sie erst einmal herein«, erwiderte sie widerwillig. »Meine Nachbarn müssen ja nicht unbedingt wissen, dass die Polizei mein bester Freund ist und hier ein und aus geht.« Sie ging voran in die Küche, setzte sich aber nicht. Breschnow folgte ihr und lehnte sich an das Fensterbrett.

»Also noch einmal, was soll ich getan haben?«

»Sie haben Robert Schubert beauftragt, einen Artikel über Sie zu schreiben.«

»Woher wissen Sie das?«, platzte sie neugierig heraus und bereute es sofort.

»Sie haben ihn also beauftragt?«

»Nicht direkt.«

»Was bedeutet das?«

»Die Presse hat Wind von dem Mord bekommen und meine Schwester, na ja, sie hat Robert kontaktiert.«

Cosma betrachtete mit großem Interesse die Schuhspitzen ihrer Hausschlappen und errötete leicht.

»Sie haben das Interview selbst geschrieben«, behauptete Breschnow.

»Verdammt, was hätte ich denn tun sollen?«, blaffte Cosma und sah ihn an. »Soll ich der Gerüchteküche freien Lauf lassen? Nein! Dann schreibe ich doch lieber selber. Und ich finde, es ist mein gutes Recht. Sie haben mir schon genug angetan. Man muss mich nicht auch noch öffentlich hängen. Oder wäre das in Ihrem Sinne?«

Breschnow schüttelte den Kopf und ging zum Tisch. Er setzte sich auf eine Ecke und verschränkte die Arme.

»Erzählen Sie mir von Dino.«

Cosma zuckte zusammen. »Woher wissen Sie von Dino?«

»Robert Schubert war nicht so knauserig mit seinen Informationen.«

»Ich glaube nicht, dass Sie meine Beziehung mit Dino etwas angeht.«

»Da mögen Sie vielleicht recht haben, aber ich kann erst entscheiden, ob Dino fallrelevant ist, wenn ich die Geschichte kenne.«

»Und ich muss Ihnen nichts darüber erzählen, weil es mit Ihrem Fall nichts zu tun hat«, blaffte Cosma. »Ich möchte nicht mehr mit Ihnen streiten. Ich werde mir einen Anwalt nehmen, und dann können wir weiterreden. Bitte gehen Sie jetzt!«

Breschnow zögerte.

»Jetzt«, zischte Cosma.

Er sprang auf und stampfte wütend aus der Küche. Cosma folgte und knallte die Wohnungstür hinter ihm ins Schloss. Auf der Treppe hätte er fast Regina umgerannt.

»Ach, dass man dich auch noch mal sieht!«, fauchte er.

Verwundert schüttelte sie den Kopf. »Habe ich dir nicht gesagt, dass ich zu meiner Mutter ins Pflegeheim fahre?«

»Nein! Und du kannst dir auch die restlichen Treppen sparen. Die Anderson redet nur noch in Anwesenheit eines Anwalts mit uns.«

»Das ist ihr gutes Recht. Was ist eben passiert, dass sie nun davon Gebrauch macht?«

Breschnow brachte sie auf den neusten Stand.

Regina schüttelte den Kopf. »Wenn du so mit der Tür ins Haus fällst, brauchst du dich nicht zu wundern.«

Breschnow platzte. »Ich habe diese ewigen Samthandschuhe und das Drumherumgelaber satt. Ich habe einen Toten, und die Zeit rennt mir davon. Ich bin es leid, das Kindermädchen zu spielen und Händchen zu halten bei einer Frau, die sich einerseits schlagen lässt, aber andererseits zu empfindlich ist, darüber zu reden. Wahrscheinlich kriegt sie gleich wieder einen Anfall und ich bin schuld. Sie weiß etwas, was uns weiter weiterhelfen könnte, und schweigt sich aus. Wir tappen verdammt noch mal im Dunkeln, und jeder Hinweis wäre hilfreich.«

Regina nickte. »Komm, lass uns einen Kaffee trinken und überlegen, wie wir weitermachen.«

Der kleine Spaziergang am Kanal, das Geräusch von schwappendem Wasser und das Kreischen der Möwen beruhigten Breschnow. Er blieb kurz stehen und beobachtete ihren Flug. Ein Rabe mischte sich in das Weiß, ein kleiner schwarzer Fleck.

»Rabenvögel in der Stadt«, murmelte er und folgte seiner Kollegin, die zielstrebig ein kleines Café angesteuerte. Sie ergatterten einen Tisch am Fenster. Gedankenverloren zündete sich Breschnow eine Zigarette an, drückte sie aber gleich wieder auf der Untertasse aus, als er dem mahnenden Blick seiner Kollegin begegnete, und trank einen Schluck von dem dampfenden Kaffee.

»Wir gehen alle durch«, schlug er vor. »Fangen wir mit Strassberg an.«

Regina ergriff das Wort. »Strassberg hat Pohl gemocht, außerdem hat er ein Alibi.«

»Vielleicht hatte er aber auch die Nase voll von Pohls ständigen Eskapaden und hat jemanden beauftragt.«

»Möglich, aber nicht sehr wahrscheinlich. Wie sieht es mit Uwe Gölzow aus?«

Breschnow überlegte und rief sich den jungen Mann und das Haus am Wannsee wieder ins Gedächtnis.

»Er ist ein netter, gut erzogener junger Mann. Das fällt mir als Erstes ein. Man fühlt sich wohl in seiner Gegenwart. Er hat Manieren. Er trägt einen Gehgips am rechten Fuß. Er hat nicht schlecht über Pohl geredet. Als Einziger! Er schien ihn eher als einen Fakt zu akzeptieren, den er nicht ändern kann. Sehr pragmatisch.«

»Er hat kein Alibi«, ergänzte Regina. »Welchen Grund könnte er haben, Pohl aus der Welt zu schaffen?«

Breschnow hob die Schultern. »Keinen, der sich aus seiner Beziehung zu Pohl erklären ließe … außer vielleicht Afghanistan. Er wollte nicht nach Afghanistan, war aber in der Vorbereitung. Pohls Tod verhindert seinen Einsatz. Oder er hat uns angelogen und hat genauso einen Brass auf Pohl wie die anderen.«

»Auch nette Jungs sind manchmal böse«, grinste Regina.

»Ich mache mir einen Knoten ins Taschentuch. Der Nächste ist Gerd Schmidt«, fuhr Breschnow fort. »Hat eine Mordswut auf Pohl, beschuldigt ihn, schuld zu sein an seinen Depressionen und der Berufsunfähigkeit. Er behauptet, von Pohl misshandelt worden zu sein. Und er hat auch kein Alibi.«

»Er hätte ohne Zweifel allen Grund. Aber so, wie ihr ihn beschrieben habt, glaube ich kaum, dass er zurzeit körperlich in der Lage ist, einen gut trainierten Kämpfer wie Pohl zu töten. Aber ohne Frage werden wir ihn sorgfältiger unter die Lupe nehmen müssen. Wen haben wir noch?«

»Karl Jung. War mit Pohl in Afghanistan und behauptet, durch dessen Draufgängertum heute im Rollstuhl zu sitzen. Auch er hasst Pohl abgrundtief und freut sich über seinen Tod. Er hat ein Alibi bis zwei Uhr, anschließend war er allein im Bett.«

»Selbst kann er ihn nicht getötet haben. Höchstens als Komplize oder Auftraggeber. Auch hier müssen wir noch genauer hinschauen, aber meine Intuition sagt mir, möglich …«

»… doch nicht sehr wahrscheinlich«, beendete Breschnow ihren Satz.

Er hatte den Eindruck, als ob der Mann am Nebentisch ein Stückchen näher gerutscht war, beugte sich zu Regina vor und drosselte die Lautstärke.

»Von Jung gibt es noch den Hinweis auf einen Nick, Andreas Braun, wie wir jetzt wissen.«

»Der Suizid, der sich selbst angesteckt hat?«

»Ja. Er war einer der Soldaten dieses verhängnisvollen Einsatzes. Auch er wurde nur verwundet und nicht hingerichtet wie die Männer im ersten Jeep und hat überlebt. Obwohl Jung und er so etwas …«, Breschnow suchte nach dem passenden Wort, »… miteinander erlebt haben, bricht der Kontakt nach dem Krankenhaus ab.«

»Oder gerade weil sie es miteinander erlebt haben und sich nicht mehr erinnern wollen.«

»Kann sein, aber Jung sitzt im Rollstuhl. Da fällt Verdrängen wohl flach.«

»Vielleicht hat Braun den Kontakt gekappt.«

»Möglich. Er soll ein Freund von Pohl gewesen sein.«

»Nach solch einer Kriegsgeschichte ein Freund?«, fragte Regina verwundert.

Breschnow nickte nachdenklich. »Schmitti sucht gerade nach den Verwandten.«

Er lehnte sich zurück und leerte seine Tasse, fühlte sich wieder zuversichtlicher. Vorhin hatte er für einen Moment den Eindruck gehabt, dass ihm alle Felle davongeschwommen waren. Jetzt sah er wieder Enden, an die er anknüpfen konnte.

***

Breschnow berichtete seinem Team gerade von den Gesprächen mit Cosma Anderson, als Reginas Handy klingelte. Sie erhob sich, wollte den Raum verlassen, um die Dienstbesprechung nicht zu stören, als Breschnow unterbrach und sie fragend ansah.

»Tut mir leid, aber ich muss sofort ins Pflegeheim. Meiner Mutter geht es nicht gut.«

Sie nickte zum Abschied ihren Kollegen zu und verließ eilig den Raum.

Delego sah ihr hinterher.

»Wir werden die Anderson morgen Nachmittag ins Revier vorladen«, fuhr Breschnow fort. »Es steht ihr frei, ihren Anwalt mitzubringen. Aber ich habe die Spielchen satt. Schmitti, Delego, wie sieht es bei euch aus?«

Schmitti berichtete von seiner Odyssee im Netz, den Mann aufzuspüren, der sich Dino nannte. »Keine Chance, ihn so zu finden. Wir werden uns einen richterlichen Beschluss zur Herausgabe der Daten holen müssen. Die Betreiber der Seiten müssten, und ich betone müssten, eigentlich alle Kunden mit ihren richtigen Namen und Adressen registriert haben. Leider sieht das in der Realität oft anders aus. Die Benutzer geben einfach irgendwelche Phantasienamen an, und außer den E-Mail-Adressen wird nichts überprüft. Was den Selbstmord angeht, gibt es über vierzig Brauns im Telefonbuch. Ein recht gängiger Name. Ungefähr die Hälfte haben wir bereits abtelefoniert, sind aber leider noch nicht fündig geworden.«

»Stehen denn in der Akte keine Adressen oder die Namen der Angehörigen?«, erkundigte sich Breschnow.

Schmitti verneinte.

»Verdammte Schlamperei. Und Edgar Malin?«

»Malin?«, fragte Delego.

»Der Soldat, den Pohl im Streit mit einem Messer verletzt hat«, Schmitti sah auf seine Notizen, »war zum Zeitpunkt des Mordes in Köln.«

Breschnow nickte.

»Das Alibi von Strassberg wurde erwartungsgemäß von seiner Frau bestätigt«, übernahm Delego. »Wir kümmern uns jetzt noch um die Anmeldung am Ferienort. Aber Italien hat sich noch nicht zurückgemeldet. Das Alibi von Karl Jung würde ich gerne nachher persönlich überprüfen. Ich dachte, ich fahre nach Blankenfelde und sehe mich in dieser Kneipe ein bisschen um.«

Sie sah in die Runde. Ihr Blick blieb bei Breschnow hängen.

»Gute Idee. Ich komme mit. Und vorher schauen wir noch mal bei Subat vorbei. Schmitti und Drass, ihr telefoniert die restlichen Einträge ab. Es eilt! Falls ihr einen Treffer landet, ruft mich sofort an. Und versucht, etwas mehr über unsere anderen Kandidaten herauszufinden, Gerd Schmidt und Uwe Gölzow. Besucht sie noch mal, fragt rum, alles, was euch einfällt. Wir treffen uns morgen wieder zur selben Zeit.«

***

Drass verließ verärgert den Raum. Breschnow hatte mal wieder auf die Hierarchie gepfiffen. Eigentlich hätte er mit ihm zur Vor-Ort-Befragung nach Blankenfelde fahren müssen. Stattdessen wurde er zur Sekretärin degradiert. Dafür hatte er nicht die vielen Stunden mit den Fortbildungen verbracht, um sich zum Hauptkommissar hochzuarbeiten.

Vor zwei Jahren, er war gerade neu in Breschnows Gruppe gekommen, hatte er schon einmal versucht, mit Breschnow darüber zu reden. Aber der hatte ihm einen Vogel gezeigt und deutlich gemacht, dass er die Leute zu den Befragungen mitnimmt, die aus seiner Sicht der Sache am dienlichsten sind, und auf jegliche Hierarchie innerhalb der Abteilung verzichtet. Wenn ihm das nicht passen würde, dann sollte er sich einen anderen Vorgesetzten suchen.

Die Heftigkeit der Reaktion hatte ihn damals erschrocken, und er hatte sich geschworen, dieses Thema nie mehr auf den Tisch zu bringen. Er fühlte sich unverstanden und hätte sich am liebsten sofort versetzen lassen. Aber das hätte seiner Vita geschadet. Außerdem schätzte er Breschnows ermittlerische Fähigkeiten.

Drass öffnete die Bürotür und sah, dass Schmitti bereits telefonierte. Er betrat den Raum, griff seine Jacke und gab seinem Kollegen ein Zeichen, dass er gehen müsse. Schmitti sah ihn verwundert an. Schnell verließ Drass die Abteilung und eilte zum Ausgang. Er rannte fast zu seinem Auto, stieg ein, ließ den Wagen an und fuhr im Schritttempo vom Hof. Er passierte die Schranke und bog um die nächste Ecke.

»Verdammt!«, fluchte er laut und haute mit der flachen Hand auf das Armaturenbrett. Dann steuerte er den nächsten Imbiss an, kaufte zweimal Hähnchen mit Pommes, wendete den Wagen und fuhr zurück zum Revier.

Schmitti freute sich über das Essen. »Du bist ein netter Kerl!«, bedankte er sich freudig.

»Wenn du wüsstest«, antwortete Drass und grinste.

Er war froh, dass er seinen Kollegen nicht mit der ganzen Arbeit sitzen gelassen hatte.

***

Wütend schlug Cosma das Sofa. Es half nichts. Sie stand auf, schob eine AC/DC-CD in den Player und drehte auf. Sollten die Nachbarn sich doch beschweren. Die schreienden Töne vermischten sich mit ihrer Wut und linderten sie ein wenig. Wieso hatte Robert ihnen von Dino erzählt? Sie wählte wieder seine Nummer. Es war immer noch besetzt.

Ihre Schwester betrat den Raum und drehte die Musik leiser. Cosma drehte sie wieder auf und sah sie herausfordernd an.

Margareta legte besänftigend den Arm um ihre Schulter und zog sie an sich. Nach einer Weile drehte sie die Lautstärke herunter und setzte sich auf das Sofa. Cosma blieb an der Anlage stehen und spielte abwesend am Lautstärkenregler herum, während sie von ihrem Tag berichtete.

»Ich habe dich noch nicht gefragt …«

Margareta legte den Zeigefinger auf ihre Lippen.

»Ist schon okay.«

Cosma steuerte das Sofa an und ließ sich neben ihre Schwester fallen. Margareta strich ihr sanft über die Haare.

»Ich denke, sie werden dich vorladen, und jetzt wirst du einen Anwalt brauchen.«

Cosma nickte und stand wieder auf.

»Sag mal, hast du Hunger?«

Ohne eine Antwort abzuwarten, eilte Cosma in die Küche und durchwühlte ihren Vorratsschrank. Sie fand Reis, Hirse und Nudeln, aber leider kein Gemüse oder Fertigsoßen.

»Entweder ich renne noch mal los und besorge etwas, oder wir bestellen uns Fast Food, oder es gibt Nudeln mit Ketchup«, rief sie.

»Nudeln sind prima.«

Margareta stellte die Anlage aus und folgte ihrer Schwester in die Küche. Das Transistorradio spielte die Abspannmusik von »An Englishman In New York«, den die beiden kürzlich gemeinsam im Kino gesehen hatten. Sie lächelte. Cosma trat zu ihr.

»Ich bin so froh, dass du hier bist«, flüsterte sie, »du hast im Moment eindeutig den klareren Kopf.«

Sie nahm einen Topf aus dem Schrank und setzte das Nudelwasser auf. »Du kannst dir gar nicht vorstellen, wie froh ich bin, wenn dieser Alptraum ein Ende hat.«

Cosmas Augen füllten sich mit Tränen. Margareta legte einen Arm um sie. Cosma krallte sich an ihr fest und weinte hemmungslos. Margareta sprach beruhigend auf sie ein. Ein lautes Zischen unterbrach diese Zweisamkeit, während das Nudelwasser sich über den Herd ergoss.

»Verdammt«, fluchte Cosma und stellte das Gas ab. »Sieh dir das an. Der Topf hat einen Riesenriss.«

Margareta griff sich den Spülschwamm und begann, das Wasser damit aufzusaugen.

»Trödler?«

Cosma nickte. »Wieso passiert immer mir so eine Scheiße? Seit der Geschichte damals läuft nichts mehr rund. Ich habe den Eindruck, jeden Tag mehr Boden unter den Füßen zu verlieren. Egal was ich entscheide, es kommt nur Mist dabei raus.«

Margareta drückte den letzten Schwamm aus, nahm einen anderen Topf aus dem Schrank und zeigte ihn Cosma.

»Ist der okay?«

Cosma nahm ihn ihr aus der Hand, ließ Wasser hineinlaufen und stellte ihn auf den Herd. Margareta entzündete das Gas. Schweigend starrten die Frauen den Topf an.

»Ich muss mein Leben grundlegend ändern, und damit kann ich nicht warten, bis diese Polizeiattacke vorbei ist. Ich muss es gleich tun, heute damit anfangen.«

Das Wasser kochte.

»Jetzt musst du erst einmal diese Nudeln ins Wasser tun«, sagte Margareta sanft und nahm ihr die Teigwaren vorsichtig aus der Hand.

Cosma setzte sich an den Küchentisch und sprach mit ernstem Gesicht zu dem Rücken am Herd.

»Den ersten Schritt habe ich ja schon gemacht. Dino ist weg. Ich schwöre dir, dass ich nie wieder einen Fuß über die Schwelle eines dieser Clubs setzen werde. Erst einmal keine Männergeschichten mehr und nie mehr gewalttätige Männer, und ich suche mir eine Therapeutin oder eine Gruppe. Alleine schaffe ich das nicht.«

Margareta hatte sich zu ihr gewandt. »Nicht alles auf einmal, Schwesterchen. Leicht wird das nicht. Wahrscheinlich brechen alte Wunden auf, und die Vorsätze bröckeln … aber ich werde dich dabei begleiten.«

Das Nudelwasser kochte zischend über. Cosma stellte sich wieder neben ihre Schwester und griff ihre Hand. Schweigend sahen sie eine Zeit lang dem Brodeln zu, bis Margareta die Flamme drosselte.

***

»Ich glaube, wir haben ihn. Ein Familieneintrag. Andreas, Elisabeth und Karl-Heinz Braun, wohnen in der Oderberger Straße 5 in Prenzlauer Berg. Ich fahre gleich hin.«

»Ist Schmitti noch da?«, erkundigte sich Breschnow.

Drass bejahte.

»Nimm ihn mit!«

Drass legte den Hörer auf und musterte seinen Kollegen einen Moment lang an. Schmitti hing wie üblich an seinem Bildschirm, fasziniert von dem Innenleben der Maschine.

»He, Schmitti, Ausflugszeit.«

Schmitti murmelte etwas, das sich wie Schimpfen anhörte, und verließ widerwillig seinen Platz. Aber seine Laune besserte sich schlagartig, als er das Auto von Drass sah. Im Gegensatz zu Breschnow liebte Schmitti den Wagen. Die beiden Männer zwängten sich hinein, und Drass ließ den Motor kurz aufheulen. Schmitti nickte ihm anerkennend zu.

»Ich könnte mir so etwas nicht leisten.«

»Wär auch wohl nicht besonders geeignet für einen Familienausflug mit Frau und vier Kindern«, grinste Drass.

Schmitti lachte. »Aber tauschen möchte ich trotzdem nicht.«

Wieder alle Geschwindigkeitsbegrenzungen ignorierend, erreichten sie in kurzer Zeit die Oderberger Straße 5, ein unscheinbares Berliner Mietshaus aus der Gründerzeit. Die Straße war nach der Wende in Mode gekommen und runderneuert worden. Die Fassaden glänzten in neuem Gewand in unterschiedlichen Farben, Cremeweiß bis hin zu einem leuchtenden Rot, das in den Augen schmerzte. Teilweise waren neue Balkone aus Metall und Holz angebracht worden. In einer der letzten Baulücken entstand ein Niedrigenergiehaus.

»Die Gegend hat sich total verändert«, sagte Schmitti. »Eine Freundin meiner Frau hat hier mal gewohnt. Vor der Wende. Vor fünf Jahren musste sie ausziehen, konnte die Miete nicht mehr bezahlen.«

»Ich vermute, das ging einigen so, sind notgedrungen nach Pankow ausgewichen, in preiswertere Wohngegenden abgewandert«, mutmaßte Drass, der nun schon zum dritten Mal die Straße auf und ab kurvte. Genervt parkte er vor dem Haus in zweiter Reihe und legte ein Polizeischild und eine große Visitenkarte mit seinem Namen und seiner Handynummer gut sichtbar auf das Armaturenbrett. Dann pellten sie sich aus dem Wagen und gingen zum Eingang. Karl-Heinz Braun, laut Eintrag der Vater des Verstorbenen, wohnte im dritten Stock im Vorderhaus und betrieb eine orthopädische Praxis im Parterre.

Schmitti klingelte. Niemand öffnete. Er versuchte es erneut. Nach einer Weile schob Drass seinen Arm am Körper seines Kollegen vorbei und drückte mit der flachen Hand auf alle Klingeln. Kurz danach öffnete sich die Haustür.

Sie gelangten in ein hochherrschaftliches Treppenhaus mit Kristalllüstern und einem roten Teppich und stiegen langsam die Treppe hinauf.

Im dritten Stock wohnten zwei Mietparteien. Drass klingelte und klopfte bei Braun und legte das Ohr an die Tür, um zu lauschen. Es war nichts zu hören.

Wortlos drehte er sich um und klingelte bei der Nachbarwohnung. Nach dem zweiten Läuten öffnete ihnen eine ältere Frau in einem Seidenkostüm die Tür. Sie war mager und klein und musste zu ihnen aufsehen.

Als sie sich vorgestellt und ausgewiesen hatten, bat sie die Polizisten herein. Die beiden Männer quetschten sich an einer riesigen alten Schrankkommode vorbei, die den kleinen Flur dominierte, bevor sie das vollgestopfte Wohnzimmer betraten. Es roch etwas muffig, aber der Raum hatte Charme, wie Drass nicht leugnen konnte. Auf einer antiken Anrichte stand ein altes Grammophon, aus dem leise Charlston-Musik klang. Dicke Teppiche, übereinandergelegt, bedeckten den Fußboden. Ein ovaler Tisch mit geschwungenen Beinen verdeckte fast das dunkelrote Plüschsofa, in das die zwei Kommissare hineinsanken wie in ein weiches Bett. Schmitti versuchte sofort, sich wieder aufzusetzen und an dem etwas festeren Rand des Sitzmöbels Halt zu finden, Drass verschmolz genüsslich mit dem alten Sofa. Er fühlte sich wie in einer Filmkulisse aus den zwanziger Jahren.

Die ältere Frau zog sich einen roten Samtstuhl heran, nahm das goldene Etui von dem Tisch und steckte sich eine Zigarette in das schwarze Mundstück. Sie lächelte.

»Was darf ich Ihnen anbieten, meine Herren? Vielleicht einen Sherry?«

»Nein, danke, wir sind im Dienst und wollen Sie auch nicht lange aufhalten«, wehrte Schmitti ab.

Als Drass das enttäuschte Gesicht der Frau sah, lobte er die wunderbare Einrichtung. Sie lächelte besänftigt, beugte sich vor und reichte ihm das imposante Tischfeuerzeug aus Elfenbein. Drass brauchte einen Moment, um zu verstehen, was sie von ihm wollte. Dann gab er ihr Feuer.

»Frau …«, er hatte nicht auf den Namen geachtet.

»Marie von Streben«, antwortete sie. »Für Sie einfach nur Marie.«

»Marie, wir sind auf der Suche nach Ihrem Nachbarn, Herrn Braun. Kennen Sie ihn?«

Ihr Gesicht erhellte sich wieder, während sie wie auf Knopfdruck ins Schwärmen geriet.

»Der Herr Doktor, ja, so ein feiner Mann. Immer freundlich. Und ein guter Arzt. Ich bin jeden Monat einmal in seiner Praxis. Mein Rücken, wissen Sie …«

»Kennen Sie auch seine Frau?«, unterbrach Drass sie vorsichtig.

»Ja, die Arme.«

Sie hielt inne, nahm einen tiefen Zug von ihrer Zigarette und ließ den Rauch langsam entgleiten.

»Sie ist vor ungefähr fünf Jahren verstorben. Krebs.«

Sie sah Drass mit traurigem Blick fest in die Augen.

»Und dann auch noch der Sohn.«

Sie seufzte vernehmlich.

»Er starb im letzten Jahr. Auch an Krebs. Es ging ganz schnell. Heute war er noch gesund und am nächsten Tag schon im Krankenhaus und kurz danach tot.«

Ihre Augen wurden feucht. »Der arme Mann! Wohnt jetzt ganz alleine dort drüben.«

Sie nahm noch einen tiefen Zug von ihrer Zigarette und legte sie dann vor sich in einem kristallenen Aschenbecher ab. »Und Sie wollen wirklich nichts trinken?«

Schmitti schüttelte den Kopf.

Sie erhob sich etwas mühsam und trat an den Barschrank an der gegenüberliegenden Wand.

»Ich brauche jetzt einen Sherry, meine Herren.«

Drass wand sich aus der tiefen Gemütlichkeit und stellte sich neben die Frau. Sie bemerkte ihn nicht.

»Es verwundert mich, dass er nicht öffnet«, murmelte sie. »Ich habe ihn doch vorhin gehört.«

»Sie haben Herrn Braun kommen hören?«, erkundigte sich Drass.

Die alte Dame erschrak und nickte. Mit leicht zittrigen Händen griff sie nach einem Sherryglas mit wundervollen Verzierungen, öffnete die kristallene Karaffe und schenkte sich ein.

»Ich glaube, ich nehme doch ein Gläschen.«

»Das ist schön, junger Mann. Und Sie wollen wirklich nichts?«, fragte sie Schmitti, der immer noch verbissen auf dem Rand des Sofas verharrte.

Drass stieß mit ihr an. Ein heller klirrender Ton durchzog das Zimmer.

»Engelsgesang«, sagte Marie. »Meine Mutter hat diesen Klang so genannt. Wissen Sie, ich bin schon so alt, aber ich vermisse sie noch immer.«

»Haben Sie Kinder?«, erkundigte er sich.

Die Frau schüttelte den Kopf. »Mein Mann fiel im Krieg, und danach wollte ich keinen neuen. Aber kommen Sie, setzen wir uns wieder.«

Er folgte ihr zurück zum Tisch und ließ sich wieder auf das Sofa fallen.

»Sie sagen, der Sohn von Herrn Braun verstarb an Krebs? Woher wissen Sie das?«

»Aber meine Herren.« Sie spielte Empörung. »Ich bin die Nachbarin.«

Drass lächelte.

»Hat Herr Braun Ihnen das erzählt?«

Sie nickte. Ihre Augen wurden wieder feucht.

Er sah Schmitti an, dann wieder Marie von Streben.

»Wie war er so? Der Sohn.«

»Immer freundlich und hilfsbereit.«

Sie hielt einen Moment inne. »Früher. Aber … man soll ja nichts Schlechtes über Tote sagen …«

Sie starrte auf ihr Glas. »Danach war er anders.«

»Danach?«

Sie sah ihm in die Augen. »Nach diesem Krieg.«

»Sie meinen, nach Afghanistan?«

»Ja. Er war wirklich ein netter Junge. Hat mir die Einkäufe hochgetragen. Aber danach war er verschlossen und irgendwie …«, sie suchte nach einem Wort, »… grimmig.«

»Grimmig«, wiederholte Drass.

Schmitti musterte ihn von der Seite.

»Manchmal auch laut. Mein Schlafzimmer liegt neben seinem Kinderzimmer. Er hat nachts geschrien und ist hin und her gelaufen.«

Sie nahm einen kleinen Schluck und steckte das schwarze Mundstück auf eine neue Zigarette. Drass ergriff das Feuerzeug.

»Und einmal hat er seinen Vater und seine Schwester angeschrien. Die Arme. Sie war ganz verstört.«

»Haben Sie mit ihr gesprochen?«

Sie schüttelte den Kopf.

»Nein, ich habe sie aus der Wohnung rennen sehen. Und dann über die Straße … wäre fast vor ein Auto gerannt.«

Sie beugte sich vor und ließ sich Feuer geben.

»Und dann war es plötzlich ganz ruhig. Ich dachte, der Junge ist ausgezogen, und habe den Herrn Doktor gefragt.«

»Und er hat Ihnen gesagt, dass sein Sohn an Krebs verstorben ist«, ergänzte Drass.

Sie nickte und wischte sich verstohlen eine Träne aus dem Auge.

»Sie sagten, dass Herr Braun nun ganz allein dort drüben wohnt?«, mischte sich Schmitti ein. »Wo ist die Tochter?«

Marie von Streben presste die Lippen aufeinander.

»Sie hat ihren Vater nach dem Tod ihres Bruders einfach alleingelassen. Ich glaube, sie ist ins Ausland gegangen.«

Sie nippte wieder an ihrem Sherry.

»Kennen Sie irgendwelche Freunde der Familie?«, erkundigte sich Schmitti.

»Ab und zu habe ich mal jemanden gesehen, aber nie mit jemandem gesprochen.«

»Hat Herr Braun noch manchmal Besuch?«

Sie sah Schmitti an und schüttelte den Kopf.

Drass trank den letzten Schluck Sherry und erhob sich.

»Danke, Marie. Sie haben uns sehr geholfen.«

Sie lächelte.

»Vielleicht noch einen Sherry?«

Drass schüttelte bedauernd den Kopf und deutete auf seinen Kollegen.

»Dann verpetzt er mich«, behauptete er augenzwinkernd.

***

Er hatte ganz still hinter seiner Wohnungstür gestanden.

Durch den Spion konnte er das Treppenhaus sehen. Sie waren zu seiner Nachbarin gegangen, dieser Alten, die immerzu redete und nie ein Ende fand.

Als die Polizisten erneut an seine Tür traten und klingelten, zog er hastig sein Auge zurück. Er wollte sie nicht in seiner Wohnung haben, wollte heute nicht mit ihnen reden. Sie würden morgen ohnehin in seine Praxis kommen, und das war noch früh genug.

Das Klingeln verstummte. Er hörte Schritte auf der Treppe, die sich langsam entfernten. Aus dem Fenster sah er, wie sich die beiden Männer in ein kleines grünes Auto zwängten.

Er drehte sich um und schlich durch den dunklen Flur. Wenn er jetzt Licht machen würde, rief die Alte vielleicht die Polizisten zurück. Also blieb er lieber im Dunkeln.

Er schlich zum Zimmer seines Sohnes, in dem er seit damals nichts verändert hatte, und sah im Dämmerlicht die Konturen von Bett und Schreibtisch. Die Poster an den Wänden konnte er nicht erkennen, aber er wusste, dass sie da waren. Der Junge hatte Waldtiere geliebt, und eine bunte Mischung von Füchsen, Wölfen, Damwild und Vögeln zierten seine Wände. Die anderen in seinem Alter hatten Poster von ihren Rockstars oder von Mädchen aufgehängt, aber sein Sohn war bei den Tieren geblieben. Auch als er älter wurde. Das hatte ihn gewundert, aber er hatte nie nachgefragt. Er hatte ohnehin wenig gesagt und gefragt. Das war Sache seiner Frau.

Leise zog er die Zimmertür wieder zu und schlurfte in die Küche. Dort setzte er sich an den großen Eichentisch und sah dem schwindenden Tageslicht zu.

***

Die Dorfkneipe war fast leer. Nur am Stammtisch saßen drei Männer und beobachteten feindselig ihre Ankunft. Delego bestellte sich eine Apfelschorle, Breschnow ein Bier, beide nahmen sie die Bulette mit Kartoffelsalat.

»Wollen wir uns vor oder nach dem Essen zu erkennen geben?«, flüsterte Breschnow.

»Nachher. Ich möchte erst einmal in Ruhe essen.«

Im Gegensatz zu den Stammkunden war der Wirt ein freundlicher Mann. Er trug ein kariertes Flanellhemd, das seinen beachtlichen Bauch nicht verbergen konnte, und eine graue Hose, die mit Hosenträgern an ihrem Platz gehalten wurde. Als er ihre Bestellung entgegennahm, betonte er stolz, dass sowohl der Kartoffelsalat als auch die Buletten hausgemacht seien.

Da die Fremden offensichtlich durch den Wirt als akzeptabel eingestuft worden waren, verloren auch die Stammgäste das Interesse und wandten sich wieder ihren eigenen Angelegenheiten zu. Bier und Spielkarten wurden bestellt.

Breschnow lächelte. »Manche Dinge ändern sich nie. Wir könnten genauso gut im hintersten Bayern sein und dreißig Jahre zurückversetzt. Der Empfang wäre derselbe gewesen.«

Delego zuckte nur abwesend mit den Schultern und starrte teilnahmslos vor sich hin. Breschnow sah sie verwundert an.

Nachdem der Wirt ihre Getränke gebracht hatte, unterbrach er das Schweigen.

»Was hast du?«

»Nichts.«

»Ach komm, Delego, spiel hier nicht die Ballerina! Was ist los?«

»Ich mache mir Vorwürfe wegen Subat«, antwortete sie trotzig. »Wir hätten es merken müssen.«

»Ja …«, brummte er. »Lässt sich aber nun nicht mehr ändern.«

»Verdammt, Breschnow. Ich will, dass du etwas dazu sagst.«

Er musterte sie und nickte. »Wenn wir einen Fall haben, Delego, dann ersticken wir in Arbeit. Keine Zeit für die Familie oder Freunde, geschweige denn für uns oder unsere Kollegen. Es ist nicht gut, aber nur so scheint es zu funktionieren. Wir brauchen unsere ganze Kraft für den Job.«

Delego schluckte, und Breschnow war froh, durch den Wirt gestört zu werden, der ihnen die warmen Buletten und einen Mayonnaisesalat servierte. Er aß mit gutem Appetit, während seine Kollegin lediglich auf ihrem Teller herumstocherte und den Wirt bat, sich für einen Moment zu ihnen zu setzen.

»Schmeckt es Ihnen nicht?«, fragte der Gastronom besorgt und deutete auf ihren Teller.

»Doch, doch«, murmelte sie und sah ihn entschuldigend an. »Der Magen.« Sie schob den Teller zur Seite.

Breschnow langte mit seiner Gabel quer über den Tisch und spießte eine Bulette auf. Der Wirt lächelte zufrieden.

»Wir sind von der Mordkommission«, bekannte Breschnow mit vollem Mund.

Der Gastronom schien nicht verwundert. »Kommen Sie wegen Karl?«, erkundigte er sich.

Breschnow nickte und schluckte den Rest der Bulette herunter. »Wieso vermuten Sie das?«

»Blankenfelde ist ein Dorf, hier kennt jeder jeden, und das ist auch gut so. Deswegen ziehen die Leute hierher, und der Karl, der kommt schon manchmal und spricht sich bei mir aus.« Er rückte etwas näher und flüsterte: »Hat es ja auch nicht leicht. Mit den Frauen und so.«

Breschnow nickte verständnisvoll. »Wann haben Sie ihn zuletzt gesehen?«

»Gestern Abend. Er kam spät noch auf ein Bier.«

»Und davor?«

Er dachte kurz nach. »Natürlich am Samstag. Da haben wir hier gefeiert.«

»Was haben Sie gefeiert?«, erkundigte sich Delego.

»Seinen Geburtstag. Ein schönes Fest! Gegen zwei habe ich den Laden dichtgemacht. Sind zu dritt raus.«

»Sind die anderen zwei heute hier?«

Delego wies mit dem Kopf in Richtung Stammtisch.

»Einer von ihnen. Norbert. Der mit dem weißen Bart.«

Er zeigte mit dem Finger auf ihn und winkte ihn heran.

Widerwillig erhob sich der Angesprochene und schlenderte durch die Kneipe. Er erkundigte sich, mit wem er es zu tun hatte, und ließ sich die Dienstausweise zeigen. Delego bot ihm einen Stuhl an. Er blieb stehen, die Hände in die Hüften gestemmt.

»Wann haben Sie die Kneipe verlassen?«, fragte Delego.

»Gegen zwei.«

Der Mann sah den Wirt fragend an.

»Und wohin sind Sie dann gegangen?«

»Zuerst haben wir Karl nach Hause gebracht. Der hatte ordentlich einen im Tee, wir hatten Angst, dass er es nicht alleine schafft.«

»Und danach?«

»Haben wir uns getrennt und sind auch nach Hause gewankt. Uns ging es auch nicht viel besser als ihm. Er war sehr spendabel an seinem Geburtstag.«

»Wer war der Dritte im Bunde?«

Delego ließ sich den Namen und die Adresse geben und bedankte sich.

Der Befragte schlurfte demonstrativ gelangweilt zurück zu seinen Kumpanen, anschließend verschwand der Wirt kurz in die Küche.

»Das war's hier, oder?«

Breschnow nickte. Sie tranken aus und bezahlten am Tresen. Bevor sie das Lokal verließen, bestellte Breschnow noch eine Runde Bier für die Stammgäste und den Wirt.

Draußen atmete Delego tief die frische Abendluft ein.

»Ist unser Gespräch von vorhin über Subat damit beendet?«, fragte sie.

Breschnow nickte. »Ich denke schon. Wenn wir weiter darüber reden, wird es auch nicht anders. Konzentrieren wir uns lieber auf das, weswegen wir hier sind, und gehen noch mal zu Jung.«

Schweigend spazierten sie durch die verlassenen Straßen den kurzen Weg zu dem Hof und klopften an die Tür.

Jung öffnete ihnen diesmal persönlich. Er war erstaunt über ihren Besuch und bat sie herein. Sie nahmen wieder im Wohnzimmer Platz. Die Alte war nirgends zu sehen.

»Wir haben Ihr Alibi und das Attest überprüft«, begann Breschnow. »Das heißt, Sie sind als Mörder aus dem Schneider.«

Der junge Mann zeigte keine Regung.

»Und warum sind Sie dann hier?«, wollte er wissen.

»Sie haben gesagt, dass Sie in Berlin keinen Kontakt mehr zu Pohl oder Andreas Braun, Nick, hatten. Gab es vielleicht jemand anderen in Ihrer Kompanie, mit dem Sie weiterhin befreundet oder bekannt waren?«

»Fehlanzeige.«

»Als Sie noch im Krankenhaus lagen, gab es da Kontakt zu Ihrer Einheit?«, erkundigte sich Delego.

»Nein«, erwiderte Jung bitter. »Wenn Sie darauf hinauswollen, ob mich einer von den Jungs im Krankenhaus besucht hat …?«

Delego nickte.

»Nein, niemand hat sich blicken lassen. Und meine besten Kumpel waren tot. Außer Nick.«

»Und Vorgesetzte?«

»Oberstleutnant Strassberg. Er hat mir die Hand geschüttelt und mir für meinen Einsatz gedankt. Später sollte es noch so eine Art Feier geben. Aber ich bin nicht hingegangen. Ich hätte es nicht ertragen.«

»Wussten Sie, dass Pohl noch lebte?«

»Ja, von Strassberg. Er hat es mir am Krankenbett freudestrahlend berichtet.«

»Zurück zu Nick. Kannten Sie ihn gut?«

»Na ja, wie man halt die Jungs aus der Truppe kennt. Privat haben wir uns nicht gesehen, aber wir hatten einen Draht zueinander.«

»Wie stand Nick zu dem Verhalten von Pohl?«

»Er hat sich oft fürchterlich über Pohl geärgert und heftig mit ihm gestritten.«

»Vor den anderen?«

»Nein, Gott bewahre, außerhalb der Kaserne.«

»Das heißt, die beiden haben sich privat getroffen?«

Jung nickte.

»Hatte Nick eine Freundin?«

»Ja, aber er hat nicht viel von ihr erzählt.«

»Das ist ungewöhnlich, oder?«

Der Soldat nickte und grinste. »Ja, wir haben immer mit unseren Freundinnen oder Errungenschaften geprahlt.«

Er starrte ins Leere. Breschnow ließ ihm einen Augenblick Zeit.

»Wissen Sie den Namen von Nicks Freundin?«

»Nicht genau, aber ich erinnere mich, dass sie einen seltenen Namen hatte und irgendwie altertümlich. Ich glaube, sie hieß Cosima.«

Breschnow und Delego sahen sich an.

»Könnte sie auch Cosma heißen?«, fragte sie.

»Na ja, hört sich ähnlich an.«

»Einen Nachnamen haben Sie nicht?«

»Nein. Ich erinnere mich nicht, dass Nick den je genannt hat.«

»Hat Nick erwähnt, wo sie wohnt?«

»Warum wollen Sie das wissen?«

»Antworten Sie einfach auf die Frage, Herr Jung«, verlangte Breschnow.

Jung schwieg und sah Delego an.

»Berufliche Neugier.« Delego schenkte ihm ihr schönstes Lächeln.

»Sie war aus Kreuzberg. Nick hatte oft Zoff mit seinem Vater. Deswegen war er öfter bei ihr als zu Hause.«

»Kannten Sie seinen Vater?«

»Nein, wir haben uns ja nie außerhalb der Kaserne getroffen.«

»Was ist das mit euch Jungs?«, wollte Delego wissen. »Ihr seid in derselben Truppe, ihr seht euch täglich, ihr teilt eure Sorgen, habt einen Draht zueinander, aber geht nicht mal zusammen weg, in die Kneipe, ins Kino? Keinen Kontakt außerhalb der Kaserne? Das verstehe ich nicht.«

Jung zuckte die Schultern. »Weiß auch nicht. War eben so. Die Kaserne ist wie eine«, er suchte das passende Wort, »… Parallelwelt.«

Delego nickte und erhob sich.

Sie hörten die Haustür zuschlagen und schlurfende Schritte auf dem Flur. Kurz danach stand die Alte im Türrahmen und sah ihren Enkel besorgt an. Er nickte ihr lächelnd zu, worauf sie offenbar beruhigt in der Küche verschwand.

Breschnow bedankte sich bei Jung und ging zu Delego, die vor einer Anrichte stand und auf ein altes Foto starrte.

Es zeigte eine unbeschwert lachende junge Frau in einem geblümten Sommerkleid. Rechts und links von ihr standen zwei Männer mit Maschinengewehren, die sie stolz in die Kamera hielten.

»Ist sie das?«, erkundigte sich Delego und wies mit dem Kopf in Richtung Küche.

Jung nickte und murmelte: »Widerstandskämpferin.«

»Was denkst du?«, fragte Delego, als sie außer Reichweite des Hofes waren.

»Wegen der Alten?«

»Nein, wegen der Anderson.«

»Es würde mich nicht wundern, wenn die Anderson mit Nick befreundet war und auch Pohl kannte. Vielleicht ist das ihr Geheimnis.«

Sein Telefon klingelte. Es war Drass, der ihm berichtete, dass er und Schmitti den Vater von Andreas Braun nicht angetroffen hatten. Sie verabredeten sich für den folgenden Tag um neun Uhr in dessen Praxis.

»Am liebsten würde ich sofort der Anderson auf den Zahn fühlen, aber ich fürchte, sie wird mich nicht mehr in ihre Wohnung lassen«, brummte er unzufrieden. »Fahren wir ins Krankenhaus?«

***

Cosma öffnete die Tür und stand einer fremden Frau gegenüber. Sie war groß und schlank, trug ein blaues Leinenkostüm und hatte sich die braunen Haare kunstvoll hochgesteckt.

»Guten Tag, Frau Anderson. Mein Name ist Franziska Franke.« Ihr Blick blieb auf dem Tattoo hängen.

In diesem Moment kam Margareta die Treppe hochgerannt.

»Hallo Cosma«, keuchte sie außer Atem. »Ich hab noch einen Parkplatz gesucht.«

Sie drängte ihre Schwester zurück in den Flur und ließ die Anwältin eintreten. Cosma dirigierte sie ins Wohnzimmer.

»Ihr wart aber schnell«, flüsterte sie Margareta zu.

»Sie war mir noch einen Gefallen schuldig.«

Bevor Cosma etwas erwidern konnte, schob Margareta sie sanft ins Wohnzimmer. Die Anwältin stand unschlüssig vor dem Sofa. »Setz dich doch«, bat Margareta sie. »Kann ich dir etwas zu trinken bringen?«

Die Anwältin schüttelte den Kopf.

Cosma trat an den CD-Spieler und warf die CD aus. Sie brauchte jetzt Miles Davis, um sich konzentrieren zu können. Ihre Schwester sah sie missbilligend an. So wie damals. Jeden Tag.

Sie hatten sich ein Zimmer teilen müssen, und bei den Hausaufgaben am Nachmittag war die Musik Anlass für heftige Streitereien gewesen. Cosma brauchte die Hintergrundbeschallung, um sich konzentrieren zu können, Margareta wurde durch sie abgelenkt. Meistens endete der Streit durch das Eingreifen ihrer Mutter. Margareta zog den Kürzeren und musste in der Küche sitzen.

Die Stimme ihrer Schwester brachte sie zurück in die Gegenwart. Sie hatte sich neben die Anwältin gesetzt und winkte Cosma heran, die sich auf den Schreibtischstuhl plumpsen ließ und sich den beiden zudrehte.

Die junge Rechtsanwältin stellte sich und ihre Qualifikationen vor und befragte Cosma nach den letzten Tagen. Ab und zu schrieb sie etwas in ihr auberginefarbenes Notizbuch. Cosma hatte den Eindruck, dass sie bereits umfassend informiert worden war, und blickte ihre Schwester an, die ihr nervös zulächelte.

Du hast hinter meinem Rücken eine Anwältin engagiert, dachte sie. Aber vielleicht ist es auch gut so. Sie lehnte sich zurück und konzentrierte sich.

Nach einer Weile erhob sich Margareta und holte Kaffee aus der Küche. Die Anwältin bedankte sich und nahm sich einen Schokokeks.

»Cosma, ich darf Sie doch Cosma nennen?«

Cosma nickte.

»Kennen Sie den Toten?«

Cosma schüttelte heftig den Kopf.

»Natürlich kennst du ihn!«, platzte Margareta dazwischen. »Es macht doch keinen Sinn, einen Rechtsbeistand zu nehmen und dann zu lügen.«

Cosma sprang auf.

»Dann ist es wohl besser, diese Sitzung hier zu beenden!«

Sie rannte hinaus.

Margareta verdrehte genervt die Augen und lief ihr hinterher, aber ihre Schwester hatte sich bereits im Schlafzimmer eingeschlossen.

Sie klopfte an die Tür. »Mach auf, bitte.«

Keine Reaktion. Margareta klopfte heftiger.

»Verdammt, Cosma, du kennst mich. Ich werde diesen Platz nicht verlassen, bis du die Tür aufgeschlossen hast.«

***

Für einen regulären Besuch war es bereits zu spät. Breschnow und Delego schlichen sich wie zwei Diebe ins Krankenhaus und hofften, vom Personal nicht erwischt zu werden. Sie hatten Glück und erreichten unbemerkt das Krankenzimmer.

»Manchmal ist eine Personalknappheit auch vorteilhaft«, flüsterte Breschnow und öffnete leise die Zimmertür. Im Raum war es dunkel, und ihre Augen brauchten einen Moment, sich daran zu gewöhnen. Breschnow trat einen Schritt vor und starrte auf das Bett. Es war leer.

Abrupt drehte er sich um und schob Delego zurück in den Flur. Hilfesuchend sahen sie sich nach der Nachtschwester um.

»Eigentlich dürften Sie gar nicht hier sein«, tadelte sie Delego, als sie zwei Flure weiter endlich vor ihnen stand.

Breschnow hielt ihr seinen Ausweis hin.

»Wo ist unser Kollege?«

»Herr Subat?«

Breschnow nickte.

»Wir mussten ihn wieder auf die Intensivstation verlegen.«

Sie musterte ihn.

»Warum?«, fragte Breschnow ungeduldig.

»Akutes Delirium tremens. Seine Vitalfunktionen drohten zusammenzubrechen. Die Medikamente haben nicht angeschlagen.«

Sie ließen sich den Weg zur Intensivstation erklären und eilten los. Der Krankenhausflur mündete in einer kleinen Halle, von der sternförmig fünf Gänge abgingen. Jeder hatte eine eigene Farbe. Sie nahmen den grünen und bogen zu früh ab. Der Nebengang endete auf einem kleinen Innenhof. Der zweite Versuch war erfolgreicher, sie landeten in einer weiteren Halle mit einem Hinweisschild zur Intensivstation, folgten dem Pfeil auf dem Boden, der sie durch weitere Gänge führte, und erreichten endlich die verschlossene Glastür.

Breschnow klingelte. Kurze Zeit später öffnete ihnen ein erstaunlich frisch aussehender junger Arzt.

Breschnow und Delego stellten sich vor. Der Arzt blockierte mit seinem Körper die Tür und schüttelte bedauernd den Kopf. »Wenn Sie nicht mit ihm verwandt sind, darf ich Sie nicht zu ihm lassen.«

»Aber Sie dürfen uns doch bestimmt sagen, wie es ihm geht«, bat Delego.

»Er ist leider in einem kritischen Zustand.«

Delego zuckte zusammen.

»Aber er schwebt nicht in Lebensgefahr.«

Delego schien ihn nicht mehr zu hören.

»Kommen Sie«, lenkte der Arzt ein und fasste sie sanft beim Arm, »ich bringe Sie zu ihm.«

Breschnow zögerte noch einen Moment und trottete dann benommen hinterher.

Hinter dem Glas schien Subat um Jahre gealtert. Sämtliche Körperteile waren an Maschinen und Schläuchen angeschlossen. Sein Körper zuckte unruhig, obwohl er in einem komatösen Schlaf lag. Er war mit dicken Lederriemen an das Bett gefesselt.

Der Arzt zog sie beiseite.

»Er liegt im Delirium. Sein Gehirn reagiert auf den Entzug.«

»Was heißt das genau?«, wollte Delego wissen, die sich mittlerweile wieder gefangen hatte.

»Er ist Alkoholiker, und wenn man dem Körper seinen Stoff entzieht, verändert sich der Hirnstoffwechsel. Man sieht Dinge, die nicht da sind.«

»Deswegen die Fesseln?«

Der Arzt nickte. »Das Delirium ist von Angstzuständen begleitet. Mit den Fesseln tragen wir Sorge dafür, dass den Patienten nichts passiert.«

»Wie lange und wie viel muss man trinken, bis man Alkoholiker wird?«, wollte Breschnow wissen und sah durch die Scheibe.

Der Mediziner lächelte. »Dafür gibt es keine Regel. Aber der Leber nach zu urteilen, trinkt dieser Patient schon länger. Wir geben ihm Medikamente, um das Schlimmste zu verhindern.«

Delego sah ihn fragend an.

»Ein Delirium kann tödlich enden«, erklärte der Arzt knapp.

»Wie lange muss er hierbleiben?«

»Ein bis drei Tage.«

»Und was ist mit seinem Hirn? Irgendwelche Schäden?«, fragte Breschnow mit rauer Stimme und fixierte den Arzt.

»Das können wir noch nicht mit Gewissheit sagen. Aber auf den ersten Blick scheint alles normal zu sein. Allerdings«, er hielt einen Moment inne, »sterben bei einem Delirium sehr viele Gehirnzellen ab, und falls das Hirn schon vorher beschädigt war …« Er ließ den Satz unvollendet und sah Breschnow an. »Hoffen wir das Beste. Aber Sie müssen jetzt leider gehen, ich muss hier weitermachen.«

Delego bedankte sich, und sie verließen die Station.

»Gestern habe ich noch mit ihm gesprochen«, murmelte Breschnow. »Eine Hand wäscht die andere.«

Delego sah ihn erstaunt an.

»Das hat er gesagt. In Bezug auf unseren Fall.«

»Du hast mit ihm über den Fall diskutiert?«

Delego schüttelte ungläubig den Kopf.

Auf dem Parkplatz zündete sich Breschnow eine Zigarette an. »Gib mir auch eine«, forderte Delego.

»Aber …«, setzte er an und brach gleich wieder ab. Wenn sie rauchen wollte, dann sollte sie es tun.

Sie standen noch eine Weile schweigend beieinander und bliesen den Rauch in den dunklen Himmel.

»Er wird wieder gesund«, sagte Breschnow zuversichtlicher, als ihm zumute war.

Delego nickte. Etwas anderes wollte sie im Moment auch nicht hören.

»Soll ich dich nach Hause fahren?«

»Besser in eine Kneipe. Ich fürchte, mein Alkoholvorrat zu Hause hat sich erschöpft. Leistest du mir Gesellschaft?«

»Es ist schon spät«, wandte Delego ein.

»Ist das wichtig?«

»Na ja … Ehrlich gesagt ist mir jetzt nicht nach Alkohol.«

***

Ihre Augen waren verquollen, und ihre Wangen glänzten feucht, als sie endlich die Schlafzimmertür öffnete. Margareta nahm sie in den Arm und strich ihr sanft über den Kopf. Cosma straffte sich, ging zurück ins Wohnzimmer und legte wortlos Holly Cole auf. Die warme Frauenstimme tröstete sie. Nach einer Weile setzte sie sich wieder auf den Schreibtischstuhl und sah die Anwältin an.

»Sie müssen entschuldigen. Aber es fällt mir sehr schwer, über diesen Abend zu reden.«

Die Anwältin nickte verständnisvoll.

»Cosma, ich danke Ihnen für das Vertrauen. Erzählen Sie mir von Pohl.«

Margareta ging zu ihrer Schwester, griff ihre Hand und sah sie ermunternd an. Cosma atmete tief ein und begann mit ihren

Schilderungen. Ab und zu vergewisserte sich die Anwältin, alles richtig verstanden zu haben, und brachte mit ihrer ruhigen und einfühlsamen Art ihre Klientin behutsam durch den Bericht. Als Cosma geendet hatte, erhob sie sich und stellte sich ans Fenster.

»Ich kann verstehen, dass Sie diese Geschichte in den polizeilichen Befragungen bisher verschwiegen haben. Wir können diese Strategie auch erst einmal weiterverfolgen. Und falls doch die Wahrheit ans Licht kommt, erklären wir Ihre Verweigerung mit der Traumatisierung und sagen damit ja nichts anderes als die Wahrheit.«

Sie machte eine kurze Pause und sah die Schwestern eindringlich an.

»Allerdings habe ich schon viel von Hauptkommissar Breschnow gehört, und ich vermute, er wird nicht lockerlassen. Es würde mich wundern, wenn es ihm nicht gelänge, die Wahrheit ans Tageslicht zu zerren. Dem könnten wir natürlich vorbeugen, indem wir selber in die Offensive gehen.«

»Nein, auf gar keinen Fall!«

Cosma war aufgesprungen und lief aufgeregt im Raum hin und her. Die Vorstellung, dem Verknitterten diese intimen Dinge anzuvertrauen, jagten ihr eine Gänsehaut über den Rücken. Außerdem würde er sie sofort wieder verhaften.

»In Ordnung, dann bleibt es erst einmal dabei, dass Sie Herrn Pohl nicht kannten«, beruhigte sie die Anwältin und vergewisserte sich, dass Cosma sie verstanden hatte.

»Ich bin ziemlich sicher, dass Sie morgen früh eine Vorladung erhalten werden. Setzen Sie sich sofort mit mir in Verbindung und gehen Sie auf gar keinen Fall alleine zum Revier. Auch nicht, um sich zu melden, was Sie von nun an täglich tun müssen. Ich werde Sie begleiten. Es sei denn, Sie wollen nicht mit mir zusammenarbeiten.«

»Doch, das möchte ich«, erwiderte Cosma entschlossen.

Die Rechtsanwältin trat zu ihr. »Gut. Dann ist alles geklärt. Ich werde mich gleich morgen früh bei Herrn Breschnow telefonisch vorstellen.«

Cosma bedankte sich, dann begleitete Margareta die Anwältin zur Tür.

»Nochmals vielen Dank, dass du dich so schnell frei machen konntest, und grüße deinen Vater.«

»Woher kennst du ihn eigentlich?«

»Noch aus meiner Zeit als Sozialarbeiterin. Wir haben einige Jugendliche gemeinsam rausgeboxt. Dein Vater war dabei sehr hilfreich.«

»Schwierige Jugendliche. Das war schon immer sein Steckenpferd. Deswegen hat er Jura studiert.«

Sie betraten das Treppenhaus.

»Und du?«

Die Anwältin zuckte mit den Schultern und lächelte.

»Das werde ich erst noch herausfinden müssen.«

***

Delego stieg die Treppen zum ersten Stock hinauf und betrat ihre Wohnung. Sie hatte Breschnow an seiner Stammkneipe abgesetzt und fragte sich, ob Drass richtiglag, dass ihr Chef mit dem Trinken auf dem besten Weg war, Subat zu folgen.

Sie hängte ihre Jacke an die Garderobe und ging in die Küche. Im Kühlschrank stand noch eine angebrochene Flasche Rotwein. Sie nahm sie heraus, leerte den Inhalt in die Spüle und sah der roten Flüssigkeit zu, wie sie strudelnd im Abguss verschwand. Nach einer Weile griff sie sich den Hocker und stellte sich darauf, um an den obersten Hängeschrank zu reichen. Die Tüte Chips hatte eine ganze Woche dort oben überlebt. Lange genug, dachte sie, riss die Tüte auf und stopfte sich drei salzige und fettige Kartoffelscheiben in den Mund. Den Rest füllte sie in eine Schüssel, öffnete den Kühlschrank, griff sich die Flasche Cola Zero und ging ins Wohnzimmer. Sie hatte noch eine ungesehene Folge ihrer Lieblingsserie auf DVD. Als Lieutenant Anita van Buren den Bildschirm betrat, hatte Delego Subat und Breschnow vergessen.

***

Sie war wieder im Tunnel. Pohl lag in seinem eigenen Blut. Das Messer in ihrer Hand verschmolz mit ihrem Körper. Zäh tropfte das Blut auf den Toten herab. Nick stand am Tunneleingang und grinste. Er kam auf sie zu und klopfte ihr anerkennend auf die Schulter. Dann wurde es dunkel. Unter ihr ein Stöhnen. Pohl drehte sich um und setzte sich mühsam auf. Sie wollte wegrennen, aber er hielt sie an den Knöcheln fest. Langsam zog er sie zu sich herab. Als sie nebeneinanderlagen, legte er seine Hände um ihren Hals. Sie keuchte und rang nach Luft. Dann hüllte die Schwärze sie ein.

Der Notarzt streifte die Gummihandschuhe ab.

»Ich habe ihr eine Beruhigungsspritze gegeben. Hat sie kein Asthmaspray?«

Margareta zuckte mit den Schultern.

»Soviel ich weiß, hat sie kein Asthma, eher kleine Anfälle von Atemnot. Meine Schwester steht zurzeit unter enormem Druck.«

»Ich rate Ihnen, so bald wie möglich einen Lungenfachmann aufzusuchen. Dieser Anfall war nicht lebensbedrohlich, aber erfahrungsgemäß verschlimmern sie sich mit der Zeit.«

Der Arzt ließ sich seinen Einsatz quittieren und verließ die Wohnung.

Margareta setzte sich neben Cosma, die jetzt friedlich dalag und ruhig und gleichmäßig atmete. Die Bettwäsche und ihr Schlafanzug waren durchgeschwitzt, aber sie würde sie jetzt nicht mehr wechseln, denn sie wollte ihre Schwester nicht aufwecken. Sie ging in die Küche und öffnete den Kühlschrank. Dort fand sie noch eine halbe Flasche Wein, goss sich ein und stellte sich ans Fenster. Schlafen würde sie in dieser Nacht nicht mehr.

FREITAG

Kurz vor neun betraten Breschnow und Drass die Orthopädiepraxis. Sie trugen ihr Anliegen vor und wurden von der Sprechstundenhilfe freundlich vertröstet.

»Der Herr Doktor ist leider noch nicht da. Wollen Sie nicht Platz nehmen?«

Breschnow schaute kurz ins Wartezimmer. Es war brechend voll.

»Wir warten hier«, beschloss er und lehnte sich an den Tresen.

Die Sprechstundenhilfe erhob sich und musterte ihn.

»Sie können hier nicht …«

In dem Moment wurde die Tür geöffnet, und ein alter Mann mit schlohweißen Haaren und einem weißen Kittel betrat die Praxis. Er wirkte müde und ging leicht vornübergebeugt. Die Arzthelferin verstummte und deutete auf die beiden Polizisten. Der Orthopäde nickte, legte der Helferin eine Akte auf den Tresen und bat die Kommissare in sein Sprechzimmer. Da es nur einen Patientenstuhl gab, blieb Breschnow stehen.

»Was führt Sie zu mir?«

»Wir ermitteln in dem Mordfall Pohl und vermuten, dass Sie den Toten kennen.«

»Ist das der Mann, der in der Hasenheide erstochen wurde?«

Drass nickte.

»Und was veranlasst Sie zu der Vermutung, dass ich den Mann kannte?«

Breschnow ignorierte die Frage.

»Kennen Sie ihn?«

Braun zögerte.

»Kennen trifft die Sache nicht. Ich habe ihn zwei- oder dreimal flüchtig bei uns in der Wohnung gesehen. Er war mit meinem Sohn bekannt.«

»Andreas Braun?«

»Ja, ich habe nur einen Sohn.«

»Bei der Bundeswehr?«

»Ja, mein Sohn ist bei der Bundeswehr«, bestätigte der Orthopäde.

»Ist?«, fragte Drass verwundert.

Breschnow trat hinter seinen Kollegen und legte ihm eine Hand auf die Schulter. Drass sah zu ihm auf. Breschnow schüttelte kaum merklich den Kopf.

»Wie gut war Ihr Sohn mit Pohl bekannt?«

»Das kann ich nicht einschätzen. Mein Sohn spricht nur selten über sich.«

»Hat er eine Freundin?«

Braun zuckte die Schultern. »Das vermute ich, weil er so selten zu Hause übernachtet. So oft müssen die Soldaten doch nicht in der Kaserne schlafen, oder?«

»Sie wissen also weder etwas über Herrn Pohl noch etwas über eine Freundin. Vielleicht weiß Ihre Frau mehr?«, versuchte es Breschnow weiter.

Der Arzt seufzte.

»Meine Frau ist vor fünf Jahren ihrem Krebsleiden erlegen.« Er stand auf.

»Ich möchte nicht unfreundlich sein, aber mein Wartezimmer ist voll. Wenn Sie also keine Fragen mehr haben …«

Drass erhob sich.

»Im Moment nicht, aber es kann sein, dass wir Sie noch einmal aufsuchen müssen. Nur noch eine Routinefrage. Wo waren Sie in der Nacht von Samstag auf Sonntag?«

»Am Abend war ich bei meiner Nachbarin. Eine reizende ältere Dame. Sie lädt mich gelegentlich zum Essen ein. Gegen zehn ging ich zurück in meine Wohnung und schaute noch eine halbe Stunde Fernsehen.«

»Was haben Sie sich angesehen?«

»Das kann ich Ihnen nicht mehr sagen, habe einfach zwischen den Kanälen hin und her geschaltet.«

Breschnow ging zur Tür. Dort drehte er sich noch einmal um.

»Kennen Sie vielleicht noch andere Freunde Ihres Sohnes?«

Braun schüttelte den Kopf. Breschnow ging auf ihn zu und sah für einen Sekundenbruchteil Angst in den Augen des Arztes.

Er legte eine Visitenkarte auf den Tisch und verließ wortlos den Raum.

Auf dem Weg nach draußen schenkte Drass der Sprechstundenhelferin sein schönstes Lächeln. Sie erwiderte es wie automatisch.

Breschnow griff nach seinen Zigaretten und schlug vor, einen Kaffee trinken zu gehen. Nach einem kurzen Spaziergang fanden sie eine kleine Bäckerei mit Kaffeeausschank und Stehtischen. Die Croissants sahen verlockend aus. Breschnow bestellte Kaffee, Drass nahm einen Tee.

»Der Arzt ist eigentümlich«, begann Drass mit vollem Mund.

»Das kannst du laut sagen. Er ist der Mann, den wir im Tunnel überrascht haben.«

»Was wollte er da?«

»Hat sich die Stelle angesehen, an der Pohl ermordet wurde. Aber was er da wirklich wollte ... Er hat uns falsche Papiere gezeigt und war anschließend nicht mehr auffindbar.«

»Wie hat er es denn begründet, am Tatort zu stehen?«

»Dass solche Orte ihn anziehen und er ein neugieriger alter Mann ist.«

»Und warum habt ihr ihn nicht mitgenommen?«

Ja, warum?, dachte Breschnow. Wir waren in Eile. Und er war ein alter Mann. Habe ich ihm geglaubt? Habe ich ihm einen Mord nicht zugetraut?

»Ich weiß es nicht«, antwortete er ehrlich.

»Und jetzt tut er so, als ob er dich nicht kennt, und spielt den alten Trottel, der noch nicht einmal weiß, dass sein Sohn gestorben ist?«

»Sieht ganz danach aus.«

»Meinst du, er hat dich erkannt?«

»Aber hundertprozentig. Ich frage mich, welchen Zweck er mit seinem Theater verfolgt.«

»Er macht sich auf jeden Fall verdächtig. Vielleicht ist er einer von denen, die es darauf anlegen, weil ihr Leben ihnen sonst nichts bietet.«

»Aber sein Leben scheint zumindest tagsüber doch ganz schön voll zu sein«, überlegte Breschnow laut.

»Was machen wir jetzt?«

»Wir gehen heute Abend noch einmal hin. Ich will den Mann in seiner Wohnung erleben.«

Sie leerten ihre Getränke und bezahlten.

Breschnow versuchte erneut, Frau Pohl zu erreichen. Zu seiner Erleichterung nahm jemand ab. Es war ein Kind, das den Hörer aber erst nach einigen Überredungsversuchen aus der Hand gab.

»Guten Tag, Frau Pohl. Gut, dass ich Sie erreiche. Haben Sie den Namen Strassberg schon einmal gehört?«

»Ja.«

»Und den Namen Andreas Braun oder Nick?«

»Nick, oh ja, der war ab und zu hier. Es gab einen Streit …«

Breschnow unterbrach sie.

»Ich komme gleich vorbei. Passt das?«

»Ja.«

Sie hatte aufgelegt, ohne sich zu verabschieden.

***

Strassberg schob wütend seine Unterlagen von einem Ende zum anderen. Eben hatte seine Frau angerufen und ihm empört mitgeteilt, dass die italienischen Gastgeber sich bei ihr gemeldet und um Erlaubnis gebeten hatten, der Polizei das Alibi der Familie zu bestätigen. Sie fürchtete zu Recht um ihren guten Ruf. In ihren Kreisen war der neuste Tratsch immer hoch angesehen, und es kam fast täglich zu absurden Verleumdungen, die an Rufmord grenzten. Er hatte sich schon lange gewundert, dass seine Familie bisher davon verschont geblieben war, und wollte diese Kontakte lieber heute als morgen abbrechen. Aber seine Frau hatte ihn inständig gebeten, es nicht zu tun. Sie fühlte sich ihrer Clique zugehörig, nannte sie ihre zweite Familie und erinnerte ihn immer wieder daran, dass sie einige der Frauen und Männer bereits seit Kindertagen kannte. Außerdem liebte sie das Tratschen. Wahrscheinlich war es genau dieser offensiven Art zuzuschreiben, dass sie bisher noch nie das Tratschopfer gewesen war, sondern immer nur die Täterin.

Wütend schob er die Unterlagen wieder nach rechts. Hoffentlich würde die Polizei nach Bestätigung des Alibis nicht weiter in seinen privaten Angelegenheiten wühlen.

Er lehnte sich zurück, starrte an die Wand und dachte an Sebastian Pohl. Ihm hatten die Entschlossenheit und Zielstrebigkeit des Mannes gefallen. Deswegen hatte er ihn damals in die Kaserne geholt und Pohls Onkel einen großen Gefallen getan. Der hatte sich erkenntlich gezeigt und jemanden organisiert, der Strassberg für einen Spottpreis ein Haus baute. Ein guter Deal, für beide nützlich.

Trotz oder vielleicht auch wegen des hitzigen Temperaments und der damit verbundenen Leidenschaft für das Soldatenleben hatte er Pohl schnell ins Herz geschlossen, ihn unter seine Fittiche genommen und geschützt. Er war das Gegenteil seines Sohnes aus erster Ehe. Der hatte sich gedrückt, den Kriegsdienst verweigert und war Sozialarbeiter geworden. Eine Enttäuschung auf der ganzen Linie.

Pohl wäre ihm als Sohn lieber gewesen. Er war ein guter Soldat, wusste sich zu wehren und war sich nicht zu fein, auch mal etwas härter zuzugreifen.

Strassberg senkte den Blick und schob den Stapel wieder nach links.

Aber lange wäre es nicht mehr gut gegangen. In den letzten Monaten hatten sich die Beschwerden gehäuft. Er wusste, dass sich hinter seinem Rücken etwas zusammenbraute und die Soldaten nach einem anderen Weg suchten, Pohls Übergriffe publik zu machen.

Er sah wieder an die Decke.

Schade um den Jungen. Aber eigentlich war doch so alles bestens.

***

Der Weg von der Praxis in Prenzlauer Berg bis zum Haus von Pohls Witwe führte sie durch die halbe Stadt. Sie reihten sich in den zähflüssigen Verkehr ein und ließen sich von Ampel zu Ampel schieben. Drass war mit lautem Fluchen und Schimpfen über die anderen Verkehrsteilnehmer beschäftigt und vergaß, seinen Chef mit seiner Fahrweise zu provozieren. Sie stoppten erneut an einer roten Ampel, und Breschnow beobachtete drei Raben auf der kleinen Rasenfläche rechts von ihm. Sie stritten um eine weiße Plastiktüte. Einer zog etwas Gelbes heraus und flog davon. Die anderen beiden folgten ihm laut kreischend.

Ihr Flügelschlag war schwarz
und ihr Schatten fleckte das Himmelsblau

Automatisch griff er nach seinem Notizbuch, hielt aber in der Bewegung inne, als er sich der Anwesenheit seines Kollegen wieder bewusst wurde.

Eine Dreiviertelstunde später bogen sie endlich in die Friedbergstraße ein. Vor ihnen scherte ein roter Ford Transit aus einer Parklücke. Drass schickte ein Stoßgebet gen Himmel und grinste seinen Chef an.

»Ist ja wie ein Fünfer im Lotto.«

Breschnow nickte und öffnete die Beifahrertür. Als er ein Bein rausstellte, kam ein Mops und schnupperte interessiert an seinem Schuh, die immer hektisch werdenden Rufe seines Herrchens ignorierend. Breschnow trat ihn leicht zur Seite. Das Tier knurrte leise und trollte sich.

Frau Pohl öffnete ihnen nach dem ersten Klingeln. Sie trug ein kleines blondes Mädchen auf dem Arm und lächelte Breschnow entschuldigend an.

»Es tut mir leid wegen vorhin. Die Kleine ist an den Apparat gekommen und hat die Leitung unterbrochen.«

Dann wandte sie sich Drass zu. Als er seinen Ausweis zeigen wollte, gebot sie ihm Einhalt.

»Ich muss Sie vorwarnen. Heute ist Großkindertag. Einmal in der Woche bekommt eine von uns die Kinder. So haben wir alle mal einen freien Nachmittag.«

Das Mädchen auf ihrem Arm strampelte. Zügig ging sie ins Wohnzimmer und setzte sie auf den Teppich zu den zwei anderen Kleinkindern. In einem Kinderwagen neben dem Sofa lag ein Baby und schlief zufrieden.

»Wir machen es kurz«, sagte Breschnow.

Er hätte sich am liebsten auf den Teppich gesetzt und eine Weile mit den Kleinen gespielt. Vielleicht würde er es heute schaffen, seine Nichte zu besuchen.

»Wollen Sie sich nicht setzen?«

Frau Pohl deutete auf das Sofa. Die Kommissare lehnten ab.

»Am Telefon sagten Sie, dass Sie Strassberg kennen?«, fragte Breschnow.

»Er ist der Vorgesetzte von Sebastian. Ich habe ihn nur einmal persönlich getroffen. Er hat ihm beim Umzug geholfen.«

»Ist das nicht ungewöhnlich?«, wollte Drass wissen.

Die Frau zuckte die Schultern.

»Ich glaube, sie waren befreundet. Ich fand Strassberg überheblich und unangenehm und glaube, er hat mir die Schuld an der Trennung gegeben.«

»Wissen Sie etwas mehr über diese Freundschaft?«

»Nein. Da gingen Sebastian und ich bereits unsere eigenen Wege.«

»Und Andreas Braun?«, fragte Drass.

»Den Namen kenne ich nicht.«

»Aber am Telefon sagten Sie doch, dass sich dieser Braun mit Ihrem Mann gestritten hätte«, mischte sich Breschnow irritiert ein.

»Ach, Sie meinen Nick?«

Am anderen Ende des Wohnzimmers wurde es laut. Die drei Kinder zankten sich um vier kleine Plastikwürfel. Die Frau ging zu ihnen hinüber und versuchte geduldig, den Streit zu schlichten. Als das nicht gelang, nahm sie die Würfel und legte sie auf den Sekretär. Sie versprach den Kindern, später mit ihnen damit zu spielen. Die Kleinen beklagten sich lautstark. Nach einer Weile gaben sie auf und wandten sich anderen Gegenständen zu.

Frau Pohl drehte sich wieder den Kommissaren zu und lächelte. Hinter ihrem Rücken klirrte es. Das kleine Mädchen hatte versucht, sich an der Tischdecke des Couchtisches hochzuziehen und eine Blumenvase mit heruntergezogen. Verwundert sah es die Erwachsenen an, ließ sich dann auf den Boden plumpsen und spielte mit dem Wasser, das sich langsam über den Teppich verteilte.

Die anderen beiden kamen neugierig herbeigerobbt. Frau Pohl eilte in die Küche.

Drass ließ sich auf den Drehstuhl am Sekretär fallen und beobachtete das Geschehen, Breschnow folgte der Frau, um ihr zur Hand zu gehen.

Kurz danach kamen sie mit einem Eimer und einem Scheuerlappen zurück. Die Frau schob das Kind sanft zur Seite und stoppte die anderen beiden, bevor sie die Pfütze erreichen konnten. Breschnow stopfte die Blumen in den Eimer und versuchte, das Wasser mit dem Scheuerlappen aufzunehmen. Die Kleine protestierte und brüllte wie am Spieß. Frau Pohl hob das Kind hoch, nahm Breschnow den Eimer und den Lappen aus der Hand und brachte beides in die Küche. Als sie zurückkam, nuckelte das Mädchen selig an einem Lutscher. Sie gab den anderen beiden auch einen und wandte sich Breschnow zu.

»Das Bad ist dahinten, wenn Sie sich die Hände waschen wollen.«

Er winkte ab.

»Sie kannten also Nick?«

»Nick. Ja. Er rief mehrmals an und wollte Sebastian sprechen, aber der wohnte schon nicht mehr hier. Das habe ich ihm auch gesagt. Trotzdem stand er eines Abends einfach vor der Tür, ausgerechnet als Sebastian zufällig da war. Mein Exmann war wütend, weil Nick einfach so aufgekreuzt war. Sie verschwanden in einem der Kinderzimmer und haben sich heftig gestritten.«

»Konnten Sie hören, um was es ging?«

»Ich glaube, es ging um eine Frau.«

»Haben Sie einen Namen hören können?«

Frau Pohl schüttelte den Kopf.

»Und weiter?«, drängte Breschnow.

»Kurz danach verließ Nick wutentbrannt die Wohnung und knallte die Haustür so fest zu, dass sie splitterte. Sebastian verschwand kurz nach ihm.«

»Wann war das?«

»Im letzten Jahr. Es war schon wärmer … im Frühjahr oder im Frühsommer.«

»Haben Sie Ihren Exmann später darauf angesprochen?«

Die Frau schüttelte erneut den Kopf.

»Und haben Sie Nick noch einmal gesehen?«

»Nein. Keinen von beiden. Sebastian kam danach nicht mehr hierher.«

»Gab es noch Anrufe?«, erkundigte sich Drass, der zu ihnen getreten war.

»Ja, zwei- oder dreimal wollte jemand Sebastian sprechen.«

»War es immer derselbe?«

»Das kann ich Ihnen nicht sagen.«

Neben ihnen heulte es plötzlich im Kinderwagen, weil dem Baby der Schnuller aus dem Mund gefallen war. Auch am anderen Ende des Wohnzimmers war es wieder laut geworden.

Drass drängelte zum Aufbruch. Breschnow bedankte sich und folgte seinem Kollegen hinaus.

***

Die Müllmänner rumpelten mit dem Container über den Hinterhof. Als Margareta davon erwachte, brauchte sie einen Moment lang, um sich zu orientieren, und drehte sich zu ihrer Schwester hin. Cosma lag noch genauso da wie gestern, als sie endlich eingeschlafen war. Sie atmete immer noch ruhig. Margareta stahl sich aus dem Bett und schlich in die Küche. Erschrocken sah sie auf die Uhr. Sie musste dringend telefonieren. Sie setzte Wasser auf und suchte das Telefon. Als sie es endlich unter dem Sofakissen fand, rief der pfeifende Wasserkessel sie zurück in die Küche, und sie goss den Tee auf und wählte. Ihre Kollegin klang verärgert, aber das legte sich, nachdem Margareta ihr die Situation erklärt und versichert hatte, spätestens um zwölf in der Firma zu sein.

Margareta hob den rechten Arm und roch unter ihrer Achsel. Irgendwann heute Nacht musste sie sich voll bekleidet neben ihre Schwester gelegt haben und eingeschlafen sein. Sie konnte sich nicht mehr erinnern.

Sie pustete in ihre Tasse, trank den heißen Tee in einem Zug und verließ eilig die Wohnung. Auf dem Weg zur Haustür rief sie sich ein Taxi.

Als sie eine Viertelstunde später die Bautzener Straße erreichte, sah sie einen Mann vor ihrer Tür stehen. Sie hatte die Ladenwohnung mit eigenem Eingang kurz nach ihrem Klinikaufenthalt gemietet. Mittlerweile fühlte sie sich in ihrem kleinen privaten Einzimmerreich sehr wohl, auch wenn es nach hinten hinaus etwas dunkel war.

Der Mann kam auf sie zu. Er war hochgewachsen, hatte einen gut durchtrainierten Körper, kurze schwarze Haare und trug schwarze Jeans und ein schwarzes Kapuzen-T-Shirt, was ihm einen jugendlichen Ausdruck verlieh. Er zog eine Dienstmarke aus seiner Hosentasche und stellte sich als Hauptkommissar Drass vor.

»Sie sind der mit dem Messer, oder?«, stellte Margareta fest.

Drass nickte.

»Und was wollen Sie jetzt von mir? Reicht es Ihnen nicht, was Sie meiner Schwester angetan haben?«

»Ich will mit Ihnen über die Mordnacht reden.«

»Das können Sie wollen, aber ich will nicht mit Ihnen reden, und ich werde Sie bestimmt nicht in meine Wohnung lassen. Vielleicht finden Sie bei mir dann auch ein Messer.«

Drass hob die Augenbraue und erwiderte im scharfen Ton: »Wollen Sie mir etwa unterstellen …«

»Ich unterstelle gar nichts«, unterbrach ihn Margareta, »hören Sie, ich bin in Eile.«

Sie versuchte, ihn zur Seite zu schieben. Er blieb unbeirrt stehen.

»Gehen Sie von meiner Tür weg.«

»Nicht, bevor ich mit Ihnen gesprochen habe.«

Aus den Augenwinkeln sah Margareta ein Blaulicht.

»Na gut«, lenkte sie ein und zeigte ihm ihren Schlüssel. »Darf ich?«

Er trat zur Seite, damit sie aufschließen konnte. Das Blaulicht kam näher, ein Notarztwagen raste vorbei. Drass drehte sich um und sah ihm hinterher. Margareta schlüpfte schnell in ihre Wohnung und zog die Tür hinter sich zu. Sie hörte den Polizisten wütend dagegenhämmern und griff eilig zum Hörer.

***

Breschnow ließ sich am Alex absetzen. Wegen einer Baustelle staute sich der Verkehr Unter den Linden, Autofahrer hupten nervös, und massige Busse verpesteten die Luft. Orientierungslose Berlin-Besucher blockierten den Bürgersteig und versuchten, den Stadtplan zu verstehen. Breschnow hatte Mühe, sich an ihnen vorbeizuquetschen, ohne auf die Fahrbahn zu geraten. Er hielt sich rechts und flanierte über den Platz. Auch hier prägten die Touristen das Stadtbild, bevölkerten die Wege und Wiesen und fotografierten sich vor dem obligatorischen Springbrunnen gegenseitig. Breschnows Blick blieb an dem kompakten Plattenbau vor ihm hängen. Auch an diesem hellen Sommertag konnte er dieser Architektur nichts Schönes abgewinnen.

Als er endlich vor der kleinen Wohnung stand, klingelte er und schloss auf. Es war niemand zu Hause. Enttäuscht ließ er sich auf das Sofa plumpsen und versuchte, seine Gedanken zu ordnen.

Fünf verdächtige Männer. Karl Jung, an den Rollstuhl gefesselt, könnte jemanden angeheuert haben. Gerd Schmidt ist zwar depressiv, kann aber mit Waffen umgehen. Und beide hassen Pohl.

Uwe Gölzow hat keinen offensichtlichen Grund, aber den würde er auch bestimmt nicht auf dem Silbertablett servieren. Strassberg hatte vielleicht genug von Pohls Eskapaden, und der Orthopäde hat einen toten Sohn, der mit Pohl befreundet war. Fünf verdächtige Männer und keine Beweise. Was übersehe ich?

Zwei Frauen. Die Anderson. Die war es nicht. Bin ich da sicher?

Und die Witwe? Sie hat kein Motiv.

Und die Schwester von der Anderson? Verdammt. Wir haben immer noch nicht mit ihr geredet. Und woher kennt die Anderson Pohl? Sie muss es mir sagen!

Er stand auf, ging in die Küche und nahm sich ein Bier aus dem Kühlschrank.

Der Tagesspiegel-Schreiber behauptet, die Anderson kann nicht lügen. Aber wieso lügt sie bei Pohl? Was hatten die beiden miteinander?

Sechs Tage, und ich trete immer noch auf der Stelle.

Er leerte die Flasche in einem Zug und wollte sich gerade die zweite greifen, als die Wohnungstür aufgeschlossen wurde.

Die Kinderstimme riss ihn aus den Gedanken. Als seine Nichte ihn entdeckte, rannte sie quietschend auf ihn zu und gab keine Ruhe, bis sie auf seinen Schultern saß. Aufgeregt berichtete sie ihm von ihren Abenteuern auf dem neuen Spielplatz.

Eine junge, ihm fremde Frau betrat zögernd die Küche und musterte ihn misstrauisch. Er stellte sich vor und zeigte ihr seinen Dienstausweis.

Breschnow trug Mona ins Wohnzimmer und spielte noch eine Viertelstunde mit ihr Memory, während die Kinderfrau in der Küche hantierte und eine Zwischenmahlzeit zubereitete.

Dann verabschiedete er sich.

Um noch etwas Zeit zu schinden, verzichtete er auf ein Taxi und nahm die U-Bahn. Um diese Tageszeit war sie meist leer, er würde also in Ruhe seinen Gedanken nachhängen können. Er zog sich eine Fahrkarte aus dem Automaten und stempelte sie ab. Kurz danach fuhr die U-Bahn ein. Der Waggon war bis auf zwei in Schwarz gekleidete ältere Herren leer. Sie kamen augenscheinlich von einer Beerdigung.

Am Hermannplatz stieg Breschnow in die U7 und mit ihm eine Schulklasse. Die Jugendlichen bevölkerten blitzartig den Waggon. Da es einer der alten ohne Verbindungstüren zu den anderen Abteilen war, hatte er keine Möglichkeit, auszuweichen. Innerhalb von Sekunden stieg der Lärmpegel auf ein kaum auszuhaltendes Maß. Selbst die Jugendlichen hatten Schwierigkeiten, sich zwischen Handy- und MP3-Player-Musik zu verständigen. Breschnow musterte die Jungs, die ihm gegenüber Platz genommen hatten. Es waren zwei große stämmige Jugendliche, der eine blond, der andere dunkelhaarig. Da sie sich nichts zu sagen hatten, stänkerten sie lautstark mit den Mädchen auf der gegenüberliegenden Sitzbank. Diese schrien ab und zu

Schimpfworte herüber, kicherten und kauten noch schneller auf ihren Kaugummis. Als die U-Bahn in den nächsten Bahnhof einfuhr, stieg Breschnow eilig aus.

Der Himmel hatte sich eingetrübt, aber es war angenehm warm und fast windstill. Er wählte den Weg durch die Hasenheide, zog sein Notizbuch aus der Jackentasche und setzte sich kurz auf eine Bank, um den Vers von vorhin aufzuschreiben. Sein Blick glitt auf die Wiese vor ihm, aber der Vers wollte sich nicht vervollständigen. Also notierte er die Fragmente und verfluchte seinen Kollegen. Als die ersten Regentropfen fielen, eilte er weiter, passierte die angrenzenden Sportflächen und erreichte bald darauf das Revier. Schmitti und Drass waren nicht da, Delego telefonierte. Er gab ihr ein Zeichen, in sein Büro zu kommen, holte sich einen Kaffee aus dem Automaten und setzte sich an seinen Schreibtisch. An einer Akte klebte ein gelber Zettel mit der Information, dass sie für die Herausgabe der Daten von Dino einen richterlichen Beschluss brauchten. Wütend riss er ihn ab und wollte ihn gerade in den Papierkorb befördern, als Delego sein Büro betrat. Er drückte ihr den Zettel in die Hand.

»Kümmere dich darum. Die Staatsanwältin und du, ihr seid doch quasi befreundet. Wo ist eigentlich Regina?«

»Sie hat sich krankgemeldet. Ihrer Mutter geht es noch schlechter, und sie lässt dir ausrichten, dass sie ihr Handy im Krankenhaus ausstellen muss«, antwortete Delego. »Und eine Franziska Franke hat heute Morgen angerufen. Sie ist die Anwältin von der Anderson und lässt dir ausrichten, dass die Anderson kein Gespräch mehr ohne sie führen wird.«

»Franziska Franke, die Tochter von Herbert Franke?« Breschnow runzelte die Stirn. »Ich hoffe, sie ist noch nicht so ausgefuchst wie ihr Vater. Dann sagt die Anderson nämlich gar nichts mehr.«

Delego drehte sich zur Tür.

»Gehst du nachher mit rein?«, fragte Breschnow ihren Rücken. »Regina fällt ja wohl aus.«

***

Schmitti stand bereits vor der Schöneberger Wohnung und kaute an einem Schokocroissant.

»Du kommst spät«, stellte er fest und hielt Drass die Tüte hin.

»Keinen Appetit«, brummte der.

Während sie zu der Remise gingen, informierte Drass seinen Kollegen über das erste Gespräch mit Gerd Schmidt. Sie stiegen die Treppen zur Haustür hinauf und klingelten. Es wurde ihnen sofort geöffnet, und ein gepflegter junger Mann lächelte sie freundlich an.

»Guten Morgen, die Herren, kommen Sie doch bitte herein.«

Drass war sichtlich irritiert, Schmitti sah ihn fragend an.

»Gehen wir wieder in die Küche«, schlug Gerd Schmidt vor und zwinkerte Drass zu. »Sie kennen ja den Weg.«

Drass löste sich aus der Verwunderung und folgte dem Soldaten.

»Wie möchten Sie Ihren Kaffee, vielleicht einen Cappuccino oder einen Milchkaffee oder einfach einen Espresso?«

»Zu einem Cappuccino würde ich nicht Nein sagen«, antwortete Schmitti.

Drass bat um ein Glas Wasser und musterte Schmidt misstrauisch. Der Wandel des Soldaten von einem depressiven heruntergekommenen Wrack zu einem fröhlichen gepflegten Gastgeber war ihm unheimlich. Er fragte sich, was diese Veränderung hervorgerufen hatte, und wünschte sich, Breschnow wäre hier und könnte das sehen.

Als der Kaffee und das Glas Wasser auf dem Tisch standen, fragte Gerd Schmidt nach dem Grund ihres zweiten Besuches.

»Wir haben noch ein paar Fragen.«

»Ich dachte mir schon, dass Sie noch einmal vorbeikommen. Schließlich bin ich doch äußerst verdächtig«, lächelte er glücklich.

Drass sortierte sich.

»Sie haben sich über Pohls Tod gefreut. Erinnere ich mich da richtig?«

Der Soldat nickte.

»Und Sie behaupten, ihn nicht getötet zu haben, aber es fehlt Ihnen ein Alibi für die Mordnacht.«

»Das ist falsch. Meine Katze war bei mir. Aber sie könnte ja auch meine Komplizin gewesen sein. Vielleicht ist er ja totgebissen worden.«

Er zwinkerte den Kommissaren zu.

Drass und Schmitti sahen sich an. Schmitti übernahm das Wort.

»Ihnen scheint der Ernst Ihrer Lage nicht bewusst zu sein.«

»Doch. Ich hätte den Schweinehund gerne umgebracht, aber in meinem Zustand ist das leider nicht möglich.«

»Und wieso nicht? Ich kann nichts sehen, was Sie ausschließen würde.«

»Man sieht es mir nicht an, aber seit damals ticke ich nicht mehr richtig«, verkündete er strahlend und tippte mit dem Zeigefinger an seine Schläfe. »Heute geht es mir besonders gut. Ich habe eine Extradosis Tabletten genommen. Ich bin stark und glücklich!«

Er stand auf, breitete die Arme aus und drehte sich um seine eigene Achse. Dann beugte er sich zu Drass herunter und flüsterte fast zärtlich.

»Lieber Kommissar, wollen wir nicht lieber über schönere Dinge reden?«

Drass sprang auf und hätte den Soldaten fast umgestoßen. »Machen Sie sich über uns lustig? Entweder nehmen Sie sich jetzt zusammen, oder wir werden Sie ins Revier vorladen.«

»Eine Einladung! Wie schön«, freute sich Schmidt und klatschte in die Hände.

Drass schüttelte den Kopf, gab seinem Kollegen ein Zeichen zum Aufbruch und verließ die Küche. Der Soldat sah ihm traurig hinterher. Schmitti trank den letzten Schluck seines Cappuccinos und erhob sich. Er klopfte dem Soldaten kameradschaftlich auf die Schulter und bedankte sich für den hervorragenden Kaffee. Dann folgte er seinem Kollegen.

»Was war das denn für eine Nummer?«, fragte Schmitti lachend, als sie außer Hörweite waren. »Hast du nicht was von einem Depressiven erzählt?«

»Das war er auch beim letzten Mal. Der Kerl steht total unter Drogen. Meinst du, wir können ihn überhaupt allein lassen?«

»Nun mach mal langsam, Drass. Wahrscheinlich gehört das zu seinem Krankheitsbild. Ich hatte nicht den Eindruck, dass er irgendwie gefährdet wirkt. Im Gegenteil. Sei doch ehrlich, so eine Tablette für die trüben Tage wäre doch was Feines.«

Drass musterte seinen Kollegen und grinste.

»Hab gar nicht gewusst, dass du auf Pillen stehst.«

»Jeder hat so seine Geheimnisse. Ich schlage vor, wir lassen den Clown jetzt in Ruhe in seinem Zirkuszelt und laden ihn für morgen vor. Ich bringe das gleich auf den Weg.«

Schmitti zog sein Handy aus der Hosentasche und rief das Sekretariat an.

Drass schloss die Wagentür auf und murmelte: »Du hättest ihn gestern mal sehen müssen.«

***

Pünktlich um zwei erschienen Cosma Anderson und ihre Rechtsanwältin im Revier. Breschnow bat sie in den Besprechungsraum.

Delego hatte vier Tische zusammengeschoben, Kaffee gekocht und den Rekorder in die Mitte gestellt.

Die beiden Frauen setzten sich nebeneinander, Delego und Breschnow ihnen gegenüber.

Delego schenkte Kaffee ein.

Fehlt nur noch Mamas Kuchen, dachte Breschnow verstimmt, man könnte meinen, wir treffen uns auf ein Kaffeekränzchen.

Er bat darum, das Gespräch aufzeichnen zu dürfen, und schaltete das Gerät ein.

»Freitag, 1. 7. 2011, vierzehn Uhr sieben. Befragung im Mordfall Pohl. Anwesend sind die Befragte Cosma Anderson, ihre Anwältin Frau Franziska Franke, die Kommissarin Delego und Hauptkommissar Breschnow. Die heutige Befragung ersetzt die tägliche Meldung von Frau Anderson.«

»Frau Franke, sind Sie mit dem Fall vertraut, oder haben Sie noch Fragen, bevor wir beginnen?«

»Nein, Herr Breschnow. Ich bin von meiner Klientin bestens informiert worden.«

Die beiden musterten sich.

»Gut. Dann fangen wir an. Frau Anderson, wir haben den berechtigten Verdacht, dass Sie den Toten kennen ...«

»Worin begründet der sich?«, unterbrach ihn die Rechtsanwältin.

»Wir wurden darüber in Kenntnis gesetzt, dass Frau Anderson lange Jahre mit dem Soldaten Andreas Braun eine Zweierbeziehung pflegte.«

Aus den Augenwinkeln konnte er sehen, dass Cosma blass wurde.

Ich habe ins Schwarze getroffen, dachte er.

»Und was hat diese Beziehung meiner Mandantin mit Herrn Pohl zu tun?«

»Die beiden Männer waren befreundet.«

»Und was sagt das über meine Mandantin aus?«

Viel, dachte er. In langen Zweierbeziehungen pflegt man die Freunde seiner Partner zu kennen.

Er beugte sich vor. »Die logische Schlussfolgerung, Frau Franke, ist, dass Cosma Anderson Sebastian Pohl während ihrer Beziehung mit Andreas Braun kennengelernt hat.«

»Das ist eine Vermutung. Haben Sie dafür Beweise?«

Die Rechtsanwältin verschränkte die Arme vor ihrer Brust.

Breschnow lehnte sich zurück.

»Hören Sie, Ihre Mandantin hat unsere Ermittlungen behindert, weil sie uns verschwiegen hat, dass sie mit Braun befreundet war, und jetzt behindert sie sie weiter, indem sie uns verschweigt, dass sie Pohl kennt.«

»Das ist eine Unterstellung!«

»Andreas Braun ist bewiesen. Darf ich Frau Anderson danach befragen?«

Die Anwältin wandte sich ihrer Mandantin zu, die sich anscheinend nur schwer beherrschen konnte, nicht in Tränen auszubrechen.

Sanft riet sie ihr, die Fragen nach Nick zu beantworten.

»Warum haben Sie uns bisher verschwiegen, dass Sie mit Andreas Braun befreundet waren?«

»Weil ...«, stammelte Cosma Anderson.

Die Anwältin unterbrach. »Haben Sie meine Mandantin danach gefragt?«

Breschnow schüttelte den Kopf. »Nein, nicht direkt.«

»Dann hat sie Ihnen auch nichts verschwiegen.«

»Woher kannten Sie Herrn Braun?«, fuhr Breschnow unbeirrt fort.

»Wir haben uns bei einer Unifete kennengelernt.«

Ihre Stimme klang fester.

»Wenn ich mich richtig erinnere, haben Sie Publizistik studiert, und Nick?«

»Nennen Sie ihn nicht so! Das dürfen nur seine Freunde.«

»In Ordnung.« Breschnow hob beschwichtigend die Hände. »Was hat Herr Braun studiert?«

»Philosophie und Anglistik.«

»Und beide waren Sie an der Freien Universität?«

Anderson nickte.

Delego sprach ins Mikrofon. »Frau Anderson nickt mit dem Kopf.«

»Wie lange waren Sie zusammen?«

Cosma dachte nach und zählte die Jahre mit ihren Fingern ab. »Sechs Jahre.« Sie sah Breschnow an. »Nick war meine erste feste Beziehung.«

»Was führte zur Trennung?«

Bevor sie die Frage beantworten konnte, schoss die Anwältin wieder dazwischen.

»Ich kann verstehen, wenn Sie Frau Anderson nach dem Menschen Braun befragen, um durch sein Wesen Rückschlüsse auf Pohl zu ziehen. Warum Sie allerdings Beziehungsinterna erfragen, entzieht sich meiner Logik.«

»Wir gleichen die unterschiedlichen Aussagen über den Ermordeten miteinander ab, um uns ein Bild zu machen. Dazu gehört auch der engere Freundeskreis, und uns wurde mehrmals gesagt, dass Braun und Pohl sehr eng miteinander befreundet waren«, antwortete Breschnow.

Delego sah ihn von der Seite an und nickte, Cosma sank kaum merklich auf ihrem Stuhl zusammen, und Breschnow verfluchte innerlich die Anwältin.

»Und warum befragen Sie dann nicht Herrn Braun?«

»Das werden wir noch tun«, antwortete Delego. »Zurzeit ist er verreist.«

Breschnow ließ sich seine Verwunderung nicht anmerken und fuhr fort.

»Frau Anderson. Was führte zur Trennung?«

»Sie müssen die Frage nicht beantworten«, klärte Franziska Franke sie auf.

Cosma nickte und sah Breschnow direkt an.

»Das ist kein Geheimnis, und wenn Sie es unbedingt wissen wollen: … Die Bundeswehr hat uns auseinandergebracht. Ein Jahr nachdem wir uns kennengelernt hatten, schmiss Nick sein Studium und verpflichtete sich als Berufssoldat. Ich fand das entsetzlich, deshalb stritten wir immer häufiger und heftiger. Später haben wir das Thema dann einfach vermieden. Und als er nach Afghanistan ging, wollte ich mich trennen.«

Sie hielt inne und sah ihre Anwältin traurig an.

»Aber ich konnte es nicht.«

»Warum?«, fragte Breschnow.

»Warum trennt man sich nicht? Das ist eine merkwürdige Frage, Herr Kommissar. Ihre Kollegin versteht mich wahrscheinlich besser.«

»Vielleicht, Frau Anderson. Also, warum haben Sie sich da noch nicht getrennt?«

Sie lehnte sich zurück, schlang die Arme um sich und ließ die Frage unbeantwortet.

»Als Nick aus Afghanistan zurückkam, war er verändert«, fuhr sie mit brüchiger Stimme fort, »irgendwie in sich gekehrt, nicht mehr so fröhlich. Stattdessen ernst und aggressiv … ach, irgendwie alles auf einmal und im Wechsel. Zuerst habe ich noch gehofft, dass es vorbeigeht, aber es wurde immer schlimmer. Er hat sich immer stärker abgekapselt, hatte keine Lebensfreude mehr. Er hat nie mit mir über die Zeit in Afghanistan gesprochen. Irgendwann habe ich ihm dann die Pistole auf die Brust gesetzt. Entweder er macht eine Therapie, oder ich verlasse ihn.«

Sie stockte.

»Und als er das verweigert hat, haben Sie sich getrennt?«, ergänzte Delego behutsam.

Cosma nickte.

»Fürs Protokoll. Frau Anderson bejaht die Frage«, ergänzte Breschnow sachlich. »Kannten Sie seine Familie?«

»Wollen Sie auch noch wissen, ob er gut im Bett war?«

Breschnow antwortete nicht.

Cosma sprang auf. »Mein Gott, ich habe diese Fragerei so satt.«

Breschnow erhob sich ebenfalls, und die beiden standen sich wieder wie Kampfhähne gegenüber.

»Frau Anderson, setzen Sie sich bitte.«

Die Anwältin griff die Hand ihrer Mandantin und zog sie sanft auf den Stuhl zurück.

»Wenn Sie wollen, können wir die Befragung jetzt beenden, und Sie können morgen wiederkommen. Ist Ihnen das lieber?«

Cosma warf Breschnow einen bösen Blick zu.

»Sie wissen, dass meine Mandantin zurzeit gesundheitlich angeschlagen ist?«, erkundigte sich die Anwältin.

Breschnow setzte sich ebenfalls und musterte Cosma.

»Ich würde das hier gerne noch zu Ende bringen«, brummte er.

Cosma willigte ein.

Breschnow sah Delego an.

»Frau Anderson, kennen Sie seine Familie?«, fragte die Kommissarin behutsam.

»Nein. Seine Eltern sind bei einem Autounfall ums Leben gekommen.«

»Und wo hat er gewohnt?«

»Bei einem alten Mann in der Oderberger Straße.«

»Zur Untermiete?«

»Ich glaube schon.«

Natürlich in der Oderberger, dachte Breschnow, und der Orthopäde ist sein Vater. Warum hat er seine Freundin angelogen? Oder lügt sie?

»Haben Sie ihn manchmal dort besucht?«, wollte Delego wissen.

»Nein, nie. Nick schämte sich für diese Unterkunft. Ich habe das nie verstanden, aber es war mir auch egal. Ich hatte ja eine eigene Wohnung und war froh, dass er zu mir kam und ich nicht pendeln musste.«

»Hat er Sie jemals geschlagen?«, fragte Breschnow.

Cosma erstarrte, und ihre Anwältin sah ihn überrascht an.

»Hat er?«

Cosma atmete laut hörbar ein. »Nein.«

»Und Pohl?«

Cosma klammerte sich am Tisch fest. Sie war wieder blass geworden.

Ihre Anwältin legte schützend eine Hand auf ihre Schulter.

»Herr Breschnow. Sie haben gehört, dass Frau Anderson Herrn Pohl nicht kennt. Unterlassen Sie bitte solche Unterstellungen. Wir werden diese Befragung jetzt beenden. Sie können uns gerne erneut vorladen.«

Damit stand sie auf und zog ihre Mandantin am Arm hoch.

Breschnow musterte Cosma. Sie wich seinem Blick aus.

»Fürs Protokoll, Frau Franziska Franke beendet die Befragung um vierzehn Uhr dreiundvierzig. Sie hält ihre Mandantin für nicht mehr vernehmungsfähig.«

Delego brachte die beiden Frauen zum Ausgang und erklärte ihnen das Prozedere für den nächsten Tag. Breschnow stand auf, öffnete das Fenster und zündete sich eine Zigarette an.

Sie kennt Pohl, dachte er. Und er hat ihr etwas angetan. Die Anwältin weiß das. Ein neues Dreieck: Anderson – Braun – Pohl.

Delego kam zurück in den Raum und stellte sich neben ihn.

»Franziska Franke ist gut«, sagte er, »aber noch nicht so detailerfahren, sonst wäre ihr mein Bluff aufgefallen. Und sie hätte als Erstes nach den Protokollen der Zeugenaussagen gefragt. Warum wolltest du nicht, dass ich erwähne, dass dieser Nick tot ist?«

»Ich vermute, sie weiß nichts davon. Die beiden hatten keinen Kontakt mehr, und seine Familie kannte sie nicht. Hätte sie heute davon erfahren, wäre sie bestimmt wieder zusammengebrochen. Ich glaube, sie hat diesen Nick geliebt, und es ist ihr sehr schwergefallen, sich zu trennen, und ich glaube eigentlich nicht, dass Afghanistan der Grund war. Aber das sind reine Spekulationen.«

»Pohl?«

Delego nickte.

»Spekulation oder Intuition?«, lächelte Breschnow. »Wird die Anderson in deinen Augen verdächtiger, weil sie Pohl kennt?«

Delego schüttelte den Kopf. »Nein. Für mich nicht, aber für den Richter oder die Staatsanwaltschaft schon, denke ich.«

Breschnow zog sein Handy aus der Tasche und wählte die Nummer von Drass. Schmitti und er waren bereits auf dem Rückweg. Die zweite Befragung von Uwe Gölzow hatte nichts Neues ergeben. Breschnow gab ihnen eine Kurzfassung von Andersons Vernehmung und bat sie, noch einmal nach Kladow zu fahren.

Jemand räusperte sich. Franziska Franke stand in der Tür zum Verhörraum. Breschnow ging auf sie zu.

»Ich wollte das vorhin nicht vor Frau Anderson erwähnen, aber ich muss Sie dringend bitten, die Schwester meiner Mandantin nicht weiter zu belästigen.«

Breschnow sah sie fragend an. Delego war zu ihnen getreten.

»Margareta Anderson?«, fragte sie.

»Margareta Bonau«, korrigierte die Anwältin. »Sie hat den Namen ihres Mannes angenommen.«

»Was haben wir getan, um sie zu verärgern?«, erkundigte sich Breschnow.

»Ihr vor ihrer Haustür aufgelauert und sie zu einer Aussage genötigt.«

Breschnow runzelte die Stirn.

»Ach, ich verstehe«, lächelte die Anwältin wissend. »Alleingang. Reden Sie mit Ihrem Kollegen und haben Sie in Zukunft Ihr Team besser im Griff, Hauptkommissar Breschnow.«

Sie musterte ihn kurz und verließ dann, ohne sich zu verabschieden, den Raum.

***

Schmitti sah Drass gespannt an.

»Was Neues?«

»Die Anderson kennt diesen Nick.«

»Nick? Wer war das noch mal? Du weißt doch, ich merke mir Namen ohne Gesichter nur schwer.«

»Andreas Braun, der Brandsuizid.«

»Andreas Braun, Nick, was denn nun?«, seufzte Schmitti.

»Wir sollen noch mal nach Kladow fahren und Uwe Gölzow fragen, ob er die beiden kannte«, sagte Drass.

Sie verließen die Autobahn an der nächsten Ausfahrt und wendeten. Wegen des einsetzenden Feierabendverkehrs brauchten sie eine Weile, bis sie das Haus der Gölzows erneut erreichten. Dieses Mal öffnete ihnen eine gepflegte ältere Frau. Sie wiesen sich aus und fragten nach dem Soldaten.

»Oh, das tut mir leid. Sie haben ihn knapp verfehlt. Eine Freundin hat ihn abgeholt.«

»Hat er Ihnen gesagt, wohin er wollte?«

Sie lächelte verschmitzt. »Hätten Sie in seinem Alter Ihrer Mutter erzählt, was Sie vorhaben? Aber ich kann Ihnen seine Handynummer geben. Bitte, kommen Sie doch herein.«

Sie folgten ihr in den Flur, wo sie ihr Handy aus der Handtasche nahm und wählte. Sie sah Drass verwundert an.

»Das Telefon ist ausgestellt. Wenn Sie wollen, frage ich mal bei den Eltern seiner Begleiterin nach.«

Ohne eine Antwort zu erwarten, griff sie zum Festnetzapparat. Nach kurzem Klingeln wurde am anderen Ende abgenommen, und nach einigen Begrüßungsfloskeln mit ihrer Gesprächspartnerin fragte sie nach ihrem Sohn.

»… ist bei euch zum Spieleabend? Warte mal kurz …«

Sie hielt eine Hand über den Hörer.

»Mein Sohn ist bei den Simons. Das ist in Gatow. Wollen Sie mit ihm telefonieren, oder fahren Sie hin?«

»Wir fahren hin«, entschied Schmitti.

»Sie kommen vorbei, wenn dir das recht ist. Ja?«

Sie verabschiedete sich herzlich und legte den Hörer auf.

»Familie Simon. Melsunger Straße 27. Soll ich es Ihnen aufschreiben?«

»Nicht nötig und vielen Dank.«

Drass hielt ihr die Hand zum Abschied hin. Sie nahm sie, und er war überrascht, wie fest ihr Händedruck war.

Sie wendeten und fuhren wieder stadteinwärts. In diese Richtung war der Verkehr nicht so dicht, sodass sie ihr Ziel schon zehn Minuten später erreichten. Uwe Gölzow stand bereits vor dem Haus und begrüßte sie mit einem knappen Nicken.

»Entschuldigen Sie, dass wir noch einmal stören müssen«, begann Drass freundlich. »Wir haben versäumt, Sie zu fragen, ob Sie Andreas Braun kennen.«

Ein kurzes, kaum wahrnehmbares Zucken durchfuhr den Körper des Soldaten. Sein Blick glitt an den Kommissaren vorbei.

Drass drehte sich unwillkürlich um und sah hinter sich.

»Ich war oder, besser gesagt, bin mit seiner Schwester Janina befreundet«, antwortete Gölzow.

»Wohnt Janina noch bei ihren Eltern?«

»Bei ihrem Vater. Aber zurzeit ist sie im Ausland.«

Gölzow veränderte seine Haltung. Er stellte die Beine etwas auseinander und verschränkte die Hände hinter seinem Rücken.

Typisch Militär, dachte Drass und fragte: »Was macht Janina im Ausland?«

»Sie arbeitet als Au-pair-Mädchen.«

»Wo?«

»In Australien.«

Drass reichte Gölzow einen kleinen Block und ließ sich die Adresse und die Telefonnummer geben.

»Seit wann kennen Sie sich?«

»Seit vier Jahren.«

»Und ihren Bruder?

»Auch seit vier Jahren.«

»Haben Sie beide gleichzeitig kennengelernt?«, fragte Drass.

Er wunderte sich, dass sein Gegenüber jetzt so wortkarg war, hatte er ihnen doch vorhin bereitwillig und sehr ausgiebig auf alle Fragen geantwortet.

»Ich kam im Januar zum Militär.«

Gölzow nahm unbewusst Haltung an.
»Dort lernte ich Nick kennen. Und im März Janina.«
»Und wie? Kam sie in die Kaserne?«
»Nick hatte mich zu sich nach Hause eingeladen.«
»Sie hatten sich also etwas angefreundet?«
»Ja. Vielleicht.«
»Vielleicht?«
Gölzow zuckte mit den Schultern.
»Kennen Sie auch seinen Vater?«
Der Soldat nickte und sah zu Boden. Drass und Schmitti wechselten einen Blick.
»Waren Sie öfter bei den Brauns?«
»Nein. Nicht so oft.«
»Kennen Sie Nicks Freundin?«
»Nein!«, antwortete Gölzow wie aus der Pistole geschossen.
»Sie haben sie nie gesehen?«, fragte Schmitti erstaunt.
Gölzow schüttelte den Kopf.
»Er hat sie Ihnen nicht vorgestellt und auch nicht von ihr geredet? Sie haben nie etwas gemeinsam unternommen?«, fragte Drass verwundert.
»Nein!«
Der Soldat sah ihm fest in die Augen.
»Wann ging Janina nach Australien?«
»Kurz nachdem sich ihr Bruder umgebracht hatte. Aber warum wollen Sie das alles wissen?«
»Reine Routine«, versicherte Drass. »Wir versuchen nur, uns ein Bild von Pohl zu machen.«
»Uwe, wo bleibst du?«, drang eine nörgelnde Frauenstimme zu ihnen. Kurz danach folgte eine junge Frau. Sie trug Bluejeans und ein gelbes T-Shirt, das ihren Bauch freiließ. Ihre Füße steckten in goldenen Sandaletten.
»Wir warten auf dich«, maulte sie.
Erst danach sah sie die beiden Männer an. Sie stellte sich vor und gab ihnen die Hand.
»Polizei? Aber was hat Uwe denn mit der Polizei zu tun?«
Sie hakte sich bei ihm unter.
»Rein beruflich«, versicherte der junge Soldat hastig und

schob ihren Arm zur Seite. »Geh doch wieder rein. Ich bin gleich bei euch.«

Drass sah ihr nach und beobachtete, wie ihre Sandaletten das Licht reflektierten. Gölzow musterte ihn derweil finster. Drass ließ ihn einen Moment lang schmoren und lächelte.

»Ich glaube, ich habe keine weiteren Fragen mehr. Falls Ihnen noch etwas einfällt, was uns weiterhelfen könnte, rufen Sie mich bitte an.«

Er reichte Gölzow eine Visitenkarte. Der Soldat nickte und schloss eilig die Tür.

Schweigend fuhren die beiden Männer zurück zum Revier. Drass konzentrierte sich auf den Verkehr und seine riskanten Überholmanöver, Schmitti genoss die schnelle Fahrt und die Stadt, die an ihm vorbeizog.

***

Cosma ließ sich auf das blaue Sofa sinken. Musik von R.E.M. drang leise aus den Lautsprechern. Ihr Blick glitt langsam durch das Zimmer und blieb immer wieder an den vertrauten Gegenständen hängen. Hier fühlte sie sich sicher.

Sicher? Wovor eigentlich?

Es gab keinen Grund, sich unsicher zu fühlen. Dino war keine Bedrohung mehr, und die anderen Männer kannten weder ihre Adresse noch ihre Telefonnummer. Sie hatte sich nie nach Hause fahren lassen und sich jedes Mal, bevor sie die Haustür aufschloss, noch einmal umgedreht.

Sie stand auf, drehte die Musik lauter und ging in die Küche. Nach dem Verhör hatte ihr die Anwältin nahegelegt, der Polizei zu sagen, woher sie Sebastian Pohl kannte. Franziska Franke war überzeugt davon, dass Breschnow über kurz oder lang die Wahrheit ans Tageslicht zerren würde.

Der Gedanke, mit dem Verknitterten darüber zu reden, jagte Cosma eine Gänsehaut über den Rücken. Allein schon seine Anwesenheit provozierte in ihr ein permanentes Bedürfnis, sich zu streiten. Er sollte von seinem Sockel fallen und auch mal spüren, dass es in der Welt so etwas wie menschliche Gefühle gab. Auf gar keinen Fall würde sie ihm gegenüber irgendwelche Intimitäten preisgeben.

Sie setzte sich auf den Küchenstuhl und griff nach dem Bleistift. Vielleicht würde sie mit der Polizistin reden. Aber nur ohne Breschnow. Sie zeichnete Kreise auf den ungeöffneten Briefumschlag von der GASAG.

Die Wahrheit gegen das Versprechen, nie mehr mit diesem Breschnow reden zu müssen? Könnte das der Deal sein?

Sie drückte den Stift fest auf das Papier und zog ihn hastig hin und her. Das Papier zerriss, und sie kritzelte auf dem Holztisch weiter.

Nein, sie würde mit niemandem reden. Sollte sich der Verknitterte doch die Zähne an ihr ausbeißen und es selbst herausfinden. Dann könnte er sie immer noch einsperren.

Sie öffnete die Schublade des Küchentisches und nahm einen weißen Radiergummi heraus. Vorsichtig versuchte sie, die Kritzeleien wegzuradieren. Zurück blieb ein kleiner stumpfer Fleck. Sie strich mit dem Zeigefinger darüber.

Ich habe mich in dem Verhör gut gehalten, dachte sie, die kleine Lüge über die Trennung ist mir leicht über die Lippen gekommen.

Sie stand auf und öffnete den Kühlschrank. Sie würde einkaufen gehen müssen, schließlich hatte sie ihrer Schwester versprochen, heute Abend für sie beide zu kochen. Lächelnd nahm sie das neue Kochbuch vom Regal und ging zurück ins Wohnzimmer.

***

Als Schmitti und Drass das Revier erreichten, saßen ihre beiden Kollegen bereits im Besprechungsraum. Breschnow starrte vor sich hin, Delego wühlte eifrig in ihren Unterlagen. Schmitti nahm sich einen Kaffee und setzte sich neben sie. Drass blieb an die Küchenzeile gelehnt stehen.

»Wo ist Regina?«, erkundigte er sich.

»Bei ihrer Mutter«, brummte Breschnow und betrachtete ihn grimmig.

»Was ist los?«, fragte Drass.

»Hast du mir nichts zu sagen?«

Drass schwieg.

»Die Anwältin von der Anderson hat sich bei mir beschwert.«

Drass zuckte zusammen.

»Einer meiner Männer soll Margareta Bonau vor ihrem Haus ›aufgelauert‹«, er schrieb die Gänsefüßchen in die Luft, »und sie ›genötigt‹ haben, eine Aussage zu machen. Kann es sein, dass sie dich meint?«

Drass nickte.

»Und sagst du mir auch, was du da wolltest?«

Drass atmete hörbar ein und aus.

»Bisher hatte noch niemand mit der Schwester geredet. Ich hab sie in der Kartei gefunden. Körperverletzung.«

»Die Anklage wurde fallen gelassen.«

»Ja, es war ja auch ihr Ehemann.«

»Margareta Bonau steht durchaus auf der Liste der Personen, die noch befragt werden müssen, aber nicht so und auch nicht ohne Absprache. Du weißt, dass Regina das machen sollte.«

»Aber sie ist nicht da, und ich finde, dass du zu lange wartest«, argumentierte Drass.

»Dann sag mir das und agiere nicht hinter meinem Rücken. Ist das klar?«

Drass wollte noch etwas sagen, aber nachdem er Breschnows Blick aufgefangen hatte, schwieg er lieber und sah stattdessen seine Kollegen an. Schmitti starrte angestrengt auf den Tisch, Delego warf ihm ein verlegenes Lächeln zu.

Breschnow erhob sich und stellte sich an das Whiteboard.

»Tragen wir zusammen, was wir haben.«

Drass und Schmitti berichteten von ihrem Gespräch mit Gerd Schmidt. Breschnow runzelte die Stirn.

»Wirklich, der Mann war wie ausgewechselt«, versicherte Drass. Schmitti nickte unterstützend.

»Schade, dass ich nicht dabei war«, bedauerte Breschnow.

»Vielleicht hat er euch nur etwas vorgespielt«, warf Delego ein.

»Dann ist er wirklich ein begnadeter Schauspieler«, erwiderte Drass.

»Kontaktiere seinen Arzt und erkundige dich, ob solche Stimmungswechsel möglich sind. Dafür muss er keine Patientengeheimnisse ausplaudern. Wie war es bei Gölzow? Auch irgendwelche Wesensveränderungen?«, erkundigte sich Breschnow.

»Zumindest keine sichtbaren. Die erste Befragung ergab nichts Neues. Keine Kritik an Pohl. Gölzow behauptet, von den Übergriffen in der Kaserne nichts gewusst zu haben, und er hat alle Fragen bereitwillig und ausgiebig beantwortet. Aber als wir ihn dann zum zweiten Mal besuchten und nach Andreas Braun fragten, war er ziemlich kurz angebunden.«

»Es schien ihm unangenehm, über ihn zu reden«, ergänzte Schmitti. »Er ist mit der Schwester liiert und kennt auch den alten Braun. Ich fand sein Verhalten merkwürdig. Erst redet er wie ein Wasserfall, und dann ist er verstockt wie eine Alte.«

Schmitti drehte sich zu Breschnow. »Wieso hat er solch einen Bammel, uns von seinem Freund zu erzählen? Ich meine, was ist denn dabei? Zwei junge Männer, beide Soldaten, freunden sich an. Er verliebt sich in die Schwester. Versteht ihr das?«

Breschnow schrieb eine Notiz auf das Whiteboard. Drass zog einen kleinen Block aus der Tasche und setzte sich an den Tisch.

»Ich habe im Moment keine Antwort für dich«, sagte Breschnow. »Andreas Braun hat also eine Schwester?«

»Janina. Sie ist zurzeit in Australien.«

»Habt ihr die Telefonnummer?«

Drass nickte.

»Gut. Und kannte Gölzow die Anderson?«

»Nein. Das behauptet er zumindest.«

Breschnow drehte sich wieder zum Whiteboard.

»Wir wissen nun, dass Uwe Gölzow, Andreas Braun, sein Vater und seine Schwester miteinander bekannt sind. Und dass zumindest Gölzow von Cosma wusste oder ahnte. Wir wissen außerdem, dass die Anderson sechs Jahre lang mit dem jungen Braun liiert war und sich kurz vor seinem Freitod von ihm getrennt hat. Alle kannten Pohl, auch wenn die Anderson es nicht zugibt. Und ich vermute, sie mochten ihn nicht. Er ist das Zentrum dieser Tragödie: Der Sohn bringt sich um, die Schwester geht ins Ausland, der Vater bleibt einsam zurück, Gölzow verliert seinen Freund und seine Freundin und die Anderson ihre Beziehung.«

»Ich an Gölzows Stelle wäre ziemlich sauer«, ergänzte Delego. »Und wenn mein Sohn sich umbringen würde, weil ein Vorgesetzter ihn in die Hölle geschickt hat, wäre das für mich ein triftiger Grund, Rachepläne zu schmieden.«

Sie stand auf, ging zum Whiteboard und klopfte mit dem Finger dagegen.

»Das gilt auch für die Anderson. Sie weiß vielleicht noch nicht, dass ihr Exfreund tot ist, aber ihre Beziehung ist durch Afghanistan in die Brüche gegangen, und vielleicht hat ihr Freund über den Einsatz und über Pohl geredet.«

»Und was ist mit dem Clown aus Schöneberg?«, fragte Drass. »Wenn der sich durch Medikamente von einem depressiven in einen glücklichen Menschen verwandeln kann, dann vielleicht auch in einen Mörder.«

Breschnow nickte und sah auf das Whiteboard. Er hatte alle Personen aufgelistet und verbunden. Er war davon überzeugt, dass die Lösung vor ihnen stand, aber noch konnten sie die Fakten nicht deuten.

»Uwe Gölzow hat einen Gehgips«, sagte Breschnow. »Der ist sein Alibi. Wir müssen herausfinden, wer ihm das Ding verpasst hat. Immerhin gibt es einen Orthopäden in unserer kleinen Verdächtigenfamilie.«

Er deutete auf Karl-Heinz Braun.

»Dem werden wir gleich noch einen Besuch abstatten, und Gölzow laden wir für morgen vor. Und zwar zur selben Zeit wie die Anderson. Die beiden sollen sich im Wartezimmer begegnen. Wissen wir schon etwas über diesen Dino?«

»Nein, die Amtsmühlen mahlen wieder langsam.«

»Und was ist mit der Schwester?«, erkundigte sich Drass.

»Lade sie vor.«

Breschnow beendete die Besprechung, ging in sein Büro und wählte die Nummer der Spurensicherung. Manfred war sofort am Apparat.

»Hallo Breschnow, suchst du jemanden zum Biertrinken?«

»Das auch. Hast du Zeit?«

Manfred bejahte.

»Aber eigentlich rufe ich dich wegen der Spuren am Tatort an«, fuhr Breschnow fort.

»Wir haben doch keine gefunden.«

»Eben! Wenn ich jemanden ersteche, dann hinterlasse ich Spuren.«

»Das haben wir doch schon durchgekaut«, erwiderte Manfred erstaunt.

»Dann kauen wir eben noch einmal.«

»Bleib dran. Ich ziehe mir die Akte.«

Der Telefonhörer landete mit einem Knall auf dem Tisch, Breschnow hörte seinen Kollegen im Hängeregister wühlen und bald darauf blättern.

»Hier habe ich sie. Keine Spuren beziehungsweise keine verwertbaren Spuren am Tatort. Es gab jede Menge Müll und Kippen, diverse Fußabdrücke, wie es auf öffentlichen Wegen nicht ungewöhnlich ist. Keine Fingerabdrücke auf der Tatwaffe, die Tüte mit den Klamotten in der Nähe des Tatortes vergraben, die verdreckte Quittung auf die Anderson ausgestellt, die Sandalen nigelnagelneu.«

»Aber es kann sehr wohl Spuren des Täters geben, wenn wir etwas zum Vergleichen hätten.«

Manfred stöhnte.

»Mann, Breschnow, mach mir keine Angst. Wir haben so viel Müll …! Aber du hast recht. Wenn du einen Tatverdächtigen hast, können wir unsere Proben noch einmal gezielter unter die Lupe nehmen.«

»Der Täter muss Blut an sich gehabt haben, oder?«

»Na klar. Wenn du einem das Messer in den Körper rammst, dann blutet der.«

»Und es kam nicht zum Kampf?«

Manfred seufzte. »Breschnow, das weißt du doch alles! Das Opfer hat sich kaum gewehrt, es wurde kein Blut zusätzlich verspritzt, und es gab auch keine Schleifspuren.«

»Das heißt, es liegt nahe, dass der Täter und das Opfer sich gekannt haben.«

»Blut ist ja kein Kaffeesatz, in dem man lesen kann, aber das kann man schon vermuten. Ebenso aber auch, dass der Täter sein Opfer überrascht hat.«

In die entstandene Pause hinein fragte Manfred. »Wie laufen denn die Ermittlungen? Kommt ihr voran?«

»Sieht im Moment gerade so aus. Ich bringe dich später auf den neusten Stand. Treffen wir uns bei Susi? Um acht?«

»Machen wir, und lass mich nicht so lange mit Susi allein.«

Breschnow versprach es und legte auf. Manfred war vernarrt in Susi, er würde jede Minute mit ihr genießen.

Die Bürotür öffnete sich, und Drass steckte den Kopf herein. »Wollen wir?«

***

Auf der Oderberger Straße herrschte reges Treiben. Die Lokale waren geöffnet, und die Gäste hatten sich die Stühle auf die Bürgersteige gestellt. Andere saßen auf den kleinen Mäuerchen, die die wenigen Grünflächen einzäunten.

Sie hatten wieder keinen Parkplatz gefunden und den Wagen drei Straßen weiter abgestellt. Breschnow freute sich über den kleinen unfreiwilligen Spaziergang, sein Kollege hingegen blickte mürrisch drein.

»Was hast du?«, fragte Breschnow.

»Heute Abend feiert eine Freundin Geburtstag.«

»Und?«

»Und?«, ahmte Drass seinen Chef nach, »ich bin nicht dabei. Stattdessen schlage ich mir die Zeit mit einem alten Orthopäden tot.«

»Ich hätte auch Schmitti mitnehmen können.«

»Ich weiß.« Drass blieb stehen. »Worüber ich mich ärgere, ist, dass ich dabei sein wollte, dass mir diese Befragung wichtiger ist als meine Freunde. Das ist doch nicht richtig. Breschnow, ohne dich beleidigen zu wollen, glaube ich, dass ich diesen Job an den Nagel hängen sollte, bevor ich genauso verschroben werde wie du. Vielleicht ist es noch nicht zu spät.«

Breschnow grinste und ging weiter. Drass sah ihm kopfschüttelnd hinterher. Sie erreichten das Haus fast gleichzeitig, und Breschnow klingelte. Die Tür wurde sofort geöffnet. Als sie oben ankamen, lehnte Braun bereits am Türrahmen. Er stutzte, trat einen Schritt zurück in den Flur, zog die Tür ein Stückchen zu und musterte sie grimmig.

»Einen schönen guten Abend, Herr Braun«, begrüßte ihn Drass freundlich. »Offensichtlich sind wir nicht diejenigen, auf die Sie gewartet haben. Wir haben aber noch ein paar Fragen und waren zufällig gerade in der Nähe.«

Sie sahen dem alten Mann an, dass er ihnen kein Wort glaubte. Konzentriert starrte er an ihnen vorbei in das Treppenhaus. Aus den Augenwinkeln konnte Drass sehen, dass sich die Wohnungstür von gegenüber einen kleinen Spalt geöffnet hatte und Marie von Streben neugierig zu ihnen herübersah. Der alte Braun sah es auch, murmelte etwas Unverständliches und bat die Kommissare dann hastig herein.

Er führte sie durch den schlecht beleuchteten Flur in das Berliner Zimmer. Dort waren die Vorhänge halb zugezogen, weshalb es dämmerig war, zudem roch es, als ob der Raum tagelang nicht gelüftet worden war. Drass setzte sich in einen der beiden Sessel, Braun auf das Sofa, Breschnow blieb unschlüssig an der Tür stehen.

»Was wollen Sie?«, blaffte der Alte.

»Dasselbe wie heute Morgen, wo wir aus Rücksichtnahme auf Ihre Patienten die Befragung abgebrochen haben«, erklärte Breschnow und trat in den Raum.

Es klingelte wieder. Der Alte sprang erstaunlich behände auf und schritt eilig zur Tür. Nach drei Minuten war er zurück und setzte sich wieder aufs Sofa.

»Also, was wollen Sie noch wissen?«

»Wieso waren Sie am Tatort?«

Braun sah ihn erstaunt an. »Ich bin ein alter neugieriger Mann.«

»Herr Braun«, Breschnow trat noch einen Schritt näher, »Ihre Wohnung und Ihre Praxis sind beide hier in Prenzlauer Berg, und Sie fahren an einem verregneten Tag extra nach Neukölln, um in der Hasenheide spazieren zu gehen und einen Tunnel aufzusuchen, in dem ein Mann erstochen wurde?«

Braun zögerte. Dann nickte er.

»Was fasziniert Sie denn so an Tatorten?«, erkundigte sich Drass.

Der alte Mann zuckte mit den Schultern. »Nicht der Tatort, die Hasenheide. Deswegen bin ich nach Neukölln gefahren.«

»Und was fasziniert Sie so an der Hasenheide?«, fragte Breschnow scharf.

»Alte Erinnerungen. Früher wohnten meine Frau und ich in der Wissmannstraße, und manchmal überkommt mich die Sehnsucht, dann fahre ich nach Neukölln und spaziere durch die Hasenheide.«

»Und wenn Sie auf Sehnsuchtspfaden wandeln, haben Sie auch immer zufällig den Ausweis eines toten Freundes dabei.«

Breschnow musterte sein Gegenüber.

Der Alte kicherte.

»Und? Haben Sie?«

»Nein, natürlich nicht. Den Ausweis habe ich beim Sortieren meiner Unterlagen gefunden und auf den Küchentisch gelegt. Ich muss ihn aus Versehen eingesteckt haben.«

»Und aus Versehen wussten Sie auch Ihren eigenen Namen nicht mehr, als der Kollege nachfragte?«

Braun senkte den Kopf. »Es war mir peinlich«, antwortete er leise. »Als der Polizist fragte und ich den Irrtum bemerkte, wollte ich es nicht zugeben.«

Breschnow stellte sich vor den alten Mann und ging in die Hocke. Seine Knie knackten.

»In Ordnung, Herr Braun. Kommen wir zu Ihrem Sohn.«

»Was ist mit ihm? Hat er etwas angestellt?« Braun lehnte sich vor und sah Breschnow fragend an.

»Außer dass er gestorben ist, meinen Sie?«

Breschnows Worte hingen schwer im Raum. Der alte Mann lehnte sich auf dem Sofa zurück und stammelte: »Wann?«

»Herr Braun, denken Sie doch bitte nach«, mischte sich Drass ein. »Ihr Sohn ist seit einem Jahr tot.«

»Er hat sich im Juni 2010 mit Benzin übergossen und angezündet. Können wir jetzt vielleicht das Theater beenden?«, fragte Breschnow streng und stellte sich wieder hin.

Braun sprang auf.
»Setzen Sie sich«, befahl er.
Braun gehorchte widerstandslos.
»Warum hat sich Ihr Sohn das Leben genommen?«
Der alte Mann starrte ihn an.
»Warum, Herr Braun?«, insistierte Breschnow.
Der Alte schwieg. Breschnow ging wieder in die Hocke.
»Ihr Sohn war mit Sebastian Pohl befreundet. Haben Sie ihn mal kennengelernt?«
Braun schwieg beharrlich.
»Und Uwe Gölzow? Der Freund Ihrer Tochter, die Sie nach dem Selbstmord verlassen hat.«
Der alte Mann starrte an Breschnow vorbei.
»Die ganze Familie. Zuerst stirbt die Frau, dann zündet sich der Sohn an, und die Tochter geht nach Australien. Wie fühlt sich das an, Herr Braun? Sagen Sie es mir?«
Der alte Mann erstarrte auf dem Sofa. Er war blass geworden. Seine Hände zitterten leicht, als er nach einem Taschentuch griff und sich die Augen wischte. Breschnow stand auf und ging zur Tür. Drass warf ihm einen tadelnden Blick zu, beugte sich vor und redete beruhigend auf den Mann ein.
Breschnow wollte sich die Wohnung ansehen und verließ den Raum. Er trat in den schummerigen Flur und öffnete die erste Tür. Eine große Kammer. Besen und Staubsauger.
Daneben fand er das Bad. Toilette, Badewanne, Waschbecken, grünbraune Fliesen. Es roch nach Feuchtigkeit und Schimmel.
Der lange Flur zeigte noch drei weitere Türen, die rechts abgingen, und eine, an der er endete.
Die erste war verschlossen, aber bei der zweiten hatte er mehr Glück. Im schummerigen Straßenlicht konnte er ein Jugendzimmer erkennen. Entweder das von Janina oder das von Andreas. Er trat hinein, schloss leise die Tür und schaltete das Licht ein. Es war das Zimmer eines Jungen. Über dem Stuhl am Schreibtisch hingen eine Jeans und ein Herrenhemd. Die Wände waren mit Tierpostern dekoriert, Fußballbettwäsche zierte die Matratze. Der Schreibtisch war bis auf eine Kerze leer. Neben der Kerze

lag halb geöffnet ein Päckchen Streichhölzer mit unbenutzten und abgebrannten Hölzern.

Ein Schrein, dachte Breschnow und bekam eine Gänsehaut. Er sah den alten Mann vor sich, wie er regelmäßig die Kerze anzündete, Tag für Tag dieselbe Qual.

Breschnow ließ den Blick noch einmal durch den Raum schweifen, ging zum Schreibtisch, entzündete mit einem Streichholz die Kerze und pustete sie wieder aus. Dann trat er zurück in den Flur.

Hinter der nächsten Tür lag das Schlafzimmer. Ein Doppelbett, beide Matratzen bezogen. In dem einen war die Bettwäsche glatt, in dem anderen verknittert. Es roch muffig. Er öffnete den großen Kleiderschrank an der Stirnseite des Raumes und sah hinein. Links hingen die Anzüge und Hemden von Braun, rechts die Kleider seiner verstorbenen Frau.

Das reinste Mausoleum, dachte Breschnow.

Neben dem Schlafzimmer, am Kopfende des Flurs, fand er die Küche. Ein großer Raum mit einem Esstisch aus Buchenholz, an dem acht Leute Platz hatten. An den Wänden Regale mit Tassen und Eierbechern, an einer Wand die Spüle und der Herd mit einer großen Arbeitsplatte, gegenüber ein antiker Küchenschrank. Der Raum war aufgeräumt und blitzte vor Sauberkeit. Er roch nach Putzmitteln, nicht nach Essen.

Breschnow drehte eine Runde um den Tisch herum und ging zurück in den Flur. Dort hörte er die leise Stimme seines Kollegen und ein Brummeln. Hinter ihm sprang der Kühlschrank an.

Er schluckte den Kloß in seinem Hals herunter, atmete tief ein und ging zügig zum Bad. Dort zog er die Spülung und drehte den Wasserhahn auf. Sein Blick blieb an einem Kamm auf der gläsernen Ablage hängen. Er griff nach der Pinzette, die danebenlag, zupfte einige Haare ab, verstaute sie in einem der Plastikbeutel der Spurensicherung, die er immer bei sich trug, und stopfte den Beutel in seine Hosentasche.

Dann betrachtete er sich kurz im Spiegel und ging zurück ins Wohnzimmer.

Brauns Gesicht hatte wieder etwas Farbe angenommen. Drass fragte ihn gerade nach seinem Sohn. Der alte Mann schien sich jedoch nur an die Zeit vor Afghanistan zu erinnern.

Den Rest blendet er aus und hofft, dass wir ihm glauben, dachte Breschnow und beschloss, es für heute gut sein zu lassen. Er unterbrach seinen Kollegen und fragte Braun nach seiner Tochter.

»Meine Tochter ist zurzeit im Ausland. Arbeitet als Au-pair-Mädchen.«

»Sie wohnen also momentan ganz alleine in dieser großen Wohnung?«

»Ja, vorübergehend, aber meine Tochter kommt bald zurück.«

»Telefonieren Sie mit ihr?«

Braun nickte.

»Kennen Sie einen jungen Mann namens Uwe Gölzow?«

»Er ist der Freund meiner Tochter.«

»Wie würden Sie Ihr Verhältnis zu Herrn Gölzow beschreiben?«

»Mein Verhältnis?«

»Mögen Sie ihn?«

»Ach so, ja, ja. Er ist ein netter Junge.«

Er hielt kurz inne. »Er tat mir leid, als meine Tochter ins Ausland ging.«

»Haben Sie ihn danach noch einmal gesehen?«

»Nein, eigentlich nicht.«

»Eigentlich nicht?«, hakte Breschnow nach. »Wann haben Sie ihn zuletzt gesehen?«

»Das muss vor Janinas Abreise gewesen sein.«

»Kennen Sie eine Cosma Anderson?«

»Wer soll das sein?«

»Kennen Sie sie?«

»Nein, der Name sagt mir nichts.«

»Wirklich nicht?«

Braun schüttelte energisch den Kopf.

Breschnow musterte ihn. »Wieso werde ich das Gefühl nicht los, dass Sie uns anlügen?«

Dann drehte er sich wortlos um, verließ den Raum und spürte den Blick des alten Mannes in seinem Rücken.

Am Ausgang stand ein großes Paket.

Darauf hat er also gewartet, dachte Breschnow. Der Expressbote war unser Türöffner.

Nach kurzem Zögern erhob sich auch Drass, bedankte sich freundlich und versicherte Braun, dass er den Weg hinaus allein finden würde.

***

Das Kind starrte sie an und zeigte mit dem Finger auf ihr Gesicht. Die Mutter, die unter ihrem Kopftuch errötete, zog ihren Sohn weg.

Wenn ich geahnt hätte, dass diese Tätowierung mich zu einem Zirkustier machen würde, hätte ich wahrscheinlich darauf verzichtet, dachte Cosma wütend und schob ihren Einkaufswagen zum Gemüsestand. Sie legte zwei Zucchini hinein und kontrollierte, ob sie alle Zutaten für den Auflauf zusammenhatte. Auf dem Weg zur Kasse griff sie sich eine Packung Schokokekse und riss sie auf. Der Junge von vorhin betrachtete sie gierig und streckte die Hand aus. Cosma grinste ihn an, wedelte mit dem Keks und steckte ihn genussvoll in den Mund. Der Junge drehte sich um und rannte schreiend zurück zu seiner Mutter. Cosma nahm sich noch einen Keks und schob weiter zur Kasse. Die Schlange bewegte sich nur langsam vorwärts. Die Kassiererin betrachtete jeden Artikel genau und zog ihn konzentriert am Scanner vorbei. Cosma hatte sie noch nie gesehen.

Als sie endlich an der Reihe war, merkte sie, dass ihr Oregano fehlte. Sie würde es in dem kleinen türkischen Eckladen kaufen müssen. Sie bezahlte und verstaute die Lebensmittel in ihrem Rucksack. Aus den Augenwinkeln konnte sie den kleinen Jungen sehen. Er kaute zufrieden an einem Keks.

Der türkische Laden lag nur einige Minuten vom Supermarkt entfernt. Das Gemüse war frischer und die Gewürze vielfältiger, dennoch ging Cosma nur selten hierher.

Sie fühlte sich wie ein unerwünschter Eindringling zwischen all den Menschen, deren Sprache sie nicht sprach.

Sie fand schnell, was sie suchte, bezahlte und verließ den Laden. Von Weitem hörte sie Sirenen, kurz danach raste ein Streifenwagen vorbei. Cosma erstarrte.

Vielleicht weiß dieser Breschnow ja schon alles, vielleicht hat Nick geredet.

Sie musste es herausfinden, würde noch heute in die Oderberger Straße fahren und nachsehen, ob er noch dort wohnte.

Nick hatte immer ein Geheimnis um seine Adresse gemacht und ihr auch keine Telefonnummer gegeben. Sie hatte es akzeptiert, es ließ ihr Raum für spannende Phantasien. Aber einmal war er länger geblieben als sonst, und sie hatte seine Wäsche gewaschen. Dem Ausweis in seiner Jeans hatte sie nicht widerstehen können und sie hatte die Adresse gelesen.

Sie stopfte sich die Kopfhörer in die Ohren und setzte sich in Bewegung. Der schwere Rucksack drückte ihr auf die Schultern, und der Weg am Kanal schien ihr endlos. Wieder zu Hause, stellte sie das Radio an, verstaute die Lebensmittel in den Schränken und setzte das Nudelwasser auf.

Oderberger Straße 5, das war seine Adresse. Einmal war sie auch fast da gewesen, an einem Tag, an dem sie seine Heimlichtuerei nicht mehr ausgehalten hatte. Aber kurz vor dem Haus hatte sie umgedreht und sich für ihre Neugierde geschämt. Seitdem war sie nie mehr in den Prenzlauer Berg gefahren.

In Erinnerungen versunken, deckte Cosma den Tisch für das Abendessen. Schwarze Teller, geriffelte Gläser mit Goldrand und zwei grüne Servietten.

Nick hatte die Farbe gemocht. Es war eine schöne Zeit mit ihm gewesen. Vor Afghanistan. Manchmal vermisste sie ihn noch immer.

Sie starrte den Tisch an. Es klingelte an der Wohnungstür, dann das Geräusch des Schlüssels, im nächsten Moment stand ihre Schwester in der Küche und nahm sie in den Arm.

***

»Wie spät ist es in Australien?«, erkundigte sich Breschnow, als sie wieder im Auto saßen.

Drass hatte seinen Abgang bei dem alten Braun energisch kritisiert und ihm vorgeworfen, zu hart mit dem Alten umgesprungen zu sein. Breschnow hatte geschwiegen und dann das Thema gewechselt.

»In welchem Bundesstaat?«, fragte Drass kurz angebunden.

Breschnow sah auf den Zettel.

»Perth.«

Drass fuhr rechts ran, stellte den Motor ab, zog sein Handy aus der Tasche und loggte sich ins Netz ein.

»Ich wollte ihn aus der Reserve locken«, sagte Breschnow.

»Glaubst du, das ist dir gelungen?«

»Ja.«

Drass sah auf sein Smartphone.

»Perth liegt im Westen von Australien. Sieben Stunden Zeitverschiebung zur mitteleuropäischen Zeit. Und wenn er tatsächlich nur ein alter verwirrter Mann ist?«

»Dann habe ich ihm unrecht getan.«

»In Ohio ist es jetzt ein Uhr morgens. Kein guter Zeitpunkt für ein Telefonat. Versuch's doch heute Nacht.«

Breschnow nickte und ließ sich an seiner Stammkneipe absetzen. Als er die Tür zu dem kleinen Schankraum öffnete, schlug ihm dichter Qualm entgegen. Hinter dem Tresen stand ein junger, ganz in Schwarz gekleideter, schmächtiger Mann. Das musste der neue Student sein, von dem Susi erzählt hatte. Sie selber war nirgends zu sehen, aber Manfred winkte ihm von einem der hinteren Tische zu.

»Wo ist Susi?«, fragte Breschnow, griff nach Manfreds Bier und trank es in einem Zug aus. Dann ging er zum Tresen, um zwei neue zu holen.

»Susi hat heute frei«, informierte ihn der Spurensicherer, als er zurückkam.

Breschnow stellte die Gläser auf den Tisch, setzte sich Manfred gegenüber, zündete sich eine Zigarette an und brachte den Kriminaltechniker auf den neusten Stand der Ermittlungen.

»Denkst du, der Alte hat etwas mit dem Mord zu tun?«

Breschnow zuckte mit den Schultern.

»Auf jeden Fall verschweigt er uns was und macht auf senil.

Wir waren in seiner Praxis. An Patienten mangelt es ihm nicht, und das verträgt sich doch wohl schlecht mit Alzheimer, oder?«

»Hoffentlich«, lachte Manfred.

Breschnow grinste und trank einen großen Schluck von seinem Bier.

»Der alte Braun hat viele Gründe, Pohl zu töten, aber ich bezweifle, dass er körperlich noch dazu in der Lage ist. Pohl war ein hervorragend trainierter Kämpfer. Der Alte hätte ihn vielleicht erschießen können, aber bestimmt nicht erstechen.«

Es klirrte hinter ihm, und Breschnow drehte den Kopf. Der Neue hatte ein Glas fallen lassen und sah entschuldigend in ihre Richtung.

»Wir werden dem Alten morgen noch mal auf den Zahn fühlen, und ich hoffe, dass mich das Telefonat mit seiner Tochter weiterbringt.«

Breschnow zog die Plastiktüte mit den Haaren aus der Hosentasche, schwenkte sie vor Manfreds Augen hin und her und gab sie ihm.

»Ich habe dir ein kleines, nicht gerichtsfestes Präsent mitgebracht.«

Manfred stöhnte. »Das meinst du jetzt aber nicht wirklich ernst, oder? Das Haar im Heuhaufen? Weißt du, wie viele Haare wir gefunden haben? Wir müssen sie alle vergleichen und dann mit denen, die eine Ähnlichkeit aufweisen, einen DNA-Test durchlaufen lassen. Weißt du eigentlich, was das kostet? Glaub mir, Breschnow, das gibt Ärger.«

Er stand auf. »Ich brauch jetzt einen Schnaps.«

»Mann, keine Panik! Noch ist mir der Verdacht zu dünn. Bring mir auch einen.«

Sie kippten den Korn und tranken schweigend ihr Bier aus.

»Ich würde gerne mit dir einen Abendausflug nach Kladow machen«, sagte Breschnow. »Ich möchte wissen, ob Uwe Gölzow auch humpelt, wenn er sich unbeobachtet fühlt.«

Manfred musterte ihn erstaunt. »Und dafür willst du dich vor seine Haustür stellen, in der Hoffnung, er läuft dir übern Weg?«

Breschnow nickte.

»Oh Mann, wirst du denn nie erwachsen?«, stöhnte er.

Breschnow sah ihn fragend an und grinste.

»Also gut«, willigte Manfred ein. »Wir holen uns einen Sixpack an der Tanke und machen uns einen schönen Abend in Kladow. Ganz wie in alten Zeiten.«

***

Drass fuhr nun schon zum dritten Mal an der Bautzener Straße Nummer 4 vorbei. Die Fenster der Wohnung waren dunkel. Er parkte auf der gegenüberliegenden Straßenseite und machte es sich in seinem Wagen bequem. Irgendwann würde sie nach Hause kommen, und dann könnte er sie befragen. Dieses Mal würde Margareta Bonau ihm nicht die Tür vor der Nase zuschlagen.

***

Laute Technomusik dröhnte aus den Lautsprechern der neuen Anlage. Er bog in seine Straße und registrierte beim Vorbeifahren zwei Männer in einem Auto.

Ungewöhnlich für Kladow mitten in der Nacht, dachte er, bog um die nächste Ecke und fuhr rechts ran.

Die Frau auf dem Beifahrersitz erwachte und warf ihm einen schlaftrunkenen Blick zu. Er drehte sich zu ihr hin, strich ihr sanft über die blonden Haare und sagte, dass er gerne noch ein bisschen herumfahren würde, weil es eine so schöne Nacht sei. Die Frau murmelte etwas Unverständliches und schlief wieder ein. Uwe Gölzow fuhr den Wagen zurück auf die Straße und verließ kurz danach Kladow.

SAMSTAG

Wütend schlug er auf den schrillenden Wecker ein und sank augenblicklich zurück in den Schlaf. Als das Geräusch zur zweiten Runde anhob, öffnete Breschnow mühsam die Augen und starrte auf das Kleiderbündel neben ihm. Langsam kamen die Erinnerungen. Sie hatten bis um drei vor Gölzows Haus gestanden und dann die Observation abgebrochen. Es hatte Spaß gemacht, gebracht hatte es leider nichts. Aus einem Sixpack waren zwei geworden, und als Breschnow das dritte anbrechen wollte, hatte Manfred darauf bestanden, nach Hause zu fahren.

Er stand auf, streckte sich und schlurfte ins Wohnzimmer. Sein Freund lag voll bekleidet auf dem Sofa und schnarchte laut, die Schuhe standen fein säuberlich nebeneinander vor dem Schlafplatz. Breschnow berührte ihn leicht an der Schulter und rief seinen Namen. Sofort war Manfred wach und setzte sich auf.

Breschnow duschte, anschließend ging er in die Küche. Der Spurensicherer hatte bereits Kaffee gekocht und saß zerknittert vor seiner Tasse.

»Meine Frau wird stinksauer sein.«

»Du hast ihr doch aufs Band gesprochen. Was hättest du noch tun können?«

»Zum Beispiel nicht mit dir das dritte Sixpack trinken, sondern lieber nach Hause fahren?«, schlug Manfred vor.

Schweigend tranken sie ihren Kaffee und verließen kurz danach die Wohnung. Manfred fuhr zu seiner Frau, Breschnow ins Revier.

***

Delego und Schmitti standen vor der Kaffeemaschine und diskutierten hitzig über den jüngsten Anschlag in Afghanistan. Regina hatte Berliner gekauft und reichte sie herum. Nur Drass fehlte.

»Pfannkuchen oder Berliner?«, fragte Schmitti grinsend und deutete auf den Teller.

»Je nachdem, wo du herkommst«, antwortete Regina.

»Gut, dann nehme ich einen Pfannkuchen, und der Chef kriegt einen Berliner.«

Breschnow griff sich eine Tasse Kaffee und wählte Drass' Handy an. Es war abgestellt. Er stopfte sich einen von den zuckrigen Dingern in den Mund, spülte mit Kaffee hinterher und eröffnete die Dienstbesprechung mit dem Bericht über ihren Besuch bei dem alten Braun. Seine nächtliche Streiftour nach Kladow verschwieg er.

»Um zehn kommen die Anderson und Uwe Gölzow ins Revier. Sie sollen sich im Flur treffen. Wir lassen sie dort eine Viertelstunde schmoren.«

Seine Kollegen nickten zustimmend.

»Delego und Regina, ihr übernehmt die Anderson. Ihr könnt wieder hier in den Besprechungsraum. Fragt sie weiter nach dem, was sie uns verschweigt. Fragt sie, ob sie einen unserer vielen Verdächtigen kennt. Schmitti und ich übernehmen Gölzow, fragen ihn nach der Anderson und seinem Verhältnis zum alten Braun.«

Er sah Schmitti an. »Wir machen es ihm ungemütlich und gehen in den kleinen Verhörraum im Erdgeschoss. Irgendetwas stimmt mit dem Kerl nicht.«

»Ist er verdächtiger als die anderen?«, fragte Regina. Breschnow zuckte die Schultern und nahm sich noch einen Berliner. »Was denkst du?«

»Ich habe leider noch keinen Favoriten«, seufzte seine Kollegin.

Breschnow wandte sich an Schmitti.

»Ich möchte, dass du alles über den alten Braun rausfindest, was du recherchieren kannst. Ich werde gleich die Schwester von Nick anrufen. Und du, Delego, versuche es bei Drass. Eigentlich sollte er mit mir Gölzow übernehmen.«

Breschnow stand auf, Regina ebenfalls.

»Hast du etwas dagegen, wenn ich bei deinem Telefonat dabei bin?«

»Nein, komm mit.«

Sie verließen den Raum und gingen über den Flur.

»Wie geht es deiner Mutter?«

»Besser. Sie ist gut versorgt. Im Moment kann ich nichts weiter für sie tun.«

Breschnow öffnete seine Bürotür und ließ Regina vorgehen. Sie setzte sich auf den Besucherstuhl.

Automatisch griff er nach dem Zigarettenpäckchen auf seinem Schreibtisch. Es war leer. Leise fluchend beförderte er es in den Papierkorb.

»Da hab ich ja Glück gehabt«, lachte Regina.

Breschnow zog einen Zettel aus der Hosentasche und strich ihn glatt.

»Du könntest mir Zigaretten holen«, schlug er vor.

Seine Kollegin lachte noch lauter.

Breschnow wählte die Nummer von Janina Braun. Am anderen Ende meldete sich ein Mann. Die Verbindung war so gut, als ob er im Zimmer nebenan sitzen würde. Kurz danach war die junge Frau am Telefon. Breschnow schaltete den Apparat auf Lautsprecher, damit Regina mithören konnte.

Janina Braun war eine vorsichtige Frau und ließ sich eine Kopie von Breschnows und Reginas Dienstausweis zufaxen.

Als endlich alle Zweifel beseitigt waren, redete sie ungezwungen und freimütig mit ihnen. Sie bestätigte den Krebstod ihrer Mutter und erklärte, dass sie ihren Vater hatte verlassen müssen, weil es nach dem Selbstmord ihres Bruders zu Hause unerträglich geworden sei.

»Nach seinem Tod hat sich Papa total verändert. Nick war sein Kronprinz. Das heißt nicht, dass er mich nicht liebt, aber Nick war ihm immer näher. Die beiden hatten eine ungewöhnlich enge Beziehung.«

»Kannten Sie Sebastian Pohl?«

»Flüchtig. Er kam ab und zu vorbei und traf sich mit Nick. Ich mochte ihn nicht und hab nie verstanden, was mein Bruder an ihm fand. Vor allem nicht nach Afghanistan.«

»Ihr Bruder hat mit Ihnen über den Vorfall geredet?«, fragte Breschnow erstaunt.

»Manchmal, wenn er zu viel getrunken hatte. Dann war er sauer, dass Sebastian sie in diesen Hinterhalt geführt hatte.«

Sie machte eine kleine Pause. Breschnow konnte sie schlucken hören.

»Wissen Sie, mein Bruder und ich mochten uns sehr. Wir haben viel gemeinsam unternommen. Er war ein lebensfroher Mensch«, sie schluchzte leise, »vor dem Einsatz. Da hatten wir wirklich viel Spaß zusammen, aber als er aus diesem Scheiß-Krieg zurückkam, war er ein anderer. Er verließ nur noch selten das Haus, saß oft stundenlang in seinem Zimmer und starrte aus dem Fenster. Er redete kaum noch mit mir. Manchmal verschwand er für einige Tage, und ehrlich gesagt war ich darüber froh.«

Sie machte eine Pause.

»Denken Sie bitte nicht schlecht von mir«, bat sie, »aber ich bin jede Nacht von seinem Schreien aufgewacht. Ich hab im Zimmer neben seinem geschlafen.«

Breschnow dachte an die verschlossene Tür in der Wohnung.

»Später bin ich dann ins Wohnzimmer gezogen, weil ich seine Alpträume nicht mehr ausgehalten habe, und oft hab ich auch bei Uwe übernachtet.«

»Kannten Sie die Freundin Ihres Bruders?«

»Freundin? Ich weiß nicht, ob es eine gab. Manchmal habe ich mich gefragt, ob mein Bruder vielleicht schwul ist. Das Thema Beziehung war tabu.«

»Und Ihr Bruder und Uwe Gölzow? Wie war deren Verhältnis?«

»Sehr eng. Sie waren in der gleichen Kompanie und verstanden sich gut. Eine richtige Männerfreundschaft. Ich habe mich damals gefreut, dass mein Bruder einen Freund gefunden hatte. Er tat sich schwer mit Kontakten, die tiefer gingen.«

»Hat es ihn dann nicht gestört, dass Sie mit Uwe Gölzow befreundet waren?«, wollte Breschnow wissen.

Janina Braun dachte nach.

»Zumindest habe ich nichts davon gemerkt. Als Uwe und ich ein Paar wurden, haben wir oft etwas zu dritt unternommen und manchmal sogar zu viert, mit meinem Vater.«

»Mit Ihrem Vater? Wie verstanden sich denn Ihr Vater und Uwe Gölzow?«

»Die waren ein Herz und eine Seele. Anfangs war ich sogar manchmal eifersüchtig. Eigentlich habe ich Uwe immer mit der ganzen Familie geteilt.«

Breschnow lehnte sich zurück und sah seine Kollegin an.

»Wie ist denn Ihr Freund mit der Veränderung Ihres Bruders umgegangen?«

»Es hat ihn sehr getroffen, Nick so zu sehen. Wenn es meinem Bruder besonders schlecht ging, ist ihm Uwe nicht von der Seite gewichen und hat auch die Nächte in seinem Zimmer verbracht.«

»Das war bestimmt auch schwierig für die Beziehung«, mischte sich Regina in das Gespräch.

»Ja und nein. Einerseits war es schwierig, wenn mein Liebster statt bei mir bei meinem Bruder übernachtet hat, andererseits hat Uwe mich und meinen Vater auch sehr entlastet.«

Sie machte eine kleine Pause. »Und nach dem Streit mit Sebastian war Uwe sein einziger Vertrauter. Mit uns hat er ja nicht mehr geredet.«

»Es gab Streit mit Sebastian Pohl?«

Breschnow hob interessiert die Augenbrauen. »Wann war das, und um was ging es?«

Die junge Frau schniefte leise.

»Das muss im April gewesen sein, um Ostern herum. Wir wollten alle zusammen feiern, aber Nick war nicht da. Er kam erst mitten in der Nacht nach Hause und tobte im Flur herum. Er war völlig betrunken und schrie, dass Sebastian ein Schwein ist, das nur noch den Tod verdient.«

Sie konnten hören, dass Janina sich die Nase putzte.

»Und wie ging es weiter?«, fragte Regina.

»Danach wurde es noch schlimmer mit ihm. In dieser Nacht verschwand er in seinem Zimmer und verließ es danach nur noch, um aufs Klo zu gehen. Wir brachten ihm das Essen, wir lüfteten, wir schleiften ihn ab und zu unter die Dusche, wir wechselten seine Kleider, und wir versuchten, ihn zu überreden, mit einem Psychologen zu reden. Aber er lehnte alles ab. Vor lauter Verzweiflung haben wir dann einfach einen ins Haus geholt. Daraufhin hat sich mein Bruder drei Tage lang im Zimmer eingeschlossen, mein Vater war völlig verzweifelt. Er hat auf einem Stuhl vor seinem Zimmer Wache gehalten, abwechselnd mit Uwe.«

»Und Sebastian Pohl?«

»Der ist danach sogar noch einmal vorbeigekommen. Mein Vater hätte ihn fast die Treppe runtergestoßen. Ich glaube, am liebsten hätte er ihn umgebracht …«

Als sie merkte, was sie gerade gesagt hatte, schrie sie erschrocken auf. »Aber er hat es nicht getan. Er hat ihn nur rausgeschmissen, und Sebastian ist nie wieder bei uns aufgetaucht. Sie dürfen meinen Vater nicht verdächtigen. Er ist ein alter, gebrochener Mann.«

Englische Wortfetzen drangen durch den Hörer.

»Mein Gastvater fragt mich, wie lange ich noch telefoniere. Er will mit dem Jungen zum Fußball, und ich müsste mich um die Kleine kümmern.«

»Geben Sie uns noch zehn Minuten?«, fragte Breschnow.

Janina übersetzte. Sie konnten hören, dass der Mann einverstanden war.

»Uwe ist quasi bei uns eingezogen«, redete Janina Braun weiter. »Wir hatten Angst, Nick alleine zu lassen, und haben uns abgewechselt. Mein Vater hatte seine Praxis wochenlang geschlossen. Aber irgendwann ging das auch nicht mehr …«

Sie brach ab.

»Und Ihr Bruder hat die Möglichkeit genutzt, selber Hand an sich zu legen«, vollendete Breschnow vorsichtig den Satz.

Sie hörten die junge Frau wieder weinen.

»Ja«, brachte sie hervor und schnäuzte sich erneut. »Mein Vater …«

Sie konnte nicht weiterreden.

»Ihr Vater verdrängte den Tod seines Sohnes?«, mutmaßte Breschnow sanft.

»Oft hat er den Tisch für drei gedeckt und jeden Tag eine Kerze in Nicks Zimmer angezündet.«

Ihre Stimme klang hohl. »Ich habe es einfach nicht mehr ausgehalten. Und ich weiß, dass Uwe sich um meinen Vater kümmert. Das hat es leichter gemacht.«

»Ihr Freund und Ihr Vater haben also weiterhin Kontakt miteinander?«, fragte Breschnow.

»Das hoffe ich.«

»Haben Sie keinen Kontakt mit Ihrem Vater?«, erkundigte sich Regina.

»Nein«, antwortete Janina schroff. »Ich brauche den Abstand. In einem halben Jahr komme ich zurück und hoffe, dass mein Vater bis dahin wieder in der Welt der Lebenden weilt. Sonst ...«

Sie ließ das Ende offen.

Breschnow sah seine Kollegin an. Regina nickte.

»Frau Braun, ich danke Ihnen für das offene Gespräch. Ich werde Uwe Gölzow nachher sehen. Soll ich ihn grüßen?«

»Tun Sie das. Geht es ihm gut?«

»Ja.«

»Sagen Sie, ist er verdächtig?«

»Nein, reine Routine«, erwiderte Breschnow. »Wir wollen uns nur ein Bild von Sebastian Pohl machen, und Ihr Freund war in seiner Ausbildungsgruppe.«

Er legte auf und sagte wütend: »Von wegen, ich kannte ihn kaum.«

»Von was redest du?«, fragte Regina.

»Der alte Braun hat gesagt, dass er Uwe Gölzow kaum kannte. Dabei war er quasi ein Familienmitglied, ein zweiter Sohn. Und der Alte und Gölzow hätten allen Grund gehabt, Pohl ins Jenseits zu befördern.«

Breschnow sprang auf und verließ eilig das Büro.

»Wo gehst du hin?«, rief ihm Regina hinterher.

»Zigaretten kaufen.«

***

Sie hatte die Nacht alleine verbringen müssen und schlecht geschlafen. Ihre Schwester war gleich nach dem gemeinsamen Abendessen nach Hause gegangen.

Wie immer hatte sie von Basti im Tunnel geträumt und spürte noch seine Hand, die ihren Fuß festhielt. Dieser Scheißkerl!

Cosma verfluchte den Sonntag, als sie seine Leiche gefunden

hatte, und ihren Drang zu joggen, aber sie freute sich über seinen Tod. Der kam ihr vor wie ein Stück Gerechtigkeit. Vielleicht sollte sie im Tunnel einen Schrein aufstellen, aber allein der Gedanke, diesen Ort noch einmal zu betreten, ließ sie erschauern. Zurzeit joggte sie gar nicht und starrte stattdessen die meiste Zeit die Wände an, entdeckte Spinnweben und kleine Risse und bewegte sich in ihrer Wohnung wie ein Zombie. Vom Küchenstuhl zum Schreibtischstuhl, vom Küchenfenster zum Wohnzimmerfenster, von der Anlage zum Sofa und vom Bett auf die Toilette.

Sie ließ sich auf den Schreibtischstuhl fallen und fuhr den Rechner hoch. Ihr Artikel war immer noch nicht veröffentlicht worden. Wieso hatte Robert nicht Wort gehalten? Sie hatte ihn schon gestern anrufen wollen, hatte es dann aber bleiben lassen, denn eigentlich war es ihr egal.

Sie mahnte sich, ins Bad zu gehen, zu duschen und sich anzuziehen. In einer halben Stunde würde die Anwältin sie abholen. Konnte sie sich nicht einfach krankmelden? Anwaltskrank, polizeikrank?

Sie schlurfte zurück ins Schlafzimmer, ließ sich auf das Bett sinken, drehte sich um und schloss die Augen. Kurze Zeit später war sie weggedöst.

Sie lief wieder durch die Hasenheide. Es dämmerte, und der Tunnel lag vor ihr.

Mühsam holte sie sich aus dem Halbschlaf heraus.

Dann lieber zum Revier, dachte sie.

***

Der kleine Raum war grün und ocker gestrichen und hatte auch schon bessere Zeiten gesehen. Das schmutzige Linoleum war gesprenkelt von kleinen Brandlöchern, die gerauchte Zigaretten hinterlassen hatten. Die Besucherstühle waren alt und verschlissen, aber wenigstens sauber. Uwe Gölzows Blick blieb an der Scheibe hängen, die den Wartebereich der Wache vom Flur trennte. Sie war mit Fingerabdrücken übersät. Heute Morgen hatte er Karl-Heinz angerufen. Er hatte wissen wollen, wie er sich auf dem Revier verhalten sollte. Aber der Alte war nicht erreichbar gewesen. In seiner Not hatte er den Kladower Freund aus Kindertagen gebeten, ihn zu begleiten. Er sah ihn den Gang auf und ab gehen. Gölzow stand auf, strich seine Uniformjacke glatt und klopfte an die Scheibe. Dann öffnete er die Tür und bat seinen Freund, sich neben ihn zu setzen.

Nach einer Weile betraten zwei Frauen den Raum. Die eine trug enge Bluejeans, ein schwarzes T-Shirt und Turnschuhe. Ihre kurzen blonden Haare standen in alle Richtungen. Sie sah erschöpft aus. Gölzow starrte auf die Echse in ihrem Gesicht. Die Frau starrte zurück.

Die andere wirkte wie ein kleines Kraftwerk, dessen Energie in alle Richtungen stob. Sie trug ein leichtes blaues Kostüm, Pumps und um den Hals einen roten Seidenschal. Ihre braunen Haare hatte sie sorgfältig zu einer Hochfrisur gesteckt. Die beiden grüßten kurz und setzten sich auf die Bank gegenüber. Nach einer Weile stand die Frau im Kostüm auf und verließ den Raum. Kurz danach erschien sie mit zwei Kommissaren im Schlepptau.

Regina bat die beiden Frauen freundlich, ihr zu folgen, Breschnow baute sich vor den jungen Männern auf.

»Morgen, Gölzow. Wie ich sehe, haben Sie sich Verstärkung mitgebracht.«

Der Soldat konterte: »Mit einem Gipsfuß lässt es sich schwer Auto fahren, und für ein Taxi von Kladow hierher fehlt mir das Geld.«

Breschnow bemerkte die Verstimmung des Soldaten, bat die beiden um etwas Geduld und verschwand wieder im Inneren des Reviers. Dort setzte er sich zu Schmitti ins Büro und trank in Ruhe seinen Kaffee. Danach versuchte er erneut, Drass zu erreichen.

Er möchte nicht so werden wie ich, dachte Breschnow in Erinnerung an das kurze Gespräch vom Vortag, vielleicht bereitet er so seinen Ausstieg vor, vielleicht ist er zukünftig an Wochenenden für uns einfach nicht mehr erreichbar.

Er würde mit ihm reden müssen.

Eine Weile später blickte Schmitti hinter seinem Bildschirm auf.

»Wollen wir?«

Breschnow nickte. »Ja, wir haben Gölzow jetzt lange genug schmoren lassen.«

Der kleine Verhörraum im Erdgeschoss war vergittert, die grauweiß gekachelten Wände und der graue Bodenbelag strahlten eine strenge Kühle aus. Uwe Gölzow fühlte sich wie im Hinterraum einer Metzgerei, und es hätte ihn nicht gewundert, in einer Ecke einen Wasserschlauch zu sehen. Ihm war unbehaglich zumute, außerdem glaubte er den beiden Polizisten nicht, dass es in dem Revier keinen anderen freien Raum gegeben hätte.

»Herr Gölzow, es tut uns leid, dass wir Ihnen trotz Ihrer Verletzung zugemutet haben, aufs Revier zu kommen. Wie geht es Ihrem Fuß?«, erkundigte sich Breschnow.

»Danke, den Umständen entsprechend. Wieso haben Sie mich hergeholt?«

»Reine Routine und die Vorschriften. Mindestens eine Befragung muss in offiziellen Räumen stattfinden.«

Der Soldat sah Breschnow, der das Aufnahmegerät auf den zerkratzten Metalltisch zwischen ihnen stellte, zweifelnd an.

»Samstag, 2.7.2011, zehn Uhr fünfunddreißig. Befragung im Mordfall Pohl. Befragter ist der Soldat Uwe Gölzow. Anwesende Polizisten sind Kriminalkommissar Schmitt und Kriminalhauptkommissar Breschnow. – Herr Gölzow, haben Sie die Frau, die mit Ihnen im Wartebereich saß, wiedererkannt?«

»Ich kannte keine von den beiden Frauen und kann mich auch nicht erinnern, eine von ihnen schon mal gesehen zu haben.«

»Auch nicht die Exfreundin Ihres Freundes?«

Gölzow schüttelte den Kopf.

»Sie bleiben also dabei, keine von den beiden Frauen vorher gesehen zu haben?«

Der Soldat nickte.

Breschnow beugte sich weit vor. »Fürs Protokoll. Der Befragte beantwortet die Frage positiv.«

Sein Gesicht berührte fast das des Soldaten. »Warum hat Sie unsere Frage nach Andreas Braun gestern so erschreckt?«

Gölzow zuckte zusammen und lehnte sich zurück. Einen

Moment lang wusste er nicht, was er antworten sollte, und schwieg.

»Herr Gölzow?«

»Ich erschrocken? Sie müssen sich täuschen. Warum sollte ich mich erschrecken, wenn man mich nach Nick fragt?«

Der junge Mann lächelte verkrampft.

»Das weiß ich nicht. Deswegen frage ich Sie.«

Der Soldat schwieg.

Breschnow lehnte sich wieder zurück.

»Ich war dabei, als mein Kollege Sie danach gefragt hat, schon vergessen?«, übernahm Schmitti.

Gölzow zuckte mit den Schultern.

Schmitti verschränkte die Arme.

»Sie sind mit Janina Braun befreundet«, stellte Breschnow fest.

»Ja?«

»Sie ist für eine lange Zeit nicht in der Stadt. Weit weg. Macht Ihnen das nichts aus?«

»Sie fragen, ob ich meine Freundin vermisse?«

Breschnow nickte.

»Natürlich vermisse ich sie!«

»Und Nick? Vermissen Sie ihn auch?«

Auf diese Frage war Gölzow nicht vorbereitet. Er schluckte und räusperte sich. »Eigentlich nicht.«

»Das wundert mich.« Breschnow hob die Augenbrauen und lehnte sich mit den Ellbogen auf den Tisch. »Sie waren doch eng befreundet.«

»Na ja, so eng nicht. Wir waren in derselben Kompanie.«

»Und Sie haben Nick Braun nie zu Hause besucht?«

»Doch am Anfang, ab und zu, aber dann habe ich Janina kennengelernt und bin natürlich zu ihr und eigentlich nicht mehr zu Nick.«

»Habe ich Sie richtig verstanden? Sie waren also nicht eng mit Andreas Braun befreundet?«

Gölzow nickte und sah auf seine Oberschenkel. Er hatte das Gefühl, den Blick nicht mehr heben zu können. Er musste sich zusammenreißen, bald war das hier vorbei. Er war nur ein

Zeuge. Er wünschte sich, dass jemand da wäre, der ihm sagte, wie er sich verhalten und was er antworten sollte.

»Und wie war Ihr Verhältnis zu dem alten Braun?«, fragte Schmitti freundlich.

»Lose. Ab und zu begegneten wir uns am Essenstisch, wenn Janina mich eingeladen hatte.«

Breschnow knurrte und erhob sich langsam. Er stellte sich hinter Gölzow und legte ihm die Hände auf die Schultern.

»Herr Gölzow«, begann er ruhig. »Ich habe eben mit Janina telefoniert, und ich soll Sie auch schön grüßen. Sie beschreibt Ihr Verhältnis zur Familie deutlich anders.«

Er legte eine Pause ein und verstärkte den Druck seiner Hände.

»Sie waren mit Andreas Braun eng befreundet. Sie haben sich intensiv um ihn gekümmert, als es ihm nach Afghanistan und dem Streit mit Pohl schlecht ging. Sie haben ein enges Verhältnis zu dem alten Braun, sind ihm quasi ein zweiter Sohn. Nun sagen Sie uns bitte, warum Sie uns nicht die Wahrheit sagen. Haben Sie Pohl getötet?«

Gölzow verkrampfte sich und wollte aufspringen, Breschnow drückte ihn noch fester in den Stuhl. Seine Worte hingen drohend im Raum.

»Warum sagen Sie uns nicht die Wahrheit?«

Im nächsten Moment ließ die Spannung unter seinen Fingern nach – Uwe Gölzow sank in sich zusammen. Breschnow ließ ihn los, stellte sich neben ihn und ging in die Hocke.

»Haben Sie Pohl getötet?«, flüsterte er.

Gölzow sah durch ihn hindurch. Breschnow wiederholte seine Frage. Leise, aber durchdringend.

Gölzow schüttelte den Kopf, räusperte sich und bat leise um einen Anwalt.

Breschnow erhob sich ruckartig, strafte den Soldaten mit einem wütenden Blick und riss das Aufnahmegerät an sich.

»Elf Uhr fünfzehn. Die Befragung wird unterbrochen. Herr Gölzow erhält die Möglichkeit, einen Anwalt zu kontaktieren. Hauptkommissar Breschnow verlässt den Raum.«

»Wieso gibt es bloß Anwälte in dieser Welt?«, brummte er, betrat sein Büro, steckte sich hastig eine Zigarette an und ließ sich in den Bürostuhl fallen.

Gölzow benahm sich verdächtig, aber er hatte nichts gegen ihn in der Hand. Es würde weder für eine DNA-Probe noch für eine Hausdurchsuchung reichen. Breschnow überdachte die Vor- und Nachteile, Gölzow kurzfristig in eine Zelle zu stecken, und entschied sich dagegen. Er oder Schmitti würden stattdessen mit dem Soldaten dort unten im Verhörraum sitzen bleiben und auf den Anwalt warten. Sie würden ihn mit Essen und Trinken versorgen, würden gut zu ihm sein, vielleicht sein Vertrauen gewinnen.

Er zündete sich noch eine Zigarette an.

Der Anwalt würde natürlich darauf bestehen, dass sie Gölzow sofort gehen ließen. Dagegen konnte er nichts tun.

Breschnow beschloss, erst einmal den Freund im Wartezimmer wegzuschicken. Dann wäre Gölzow nachher auf sich alleine gestellt.

Er widerstand der Versuchung, sich noch eine Zigarette anzuzünden, stattdessen machte er sich auf den Weg zurück zum Verhörraum.

***

Die vier Frauen hatten sich Kaffee eingeschenkt, in der Mitte des Tisches stand ein Teller mit Keksen. Die Anwältin war ein wenig enttäuscht, dass Breschnow nicht anwesend war. Sie nahm sich einen Keks und knabberte daran.

Regina stellte das kleine Aufnahmegerät auf den Tisch. »Samstag, 2. 7. 2011, zehn Uhr fünfzehn. Befragung im Mordfall Pohl. Anwesend sind die zu Befragende Cosma Anderson, ihre Anwältin Frau Franziska Franke, Kriminalkommissarin Delego und Kriminalhauptkommissarin Monat. Die Befragung ersetzt die heutige tägliche Meldung von Frau Anderson.«

Sie wandte sich Cosma zu und lächelte sie aufmunternd an.

»Frau Anderson, beschreiben Sie uns Ihre Beziehung mit Andreas Braun.«

Cosma Anderson sah die beiden Polizistinnen überrascht an. »Aber das habe ich doch gestern schon alles erzählt.«

Regina nickte. »Ich weiß, bitte wiederholen Sie es für uns noch einmal.«

Die Befragte seufzte und berichtete bereitwillig.

Bei der Frage nach der Trennung hakte Regina nach.

»Der Grund für Ihre Trennung war, dass er keine Therapie beginnen wollte? Habe ich das richtig verstanden?«

Schweigen.

Regina pokerte. »Frau Anderson. Ich habe den Eindruck gewonnen, dass Sie Nick sehr geliebt haben, und ich kann mir nur schwer vorstellen, dass Sie ihn gerade dann verlassen, als es ihm sehr schlecht geht und Sie wissen, dass er sich keine Hilfe holen wird.«

Cosma Anderson mauerte, gleichzeitig stiegen ihr Tränen in die Augen. Sie schluckte, sah ihre Anwältin fragend an und flüsterte: »Muss ich diese Frage beantworten?«

Frau Franke nickte bedauernd.

»Doch, das habe ich getan!«, sagte sie leise. »Sind Sie jetzt zufrieden?«

»Zufrieden wäre ich, wenn ich Ihre Behauptung glauben könnte. Ich bin sicher, Sie haben sich aus einem anderen Grund getrennt, und ich bin sicher, dass der Grund Oberstabsfeldwebel Pohl heißt.«

»Irgendwelche Beweise?«, fragte die Anwältin trocken.

»Keine«, gab Regina zu.

»Dann werden wir uns mit dieser Frage nicht länger aufhalten, und ich schlage vor, dass wir die Befragung beenden.«

Regina schüttelte den Kopf. »Frau Anderson, kennen Sie einen der Männer, die Sie vorhin im Warteraum gesehen haben?«

Cosma schüttelte den Kopf. Sie wirkte abwesend.

»Nein, meine Mandantin kennt diese Männer nicht. Wieso sollte sie?«

»Einer von ihnen ist der beste Freund von Nick!«, mischte sich Delego ein. Sie war sich in diesem Moment nicht mehr sicher, ob sie Regina gebeten hatte, den Tod des jungen Mannes nicht zu erwähnen.

Erstaunt sah Cosma die Polizistin an. »Von meinem Nick?«

»Ja, von Ihrem Nick«, bestätigte Delego.

Cosma räusperte sich. »Wo ist er jetzt? Kann ich ihn treffen?«

Die Kommissarin schüttelte bedauernd den Kopf.

»Außer …«, hob Regina an.

Delego fiel ihr ins Wort. »Nein, wir können Sie leider nicht mit ihm zusammenbringen. Datenschutz!«

Regina warf ihr einen wütenden Blick zu und fuhr mit der Befragung fort.

»Kommen wir noch einmal zurück zu dem Mordopfer.«

Sie ließ das letzte Wort eine Weile im Raum stehen.

»Sie bleiben also dabei, dass Sie Sebastian Pohl nicht kannten, obwohl er ein guter Freund Ihres Freundes war?«

Cosma nickte und sah ihre Anwältin hilfesuchend an.

»Müssen wir nun jeden Tag hierherkommen und dieselben Fragen beantworten?«, erkundigte sich Frau Franke.

»Wenn Ihre Mandantin die Fragen wahrheitsgemäß beantworten würde, dann müssten Sie nicht mehr kommen«, erwiderte Regina kühl.

Die Anwältin erhob sich. »Meine Mandantin und ich werden jetzt gehen.«

Regina musterte sie und nickte, Delego begleitete die beiden zur Tür.

»Wir danken Ihnen, dass Sie gekommen sind. Ich schlage vor, dass wir wegen der Meldung morgen noch einmal telefonieren.«

»Das brauchen wir nicht. Wenn meine Mandantin keine neue Vorladung erhält, werden wir uns morgen um zehn Uhr beim Wachbeamten im Parterre melden.«

Regina schaltete das Aufnahmegerät aus und griff sich noch einen Keks. Delego blieb an der Tür stehen.

»Du kannst nicht pokern, wenn eine Anwältin dabei ist.«

»Wieso? Das machen die doch ständig vor Gericht«, konterte Regina mit vollem Mund.

»Das stimmt, aber wir sind Ermittlerinnen.«

Sie löste sich von der Tür, trat an den Tisch und trank einen Schluck Kaffee.

»Wolltest du der Anderson anbieten, ihr Uwe Gölzow vorzustellen, wenn sie dir im Gegenzug von Pohl erzählt?«

Regina nickte. »Und das will ich immer noch. Ich könnte sie zu Hause besuchen. Ich werde mit Breschnow darüber reden.«

Delego verdrehte die Augen und verließ wortlos den Raum.

★★★

Eine Stunde später rief Breschnow Delego und Regina zu einer kleinen Dienstbesprechung zusammen. Im Raum roch es nach frischem Kaffee, der Keksteller quoll über. Drass blieb weiterhin nicht erreichbar, und Schmitti saß bei Gölzow.

»Habt ihr eine Idee, warum die Herren sich so zieren, ihre gegenseitigen Verbindungen zuzugeben?«, fragte Breschnow in die kleine Runde. »Gölzow tut so, als ob er weder Nick noch den Vater besonders gut kennt, und der alte Braun will nicht zugeben, dass er in Gölzow einen zweiten Sohn gefunden hat.«

»Eine Antwort hast du dir bestimmt schon selber gegeben«, sagte Regina, »die beiden sind ein Mordduo.«

Sie stand auf und betrachtete das Whiteboard. »Oder sie haben Angst, verdächtigt zu werden.«

»Und bei der Anderson ist es genauso«, ergänzte Delego. »Ich bin immer noch dagegen, dass Regina sie besucht und ihr diesen Deal anbietet.«

»Aber sie weiß was über Pohl, und das bringt uns weiter«, verteidigte Regina ihre Idee.

Breschnow stellte sich neben sie.

»Wahrscheinlich hast du recht, Regina, aber du kannst sie nicht zu Hause aufsuchen, sie hat jetzt einen amtlich bestätigten Rechtsbeistand.«

Die Polizistin schnaubte. »Von dir hätte ich mir mehr Courage erwartet. Hast du etwa Angst vor dieser jungen Anwältin?«

Sie ging zurück zum Tisch und baute sich vor Delego auf.

»Und du. Immer schön Dienst nach Vorschrift?«

»Jetzt mach mal halblang«, rief Breschnow. »Setz dich und rede vernünftig mit uns.«

Regina sah ihren Vorgesetzten zornig an und verschränkte die Arme.

»Setz dich«, befahl Breschnow.

Regina gehorchte widerwillig, Delego starrte sie wütend an.

Breschnow drehte einen Stuhl um, setzte sich rittlings zu ihnen an den Tisch und wartete, bis er wieder ihre volle Aufmerksamkeit hatte.

»Ich vermute, in ungefähr einer Stunde wird ein Anwalt da sein, und er wird zu Recht verlangen, dass wir Gölzow gehen lassen. Sind wir uns darin einig?«

Die beiden Frauen nickten.

»Gut. Ich möchte, dass ihr beide an dem Jungen dranbleibt. Delego, dich hat er noch nicht gesehen, Regina, du musst vorsichtiger sein. Schmitti und ich übernehmen später. In Ordnung?«

»Willst du nicht wenigstens versuchen, dir eine DNA-Probe genehmigen zu lassen?«, erkundigte sich Regina.

»Doch, aber vor Montag werden wir keinen Beschluss von der Staatsanwaltschaft haben, außerdem sehe ich in der Hinsicht eher schwarz. Aufgrund der nicht vorhandenen Beweise werden wir Gölzow nicht hierbehalten können, und sein Telefon können wir ebenfalls vergessen. Unsere Beschattung ist also völlig illegal, und ihr müsst das auch nicht machen.«

»Okay«, stimmte Regina zu. »Die Idee ist fast so gut wie mein Besuch bei der Anderson.«

Delego verdrehte die Augen.

***

Eine Stunde Pause, dachte sie und war froh, das Revier verlassen zu können, um sich die Beschattungsaktion ihres Chefs durch den Kopf gehen zu lassen. Delegos Lieblingspizzeria lag nur eine Viertelstunde Fußweg entfernt, und der kurze Spaziergang würde ihr guttun. Kurz vor dem Lokal drängte sich ein metallic grüner Sportwagen in ihr Blickfeld. Drass parkte in zweiter Reihe und stieg eilig aus. Neugierig blieb sie stehen und wartete. Wenige Minuten später kam ihr Kollege in Begleitung einer jungen Frau aus dem Hauseingang.

»Das darf doch nicht wahr sein«, schimpfte Delego und setzte sich, ohne zu überlegen, in Bewegung. Drass begrüßte sie beiläufig und öffnete die Beifahrertür für seine Begleiterin.

Delego baute sich breitbeinig auf dem Bürgersteig auf und verschränkte die Arme.

»Weiß deine hübsche Begleiterin eigentlich, dass du ein Kollegenschwein bist?«

Sie bückte sich und lächelte die irritierte Beifahrerin freundlich an.

Drass war um den Wagen herumgegangen und öffnete die Fahrertür. Er zögerte.

»Was willst du?«

»Was ich will?! Geht's dir nicht gut? Ich bin auf dem Weg zur Pizzeria, um uns etwas zu essen zu holen. Schon vergessen, dass du ein Team hast, das gerade versucht, einen Mordfall aufzuklären?«

»Na und? Das könnt ihr auch ohne mich.« Er machte Anstalten, ins Auto zu steigen. »Ich habe ein Recht auf ein freies Wochenende.«

»Bist du jetzt unter die Polizeigewerkschafter gegangen? Seit wann hast du solche Rechte, während sich dein Team den Arsch aufreißt?«

Er zuckte die Schultern. Delego raste um den Wagen herum und griff seinen Arm.

»Hör zu, Drass«, fauchte sie, »ich kann gut damit leben, dass du einen freien Tag oder ein freies Wochenende brauchst. Aber dass du dich einfach nicht meldest und jetzt auch noch pampig wirst, find ich unter aller Sau. Mit seinen Kollegen geht man so nicht um und mit Breschnow auch nicht.«

Sie ließ seinen Ärmel los und stapfte wütend davon. Hinter sich hörte sie die Wagentür zuknallen. Drass ließ den Motor aufheulen und raste mit quietschenden Reifen an ihr vorbei.

***

Als sie eine halbe Stunde später den Besprechungsraum betrat, saß Regina noch immer am Tisch. Wütend stellte Delego die sechs Pizzakartons ab.

»Was ist los?« erkundigte sich ihre Kollegin.

»Später«, zischte Delego und brachte zwei Pizzakartons in den Keller zu Gölzow und Breschnow. Dann rief sie Schmitti und berichtete den beiden wütend von ihrem Treffen mit Drass. Breschnow würde sie nichts davon erzählen.

»Drass ist ein Hitzkopf und dreht ab und zu mal auf«, versuchte Schmitti zu schlichten. »Nimm ihn nicht so ernst.«

Delego packte die Thunfischpizza aus und biss hinein. »Ich finde, das entschuldigt nichts«, nuschelte sie mit vollem Mund.

»Hat er das schon öfter gemacht?«, erkundigte sich Regina.

»In den drei Jahren, die ich mit ihm zusammenarbeite, vielleicht zweimal«, antwortete Schmitti. »Wollen wir tauschen?«

Er sah Delego erwartungsvoll an. »Ein Stück Salamipizza gegen ein Stück mit Thunfisch?«

Delego nickte, und er bediente sich.

»Dass er heute fehlt, stört ja nicht sonderlich, aber was wäre, wenn wir nun auf ihn angewiesen wären?«, gab Regina zu bedenken.

»Dann wäre er da«, behauptete Schmitti.

Delego warf ihm einen skeptischen Blick zu. »Und woher will er wissen, dass er wirklich gebraucht wird, wenn er sein Handy ausgestellt hat?«

»Egal«, wiegelte Schmitti ab, schluckte einen Bissen Pizza herunter und wischte sich die Fettfinger an seiner Jeans ab. »Ich gehe mal nach vorne und sehe nach, ob der Anwalt mittlerweile angekommen ist.«

»Und ich koche uns Kaffee.«

Regina erhob sich, trat an den Küchentresen, füllte Pulver und Wasser in die Kaffeemaschine und stellte sie an. Mit einem Gurgeln nahm das Gerät seine Tätigkeit auf. Regina bückte sich und öffnete den Kühlschrank. »Steht noch Milch auf dem Tisch?«, fragte sie in den Schrank hinein.

Delego, die gerade die Reste zurück in die leeren Pizzakartons stopfte, verneinte.

»Dann haben wir keine Milch mehr«, grummelte Regina.

»War vorhin schon aus.«

Wortlos und mit einem jungen Mann im Schlepptau, betrat Schmitti den Besprechungsraum. Er nahm sich zwei Tassen Kaffee und verschwand in Richtung Keller. Die beiden Frauen sahen ihm verwundert hinterher.

Durch die geöffnete Tür des Verhörraums hörte Schmitti, wie sich Breschnow und Gölzow leise unterhielten. Was sie sagten, konnte er nicht verstehen.

Als sie den Raum betraten, stand Breschnow auf und ging ihnen entgegen. Der junge Mann gab sich als Anwalt von Uwe Gölzow zu erkennen, und bat die Kommissare, mit seinem Mandanten kurz unter vier Augen sprechen zu dürfen. Breschnow und Schmitti verließen den Verhörraum und zogen die Tür hinter sich zu.

»Gibt's was Neues?«, fragte Schmitti, als sie wieder im Flur standen.

Breschnow schüttelte den Kopf. »Wir haben uns über die Poesie des neunzehnten Jahrhunderts unterhalten. Sehr interessant. Gölzow wollte ursprünglich Literaturgeschichte studieren, hat sich dann aber für die Bundeswehr entschieden.«

»Woher der Sinneswandel?«

»Sein Onkel hat es ihm schmackhaft gemacht.«

Schmitti runzelte die Stirn.

Eine Stunde und einen Formularberg später verließen Uwe Gölzow und sein Anwalt das Revier. Breschnow stand rauchend am Fenster und sah ihnen hinterher. Die beiden Männer schüttelten sich die Hände, dann eilte der Anwalt zu seinem Wagen. Gölzow sah sich unentschlossen um und zog sein Handy aus der Tasche. Fünf Minuten später fuhr ein Taxi vor. Als der Soldat darin Platz nahm, bog ein Auto langsam um die Ecke. Das Taxi setzte sich in Bewegung, und Reginas Wagen folgte ihm.

Breschnow drückte die Kippe aus und versuchte noch einmal, Drass zu erreichen. Wieder antwortete nur die Mobilbox. Er verließ sein Büro, fuhr mit dem Aufzug in den Keller und ging zurück in den Verhörraum. Dort packte er vorsichtig die Tasse, aus der Gölzow getrunken hatte, in einen Beweisbeutel. Das würde für einen nicht gerichtsfesten DNA-Test ausreichen.

***

Aus den Boxen drang Musik von den Talking Heads. Cosma wühlte in ihren alten Notizbüchern. Irgendwo musste sie doch die Nummer noch haben, sie bewahrte sie alle auf. Wütend schmiss sie das grüne Notizheft in die Ecke neben den Küchenschrank. Es war das fünfte und letzte gewesen. Sie starrte eine Weile vor sich hin, erhob sich dann langsam, streckte den Rücken, ging zum Kühlschrank und hob die Notizbücher vom Boden auf. Dann goss sie sich einen frischen Tee ein, setzte sich zurück an den Tisch und begann wieder von vorne. Das Telefon klingelte. Sie ignorierte es. Als sie mit den Notizbüchern erneut erfolglos durch war, ließ sie das letzte wütend auf den Tisch fallen. Dabei schlug es sich selbst auf, und als Cosma hinsah, erkannte sie Nicks Telefonnummer. Verwirrt blickte sie sich um. Da war niemand, kein Mensch und kein Geist.

Das Telefon klingelte wieder.

Cosma starrte Nicks Telefonnummer an. Schwarze Schrift auf weißem liniertem Papier. Aus einem anderen Leben, dachte sie, einem Leben mit Träumen und Hoffnungen. Sollte sie gleich anrufen oder lieber erst morgen? Sie spürte die Angst. Was sollte sie nach dieser langen Zeit sagen, wenn er den Hörer abnahm?

Sie erhob sich und ging langsam ins Wohnzimmer, ignorierte dabei das immer noch klingelnde Telefon und stellte sich ans Fenster. Ein Paar schlenderte am Kanal entlang. Sie zogen einen alten Hund hinter sich her, der sich ständig in seiner Leine verhedderte. Die Verliebten bemerkten es nicht. Ein kleines Mädchen auf einem Kinderrad näherte sich ihnen. Als es sich zu seinem Vater umsah, blieb es an der Leine hängen. Der Hund heulte auf, die Kleine fing an zu weinen, der Vater schimpfte. Eine seltsame, aber wunderbar alltägliche Pantomime.

Morgen früh um halb zehn würde sie die Anwältin wieder abholen und zum Revier begleiten. Cosma wünschte sich aus diesem Alptraum heraus, wollte auch wieder so leben wie die Leute dort unten, ohne Polizei und ohne Verdacht.

Sie ging zurück in die Küche und trank noch einen Schluck Tee. Dann nahm sie ihren ganzen Mut zusammen und wählte Nicks Nummer. Es klingelte nur kurz.

»Diese Nummer ist nicht vergeben«, informierte sie eine blecherne Frauenstimme.

Cosma versuchte es erneut, mit dem gleichen Ergebnis. Irritiert betrachtete sie das Telefon, schnappte sich ihren Rucksack und verließ eilig das Haus.

***

Es war nicht schwer, dem Taxi vor ihnen zu folgen. Der Fahrer war einer von der langsamen Sorte und der Verkehr ungewöhnlich schwach. Um nicht gesehen zu werden, ließ Regina immer eine Lücke von mindestens zwei Autos. Die Fahrt ging in Richtung Prenzlauer Berg.

»Genau, wie wir vermutet haben. Er fährt bestimmt in die Oderberger zu dem alten Braun«, sagte Delego.

»Du, wegen vorhin«, begann Regina.

Delego winkte ab. »Geht schon klar.«

Regina drehte den Kopf und lächelte sie dankbar an.

Sie folgten dem Taxi in die Oderberger Straße.

»Ich fass es nicht!«, rief Delego. »Da ist die Anderson. Großes Treffen in der Fünf?«

»Ich dachte, die kennen sich nicht?«, erwiderte Regina erstaunt.

»Das haben sie zumindest behauptet. Findest du hier irgendwo einen Parkplatz?«

Regina schüttelte den Kopf, wendete scharf und stellte sich in die Einfahrt dem Haus gegenüber.

Das Taxi hielt vor der Nummer 5. Uwe Gölzow stieg aus, kramte in seinen Jacken- und Hosentaschen, bezahlte und humpelte zum Haus. An der Eingangstür zog er einen Schlüssel hervor und schloss auf.

Delego pfiff durch die Zähne. »Der Kerl hat sogar einen

eigenen Schlüssel. Aber, was macht die denn? Die Anderson läuft an der Fünf vorbei.«

»Mist!«, fluchte Regina. Vor ihr hatte sich ein Kleinlaster aufgebaut, der Fahrer hupte wie verrückt. Sie ließ den Wagen an, rollte langsam rückwärts auf die Straße und parkte in zweiter Reihe. Cosma war mittlerweile um die nächste Ecke verschwunden.

»Was machen wir jetzt?«

»Warten. Aber wir brauchen einen besseren Platz. Die zweite Reihe ist zu auffällig.«

***

Cosma rang nach Luft und schimpfte sich einen Feigling. Sie hatte es nicht geschafft, an Nicks Hausnummer stehen zu bleiben. Sollte sie es noch einmal versuchen, wenigstens einen Blick auf die Klingeln werfen? Sie drehte den iPod lauter. Die Musik schmerzte leicht in ihren Ohren.

Bald bin ich taub, dachte sie und drehte sich um. Nach fünf Schritten die nächste Wende.

Heute nicht. Vielleicht versuche ich es morgen noch einmal. Vielleicht begleitet mich Margareta.

Sie drehte die Musik leiser und ging in Richtung U-Bahn.

***

Seine Augen mussten sich erst an die Dunkelheit der Wohnung gewöhnen. Der alte Braun saß wie immer in seinem Sessel. Die Vorhänge waren zugezogen. Vorsichtig betrat Uwe Gölzow den Raum. Eine Diele knarrte leise. Er blieb stehen und horchte. Der Alte atmete ruhig und tief. Er stellte sich vor den Sessel.

»Sie wissen alles«, flüsterte er der schlafenden Gestalt zu. »Was mache ich jetzt?«

Er ließ sich in das Sofa sinken und starrte den alten Mann fragend an.

***

»Hallo Stefan, kommst du, um dich zu entschuldigen?«, fragte Manfreds Frau.

Breschnow lächelte verlegen. »Na ja, ein bisschen vielleicht. Aber eigentlich muss ich Manfred noch mal sprechen.«

Sie trat zur Seite und ließ ihn hinein. Die kleine Wohnung war wie immer aufgeräumt und sauber und roch nach frischen Blumen.

»Er hat sich hingelegt«, sagte sie leicht vorwurfsvoll. »War wohl eine lange Nacht. Wie kommt es, dass du schon wieder auf den Beinen bist? Die Sauferei scheint dir nicht so viel auszumachen, oder?«

Breschnow nickte. Er wollte jetzt nicht über seinen Alkoholkonsum sprechen, deshalb ging er wortlos an ihr vorbei ins Wohnzimmer. Der Fernseher lief ohne Ton. Ein gelber Schwamm hüpfte über den Bildschirm. Breschnow stellte sich an das Sofa und rüttelte Manfred vorsichtig wach.

»Ich koche euch einen Kaffee«, bot seine Frau an.

»Das wäre wunderbar!«, lächelte Breschnow.

Manfred schien wenig erfreut, ihn zu sehen. »Was willst du denn schon wieder?«, brummte er und rieb sich die Augen.

»Das soll man nicht machen.«

»Was?«

»Sich die Augen reiben. Ist nicht gut.«

»Sprechstunde beendet? Sagst du mir jetzt, was du hier willst?«

»Es gibt Arbeit!«, verkündete Breschnow, ließ sich in einen der beiden Sessel fallen und zog seine Zigaretten aus der Tasche.

»Wenn du rauchen willst, musst du auf den Balkon gehen«, rief Manfreds Frau aus der Küche, »die Wohnung verpestest du mir nicht!«

Breschnow sah aus den Augenwinkeln Manfreds Grinsen und steckte die Zigaretten zurück in das Päckchen.

»Uwe Gölzow war heute auf der Wache. Er hat Kaffee getrunken«, sagte er, zog den Spurensicherungsbeutel aus seiner verbeulten Jackentasche und stellte die Tasse auf den Couchtisch. »Vergleich sie mit den Haaren, die ihr an der Leiche gefunden habt.«

»Drei Tage«, murrte sein Kollege.

»Viel zu lange. Deswegen bin ich hier. Kannst du nicht die DNA-Untersuchung heute noch anlaufen lassen?«

»Jetzt gleich?« Manfred rieb sich über das Gesicht und gähnte.

Breschnow nickte. »Ich fahr dich sogar.«

»Toll«, maulte der Spurensicherer.

Manfreds Frau brachte den Kaffee, setzte sich zu ihnen und reichte Kekse in die Runde. Breschnow unterdrückte seine Ungeduld und nahm sich einen. Er wollte nicht, dass der Haussegen noch mehr in Schieflage geriet.

Fünfzehn Minuten später machten sich die beiden Männer auf den Weg zum Labor.

***

Der Alte erwachte. Eine Fliege hatte sich auf sein Gesicht gesetzt. Als er sein Gegenüber erkannte, lächelte er freudig.

»Hallo Uwe. Bist du schon lange hier?«

Er reckte sich und erhob sich mühsam, dabei knackten seine Kniegelenke. Er schlurfte zum Fenster, zog die Vorhänge zur Seite und öffnete es. Stimmen drangen in den Raum, ein Auto fuhr vorbei.

»Willst du etwas trinken? Komm, wir setzen uns in die Küche.«

Gölzow folgte ihm.

Der Alte nahm zwei Gläser aus dem Schrank und griff nach der Rotweinflasche, dann hielt er sie dem Soldaten hin. Gölzow nickte. Mit leicht zittrigen Händen goss er die beiden Gläser voll und stellte sie auf den Tisch.

Der junge Mann leerte sein Glas in einem Zug, stand auf und goss sich nach. Dann berichtete er von dem Verhör.

»Ich weiß schon Bescheid«, winkte der Alte ab. »Der Anwalt hat mich angerufen. Du brauchst dir keine Sorgen zu machen. Es ist nicht strafbar, Nick und mich zu kennen.« Er sah Gölzow zufrieden an. »Und wie man die Intensität einer Beziehung interpretiert, ist individuell.«

Braun hatte bereits vor Tagen vorsorglich einen Bekannten

angerufen, der ihm noch einen Gefallen schuldete. Dessen Sohn hatte eine Blitzkarriere als Jurist hingelegt und arbeitete nun in einer der angesehensten Berliner Kanzleien.

Gerade gut genug für meinen Soldaten, dachte der Alte und sah Gölzow zärtlich an. Und für meinen verlorenen Sohn.

»Was soll ich jetzt machen?«, fragte der junge Mann besorgt und erhob sich, um sein Glas erneut aufzufüllen. Der Alte hielt ihn zurück.

»Einen klaren Kopf bewahren und sonst gar nichts. Leb dein Leben wie immer«, versuchte er ihn zu beruhigen. »Sie haben keine Beweise.«

***

Breschnows Handy klingelte.

»Du glaubst gar nicht, wer hier aufgetaucht ist!«, rief Regina.

»Die Anderson?«, fragte er ungläubig. »Und sie ist einfach an dem Haus vorbeigelaufen?«

»Merkwürdig, oder? Sag, sollen wir hier noch länger stehen bleiben?«

»Nein. Das bringt nichts mehr. Fahrt nach Hause. Wir sehen uns am Montagmorgen um neun im Revier.«

Breschnow beendete das Gespräch. Einen Moment lang brummte die Stille in seinen Ohren. Es gab nichts mehr zu tun. Er hasste solche Momente, hasste das untätige Warten.

Sein Blick glitt durch das Zimmer. Es könnte wie immer eine Reinigung vertragen, und die neue Waschmaschine würde sich bestimmt über eine Ladung Wäsche freuen. Er stand auf, holte ein zusammengeknülltes Bündel aus dem Schlafzimmer und stopfte es in die Maschine. Dann setzte er sich davor und sah dem Wasser zu, das sich in die Trommel ergoss. Kurz danach fing die Wäsche an, sich zu drehen.

Am liebsten wäre er jetzt in die Oderberger Straße gefahren, hätte mit Uwe Gölzow und dem alten Braun am Tisch gesessen und sie in die Enge getrieben. Aber damit würde er den Ermittlungen schaden. Der Anwalt würde behaupten, er hätte die Männer unter Druck gesetzt.

Er sah wieder auf die Wäsche. Sie drehte sich im Kreis. Einmal nach rechts, einmal nach links.

Die Anderson konnte er auch nicht befragen. Sie würde sofort nach ihrer Anwältin schreien, und zu ihrer Schwester konnte er auch nicht fahren. Sie hatten sie für Montagnachmittag ins Revier bestellt.

Er riss den Blick von der Waschmaschine los und ging ins Wohnzimmer. Dort griff er sich den Bleistift, der auf dem Sessel lag, und versuchte, sich an die Zeilen zu erinnern, die ihm neulich eingefallen waren. Doch sein Kopf blieb leer. Seufzend legte er den Stift wieder auf den Sessel und schaltete den Fernseher ein. Abwesend starrte er eine Weile auf die Mattscheibe. Dann schaltete er aus und ging ins Schlafzimmer. Er warf sich auf das Bett und schloss die Augen. Gedanken kreisten durch seinen Kopf, aber er konnte keinen von ihnen greifen. Also drehte er sich zur Seite und versuchte zu schlafen. Nach einer halben Stunde gab er auf. Er ging zurück in die Küche und nahm sich ein Bier aus dem Kühlschrank, dann setzte er sich wieder vor die Waschmaschine.

MONTAG

Delego sah Drass durch die Tür kommen. Er grüßte sie freundlich, was sie mit einem finsteren Blick quittierte.

Drass stellte sich an Schmittis Schreibtisch, klopfte ihm freundschaftlich auf die Schulter und erkundigte sich nach den Ermittlungen.

Regina saß bereits seit sieben Uhr in ihrem Büro und schrieb Berichte. Sie hatte das Wochenende bei ihrer Mutter verbracht und nur wenig Ruhe und Schlaf bekommen. Sie erhob sich und ging nach nebenan.

»Guten Morgen, wo warst du?«, fragte sie Drass.

»Nicht im Dienst«, antwortete er ruhig.

Schmitti versank noch tiefer in seinen Computer. Delego sah Regina fragend an.

Breschnow erschien in der Tür, warf Drass einen finsteren Blick zu und bat die beiden Frauen, in sein Büro zu kommen.

»Wir müssen die Staatsanwältin davon überzeugen, dass wir eine DNA-Probe von Gölzow und dem alten Braun nehmen dürfen. Und ich denke, dass ihr vielleicht eher Erfolg habt als ich.«

Regina nickte. »Aber du solltest dabei sein.«

Breschnow sah sie fragend an.

»Das betont die Wichtigkeit«, ergänzte Regina. »Ich schlage vor, wir fahren zusammen hin. Vielleicht erwischen wir sie und können persönlich mit ihr reden. Ist besser als am Telefon.«

»Gut, und du, Delego, fährst mit Drass in die Praxis von Braun. Ich werde den Verdacht nicht los, dass er Uwe Gölzow den Gips verpasst hat.«

Er schob die beiden Frauen ungeduldig aus seinem Büro und rief den Rest des Teams in den Besprechungsraum. Als sich alle mit Kaffee versorgt und Platz genommen hatten, bat Delego um das Wort.

»Bevor wir anfangen, möchte ich euch gerne Grüße von Subat ausrichten.«

Breschnow sah sie verblüfft an.

»Ich war gestern im Krankenhaus. Subat ist bei vollem Bewusstsein und, jetzt kommt das Beste, er hat keinen Hirnschaden davongetragen.«

Sie setzte sich und sah zufrieden in die Runde. Regina strahlte sie an, und Breschnow spielte abwesend mit seiner Zigarettenschachtel. Schmitti und Drass tuschelten.

»Das ist eine wunderbare Nachricht, Delego«, sagte Breschnow.

Sein Blick blieb bei Drass hängen.

»Machen wir weiter und bringen unseren Kollegen auf den neusten Stand.«

Drass verzog keine Miene.

Schmitti nestelte an seinen Unterlagen. »Ich habe Karl-Heinz Braun unter die Lupe genommen. Er wurde am 7. 12. 1939 in Hermsdorf geboren. Hatte Glück und war zu jung, um in Hitlers Armee eingezogen zu werden. Nach dem Krieg findet sich seine Spur in der Oderberger Straße wieder. Dort hat er mit seinen Eltern gewohnt. Braun ist ein Einzelkind. Er heiratet erst mit vierzig, seine Frau Elisabeth ist zehn Jahre jünger. Im selben Jahr, 1979, wird sein Sohn Andreas geboren. 1987 kommt Janina zur Welt, 2005 stirbt seine Frau an Krebs.

Beide Kinder machen ihr Abitur, Andreas beginnt ein Studium, bricht aber ab und geht 2003 zum Militär. Janina jobbt eine Weile und lebt seit einigen Monaten im Ausland und arbeitet als Au-pair.

Der alte Braun studiert, genauso wie sein Vater, Medizin, wird Orthopäde und eröffnet nach dem Mauerfall seine eigene Praxis. Die läuft gut, die Wohnung ist längst abbezahlt, also an Geld mangelt es ihm nicht. Keine Vorstrafen, noch nicht einmal ein Punkt in Flensburg. Ein unbescholtener Bürger.«

Schmitti hob kurz den Kopf. Breschnow gab ihm ein Zeichen, weiterzumachen.

»Uwe Gölzow lernt der alte Braun wahrscheinlich im Januar 2005 kennen, als er sich mit Andreas anfreundet. Im März beginnen Janina und Gölzow eine Beziehung. Andreas Braun wird 2007 in Afghanistan eingesetzt. Pohl ist sein Ausbilder und leitet den Einsatz. Im September kehrt der junge Braun schwer verletzt und traumatisiert nach Berlin zurück, im Juni 2010 nimmt er sich das Leben. Ihr wisst ja, wie.«

Delego beobachtete Schmitti, wie er geräuschvoll seine Papiere zusammenschob. Drass wollte aufstehen, doch Breschnow gab ihm ein Zeichen, sitzen zu bleiben, und ergänzte: »Wir wissen von Janina, dass der alte Braun auch Pohl kannte und ihn nicht mochte. Kurz vor dem Selbstmord seines Sohnes erteilte er ihm Hausverbot. Wahrscheinlich gibt er ihm die Schuld am Tod seines Sohnes. Schmitti, was hast du noch über Gölzow?«

»Obergefreiter Uwe Gölzow, geboren am 1.3.1985 in Berlin, geht gleich nach dem Abitur zum Militär, lernt dort Andreas Braun kennen und später dessen Schwester Janina, mit der er eine Beziehung beginnt. Karl-Heinz Braun wird für ihn zum zweiten Vater.«

Regina stand auf und ging zum Fenster. Sie riss es weit auf. Warme Luft und leise Straßengeräusche drangen in den Raum. Sie drehte sich um und sah Breschnow an.

»Und diese Pseudo-Vater-Sohn-Beziehung wird nach dem Selbstmord noch intensiver, nehme ich an. Auch Gölzow gibt Pohl die Schuld am Tod seines Freundes.«

»Davon können wir ausgehen«, bestätigte Breschnow. »Außerdem bedeutet Pohl für beide Männer eine Bedrohung. Er will Gölzow nach Afghanistan schicken, der aber erlebt hat, was ein Kriegseinsatz aus seinem Freund gemacht hat, und der Alte hat nur noch Gölzow, jetzt, wo seine Tochter im Ausland ist.«

Breschnow erhob sich ebenfalls und stellte sich neben seine Kollegin. Er fischte eine Zigarette aus dem Päckchen, zündete sie aber nicht an. »Aber falls Gölzow unser Mann ist, dann hat er bestimmt nicht aus eigenem Antrieb getötet«, sagte er. »Er ist kein Typ, der entscheidet, er braucht jemanden, der ihm sagt, was er machen soll.«

»Ich könnte noch mal nach Kladow fahren und mit seinen Eltern reden«, schlug Schmitti vor.

Breschnow nickte.

»Regina und ich fahren jetzt zur Staatsanwältin und hoffen, dass sie uns grünes Licht für einen offiziellen DNA-Test für beide gibt. Ein inoffizieller läuft bereits. Gölzow hat bei der Vernehmung Kaffee getrunken, und ich habe die Tasse einkassiert. Manfred hat den Test noch am Samstag anlaufen lassen.«

Auf dem Weg zur Tür drehte er sich noch einmal um.

»Schmitti, versuche über diese Freundschaftsforen im Internet noch Leute zu finden, die Gölzow kennen. Wir treffen uns heute Nachmittag um zwei wieder hier.«

Breschnow und Regina eilten den Flur entlang und die Treppe hinunter in die Halle. Als er die Ausgangstür aufstieß, wäre er fast mit Franziska Franke zusammengestoßen. Die Anwältin war mit ihrer Mandantin im Schlepptau auf dem Weg zur täglichen Meldung. Während Breschnow die Tür aufhielt, versuchte Cosma Anderson, ihm auszuweichen.

Sie hat Angst vor mir, dachte er verwundert, drehte der Tür den Rücken zu und sagte: »Sie brauchen nicht mehr weiterzugehen. Meine Kollegin und ich haben Sie gesehen, das reicht uns als Meldung.«

»Das sagen Sie jetzt«, antwortete die Anwältin. »Und morgen unterstellen Sie meiner Mandantin, sich nicht gemeldet zu haben, und Ihre Kollegin leidet unter Amnesie. Wir gehen lieber den offiziellen Weg.« Dann wandte sie sich ab und verschwand eilig im Inneren des Gebäudes. Cosma folgte ihr.

Breschnow schüttelte fassungslos den Kopf und versuchte das schlechte Gefühl, das die Worte von Franziska Franke hinterlassen hatten, loszuwerden.

Regina schob ihn energisch weiter und fauchte: »Ich musste mich sehr zusammennehmen, um dieser schnöseligen Rechtsanwältin nicht gegens Schienbein zu treten. Denkt die eigentlich, dass wir alle korrupt sind?«

Breschnow zuckte die Schultern und ging wortlos weiter zum Auto.

***

»Wir hätten besser die U-Bahn genommen«, stellte Regina mit einem Blick auf die Autoschlange vor sich fest.

»Montag«, erwiderte Breschnow trocken.

Wie an jedem Wochenbeginn waren die Straßen verstopft, und sie brauchten die doppelte Zeit, um nach Moabit zu gelangen.

An einer grünen Ampel hupte Regina den Fahrer vor ihr wütend an.

»Immer das Handy am Ohr, kein Wunder, dass sie dabei kein Auto mehr fahren können. Stefan, hast du mitgezählt? In dieser halben Stunde habe ich zwölf Autofahrer mit Handy gesehen. Schade, dass ich nicht bei der Verkehrspolizei bin. Oder korrupt. Sonst könnte ich die Kandidaten anhalten und mich schmieren lassen, statt die Streife zu rufen.«

Breschnow brummte. »Keine schlechte Idee für einen lukrativen Nebenverdienst.«

Sie kurvten noch eine Weile um das Gerichtsgebäude herum, bis sie endlich einen Parkplatz gefunden hatten. Vor dem Eingang versperrte ihnen eine Menschentraube den Weg. Sicherheitsleute versuchten die Menge im Zaum zu halten. Mit hoch gehaltenen Ausweisen drängten sich die Kommissare an ihnen vorbei. Ein wütender Ellbogen traf Regina an der Seite, aber sie beschloss, den Vorfall zu ignorieren. Zügig stiegen sie die Freitreppe in den zweiten Stock hinauf und klopften am Büro der Staatsanwältin. Die Sekretärin öffnete ihnen.

»Sie haben Glück. Der aktuelle Prozesstermin hat sich verzögert. Sicherlich haben Sie die Menge am Eingang gesehen?«

»Die Mai-Demo?«, erkundigte sich Regina.

Die Sekretärin nickte und öffnete die Tür zum Büro ihrer Chefin.

»Das haben Sie aber gut eingefädelt«, lächelte die Staatsanwältin wissend, während sie sich erhob. »Die Mühe weiß ich zu schätzen. Herr Breschnow für die Wichtigkeit und Frau Monat für die Freundlichkeit. Und dann kommen Sie auch noch freiwillig und auf gut Glück hierher. Es muss Ihnen wirklich wichtig sein! Sie haben zehn Minuten.«

Regina schilderte die Sachlage, Breschnow hielt sich wie versprochen zurück und betrachtete stattdessen in Ruhe die Fotos und die Urkunden in dem Büro.

»Und was ist mit Frau Anderson?«, wollte die Staatsanwältin wissen.

»Sie meldet sich regelmäßig, und wir behalten sie weiterhin im Auge. Ihre Unschuld ist noch nicht bewiesen.«

»In Ordnung. Ich stimme Ihnen zu, dass Herr Gölzow sich verdächtig benimmt. Bei Herrn Braun sehe ich keine Handhabe, ihn zu einem DNA-Test zu zwingen.«

»Weil er ein Arzt ist und nicht einfach nur ein Soldat?«, warf Breschnow ein.

Die Staatsanwältin überging diese Anschuldigung.

»Herr Breschnow, Sie können Herrn Braun fragen, ob er Ihnen freiwillig seinen Speichel gibt. Für Herrn Gölzow erhalten Sie eine Verfügung. War's das?«

Regina stand auf und bedankte sich. Breschnow war mit dem Ergebnis unzufrieden und hob an, um zu intervenieren, doch seine Kollegin schob ihn energisch zur Tür. Die Staatsanwältin zwinkerte ihr anerkennend zu.

»Wieso hast du dich so schnell zufriedengegeben?«, maulte er, als sie außer Hörweite waren.

»Weil ich deinen heimlichen DNA-Test auf solide Füße stellen wollte. Lieber die Hälfte als gar nichts, und du hättest bestimmt gar nichts bekommen.«

***

Die Straßenbahn ruckelte und schob sich ein paar Meter weiter, bevor sie am nächsten Signal wieder anhielt. Cosma hatte das Gefühl, sich nicht vom Fleck zu rühren. Die Bahn nahm wieder zaghaft Fahrt auf und erreichte eine Haltestelle. Ein dicker Mann setzte sich neben sie. Er roch nach Schweiß und altem Fett. Cosma drehte sich zum Fenster hin. Die Straßenbahn fuhr wieder an.

Das Zusammentreffen mit Breschnow heute Morgen hatte sie verwirrt. Einen Moment lang hatte sie panische Angst gehabt, dass er sie wieder verhaften würde, gleichzeitig erschien er ihr so vertraut.

Der Mann neben ihr zog ein Taschentuch aus der Hosentasche und schnäuzte sich vernehmlich die Nase. Cosma stand auf und drängte sich an ihm vorbei. An der nächsten Haltestelle verließ sie die Bahn und brauchte einen Moment, um sich zu orientieren. Sie blickte in den blauen Himmel dieses sonnigen Tages, spielte mit dem Wunsch, sich in eines der gut besuchten Cafés zu setzen und erst einmal einen Latte macchiato zu trinken, widerstand aber der Versuchung, weil sie befürchtete, danach wieder unverrichteter Dinge nach Hause zu fahren.

Was wollte sie eigentlich hier? Was wollte sie von Nick?

Sie drehte sich nach rechts und ging zügig die Kastanienallee hinauf. Nicht nachdenken, nur gehen.

Es half nichts. Ihre Schritte verlangsamten sich stetig. Sie blieb vor einem Bioladen stehen und sah sich die Auslagen im Schaufenster an. Vielleicht sollte sie doch einfach wieder nach Hause fahren. Unschlüssig drehte sie dem Laden den Rücken zu und beobachtete den fließenden Verkehr. Ein Lkw mit Hänger donnerte an ihr vorbei. Sie zwang sich, weiterzugehen, und erreichte mit klopfendem Herzen die Nummer 5 in der Oderberger Straße.

Cosma sah auf das Klingelbrett und hielt die Luft an. Vier Namen bei Braun: Karl-Heinz, Elisabeth, Andreas und Janina. Was hatte das zu bedeuten? Nick hatte immer behauptet, keine Eltern mehr zu haben. War das also seine Familie? War er verheiratet mit zwei Kindern? Hatte er deshalb so ein Geheimnis um sein Privatleben gemacht?

Sie lehnte sich Halt suchend an die Hauswand und atmete tief ein. Eine junge Frau mit einem kleinen Hündchen sah sie besorgt an. Der Mischling schnüffelte interessiert an ihren Schuhen. Cosma ging in die Hocke und streichelte das Tier.

»Geht es Ihnen gut?«, erkundigte sich die Frau.

Cosma nickte und versuchte ein Lächeln. Die Frau ging weiter.

Cosma sah noch einmal auf das Klingelschild. Auch im Parterre gab es einen Braun, eine Arztpraxis Karl-Heinz Braun. War das Nicks Vater?

Entschlossen drückte sie den Klingelknopf, und die Tür öffnete sich automatisch. Zögernd betrat sie den Hauseingang.

Die Praxis lag im Parterre rechts. Diese Tür war nur angelehnt. Vorsichtig trat sie ein. Die Hektik ließ sie zusammenzucken. Arzthelferinnen hetzten eilig von Raum zu Raum, das Wartezimmer quoll über, und die Patienten standen ungeduldig im Flur. Cosma drängelte sich an ihnen vorbei und erhaschte einen Blick auf den Empfangstresen. Sie erstarrte. Drass stand mit dem Rücken zu ihr und diskutierte mit einer Arzthelferin. Neben ihm die Polizistin, die sie im Park verhaftet hatte. Abrupt drehte sie sich um und verließ eilig die Praxis.

***

Drass hatte sein charmantestes Lächeln aufgelegt, aber das hatte ihm bisher nichts genutzt. Die Arzthelferin berief sich auf die ärztliche Schweigepflicht und verlangte einen richterlichen Beschluss.

Delego sah ihren Kollegen schadenfroh an und wollte gerade gehen, als eine Rothaarige die Arzthelferin ablöste und hinter dem Tresen Platz nahm. Drass lächelte zuckersüß, beugte sich vor und bewunderte ihre langen Fingernägel, die auf der Tastatur lagen. Dann zeigte er ihr seine Dienstmarke und trug erneut sein Anliegen vor. Die junge Frau gab den Namen sofort in die Datenbank ein. Und bestätigte nach wenigen Augenblicken, dass Uwe Gölzow Patient war und den Gips hier erhalten hatte.

»Merkwürdig«, murmelte sie. »Eigentlich legen wir Arzthelferinnen den Patienten den Gips an. In diesem Fall steht aber gar kein Name dabei. Wahrscheinlich vergessen, kann passieren.«

»Heißt das, dass Herr Braun dem Patienten den Gips selber angelegt hat?«, wollte Delego wissen.

Die Arzthelferin zuckte mit den Schultern. »Entweder der Arzt oder eine von uns. Wieso, ist das wichtig?«

Sie sah Drass fragend an, und er schüttelte den Kopf. Dann beugte er sich weit über den Tresen, reichte ihr seine Visitenkarte und bedankte sich ausschweifend für ihre Unterstützung. Dafür erntete er ein breites Lächeln. Delego verbiss sich einen gemeinen Kommentar.

Die Rothaarige wurde ernst. »Jetzt machen Sie aber, dass Sie wegkommen«, flüsterte sie mit Blick auf ihre Kollegin, die sich einen Weg durch die Menge bahnte und sie wütend ansah.

»Ärger im Anmarsch.«

Drass zwinkerte ihr noch einmal zu. »Falls Sie mal einen Polizisten brauchen – Sie haben etwas gut bei mir.«

Delego verzog angewidert das Gesicht.

Die Rothaarige griff sich schnell die Visitenkarte und hackte dann energisch auf die Tastatur ein.

»Sie sind ja immer noch hier?«, blaffte die Arzthelferin, als sie den Tresen erreichte. »Ich habe Ihnen doch gesagt, dass Sie ohne Beschluss keine Auskunft bekommen.«

Sie musterte ihre Kollegin. Drass zuckte verlegen die Schultern, verabschiedete sich und verließ zufrieden die Praxis. Delego zögerte und folgte ihm dann widerwillig.

***

Breschnow hatte erfolglos versucht, Uwe Gölzow zu erreichen. Die Haushälterin hatte ihn noch nicht gesehen und weigerte sich herauszufinden, ob er noch im Bett lag. Er hoffte, dass Schmitti vor Ort mehr erreichen würde.

Anschließend versuchte es Breschnow in der Kaserne und erfuhr, dass sich der Obergefreite Gölzow krankgemeldet hatte. Er legte auf, fluchte leise und wählte die Nummer von Karl-Heinz Braun. Es nahm niemand ab.

Regina sah ihn fragend an. »Was machen wir jetzt?«

Breschnows Handy klingelte. Er sah auf das Display und stellte auf Lautsprecher.

»Gölzows Gips stammt aus der Braun'schen Praxis, und es ist keine Person genannt, die den Gips angelegt hat«, informierte ihn Drass.

»Das heißt, der Alte könnte es selber gemacht haben«, dachte Breschnow laut. Regina spitzte die Ohren.

»Bingo!«, bestätige Drass. »Sag mal, kann man auch eine gerichtliche Verfügung dafür bekommen, jemandem unter den Gips zu schauen?«

»Kann man bestimmt«, brummte Breschnow. »Aber wir nicht.

Die Staatsanwältin war schon beim DNA-Test knickrig genug. Beim Alten hat sie ihn verweigert. Wahrscheinlich steht er zu hoch auf der Rangliste des höheren Mittelstandes.«

Regina verzog genervt das Gesicht und trommelte nervös auf das Lenkrad.

Drass griff den Faden auf. »Oder die beiden haben zusammen studiert. Da wäscht doch eine Hand die andere.«

»Mann, was spinnt ihr hier für Verschwörungstheorien«, mischte Regina sich ein.

Breschnow lachte. »Auf jeden Fall gibt sie uns bestimmt keine Erlaubnis, einen Gips zu entfernen. Du hast nicht zufällig Gölzow in der Praxis gesehen?«

»Nein, aber es waren auch sehr viele Patienten da. Soll ich noch einmal genauer nachsehen?«

»Das wäre gut.«

Breschnow beendete das Telefonat und blickte aus dem Fenster.

»Wollen wir zurück aufs Revier und uns um unsere verwaisten Schreibtische kümmern?«, fragte Regina.

»Später. Lass uns zuerst in die Kaserne fahren und Strassberg noch einmal nach Gölzow befragen.«

Regina nickte und startete den Wagen. Sie fädelte sich in den Verkehr ein und fluchte laut, weil ein Mercedesfahrer sie nicht vorlassen wollte.

Breschnow sah aus dem Fenster und ließ die Stadt an sich vorbeiziehen. Er wunderte sich immer wieder, wie schnell sie sich veränderte. Überall prunkten Neubauten, meistens Büros. Viele standen leer. Er fragte sich, wie der Gewinn entstand, den die Investoren ohne Zweifel trotz allem machten.

Unterwegs klingelte sein Handy. Drass informierte ihn, dass er Gölzow in der Praxis nicht gefunden hatte, und oben in der Wohnung habe ihm niemand geöffnet.

Breschnow versuchte es noch einmal in Kladow. Dieses Mal meldete sich nur der Anrufbeantworter.

***

Strassberg erwartete sie bereits an der Schranke. Er wies den Wachsoldaten an, sie zu öffnen, und bedeutete ihnen, auf den Hof zu fahren. Während sie ein paar Schritte weiter aus dem Wagen stiegen, kam Strassberg mürrisch auf sie zu. Ohne sich vorzustellen und Regina ignorierend, fragte er: »Hauptkommissar Breschnow, was wollen Sie denn noch wissen?«

Regina kam ihrem Chef zuvor. »Sie kennen doch sicherlich Uwe Gölzow?«

»Normalerweise habe ich nicht viel mit den Soldaten zu tun, aber der Name sagt mir etwas«, antwortete Strassberg ausweichend, den Blick weiterhin fest auf Breschnow gerichtet.

Regina seufzte. Sie verspürte keine Lust auf diese dummen Machospielchen und überließ ihrem Vorgesetzten das Feld.

»Und was wissen Sie über ihn in Verbindung mit Pohl?«

»Obergefreiter Gölzow und Oberstabsfeldwebel Pohl hatten ständig Streit.«

Regina und Breschnow sahen sich erstaunt an.

»Worüber haben sie gestritten?«, fragte sie.

»Über Männer, über Frauen, was weiß ich«, antwortete Strassberg bewusst gelangweilt und blickte dabei zum Himmel.

»Es würde uns sehr weiterhelfen, wenn Sie Ihren Erinnerungen ein bisschen auf die Sprünge helfen könnten«, bat Breschnow energisch.

»Ich glaube, es war im Sommer letzten Jahres, als ich davon erfuhr. Oberstabsfeldwebel Pohl hatte sich krankgemeldet, was sonst nicht seine Art war. Der Mann war nie krank. Als er nach einer Woche wieder zum Dienst kam, trug er einen Gips, sein Arm war gebrochen und sein linkes Auge blau. Angeblich hatte er sich geprügelt, mit wem, wollte er mir nicht verraten.«

»Und woher wissen Sie, dass es Gölzow war?«, hakte Regina nach.

Strassberg hob die Augenbrauen und grinste überheblich. »Ich habe meine Informanten. Mir wurde berichtet, dass der Obergefreite Gölzow aus heiterem Himmel auf Oberstabsfeldwebel Pohl losgegangen sei und ihn einen Mörder genannt habe.«

»Und? Haben Sie die Sache verfolgt?«

Strassberg nickte. »Oberstabsfeldwebel Pohl gab mir klar zu

verstehen, dass die Sache persönlich sei, und entschuldigte sich für die Ausschreitung.«

»Und danach?«

»Nach diesem Vorfall war Ruhe. Sie benahmen sich, wie sich Soldaten zu benehmen haben.«

»Und was bedeutet das?«, erkundigte sich Breschnow.

Strassberg musterte ihn. »Kameradschaftlich.«

Breschnow hob fragend die Augenbrauen.

»Persönliche Animositäten bleiben vor der Kaserne«, ergänzte Strassberg zackig.

»Blieb Pohl Gölzows Ausbilder?«, erkundigte sich Regina.

»Ja, Oberstabsfeldwebel Pohl bildete den Obergefreiten Gölzow für Afghanistan aus.«

»Und der heftige Vorfall änderte nichts daran?«

»Das hier ist eine Kaserne.«

Regina und Breschnow wechselten einen Blick.

»Haben Sie Gölzow persönlich kennengelernt?«, fragte die Polizistin.

Strassberg schüttelte den Kopf.

»Dazu bestand kein Anlass. Wieso fragen Sie nach dem Obergefreiten Gölzow?«

Breschnow überlegte einen Moment lang, wie viel er Strassberg sagen wollte, und entschied sich, ihn nicht einzuweihen. Statt zu antworten, bedankte er sich für die Informationen, dann stiegen er und Regina in den Wagen, und Strassberg verschwand auf dem Kasernenhof.

»Ob das für den Gips reicht?«, fragte Regina.

Breschnow schüttelte den Kopf.

»Wohin jetzt?«

»Wir fahren noch mal nach Blankenfelde«, entschied Breschnow.

***

Er hatte das Gipsbein auf einen kleinen Schemel gelegt. Es war an der Zeit, es loszuwerden.

Gestern hatte ihm der Alte endlich ihren Namen genannt.

Cosma Anderson. Die Frau, der er im Sommer die Sachen aus dem Schwimmbad gestohlen hatte. Warum, das hatte ihn nicht interessiert. Der Alte wollte es so.

Heute Morgen hatte er sich ihre Adresse und Telefonnummer aus dem Netz geholt. Er wusste, dass er schnell handeln musste, die Polizei würde ihn über kurz oder lang verhaften. Der Alte war ein Träumer, wenn er glaubte, dass sie ihm nichts nachweisen konnten. Bestimmt gab es ein Haar oder Speichel oder einen Fingerabdruck an der Leiche. Er war zwar vorsichtig gewesen, aber solche Spuren konnte man nicht verhindern. Er musste jetzt handeln und seinen Auftrag zu Ende bringen, egal was der Alte sagte. Dieses eine Mal musste er selber entscheiden. Aber zuerst musste er diesen verdammten Gips loswerden.

***

Wieso war sie weggelaufen? Sie hatte doch nichts zu verbergen, sie hätte Drass erzählen können, dass Braun ein Orthopäde war, den man ihr empfohlen hatte. Stattdessen war sie wie eine Verdächtige getürmt.

Die Namensschilder an der Tür. Wieso hatte Nick seine Familie verschwiegen, hatte er sich ihrer geschämt? Oder wollte er nicht, dass sie wussten, dass er mit ihr zusammen war? War sie vielleicht nicht gut genug für eine Arztfamilie?

»Jetzt hör aber auf, Cosma«, mahnte sie sich laut, goss Tee nach und beobachtete den aufsteigenden Dampf.

Was sollte sie mit diesem Tag noch anfangen?

Sie war lustlos und müde, gleichzeitig jedoch zu aufgedreht, um schlafen zu können. Aber sie wollte schlafen, nur noch schlafen, und heute würde sie sich den Schlaf auch gönnen. Nach einer Weile stand sie auf, ging ins Bad, nahm die Packung Valium aus dem Spiegelschrank, drückte zwei Tabletten heraus und goss sich Wasser in den Zahnputzbecher. Bald würde sie in diese herrliche wattige schwarze Stille eintauchen.

***

Die Tür öffnete sich langsam. Karl Jung war allein zu Hause und wunderte sich, die Polizei so schnell wiederzusehen. Er bat sie in die Küche und bot ihnen Kaffee an, den sie ablehnten. Regina legitimierte sich und zog einen Computerausdruck aus ihrer Tasche. Sie stellte sich vor den Rollstuhl und zeigte dem jungen Soldaten das Foto.

»Kennen Sie diesen Mann?«, fragte sie freundlich.

Jung sah sich das Foto eine Weile lang an. »Ich glaube schon. Das ist ein Freund von Nick, oder?«

Regina nickte.

»Wissen Sie, eigentlich kenne ich seine Freunde nicht. Er war in der Hinsicht komisch. Tat immer so, als wäre sein Privatleben ein Staatsgeheimnis. Aber dieser Mann ist einmal unangemeldet nach unserem Dienst aufgetaucht. Er stand vor der Kaserne und begrüßte Nick überschwänglich. Er wollte ihm eine Freude bereiten und ihn abholen. Nick fand das wohl schrecklich. Hat ihn nur angeblafft.«

»Wie hat der andere reagiert?«

»Überrascht. Genauso wie ich. Ich habe dann die beiden schnell alleine gelassen.«

»Haben Sie ihn danach noch einmal gesehen?«

»Nein. Der hat sich nicht mehr blicken lassen.«

»Und diese Frau?« Regina zeigte ihm ein Foto von Cosma.

Karl Jung schüttelte den Kopf. »Die habe ich noch nie gesehen.«

»War sie auch nicht im Krankenhaus?«

Jung dachte nach. »Jetzt, wo Sie das ansprechen. Außer dem einen Mal, als Pohl kam, hatte Nick nie Besuch. Das hat mich gewundert, weil er doch Familie hatte und eine Freundin. Aber ich habe nicht nachgefragt.«

Breschnow und Regina bedankten sich und verließen das Haus.

***

Mittagspause, dachte der Alte dankbar und stieg mühsam die vier Treppen zu seiner Wohnung hinauf. Er schloss die Tür auf und rief nach Gölzow.

Vielleicht hat der Junge sich hingelegt, dachte er und war ein bisschen enttäuscht. Er hatte sich auf die Gesellschaft und ein gemeinsames Essen gefreut. Müde zog er seine Schuhe aus und schlurfte in die Küche. Auf dem Tisch lagen die Reste eines Gipses.

***

Ein Geräusch drang in ihr Schlafzimmer. Dumpf und fern. Cosma versuchte, es zu ignorieren, aber es drängte sich penetrant auf. Sie drehte sich auf die Seite und zog sich die Decke über den Kopf. Das Geräusch folgte. Automatisch griff sie nach der Packung mit den Ohropax und erinnerte sich, dass sie vergessen hatte, neue zu kaufen. Seufzend drehte sie sich auf die andere Seite und lauschte.

Das Geräusch kam aus dem Flur.

Jemand klingelte. Ausdauernd, penetrant.

Sie dachte an Dino und öffnete mühsam die Augen.

Das Klingeln begann den Raum zu füllen.

Vielleicht holt mich die Polizei wieder ab. Bei dem Gedanken wurde ihr übel, und sie schluckte. Der Verknitterte würde bestimmt die Tür eintreten, wenn sie nicht öffnete.

Das Klingeln hallte schmerzend in ihrem Kopf. Sie hielt sich die Ohren zu, konnte den Ton aber nicht aussperren.

Vielleicht ist etwas mit Margareta passiert.

Sie versuchte, sich aufzusetzen. Die Arme wollten sie nicht tragen. Sie versuchte es erneut. Ihr war schwindelig, der Magen krampfte sich zusammen, das Valium zog an ihr. Halb benebelt kämpfte sie gegen die Schwere ihres Körpers an.

Es klingelte weiter.

Vorsichtig setzte sie ihre Beine auf den Boden und drückte sich mühsam hoch. Fast wäre sie gefallen, doch sie fing sich am Nachttisch und schwankte zur Tür, hielt sich dort fest. Im Flur war es einfacher, sich abzustützen. Sie tastete sich an der Wand entlang.

Es klingelte immer noch.

Verschlafen öffnete sie die Tür.

Der Hieb traf sie hart gegen die Brust und warf sie gegen die Wand. Instinktiv stützte sie sich ab. Verschwommen sah sie einen Mann im Türrahmen stehen. Er kam auf sie zu und schlug ihr ins Gesicht. Ihr Kopf wurde gegen die Wand geschleudert. Sie taumelte zurück, versuchte sich festzuhalten. Der nächste Schlag traf sie an der Schulter und dann noch einmal am Kopf. Sie sank zu Boden.

***

Der Alte ließ sich auf den Küchenstuhl fallen und starrte den Gips an. Vor ihm standen noch die zwei Rotweingläser, die sie gestern getrunken hatten. Sie hatten lange geredet. Er hatte sich wohlgefühlt, nach langer Zeit endlich mal wieder ein Abend in Gesellschaft. Uwe wollte unbedingt den Namen von Nicks Freundin wissen, und irgendwann hatte er nachgegeben. Was kann es schon schaden?, hatte er gedacht. Jetzt war er sich nicht mehr so sicher, ob das eine gute Idee gewesen war.

Sie hatten verabredet, dass Uwe erst einmal bei ihm bleiben würde. So lange, bis alles vorbei und Gras über die Sache gewachsen war. Bis dahin würde auch Janina zurückkommen, und vielleicht würden ja sogar beide bei ihm bleiben. Das hatte ihn einen Moment lang sehr glücklich gemacht. Aber jetzt fürchtete er, dass Uwe sich dieses Mal nicht an die Absprache hielt. Uwe sollte nur Pohl töten, er selbst hatte dafür gesorgt, dass der Verdacht auf diese Cosma fiel. Sie sollte in der Hölle schmoren, dafür, dass sie ihm seinen Sohn genommen hatte. Aber nun war Uwe weg.

Zögernd stand er auf und zog sich seine Jacke über.

***

Cosma knallte hart auf den Boden auf und rollte sich schützend zusammen. Der Mann trat ihr in den Rücken. Sie versuchte auszuweichen.

»Steh auf!«, befahl er.

Sie wollte gehorchen, aber die Angst lähmte sie. Der Mann

griff sie hart an den Oberarmen und zog sie hoch. Als ihre Beine wegknickten, hielt er sie aufrecht.

Sie sah ihn an, wollte etwas sagen, aber ihre Stimme versagte.

»Ins Schlafzimmer«, befahl er.

Sie reagierte nicht. Er drehte sie um und gab ihr einen kleinen Schubs. Sie strauchelte und fiel wieder auf den Boden.

»Weiter!«

Sie rappelte sich auf, versuchte es auf allen vieren. Er eskortierte sie. Nach einer Ewigkeit erreichten sie endlich das Schlafzimmer, wo sie sich am Bett hochzog.

»Leg dich hin!«, befahl er.

Als sie zögerte, schubste er sie auf die Matratze.

»Auf den Rücken. Ich will dein Gesicht sehen.«

Die Angst zog ihre Bronchien zusammen. Sie atmete schwer. Er bemerkte es nicht, starrte sie nur an.

Dann verschwand er kurz und kehrte mit einem Küchenstuhl zurück, den er neben das Bett stellte.

Er setzte sich.

»Ich krieg keine Luft«, keuchte sie.

Er nickte und hob den Zeigefinger an seinen Mund.

»Spray in der Küche«, versuchte sie es noch einmal.

Er schlug wieder zu. Sie schwieg. Ihr war noch immer schwindelig. Sie kämpfte mit einem heftigen Brechreiz und rang nach Luft.

Plötzlich sprang der Mann auf. Sie erschrak und hob schützend die Hände an den Kopf, aber nichts geschah. Nach einer Weile schloss sie die Augen gegen den hämmernden Kopfschmerz.

Der Mann saß wieder auf dem Stuhl und starrte sie an.

»Du bist Cosma?«

Sie zwang sich, die Augen aufzuschlagen, und nickte leicht. Die Kopfbewegung verstärkte die Übelkeit, und sie erbrach sich in einem Schwall auf den Fußboden. Der Mann fluchte leise, stand auf und kam mit zwei Handtüchern zurück. Er hielt ihr eins hin.

»Putz dir den Mund ab.«

Sie nahm das Handtuch und erbrach sich erneut.

»Es reicht«, entschied er und legte das zweite Handtuch sorgfältig über das Erbrochene. Dann setzte er sich wieder und starrte sie einfach nur an.

Cosma atmete tief ein und hustete. Der Druck in ihrem Magen hatte nachgelassen. Ihr Gesicht brannte, und trotz der Angst hatte sie Schwierigkeiten, die Augen offen zu halten. Nach und nach entfaltete das Valium seine volle Wirkung. Die wattige Schwärze war zum Greifen nah. Sie versuchte, ihren Blick auf den Mann zu fokussieren, und sah, dass er wieder aufstand. Ihre Augen fielen zu. Sie hörte seine Schritte den Raum verlassen. Sie hörte das Klirren von Geschirr in der Küche. Dann sackte sie weg.

Es schien ihr eine Ewigkeit, bis sie ihn zurückkommen hörte. Er schüttelte sie leicht, befahl ihr, die Augen zu öffnen.

»Du hast meinen besten Freund getötet«, sagte er traurig.

Dann stand er über ihr und hob die linke Hand. Sie sah das Messer und spürte einen heftigen Schmerz in der Brust.

Ich muss mich wehren, dachte sie und verlor das Bewusstsein.

***

Regina sah zu Breschnow hinüber, der leise fluchend versuchte, sein Handy aus der Jackentasche zu fischen, um den Anruf entgegenzunehmen. Sie waren auf dem Weg zurück in die Stadt.

»Marie von Streben hat angerufen«, informierte ihn Drass am anderen Ende.

»Die alte Frau von nebenan?«

»Ja, und sie hat einen jungen Mann mit einem Gips in die Wohnung von Braun gehen sehen und ohne wieder herauskommen.«

»Wann?«

»Das kann sie nicht mehr so genau sagen, heute, gestern …«

»Verdammt«, fluchte Breschnow und hängte auf.

Er zögerte eine Sekunde.

»Fahr mit Blaulicht zur Anderson!«, befahl er.

Regina öffnete das Fenster und platzierte das Licht auf dem

Autodach. Vor ihnen bildete sich eine Gasse. Sie trat aufs Gas und schimpfte, weil ein Auto im Weg stand.

»Ich glaube, Gölzow ist bei der Anderson«, sagte Breschnow.

Er griff wieder zum Handy, rief in der Zentrale an, ließ sich die Telefonnummer von Margareta geben und wählte. Sie nahm sofort ab.

»Hauptkommissar Breschnow hier.«

»Was wollen Sie? Ich bin doch erst heute Nachmittag dran.«

»Ich brauche Ihre Hilfe.«

»Wobei? Haben Sie meiner Schwester nicht schon genug angetan?«, fragte Margareta misstrauisch.

Breschnow ging nicht darauf ein. »Ich habe den begründeten Verdacht, dass Ihre Schwester in ernster Gefahr ist.«

»In Gefahr?«

»Hören Sie, es eilt. Können Sie sofort zum Maybachufer kommen? Warten Sie dort vor dem Haus auf mich, ich brauche den Wohnungsschlüssel. Und gehen Sie nicht ohne mich hinein! Hören Sie, nicht ohne mich hineingehen!«

Sie versprach, sich sofort auf den Weg zu machen.

»Die Schwester bringt uns den Schlüssel.«

Regina nickte und beschleunigte.

»Willst du nicht die Uniformierten verständigen?«, fragte sie.

Breschnow schüttelte den Kopf.

»Eine Rambo-Aktion wäre kontraproduktiv. Falls er ihr noch nichts angetan hat, dann können wir noch mit ihm reden.«

»Und wenn es schon zu spät ist?«

»Dann können die Uniformierten auch nichts mehr ausrichten.«

»Und wenn er nicht da ist?«

»Dann hatten wir unseren täglichen Adrenalinschub.«

Regina war scharf links abgebogen. Breschnow wurde gegen sie geschleudert, stemmte sich auf seinen Sitz zurück und klammerte sich am Haltegriff fest.

Endlich erreichten sie das Maybachufer und registrierten als Erstes, dass die Haustür offen stand. Von Margareta Bonau war weit und breit nichts zu sehen. Breschnow fluchte laut, zog das

Handy aus seiner Jackentasche und wählte, während er ausstieg, ihre Nummer.

»Der Teilnehmer ist vorübergehend …«

Er drückte das Gespräch weg und schloss zu seiner Kollegin auf.

»Ich fürchte, sie ist schon oben.«

Hintereinander eilten sie die Treppen hoch. Breschnow hatte Schwierigkeiten, dem Tempo seiner Kollegin zu folgen, und keuchte schwer, als sie endlich den dritten Stock erreichten. Die Wohnungstür war nur angelehnt. Vorsichtig stießen sie sie auf und zogen ihre Waffen. Drinnen war es dunkel. Breschnow gab Regina ein Zeichen, im Hintergrund zu bleiben, und tastete sich in den Flur. Aus der Tür am Ende des Gangs hörte er leises Wimmern. Er trat auf etwas Hartes und wäre fast gestolpert. Vorsichtig schob er den Gegenstand mit dem rechten Fuß aus dem Weg und schlich weiter. An der Zimmertür blieb er stehen und wartete, bis Regina hinter ihm stand. Ihr Atem ging schnell.

Die Tür vor ihm war nur angelehnt. Durch den Spalt konnte er Uwe Gölzow auf einem Stuhl sitzen sehen. Sein Rücken verdeckte den Blick auf das Bett. Breschnow entsicherte seine Pistole. Hinter ihm klickte Reginas Waffe leise. Sein Körper spannte sich an, und er trat mit dem Fuß gegen die Tür. Sie schwang auf. Im selben Moment richtete er die Waffe auf Gölzow. Regina stellte sich neben ihn und tat es ihm gleich. Der junge Mann schien sie nicht wahrzunehmen.

»Uwe Gölzow?«, rief Breschnow.

Der Soldat reagierte nicht. Regina ging zum anderen Ende des Zimmers, um einen Blick auf das Bett werfen zu können.

»Uwe Gölzow«, versuchte es Breschnow noch einmal.

Ein Zucken durchfuhr den Körper des jungen Mannes, und er drehte langsam den Kopf in Richtung Tür. Seine glasigen Augen schienen keinen Halt zu finden. Regina löste sich von der Wand und trat an den Soldaten heran. Er zeigte keine Regung, auch nicht, als sie ihm vorsichtig das Messer aus der linken Hand nahm und sicherte. Dann ging sie neben Cosma Anderson in die Hocke, um ihren Puls zu fühlen.

Die Journalistin lag flach auf dem Rücken. Ihr Schlafhemd war bis zum Bauch hochgerutscht. Die Wunde in ihrer Brust hatte den Stoff und das Laken unter ihr in Blut getränkt. Sie atmete unregelmäßig. Margareta kniete vor dem Bett und hatte den Kopf im Schoß ihrer Schwester verborgen. Mit der rechten Hand bedeckte sie deren Wunde und schluchzte leise. Uwe Gölzow saß immer noch kerzengerade auf dem Stuhl und beobachtete ungerührt das Drama. Sein linker Arm hing schlaff an der Seite herab, die Hand blutig.

Niemand schien auf ihre Ankunft zu reagieren.

Breschnow ließ das bizarre Szenario kurz auf sich wirken, trat dann hinter Gölzow und legte dem jungen Mann Handschellen an.

Der Soldat wehrte sich nicht.

Regina schob vorsichtig Margaretas Hand von der Wunde, die heftig blutete. Sie griff sich ein Stofftaschentuch vom Nachttisch, faltete es eilig zusammen, drückte es gegen den Schnitt und redete leise auf die Verletzte ein.

Breschnow telefonierte einen Krankenwagen herbei, nahm dann Margareta vorsichtig bei den Schultern und versuchte, sie vom Bett wegzuziehen. Sie klammerte sich an ihre Schwester und schrie. Er löste den Griff, ließ aber seine Hand auf ihrer Schulter.

Kurz danach trafen die Sanitäter ein.

Breschnow richtete sich auf und drehte sich zur Tür, sah die Männer den Flur entlangeilen. Fast wie am Anfang in der Küche, dachte er. Hier hatte alles begonnen, und hier endete es auch wieder.

Ein Sanitäter schob ihn zur Seite, gab Margareta eine schnell wirkende Beruhigungsspritze, löste sie dann vorsichtig von ihrer Schwester und übergab sie Breschnow. Die anderen beiden kümmerten sich um die Verletzte und versuchten die Blutung zu stillen.

»Wir bringen sie ins Urbankrankenhaus. Könnt ihr mir das hier quittieren?«

Der Sanitäter reichte ihnen einen Einsatzbogen, den Breschnow unterschrieb.

Cosma wurde vorsichtig auf eine Trage gehoben und hinausgebracht.

Im Flur war es immer noch dunkel. Niemand hatte Licht gemacht.

***

Breschnow streckte sich. Er saß in seinem Lieblingssessel und starrte aus dem Fenster in das Dunkel der Nacht.

Wieso hatte er die Zusammenhänge nicht rechtzeitig durchschaut? Er hätte den Überfall auf die Anderson verhindern müssen.

Vor ihm auf dem Tisch lag sein Schreibblock. Er nahm den Bleistift in die Hand und las sich das Geschriebene durch. Dann begann er seinen Gang durch den kleinen Raum, hin und her. Der Rhythmus seiner Schritte verband sich mit dem Rhythmus seiner Worte, formte Sätze und Verse, sie flossen aus ihm heraus und verbanden sich mit dem Gedanken an Cosma Anderson und den Fall. Sosehr er sich auch bemühte, es gelang ihm nicht, sie zu trennen.

Dicht neben dem Lieferwagen
spritzt es aus lauwarmen Pfützen
mir bis ins Gesicht
als er anfährt, rasant.
Macht nichts, es ist Juli
und zumindest die Pfützen
sind lau,
wenn schon nicht die Lüfte,
in dieser Stadt.

Er dachte an seinen Besuch im Krankenhaus. Sie hatten die Blutung gestoppt, die Wunde versorgt und Cosma Anderson zur Überwachung dabehalten. Der Arzt hatte die Vermutung geäußert, dass der Täter sie vielleicht gar nicht habe töten wollen. Die Wunde war nicht tief genug.

Es stürmt, es sonnt, es gießt,
es donnert, es strahlt –

Regengräser in jeder steinernen Ritze.
So ist das in diesem Sommer.

Sein Handy klingelte. Er ignorierte es.

Er hätte Cosma Anderson schützen müssen.

Nur in der U-Bahn erlebe ich
schwül-heiße Sommerluft
und nasse Regenschirme
so ganz ohne Duft.

Gölzow hatten sie ins Revier gebracht. Der Soldat hatte geschwiegen. Stundenlang.

Um Mitternacht hatte Breschnow schließlich aufgegeben und war nach Hause gefahren.

»Wir müssen miteinander reden.
gezeichnet Gott«

steht da geschrieben
auf einem riesigen schwarzen Plakat
in weißer Schrift,
nur die i-Punkte sind himmelblau
im U-Bahnhof an der Wand.

Gölzow hat nicht allein gehandelt, dachte er. Wahrscheinlich war der alte Braun der Drahtzieher. Er hatte ihn unter den Schaulustigen vor Cosmas Wohnung gesehen. Aber wenn Gölzow schwieg, würde man dem Alten nichts nachweisen können.

Er fluchte leise und riss sich von dem Gedanken los.

Worüber denn reden?

Dass der Sommer ganz anders wird
von nun an für lange,
und wohl nicht nur der Sommer.

Sein Handy meldete sich erneut, diesmal mit einer SMS. Er ließ es unberührt auf dem Tisch liegen und stellte sich mit dem Papier in der Hand ans Fenster. Ein Auto fuhr vorbei. Ein Hund pinkelte an eine Laterne und schubberte sich anschließend den Rücken.

Der Sommer ist anders in diesem Jahr, dachte er. So würde er sein Gedicht nennen.

»Der andere Sommer«, sagte er laut.

Es klang passend in seinen Ohren, und er schrieb es auf. Dann las er die Zeilen noch einmal leise und noch einmal laut und war zufrieden mit ihrem Klang.

Er ging zurück zum Sessel und ließ sich hineinsinken, überflog noch einmal das Gedicht, legte das Papier auf den Tisch und griff nach dem Handy.

»DANKE.«

Nur ein Wort auf dem Display, die Rufnummer unterdrückt. Er starrte es lange an, bis er verstand und eine Welle der Erleichterung ihn durchflutete. Dann ging er lächelnd in die Küche, um sich ein Bier zu holen.

Nachwort und Danksagung

Den Tunnel in der Hasenheide habe ich mir ausgedacht, aber es wäre doch schön, wenn es einen gäbe.

Zuerst möchte ich mich herzlich bei allen Leserinnen und Lesern bedanken. Ich hoffe, ihr habt Breschnow genauso ins Herz geschlossen wie ich.

Vielen Dank an Antonia Ostersetzer und Ilona Jäger, meinen eifrigen Agentinnen von der Wortunion, die Breschnow sofort mochten, und an den Emons Verlag für die Möglichkeit, ihn in die Welt zu bringen.
Vielen Dank auch an meinen Lektor Lothar Strüh, der mit mir gemeinsam humorvoll und behutsam den Sätzen und Worten den letzten Schliff gegeben hat.
Und besonderen Dank an Eike Asen, meine treue Erstleserin, die Breschnow ihre Gedichte geschenkt hat.
Noch viele andere waren an diesem Buch mit Rat und Tat und Hinweisen beteiligt: Polizisten, Psychologen, Mediziner, Szenekenner und Soldaten, euch allen ein großes Dankeschön.

Und tausend Dank meinen Freundinnen und Freunden, die an mich und Breschnow geglaubt und mich in der Schaffensphase moralisch und tatkräftig unterstützt haben.